MY DAUGHTER GREW UP TO "RANK S" ADVENTURER.

MOJIKAKIYA PRESENTS toi8 ILLUSTRATION

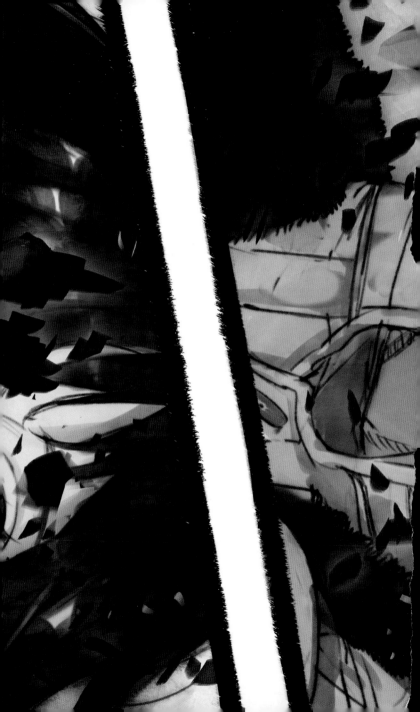

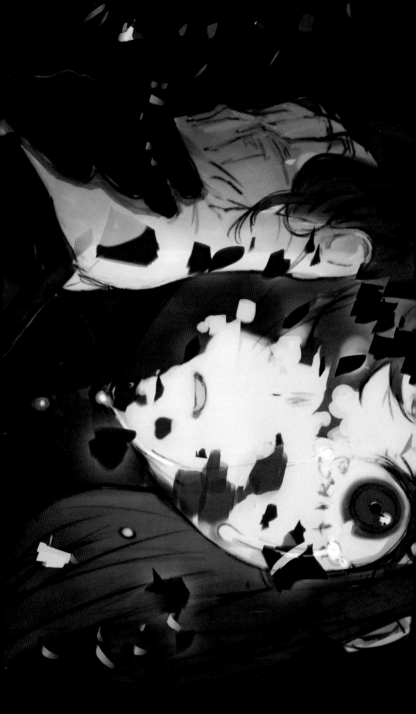

모험가가 되고 싶다며 도시로 떠났던 딸이 S랭크가 되었다

MY DAUGHTER GREW UP TO "RANK S" ADVENTURER.

11

모지 카키야
MOJIKAKIYA

toi8
ILLUSTRATION

특별 단편

바위월귤을 따러 가다

* 모험가가 되고 싶다며 도시로 떠났던 딸이 S랭크가 되었다 11권을 완독하고 나서 읽어주세요.

모험가가 되고 싶다며 도시로 떠났던 딸이 S랭크가 되었다
11권 발매 기념 특전 소책자
[NOT FOR SALE]

L BOOKS

톨네라 주위의 산은 많은 나무에 덮여 있지만, 군데군데 바위터 비슷한 곳이 있으며 그곳에는 키가 큰 나무가 없는 만큼 햇볕이 잘 든다. 키 작은 관목이나 지면을 덮는 모양새로 뻗어 자라는 덩굴 형태의 풀 등 다양한 식물들이 자라나 있었다.

바위월귤은 이런 바위터에서 자라는 식물이다. 추위에 무척 강한지라 엘프령에도 자생한다는데 반대로 고온에는 약하기에 올펜 주변에서는 거의 찾아볼 수 없었다.

바구니를 든 안젤린이 다른 한쪽 손으로 벨그리프를 부축하며 산길을 걸어나아갔다. 조금 앞에서 비슷하게 바구니를 든 샤를로테와 미토가 걷는 중이었다. 뒤쪽에서는 아넷사와 밀리엄이 따라오고 있었다.

"아, 그쪽이 아니라…… 저기 바위 왼편을 지나가야 해."

"이쪽이구나."

옆으로 뻗는 짐승길 방향을 보던 샤를로테가 미토와 함께 바위 왼편으로 향했다.

두 사람의 신장보다도 큰 바위가 있는 곳을 돌아서 지나가자 곧 나무의 높이가 차츰 낮아졌고 내리비치는 햇빛도 많아졌다. 낙엽이 지면을 뒤덮었지만, 그 사이에서 크고 작은 돌이며 바위가 얼굴을 내보이고 있었다.

그렇게 지면이 점점 울퉁불퉁한 모양새로 바뀌던 중에 안젤린은 무척 기뻐졌다. 바위월귤이 가까운 곳에 있어서다. 자꾸자꾸 다리가 빨라지려고 하지만, 부상을 당한 벨그리프를 부축하고 있기에 곧 생각을 고치고는 급해지려는 마음을 달랬다. 그 때문에 걸음도 평소보다 느릿느릿하다. 다만 느릿한 덕에 이것저것 이야기를 나눌 수 있었다. 전부 즐겁다.

드디어 이때가 왔다는 생각을 하니 저절로 얼굴에 미소가 피어올랐다. 안젤린이 히죽히죽하니까 옆에서 걷던 벨그리프가 쿡쿡 웃었다.

"얼굴에 웃음이 가득하구나."

"그치만 기쁘니까……."

안젤린은 부축을 위해 붙들고 있던 벨그리프의 팔에 꼭 안겨 들었다.

뒤쪽에서 밀리엄이 커다랗게 기지개를 켰다.

"으휴~ 역시 여기는 상쾌하구나~."

"가슴이 확 개운해지네."

아넷사도 같이 맞장구쳤다.

하늘은 한없이 맑고 푸르다. 조금 먼 곳에서 떠들썩한 소리가 들려오고 있다. 내일은 가을 수확제였다. 올해는 신기하게도 사람이 많다. 보르도 가문의 세 자매도 다 같이 참석하는지라 자리가 더욱 화사해졌다. 이미 주신의 조각 상도 광장으로 옮겨 놓아서 아직은 정식 개최가 아닌데도 광장은 벌써 축제 분위기다.

그러한 떠들썩한 분위기를 뒤로하고 일행은 바위월귤을 따러 나왔다. 내일 축제 때 대접하기 위해서라는 명목을 내세웠지만, 물론 자신들이 먹고 싶다는 이유가 더 컸다. 특히 몇 년 동안 이때만 쭉 기다렸던 안젤린은 더욱 큰 기쁨을 느끼고 있다.

이윽고 온통 햇살이 비치는 밝은 곳으로 나왔다. 조금 서쪽으로 기울기 시작한 태양이 반짝거리고 있다.

"저깄다······!"

지면을 덮어 무성하게 자라난 잎 안쪽에서 새빨갛고 작은 열매가 보석처럼 잔뜩 빛나고 있었다. 샤를로테와 미토도 환성을 질렀다.

"아빠!"

안젤린은 반짝반짝 빛나는 눈으로 벨그리프를 돌아봤다. 벨그리프는 웃음 지으며 근처에 있는 돌 위에 걸터앉았다.

"자, 마음껏 모아 오려무나."

안젤린은 바구니를 한 손에 들고 바위월귤 서식지로 뛰어들었다. 다만 기세는 제법 등등해도 걸음걸이는 무척 신중했다. 바위월귤을 밟아 뭉개지 않게 주의를 기울이며 몸을 구부려 발밑의 바위월귤을 손에 잡았다.

아침저녁의 추위를 견디며 익은 바위월귤은 과즙이 가득 들어차 부풀었다. 하지만 너무 익은 열매는 껍질이 지나치게 부드러워서 살짝 건드리기만 해도 과즙이 흘러넘친다. 적당히 익어 껍질에 윤기가 있는 열매가 가장 맛있다.

바위월귤은 달콤새큼한 맛은 물론이거니와 신선해서 껍질에 탄력이 있는 열매를 입에 넣었을 때 토옥 터지는 식감도 훌륭하다. 안젤린은 탱탱하게 꽉 차오른 커다란 열매를 골라 입에 쏙 넣었다.

"냠냠~."

입속에 달콤새큼한 맛이 퍼져 나간다. 몇 년 만에 맛보게 된 추억의 맛은 지난날의 추억 속 기억과 아무 손색이 없이 안젤린을 맞이해주었다. 곧장 잇따라 두 개, 세 개, 네 개를 입에 넣는다. 턱 부위가 꽉 죄이는 듯한 신맛과 혓바닥 위에 남는 단맛이 이루 말할 수 없이 반가웠다.

"와, 굉장해."

"맛있구나, 이거."

밀리엄과 아넷사도 먹는 데 정신이 없다. 샤를로테와 미토는 말해 무엇할까. 아마 한동안 바구니가 아닌 입속에만 열매가 들어가겠다.

한입 먹을 때마다 안젤린의 머릿속에서 추억이 되살아났다. 열두 살 때 도시로 떠나가기 전에는 거의 매년마다 이곳에 왔었다. 가을의 연중행사였다. 보통은 말리거나 잼을 만들어서 보존하기 위해 채집한다. 신선한 열매를 먹을 수 있는 시기는 무척 짧았다.

안젤린은 바구니를 딱 절반쯤 채웠을 때 벨그리프의 옆에 자리를 잡고 앉았다.

"이제 다 먹었니?"

"아냐, 잠깐 쉬려고……. 자, 아빠도."

"그래, 고맙다."

그렇게 부녀가 같이 바위월귤을 집어 먹는다. 옛날에도 이렇게 나란히 앉고는 했다.

맛이 기억을 불러일으켰다. 안젤린에게 바위월귤은 단지 맛있기만 한 과일이 아니었다. 아마도 한 알 한 알에 추억이 담겨 있겠다. 정신없이 붉은 열매를 모으는 즐거움이며 벨그리프의 손에 이끌려 걸었던 산길, 집으로 갖고 돌아와 난로 앞에서 잔뜩 먹었던 추억까지. 많은 기억이 빼곡하게 들어차 있다.

안젤린은 힐끔 옆쪽을 봤다. 벨그리프가 온화하게 미소를 띠고 바위월귤을 모으는 아이들을 바라보고 있었다.

잊지 않아서 다행이라는 생각이 들었다. 마왕이 되지 않아서 다행이다.

무엇인가가 가슴 안쪽을 꽉 조여서 안젤린은 벨그리프의 팔에 안겨 들었다.

"으음? 갑자기, 왜?"

"에헤헤……. 아무것도 아니야!"

얼버무리며 답하고 일어나서 바구니를 들었다. 해가 살짝 기울어졌다. 돌아갈 때까지 이 바구니를 산처럼 가득 채워야 한다.

자신은 벨그리프의 딸이다. 자신은 지금 이곳에 있다.

안젤린은 다시 바위월귤 수풀 안쪽으로 달려 들어갔다. 아직 올펜으로 떠나기 전 어린 소녀의 마음으로.

◆ 벨그리프 ◆

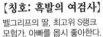

【칭호(?): 적귀】
젊은 시절에 꿈이 부서져서 고향으로 돌아온 은퇴 모험가. 과거를 청산하기 위해 여행에 나서기로 한다.

【칭호: 흑발의 여검사】
벨그리프의 딸, 최고위 S랭크 모험가. 아빠를 몹시 좋아한다.

◆ 안젤린 ◆

◆ 아넷사 ◆

안젤린과 파티를 짠 궁수. AAA랭크 모험가. 3인 파티에서 중재역을 맡고 있다.

◆ 밀리엄 ◆

마법이 특기인 AAA랭크 모험가. 안젤린, 아넷사와 파티를 짜서 활동한다.

◆ 카심 ◆

【칭호: 천개 파괴자】
벨그리프의 옛 동료 중 한 사람. 모험가로 복귀한 S랭크의 대마도사.

◆ 퍼시벌 ◆

【칭호: 패왕검】
S랭크 모험가이자 뛰어난 실력의 검사. 벨그리프의 옛 동료 중 한 사람이며, 긴 시간이 흘러 마침내 화해했다.

◆ 사티 ◆

벨그리프의 옛 동료이며 멤버의 홍일점. 안젤린의 어머니라는 사실이 밝혀진 뒤 벨그리프와도 부부 관계가 된다.

처음 떠나게 된 부녀 여행의 끝에서 마지막 동료 사티와 재회한 일행은 다 같이 벨그리프와 안젤린의 고향 톨네라로 귀향한다. 아버지의 과거를 좇는 이야기는 막을 내리고, 과거의 동료들과 잃었던 시간을 다시 메우며 평온한 시간을 누린다.

안젤린이 사티의 친딸이라는 사실이 판명됨으로써 얼결에 사실상 부부가 된 벨그리프와 사티. 신혼인데도 오래된 부부처럼 점잖게 사는 모습을 보고 답답함을 느낀 퍼시벌과 카심. 그리고 안젤린은 봄맞이 축제에서 두 사람에게 결혼식을 열어주고 성대하게 축하하고자 계획을 꾸민다.

축제의 절정에서 갑자기 끌려 나온 벨그리프와 사티는 모든 사람들에게 축복받고 무척 당황하면서도 헬베티카라는 난입자의 말을 계기 삼아서,

"사티, 좋아해. 아니…… 아마도 쭉 좋아했어."
"나도…… 좋아, 좋아해. 벨 군……. 잘, 부탁 드려요……."

정식으로 부부로서 서로에게 사랑을 맹세했다.

그렇게 안젤린은 다시 도시로 떠나가고,
벨그리프는 친구들과 아내와 함께 살아가며
딸의 귀성을 기다린다.
도시로 떠나간 딸아이에게
「어서 오려무나」라고 말해주기 위하여.

MY DAUGHTER
GREW UP TO
"RANK S"
ADVENTURER.

WORLD MAP
MY DAUGHTER GREW UP TO "RANK S" ADVENTURER.

엘프령

로디나

오래된 숲

헤이젤

보르도

시드

엘브렌

가루다

올펜

공국 수도 에스트갈

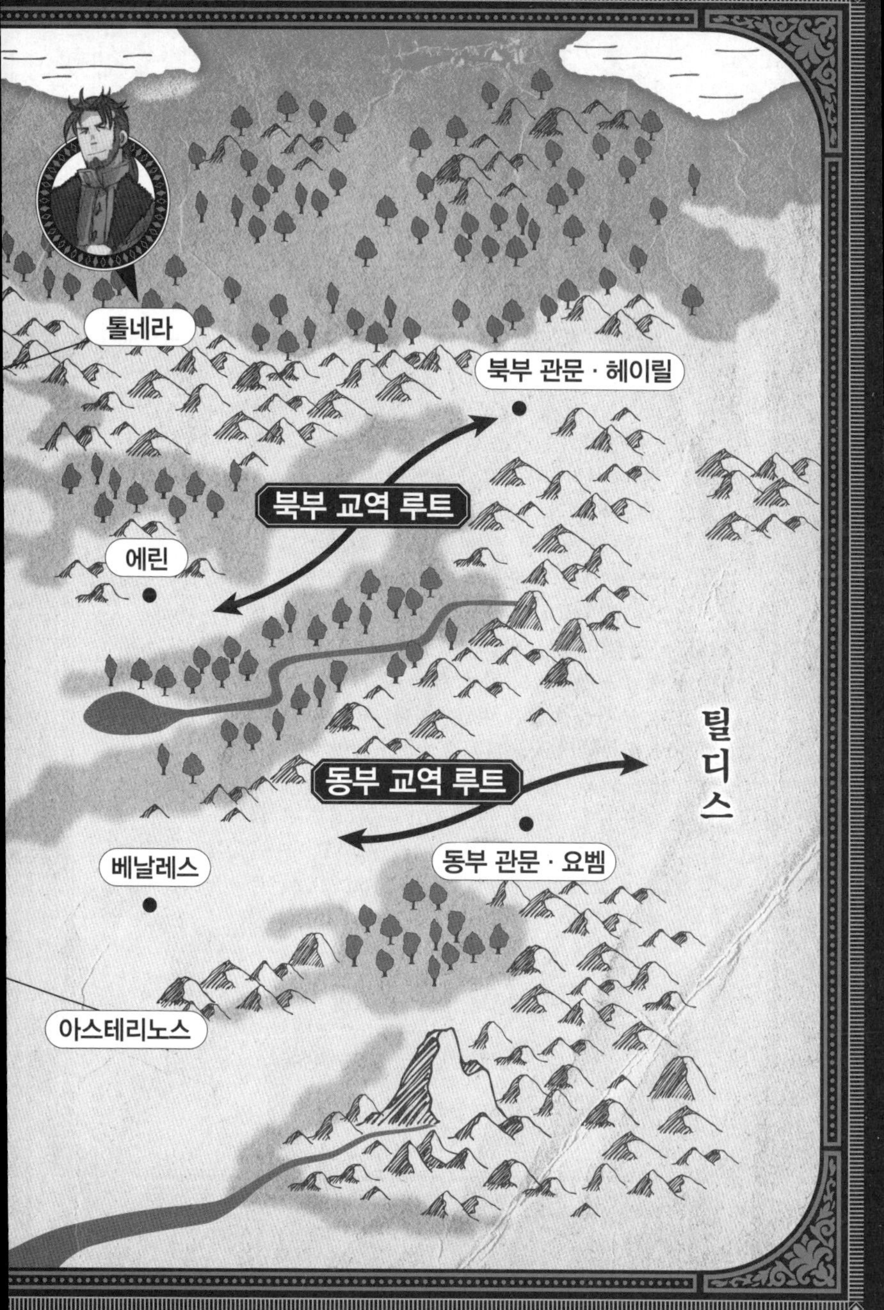

톨네라
북부 관문 · 헤이릴
북부 교역 루트
에린
틸디스
동부 교역 루트
동부 관문 · 요벰
베날레스
아스테리노스

CONTENTS

제11장

특별 수록 번외편

제 11 장

MY DAUGHTER
GREW UP TO
"RANK S"
ADVENTURER.

137 달빛이 휘영청이 내리쏟아지고 밤이슬에 젖은

달빛이 휘영청이 내리쏟아지고 밤이슬에 젖은 풀이 반짝반짝 빛난다. 낮 동안의 더위는 어디에 갔을까. 여름의 밤은 선선하다.

바지 자락을 적시며 여섯 살 안젤린은 벨그리프와 손을 붙잡고 걸었다.

맑은 여름밤에는 저녁 식사 후 산책을 나간다. 바람이 살갗을 보드랍게 어루만져 이 시기가 아니면 체험할 수 없는 신비로운 산뜻함이 느껴진다.

달빛이 넉넉히 비쳐 밝았지만, 달을 올려다보며 걸으려 하는 까닭에 안젤린은 울퉁불퉁한 곳이며 작은 돌을 밟아서 균형을 잃었다. 안젤린은 반사적으로 벨그리프의 손을 꽉 잡아 쥐었다. 벨그리프도 붙잡은 손으로 든든하게 받쳐줬다. 그러면 조그만 몸이 든든하게 받쳐지기에 넘어지지 않았다.

그게 기뻐서 안젤린은 가끔 일부러 비틀비틀 손을 잡아당기기도 했다. 비슷하게 비틀댄 것이 오늘 밤에만 몇 번째일까.

"어허, 왜 이럴까. 오늘따라 자꾸 비틀거리는구나, 안제."

"에헤헤……."

안젤린은 아버지의 커다란 손바닥을 좋아했다. 따뜻하고 울퉁

15

불퉁 거칠거칠. 자신을 쓰다듬어줄 때도, 같이 손을 붙잡을 때도 이 큼지막한 손바닥은 큰 안정감을 준다. 손도 머리도 온전하게 꼭 감싸주니까.

"달님, 예쁘다."

"응, 예쁘구나. 밤이슬도 반짝반짝 빛나고."

마치 은빛의 방울을 뿌린 듯한 광경이다.

벨그리프는 장난스럽게 미소 짓고는 「옜다」 소리를 내며 살짝만 몸을 숙여서 안젤린의 앞으로 팔을 내밀었다. 안젤린은 활짝 얼굴을 빛내면서 꽉 붙잡는다. 쏙 들어서 올려주면 어린 안젤린은 지면에 발이 닿지 않았다. 그게 즐거워서 꺅꺅 떠들며 다리를 버둥거렸다.

벨그리프는 그대로 안젤린은 안아 들었다. 안젤린은 벨그리프의 목에 팔을 두르고는 커다랗게 하품을 했다.

"자, 돌아갈까."

"응……."

갑자기 졸음이 쏟아졌다. 몸이 깊숙한 안쪽부터 포근포근 따뜻해졌기 때문이다. 안젤린은 무겁게 내려오는 눈꺼풀을 닫았다.

벨그리프는 안젤린을 편안하게 다시 안고는 집으로 가는 좁은 길을 따라 걸었다. 두 사람을 쫓아오듯 바람이 불어 들었다. 달빛은 여전히 휘영청 내리쏟아지고 있었다.

○

그날은 하늘에서 구름이 축 내려와 공기까지 눅눅하고 무거웠다. 점점 봄이 여름의 더위에 쫓겨 나가는 듯하다. 몸을 움직일 때면 금세 더워져서 겉옷을 벗는 경우도 많아졌다.

올펜 교외의 평원은 여러 봄꽃이 한창때를 다 지나 보냈고, 대신에 싹 틔운 신록의 잎사귀가 나무들을 온통 녹색으로 물들인 채 바람이 불 때마다 사락사락 소리를 냈다. 이제 늦서리 걱정도 완전히 사라졌다. 밤에는 단지 밤이슬만이 내려서 촉촉하게 지면을 적신다. 외투를 걸치고 다닐 기회도 점점 더 적어지고 있었다. 곧 여름이다.

검을 칼집에 꽂은 안젤린은 축축하게 피부에 달라붙은 옷을 팔락팔락 흔들었다.

"더워……. 자꾸 끈적끈적해."

"오늘은 남쪽에서 바람이 불어 올라오는 것 같더라. 여기가 이런 꼴이면 에스트갈이나 제도는 더 많이 덥겠지."

다들 친구들이라서 보통은 빈틈없이 옷깃을 여미는 아넷사도 가슴 부위를 팔락팔락 흔들며 더위를 달래고 있다. 마르그리트는 모피 카디건만 벗어 던지면 가슴에 두른 천과 반바지뿐이라서 편한 모습이지만, 밀리엄은 지팡이에 기댄 채 기진맥진이다.

"더버라……."

"괜히 두꺼운 로브를 입고 오니까……."

물론 덧입은 옷가지는 이미 벗어 놓았지만, 안 그래도 머리카락이며 꼬리가 복슬복슬한 밀리엄은 몸의 선이 안 드러날 만큼 두꺼운 로브를 입고 다닌다. 당연히 더울 수밖에 없다.

그러나 다른 사람에게 보이는 것이 싫다며 몸의 선을 감추고 싶어 하는 밀리엄은 정말 못 견딜 지경이 아니면 고집스럽게 로브를 벗으려고 하지 않았다.

땀을 닦다가 마르그리트가 말했다.

"어디 길바닥도 아닌데 벗고 다니면 안 되냐?"

"이거 안쪽은 속옷이거든! 내가 좀 씩씩해도 바깥에서 속옷 차림은 부끄러워!"

밀리엄은 뾰족이 대꾸하더니 뺨을 볼록거렸다. 안젤린이 쿡쿡 웃었다.

"미리도 그런 수치심이 있었구나……."

"뭐래니. 어휴, 이렇게 더울 줄 알았으면 여름용 로브를 입고 올 걸 그랬어."

밀리엄은 불만이 가득한 눈치였다. 같은 디자인으로 통기성이 더 좋은 소재를 쓴 로브도 마련해 놓았는데, 아직은 시원하리라고 별생각 없이 나왔다가 고역을 치르게 된 셈이다.

오늘은 조사 의뢰였다. 올펜 근교에서 기묘한 마수가 출현했다는 소식이 있어 안젤린 파티에게 의뢰가 맡겨졌다.

가봤더니 변이종이었다. 특별히 강하지는 않지만, 일반인이나 하위 랭크의 모험가에게는 제법 위험할 법했다.

안젤린은 발밑의 주검을 내려다봤다. 마치 개만큼 덩치가 큰 쥐이다. 다만 꼬리가 길고 끝부분에는 전갈처럼 가시가 달려 있었다. 아마도 독액을 저장해 둔 부위라고 짐작되었다.

이 쥐가 스무 마리쯤 집단을 이루어서 소굴을 파고 있었다. 그곳을 연기로 채워 부랴부랴 뛰쳐나오는 녀석들을 분담해서 같이 해치웠다.

아넷사가 독침에 주의하며 꼬리를 잘라 냈다.

"아머 랫의 변종이려나……. 한 마리만 챙겨서 복귀하면 되겠지?"

"응. 보고랑, 조사용 소재……."

"별로 대단한 일도 아니었지. 빨리 돌아가서 술이나 먹으러 가자."

마르그리트가 머리 뒤쪽으로 깍지를 끼며 말했다.

"찬성~. 시원한 데가 좋아~."

밀리엄도 손을 들어서 맞장구쳤다.

그렇게 네 사람은 나란히 도시로 복귀했다. 아직은 해가 높이 떠 있지만, 구름이 제법 드리워져 있는 까닭인지 왠지 모르게 거리의 풍경이 우울하게 물든 것같이 느껴졌다.

길드 뒤편으로 가서 직원에게 변이종의 시체를 넘겨줬다. 직원은 사각사각 서류를 써서 건넸다. 이것을 받아 접수처에서 수속을 밟으면 이번 임무는 무탈하게 끝을 맞이한다.

길드에 들어가니 사람은 드문드문했다. 오전까지의 떠들썩함은 어딘가로 사라지고 없었다. 예상 밖의 더위 때문일까, 모여 있는 녀석들도 패기가 없고 어쩐지 분위기가 매가리 없다.

파티 멤버는 로비에서 기다리게 하고 접수처에 갔더니 유리가 생긋 웃으며 일어섰다.

"어서 와, 안제. 역시 일 처리가 빠르구나."

"나 왔어, 유리 씨……."

안젤린은 서류를 카운터에 올려놓았다. 유리는 바로 쭉 훑었다.

"……응, 괜찮네. 이제 여기에 사인해줘."

가장 아래의 서명란에 이름을 쓴다. 이제 끝이다. 안젤린은 힘 껏 기지개를 켰다.

"오늘 덥네……."

"그러게 말야. 아예 쨍쨍 내리쬐면 괜찮을 텐데 이렇게 추적추 적한 날씨는 되게 짜증 나는걸."

"뭘, 제도와 비교하면 나은 편이지."

유리의 뒤쪽에서 목소리가 들렸다. 쓱 들여다봤더니 안쪽에 에 드거가 있었다. 무엇인가 사무 업무를 처리하는 것 같았다.

"에드 씨, 오늘은 사무야……?"

"그렇지, 뭐. 이것저것 일을 벌이니까 사무 업무도 잔뜩 늘어나 더라."

에드거는 짧게 투덜거린 뒤 이미 식은 꽃차가 든 잔을 입에 가 져갔다.

올펜 길드는 대형 상회와 제휴를 맺은 성과도 있어 상당히 활기 를 띠고 있다. 노력하면 노력한 만큼 수입으로 연결된다. 이것은 단순하지만 의욕을 자극할 수 있는 충분한 이유가 된다. 젊은 신

입 모험가도 꽤 늘어났다고 한다. 과거의 안젤린정도는 아니지만 유망주도 나타났다던가.

유리가 한숨 쉬었다.

"그렇지만 수입 때문에 무리하다가 죽거나 중상을 당한 아이가 늘어나니까 생각이 참 많아져……. 욕망이 노력을 위한 동기는 될 수 있지만 자제심까지 망가지면 비참하단 말이야."

"많이 심각해……?"

안젤린은 당황하며 물었다. 그다지 하위 랭크들과 교류가 없는 까닭에 저런 문제가 있는 줄 몰랐다. 유리는 고개를 끄덕거렸다.

"돈벌이되는 걸 알고 흘러든 사람도 꽤 많아졌거든. 어중간하게 재능 있는 아이가 적당히 익숙해졌을 때 꼭 사고가 터져. 그때마다 이쪽은 우울하지. 전도유망한 재능이 사라지는 게 손실이기도 하고, 무엇보다 슬프잖니."

"젊은 녀석들은 몸 좀 사려리라고 타일러도 도통 듣지를 않으니. 우리도 비슷비슷했지만 말이다."

에드거의 말에 유리는 뺨을 긁적였다.

"그래도 말야, 이렇게 나이를 먹고 보니까 노파심이 자꾸 솟거든. 우리가 마찬가지였으니까 더욱더……. 하다못해 이것저것 미리 가르쳐줄 수 있으면 좋을 텐데, 바빠서 신경을 잘 못 써주니까 답답해."

"마음은 대충 이해된다만 우리가 떠들어 봤자……. 벨 씨 같은 사람이 잘 일러주면 젊은 녀석들도 아마 귀담아들을 텐데, 흠. 안제는

21

벨 씨 덕분에 실수도 거의 안 했을 테고."

두 사람의 시선을 받으며 안젤린은 뺨을 붉혔다.

모험가가 되고 싶다는 꿈을 입 밖에 꺼냈던 때부터 줄곧 벨그리프에게 절대로 무모하게 치고 나가면 안 된다는 훈계를 들었다. 아버지의 말을 경시한다는 것은 상상조차 해본 적 없는 안젤린은 저 말을 쭉 명심하면서 활동했다.

감각적인 천재인지라 안젤린은 위기 및 불길한 예감을 감지하는 능력이 무척 예리했는데, 그에 더하여 아버지에게 들은 주의가 어우러져서 본인도 깨닫지 못한 위기를 몇 번인가 회피했던 전적이 있다.

유리가 씁쓸함이 묻어나는 표정을 짓고 카운터에 팔꿈치를 세워서 턱을 받쳤다.

"그러게……. 벨 씨 같은 사람이 여기 있어서 교육을 맡아줬다면 아마 이렇게 고민하지 않아도 되었을 텐데. 잠깐 겪어도 이 사람이라면 신용할 수 있다, 하고 마음 놓이는 인품이 느껴지는 사람이니까 말이야. 그런 사람이 길드 마스터라면 더더욱 좋겠지."

"벨 씨가 길드 마스터를 맡는다……? 솔직히 부러운걸. 리오보다 백 배는 든든한 느낌이야."

두 사람의 말에 안젤린은 해죽 웃었다.

"톨네라 길드는 오는 사람을 거부하지 않는다네, 여러분……."

"못된 유혹은 관둬라, 이 녀석아. 안 그래도 리오 녀석이 사사건건 은퇴하고 싶다, 톨네라에 가고 싶다고 떠들어 댄단 말이다. 딴 사람들 다들 식겁하는데……. 거참."

에드거는 투덜거린 뒤 의자 등받이에 몸을 기댔다. 유리가 쿡쿡 웃었다.

"농담 반 진담 반이겠지. 아무 말이나 하는 게 기분 전환인 거야."

"마음은 대충 이해된다만……."

에드거는 또 잔을 입에 가져가다가 내용물이 비었음을 깨닫고 얼굴을 찌푸렸다.

아무튼 간에 수속을 다 마친 안젤린은 로비로 돌아왔다. 기다리던 세 친구와 합류해서 다음 일정을 맞춘다. 어딘가 늦은 점심 겸 술을 마시러 가고 싶다. 오늘 후덥지근한 날씨 때문에 냉방 마법이 가동되는 곳이 좋겠다는 의견이 나왔다. 즉각 채택되었다.

"그치만 먼저 목욕탕 가고 싶어……."

"아~ 나도, 나도. 씻고 모이자~."

밀리엄도 맞장구쳤다. 땀 때문인지 습기 때문인지 옷이 피부에 축축하게 달라붙어서 기분이 적잖이 찝찝하다. 찬물에 몸을 푹 담그면 상쾌하겠다.

그렇게 잠시 헤어져서 씻을 준비를 한 뒤에 다시 만나기로 했다. 마르그리트는 결국 아넷사와 밀리엄의 집에서 쭉 눌러살았다. 파티도 같이 꾸리게 된 지금은 굳이 다른 집을 찾으려는 생각도 없어진 것 같다.

혼자 귀로에 오른 안젤린은 회색 하늘을 올려다보며 문득 향수의 감정에 사로잡혔다. 방금 막 벨그리프의 이야기를 나눈 까닭일 테지.

"아빠, 뭐 하고 있을까……."

톨네라도 초여름이다. 슬슬 보리 추수는 끝났을까. 양털 깎기도 시작되었을 테지. 성질이 급한 젊은이들은 이미 강에서 헤엄치며 입술이 퍼래졌을지도 모른다. 여름의 톨네라는 주위 산들도 녹색으로 뒤덮여서 아름답다. 다만 할 일도 많아 바쁘다. 벨그리프와 사티, 도무지 알콩달콩하지 않은 신혼부부는 매일 바쁘게 지내고 있으려나. 이런저런 생각을 떠올리니 고향에 돌아가고 싶다.

가을 귀성을 목표로 하는 안젤린은 벌써부터 그리움의 감정을 가슴속에 꾹꾹 눌러 담아서 보글보글 발효시키고 있다. 만나지 못하는 아쉬움을 듬뿍 재워 놓으면 만났을 때의 기쁨도 더욱 절절해지는 법이다.

"……아빠 내음, 부족해졌어."

그렇게 중얼거리고 안젤린은 웃었다.

예전에는 안절부절 답답하기만 했던 감정도 지금 와서는 묘하게 기쁘다. 여유를 가질 수 있게 되었기 때문일까. 고향이 예전보다 더욱 즐거운 곳으로 바뀌어 간다는 것도 귀성의 즐거움을 가득 채워주는 기분이었다.

벨그리프뿐 아니라 사티도 그라함도 귀여운 남동생들, 여동생들도 만나고 싶다. 퍼시벌과 카심도 아직은 톨네라에 있을 것이다. 또 다 같이 난로 앞에서 웃고 떠들면 분명 즐거울 테지.

그러니까 지금은 열심히 살자. 안젤린은 혼자 고개를 끄덕거렸다. 노력하면 노력하는 만큼 귀성이 더욱 즐거워질 것 같아서 안젤린은 음흣음흣 웃다가 불현듯 발길을 되돌리고는 집으로 들어가는 좁은 길을 지나갔다.

○

바람이 불어와선 파릇한 풀을 쓰다듬었다. 털을 깎인 양들이 풀을 뜯어 먹었다.

마을의 양들은 털 깎기 시기에 한 차례 다 같이 모였다가 산뜻한 모습으로 다시 들판에 나간다. 여름의 풀은 양이 아무리 많이 뜯어 먹어도 물론 사라지지 않는다. 농부들은 먹자마자 도로 자라난다며 웃고는 했다.

양의 숫자가 많은 케리의 집에서는 매년 이 시기에 많은 사람들이 모여서 털 깎기를 한다. 양털은 바깥의 돈을 벌어들일 수 있는 중요한 생산물이다. 톨네라의 풀을 잔뜩 먹은 양들의 털은 품질이 좋아 행상인들도 기뻐하며 매입해준다.

아직은 연습이 많이 필요한 젊은이들의 실수로 양이 날뛴다. 그 광경을 보고 교육을 맡은 중년들이 크게 웃었다. 집 안에서는 여인네들이 식사를 준비하고 있다. 노인들은 아이들을 돌봐준다. 이것도 일종의 축제 비슷한 행사이다.

그러한 양털 깎기 장소를 먼 곳에서 바라보며 퍼시벌이 팔짱을 낀 채 삐죽거리고 있었다. 카심이 재미있다는 표정을 짓고 다가왔다.

"이런 데서 뭐 하는 거야?"

"내가 기웃거리면 양이 무서워한다는데 별수 없잖냐. 샤르는 엄격하다고."

퍼시벌은 삐쳐서 대꾸했다. 양을 돌보는 데 홀딱 재미를 붙인 샤르는 얼마 전 양을 위압해서 쫓아냈었던 퍼시벌에게 엄격했다. 카심은 껄껄 웃었다.

"넌 되게 무섭잖아. 뭐, 양의 본능 아니겠어."

"시끄럽다. 뭐, 저런 작업은 성미에 안 맞으니 상관없다만…….심심하군."

퍼시벌은 하품하며 하늘을 바라봤다.

"이 주변은 평화로워서 좋군. 우리 같은 자들이 나설 자리가 없다는 것은 좋은 일이지."

"이런 곳에선 네가 식충이잖아."

"네놈도 똑같잖냐. 기어오르지 마라. 그리고 괜찮다. 우리가 바빠질 때가 곧 올 테니까."

던전 이야기도 착착 진행 중이다. 왔다 갔다를 반복하며 차근차근 이주 준비를 갖추고 있는 톨네라 대관(代官) 셀렌의 공관 건설도 제법 진척되었다. 길드 예정지도 결정되었기에 지금은 기초 공사가 한창이다. 한번은 보르도의 길드마스터 엘모어가 셀렌과 함께 방문해서 실제 운영 및 보르도와의 제휴에 관하여 벨그리프 등등 관련자들과 상당히 세밀하게 대화도 했다.

가도 정비도 기세가 붙은지라 마을에서 보이는 범위의 길은 울퉁불퉁했던 흙바닥이 전부 단단히 다져져 하얗게 깔끔하게 손질

되었다. 이 공사로 인부 일거리를 얻은 젊은이들도 있어서 지금 톨네라의 떠들썩한 분위기는 옛날과 썩 다른 양상을 띠며 변화하고 있었다.

카심이 머리 뒤쪽으로 깍지를 꼈다.

"의욕이 가득 넘쳐나는 느낌이네. 어휴~ 우리가 억제하는 역할을 맡게 되다니."

"뭘, 처음 잠깐이지. 이 마을의 젊은 녀석들은 어릴 때부터 벨한테 기초를 배웠잖냐. 금방 적응할 거다."

"그때가 오면 우리들 할 일은 끝이군?"

"잘된 일이지. 거리낌 없이 떠나면 된다."

카심은 모자를 고쳐 썼다.

"……아직도 그 마수를 찾을 셈이야?"

"그래."

"……솔직히 말야, 이제는 그 마물한테 굳이 얽매이지 않는 게 좋지 않겠어?"

"나도 그게 맞다는 생각은 한다. 그런데 말이다, 나는 진정한 의미에서 과거를 다 청산하지는 못했거든."

퍼시벌은 가만히 말한 뒤 아우성 소리가 나오는 양털 깎기 장소를 바라봤다.

"……좋은 풍경이다. 이런 곳에서 쭉 살아가면 좋을 거야. 그런데, 갑자기, 불쑥, 떠오른단 말이다. 과거의 기억이. 잊으려 해도 도무지 잊힐 기억이 아니군."

"너는…… 그 마물 때문에 오래도록 이곳저곳에서 쭉 싸워왔으니까."

카심은 숨을 내쉬고 이마에 손을 가져갔다.

"나도 남 말을 할 처지는 못 되지만……. 뭐, 그 이유로 맨날 오만상 찌푸리고 다니면 아이들이 무서워한다?"

"하하, 그렇군. 뭐, 이 심술보 주름은 다신 안 펴질 거다."

퍼시벌은 그렇게 말한 뒤 미간에 새겨진 주름을 손가락으로 쓸어 만졌다.

그때 하루와 마루 쌍둥이가 달려왔다.

"퍼시다. 뭐 해?"

"카심도 있네~. 놀자~."

"와앗, 나한테 매달리지 마라, 요 녀석아. 나는 퍼시랑 벨이랑은 다르다고!"

마루를 안아 잡아준 카심은 다리에 꽉 힘줬다. 퍼시벌이 크게 웃었다.

"대마도사가 애한테 져서 어쩌자는 거냐! 어이, 꼬맹이들, 이리와라. 거기 말라깽이한테 매달려 봤자 뭔 재미가 있겠냐."

"와아~."

쌍둥이는 퍼시벌의 두 팔에 제각기 매달렸다. 퍼시벌은 두 아이를 거뜬히 매단 채 빙글빙글 돌려주거나 번쩍 들어주거나 하면서 쌍둥이와 놀아줬다.

카심이 절레절레 고갯짓하며 어깨를 돌리던 때에 이제 자신의 일을 대강 마무리했는지 벨그리프가 다가왔다.

"뭔가, 떠들썩하군."

"오~ 벨. 털 깎기는 안 봐줘도 돼?"

"내가 너무 참견해도 안 좋으니까. 이제는 젊은 녀석들한테 일을 맡겨야 한다며 케리한테 혼난다네."

벨그리프는 그렇게 말한 뒤 웃었다.

중년들은 갖가지 일솜씨가 숙달의 영역에 다다랐다. 직접 일거리를 맡아 처리하면 물론 빠르게 끝날 테지만, 젊은이들이 일을 이어받아야 한다는 것을 고려하지 않으면 추후 마을의 일 처리에 지장이 발생한다. 물러날 때를 가늠하는 것도 벨그리프만 한 나이가 되면 중요한 화제가 되는 법이었다.

카심이 실실 웃으며 바닥에 주저앉았다.

"일을 넘겨주고 이어받아야 한단 말이군? 고생이 많네."

"그렇지, 뭐. 아무튼 매사에 신경을 안 쓰면 톨네라가 안 돌아가니까."

마을의 일거리는 1년 단위로 똑같다. 봄에 밭을 일구고, 늦봄에는 감자를 캐고, 초여름에 보리 수확과 양털 깎기, 가을에는 봄 파종 밀 수확과 가을 파종 밀 씨뿌리기가 있고, 또한 짬짬이 다른 채소 재배와 수확이 있다. 사과주를 담근다거나 실을 자아내는 것도 중요한 일이다.

"보리 하나만 봐도 씨 뿌리는 방법부터 수확 방법, 탈곡할 때 몸쓰는 방식이라거나 이것저것 있거든."

"오호, 의외로 심오하구나."

"일이라는 게 뭐든 마찬가지지. 간단하게 보여도 실은 이래저래 신경을 써줘야 하지."

"응, 맞는 말이야."

카심은 고개를 끄덕거린 뒤 다시 머리 뒤쪽으로 깍지를 꼈다.

"이래저래 신경 써야지. 이제부터는 길드 업무도 머리에 집어넣어야겠군?"

"그래……. 자꾸 가슴이 들썩거리는군. 전혀 경험이 없으니까."

벨그리프는 그렇게 말한 뒤 쓴웃음을 지었다. E랭크로 은퇴했고, 이후에는 쭉 시골에서 밭을 일구며 살아왔던 남자가 갑자기 길드 마스터 자리를 맡게 되었다. 어떻게 처신해야 할지 헷갈리는 것이 당연하다.

카심이 껄껄 웃었다.

"뭘, 벨이라면 괜찮아."

"……다들 건네주는 나라면 괜찮다는 말을 정작 난 도무지 이해할 수가 없네만."

"이해 안 돼도 괜찮다. 이러쿵저러쿵 빼다가도 잘 해내는 게 너잖냐."

두 팔에 쌍둥이를 매단 퍼시벌이 다가와서 말했다. 벨그리프는 머리를 긁적였다.

"나 혼자서는 불안하지. 우선 자네들이 같이 있어주니까……."

"그치만 우린 운영에는 별 도움이 안 되잖아, 헤헤헷."

"뭐, 영주님의 여동생 아가씨가 와준다니까 괜찮을 테지. 젊은 나이에 참 대단하더군. 그 자매들 말이야."

퍼시벌은 그렇게 말하며 팔을 올렸다가 내렸다가 했다. 매달려 있는 쌍둥이는 꺅꺅 환성을 내질렀다.

"아빠~ 퍼시 굉장해."

"힘이 장사야~."

"하하, 장사지. 재미있나 보구나."

벨그리프는 웃으며 쌍둥이를 보고, 그리고 양털 깎기 하는 곳을 돌아봤다. 샤를로테와 함께 미토까지 가위를 손에 들고서 양털을 깎고 있다. 번스가 양을 붙드는 역할을 맡은 모습에서 조금씩 일거리가 계승되고 있다는 생각을 하며 벨그리프는 흐뭇하게 웃었다. 안젤린이 어렸을 때 비슷하게 양털 깎기를 했던 기억이 떠오른다.

쌍둥이는 팔에서 어깨로 옮겨 그 위에 걸터앉았다. 퍼시벌은 두 아이를 태운 채 주위를 걸어 다니고 있다. 카심이 거하게 하품을 했다.

"흐암…… 퍼시도 표정이 많이 누그러졌어. 그냥 이대로 쭉 여기서 살면 될 텐데."

"역시 여행에 나서겠다고 말하던가?"

"엉. 그 검은 마수를 찾아야겠대. 괜히 얽매이지 않는 게 좋다고 생각하는데…… 하지만 퍼시 마음도 이해되거든."

"……어렵군. 나 자신은 이미 신경 쓰지도 않는다만."

"그렇겠지. 퍼시도 물론 알 거야. 하지만 아마, 이제는 벨이 이유의 전부는 아니거든. 지금이야 이렇게 다시 만났지만, 그동안 쭉 고통 받았던 것도 분명하니까."

그럴지도 모른다. 눈부신 미래도 과거를 지워주지는 않는다. 다만 쭉 과거에 붙들려 살아가려 하는 고집은 빛나는 미래의 싹까지 잡아 뽑는 불찰이지 않을까. 벨그리프는 못내 걱정하는 마음이 들었다.

"……물론, 괜찮기야 할 테지만."

"음?"

"퍼시 말일세. 이제 와서 복수에 눈이 멀어 시야가 좁아질 것 같지는 않군."

"응. 나도 그렇게 생각하고 싶어. 퍼시는 그냥 매듭을 짓고 싶어서겠지. 다른 누군가가 아니라 자기 자신한테 말이야."

"그렇겠지……. 우리 리더는 절대 약한 남자가 아니야."

"헤헤헤, 동감이군."

카심은 무릎을 끌어안아서 앞으로 뒤로 몸을 흔들었다.

바람은 선선해도 해가 높이 떠 있기에 점점 땀이 배어나는 더위로 바뀌고 있다. 이미 완연한 여름이 가까웠다.

비록 톨네라의 여름은 길지 않지만, 그만큼 마을 사람들은 짧은 여름을 힘껏 즐긴다. 해야 할 일도 많지만, 남은 시간은 설레는 놀이가 가득하다. 강에서 수욕을 즐길 수 있는 것도 곧 다가올 계절의 즐거움이다. 적신 천으로 몸을 닦는 것보다 상쾌하고 기분이 좋다.

멀리서 망치가 나무 때리는 소리가 들려온다. 양과 염소가 울고 있다.

벨그리프가 양털 깎기를 하는 곳으로 돌아가서 작업을 지켜보던 중 케리의 집에서 앞치마 차림의 사티가 나왔다. 아직껏 진행되고 있는 양털 깎기 작업을 보고 감탄하는 한편, 기막히다는 목소리로 입을 열었다.

"어휴, 끝이 안 나는구나. 어제부터 했는데 아직도 안 끝났는걸."

"마릿수가 무척 많으니까. 그래도 이렇게 다 같이 하면 축제 분위기지?"

"후후, 그러게. 그라함 님의 저 차림새 좀 봐봐."

사티는 그렇게 말하며 웃었다. 어린아이들 돌보기를 맡은 그라함은 머리카락을 쭉 당겨서 묶고 그 위에는 수건을 두른 아주머니 비슷한 차림새이다. 인간 사이에서는 물론이고 엘프 사이에서도 영웅시되는 남자가 저런 차림으로 아이들과 함께 부대끼고 있는 모습은 사티가 봐도 우스워서 못 견디겠나 보다.

"아, 금방 점심 먹을 거야. 식구들한테 말 전해줄래?"

"음, 알았어……. 그나저나, 이런 차림새가 이제는 아주 잘 어울리는군."

벨그리프가 말하자 사티는 쿡쿡 웃고는 앞치마의 자락을 손가락으로 들어 보였다.

"엄마인걸. 그치만 다른 분들은 역시 솜씨가 좋더라. 난 아직 경험이 많이 모자라다는 생각을 했어."

사티도 마을 여인네들과 함께 이것저것 일거리를 거들고 있다.

집안일은 익숙하다고 사티는 나름 자부했지만, 마을 아주머니들은 더욱 능숙한 솜씨다. 끊임없이 수다 떨면서도 손이 멈추지를 않아서 겨우겨우 따라가는 것이 고작이라는 느낌이었다고 한다.

"그러고 보니 하루랑 마루는? 그라함 님이 봐주고 계시려나?"

"아니, 퍼시랑 노는 중이야."

대답을 들은 사티가 웃음을 터뜨렸다.

"쌍둥이 둘 모두가 퍼시 군을 좋아하나 봐. 양쪽 다 장난꾸러기라 마음이 잘 맞는 걸까?"

"그럴지도 모르지. 퍼시 녀석은 힘이 세기도 하고. 아까도 두 아이를 어깨에 태워 다니더군."

"후훗, 아빠 입장에서는 좀 질투나지 않아?"

"설마. 게다가 나도 거의 비슷하게 아이들과 놀아주거든. 퍼시처럼 막 흔들어주지는 못하지만."

"벨 군은 다정하니까~."

"……그게 관계가 있는 건가?"

벨그리프는 쓴웃음을 지었다. 사티는 장난스럽게 웃더니 벨그리프의 뺨을 콕 찌르고 나서 부엌으로 돌아갔다.

식기 부딪치는 소리가 들려온다. 곧 점심 식사 시간이다.

138 끝없는 굶주림과 갈증이

끝없는 굶주림과 갈증이 이어졌다. 아무리 죽여도 충족되지 않았다. 그런데도 본능은 오로지 죽여서 잡아먹으라고 속삭이기를 거듭했다.

이 어둠에 숨어 얼마나 긴 시간을 보내왔는가 알 수 없었다. 언제부터, 또한 어째서, 그런 의문조차 잊어버렸다.

몸을 움직이기조차 귀찮아서 온종일 웅크리고 있다가, 사냥감의 기척이 가까워지면 콧등을 들어 올려서 가만히 때가 오기를 기다리고, 멍청한 사냥감이 다가왔을 때 덮친다. 그렇게 살점 한 조각, 피 한 방울에 이르기까지 남김없이 배 속에 삼켜버린다.

다만 사냥을 딱히 잘 해내지는 못했다. 급소에 일격을 날려 처리할 만한 기량은 보유하고 있지 않았다. 그럼에도 이 강인한 신체에는 상대의 공격이 통용되지 않기에 마구잡이로 덮쳐 공격해도 모조리 잡아먹을 수 있었다. 습격당했음에도 목숨을 잃지 못하고 고통에 흐느껴 우는 상대를 가차 없이 잡아먹었던 경험도 있다. 그때도 마음에는 아무런 감개도 솟아나지 않았다.

그런 사냥을 몇 번이나 되풀이했던가. 알지 못했다. 하지만 배고픔도 목마름도 전혀 채워지지 않았다. 단지 마음속에 쓸쓸함만이 가득 차 있었다.

이곳은 어두웠다. 바람도 불지 않으며 오직 싸늘한 어둠만이 묵직하게 괴인 곳이다.

지난번 사냥 이후로 얼마나 시간이 흘렀는지 알지 못했으나 문득 어떠한 기척이 느껴졌다. 밑창 두꺼운 부츠가 지면을 밟는 소리가 났다. 기운찬 이야기 소리가 들려왔다.

슬그머니 몸을 움츠렸다. 앞다리를 굽히고 뒷발은 바닥을 꽉 밟아 디딘다. 이렇게 지면을 걷어차면 마치 화살처럼 날쌔게 사냥감을 덮칠 수 있다.

살짝 보인다. 젊은 사냥감이었다. 네 명 일행이다. 선두를 걷는 소년은 끊임없이 무슨 이야기를 꺼내고 있을 뿐 이쪽을 알아차린 낌새는 없다. 이곳에 오는 두 다리 생명체는 모조리 다 약해 빠졌다.

꽉, 다리에 힘을 주었다. 평소와 같이 덮쳐들었다. 우선 한 마리, 잡은 줄 알았다. 다만 뒤쪽에서 또 다른 소년이 선두에 선 소년을 밀어내며 불쑥 뛰쳐나왔다.

입속이 피 맛으로 가득 차올랐다.

○

안젤린이 거하게 하품을 한다. 옆에 있다가 옮았는지 마르그리트도 커다랗게 입을 벌렸다. 아넷사가 푸흡, 웃음을 터뜨렸다.

"입 크게 벌리기 시합하는 것 같아."

"으응……."

안젤린은 입을 으냥으냥 움직이고 나서 박하수를 한 모금 마셨다.

"왠지 졸려 보이네. 밤샘이라도 했니~?"

밀리엄이 물었다. 안젤린은 고개를 끄덕거렸다.

"아빠한테 편지 썼어……. 근데 나 글을 잘 못 쓰니까 쓰다가 구기고, 또 고민하고……."

"결국 쓰기는 했냐?"

마르그리트가 또 물었다.

"쓰는 중……."

"뭐냐, 아직도?"

"되게 진지하구나."

친구들은 기막힌다는 표정으로 마차 테두리에 기댔다. 안젤린은 언제나 편지를 쓰고 싶지만, 막상 쓰려고 펜을 잡으면 어떻게 말을 매듭지어야 할까 언제나 고민하다가 결국 다 쓰지를 못한다. 그래서 벨그리프에게 보내는 편지도 결국 언제나 간결한 내용이 되고는 했다. 다만 간결한 내용으로 가다듬을 때까지 쓰다가 망친 편지가 몇십 장 생긴다.

승합 마차는 덜커덩덜커덩 소리를 내며 흔들렸다. 머리 위쪽에 쳐 놓은 덮개가 같이 흔들리면서 미묘하게 헐거워진 막이 펄럭펄럭 울렸다.

간소하게 대강 포장한 길은 거듭거듭 마차가 오가는 동안 바퀴 자국이 새겨졌기에 여기저기 요철이 있다. 네 개의 수레바퀴가 울

룩불룩 자국을 밟을 때마다 제각각 모퉁이에서 진동이 울려 전해지는 터라 차분하게 앉아 있기는 도무지 거북하다.

안젤린은 마차에서 몸을 내밀어 지면을 바라봤다.

"여기, 고쳐주지 않으려나……."

"글쎄. 마리아 씨가 살고 있다는 거 말고는 평범한 농촌이니까."

"그래도 마법사가 꽤 드나든다잖니~. 그냥 할망구인데 무슨 볼일인지."

밀리엄이 말하자 승합 마차에 탄 손님들이 힐끗 그쪽을 봤다. 마법사가 많은 듯하다.

이윽고 마을에 눈에 들어왔다. 시골티 나는 자그마한 농촌의 느낌으로 보릿짚 및 나무껍질로 지붕을 올린 조그만 집이 쭉 늘어서 있다. 다만 그 안쪽에 유독 어울리지 않는 하얀색 건물이 있었다. 더욱 안쪽에는 작은 목조 암자가 있다. 그곳이 마리아의 집이다.

안젤린과 친구들은 승합 마차에서 내렸다.

별생각 없이 주위를 쓱 둘러본다. 돌과 나무로 만든 농가가 많지만, 정류소 주위에는 상점이 새로 만들어졌다. 이 마을은 올펜에 농산물을 판매하는 것이 주된 수입인데 상점을 운영할 수 있을 만큼은 사람이 오는 듯하다.

넷이 나란히 마리아의 암자로 갔다. 집 주위에도 기웃기웃하는 사람이 있었다. 마법사인 듯한 인물도 있고 모험가 비슷한 인물도 있다. 소문 자자한 대마도사『회색』에게서 무엇인가 얻을 수 있지 않을까 안달하는 표정으로 기웃거리고 있었다. 분위기를 보고 아마도 쫓겨났음을 짐작할 수 있었다.

안젤린과 친구들은 어중이떠중이들 틈을 누비고 집에 다가갔다.

"할매."

문 너머로 부르자 「아앙?」 하고 언짢아하는 목소리가 돌아왔다.

"안젤린이야……. 들어가도 돼?"

대답은 없다. 허락의 뜻으로 받아들인 안젤린은 문을 열었다. 그러자 먼지투성이 공기가 바깥에 푹 흘러넘쳤다. 마르그리트가 꽤 당황해서 눈이 흔들거렸다.

"으앗, 숨 막혀."

"못살아~! 야~! 청소 좀 하고 살랬지, 게으른 할망구야!"

밀리엄이 버럭 소리치더니 집 안에 뛰어 들어갔다. 그리고는 변함없이 잔뜩 껴입어서 한가득 부푼 마리아를 끌고 나왔다. 마리아는 기침을 터뜨리며 집 바깥으로 쫓겨났다.

"쿨럭, 쿨럭! 뭐 하는 짓거리냐! 난동 부리지 마라, 못된 고양이 녀석! 먼지가 흩날리잖느냐!"

"이런 꼴이면 난동 안 부려도 흩날리지."

마르그리트가 「이 많은 먼지를 뭔 수로 쌓았냐」라며 오히려 감탄하는 표정으로 암자 안쪽을 들여다봤다. 먼지는 좀 많아도 약초 및 향유 냄새가 가득 차 있다.

실험 기구와 두꺼운 서적은 먼지투성이이고 커튼을 쳐서 어둑어둑하다. 난로에서 불이 이글이글 타오르고 있다. 최근에 손을 댄 듯한 서적만이 먼지투성이 처지를 면했음을 알 수 있었다.

밀리엄이 커튼을 걷고 이곳저곳 창문을 활짝 열자 바깥의 빛이 확 들어왔다.

바람이 불어 빠져나가며 집 안의 먼지를 쓸어서 바깥으로 끌고 나간다. 햇빛 아래에서는 먼지 알갱이가 아주 잘 보였다. 주위에서 보고 있었던 외부인들은 무슨 일인가 눈이 휘둥그레졌다.

밀리엄이 빗자루를 한 손에 들고 방 안에서 마구 날뛰는 동안 나머지 세 사람은 마리아를 둘러싸고 집 바깥의 나무 그늘에 자리 잡았다. 햇살은 조금 강해도 나뭇잎을 지나 비치는 볕은 포근하다. 바람이 불어올 때마다 모두의 얼굴에 얼룩무늬가 흔들거렸다. 이제는 완연한 여름 날씨다.

이런 계절에 벨그리프에게 밀짚모자 짜는 방법을 배웠다. 안젤린은 옛 기억을 떠올렸다.

마리아는 등을 둥글게 굽힌 채 한바탕 기침을 터뜨리더니 지긋지긋하다는 듯이 혀를 찼다.

"제길, 모처럼 집중해서 명상 중이었는데 웬 불청객들이 잔뜩……."

"미안해, 할매……. 그런데 뭔가 떠들썩하네."

안젤린은 그렇게 말한 뒤 주위를 둘러봤다. 줄곧 집 주변에서 모여 있었던 군손님들이 멀리서 이쪽을 살펴보고 있다. 마리아가 날카로운 시선으로 쏘아봐주자 다들 허둥지둥 사라졌다.

"올펜의 경기가 좋아진 만큼 여기저기에서 멍청이들이 잔뜩 모여들더구나. 제길, 옆쪽에 이딴 건물이 들어섰을 때부터 귀찮았는데……."

가만히 투덜거린 마리아는 석회석으로 지은 커다란 건물을 노려봤다.

마리아를 숭앙하는 마법 학도가 자기들끼리 알아서 지은 이 건물은 지금 와서는 작은 학부의 양상을 띠며, 이곳저곳에서 마법사들이 방문하는 곳이 되었다. 올펜의 경기가 좋아진 터라 방문객의 증가 추세에 박차가 가해졌을 테지.

아예 암자를 옮길까 생각하고 있다며 마리아는 투덜투덜 말했다. 마리아의 등을 문질러주며 아넷사가 쓴웃음을 지었다.

"조용히 생활하고 싶어서 오신 곳인데 난처하시겠어요."

"정말 말이다…… 쿨럭."

마리아는 입가를 눌러 컥컥대다가 곧 안젤린을 돌아봤다.

"그래, 무슨 볼일이냐. 놀러 왔나?"

"놀러 온 게 맞기는 한데……. 마왕 연구는 어떻게 됐나 궁금해서."

"저번에도 말했던 대로 판단의 근거가 없군. 그 녹아내린 마왕은 분석을 계속하고 있다만……."

"사실은 나도 마왕이야."

"또 시답잖은 소릴 늘어놓는군."

"아니, 의외로 시답잖은 얘기는 아닐지도 모른다?"

마르그리트가 끼어들어서 말을 보탰다. 마리아는 미간을 찌푸렸다.

"이것들이 다 같이 짜고 나를 골릴 셈이냐?"

"아뇨, 슈바이츠가 관련된 문제예요."

아넷사가 말하자 마리아의 눈빛이 바뀌었다.

"정말이냐?"

"네. 저희가요, 제도에서 슈바이츠 패거리와 싸웠거든요."

"……이봐, 안제. 네 녀석, 그렇게 중요한 이야기를 왜 저번에는 안 했던 게냐."

"까먹었어……."

안젤린은 태연자약하게 대꾸했다. 마리아가 어처구니없다는 듯이 이마에 손을 가져갔다. 마르그리트는 깔깔 웃었다.

"아무튼 진짜 사실이라면 상황이 달라지지. 자세하게 설명해봐라. ……아니, 집을 치운 다음에 하는 게 좋겠군."

집 안에서는 밀리엄이 우당탕 뛰어다니고 있다. 바람 마법을 썼는지 집 곳곳에서 바람이 불어닥치자 창문과 출입구를 지나 날아오르는 먼지가 햇살에 비쳐 잘 보인다.

"아, 맞다. 장군, 퇴원했어……."

"쳇, 다 나아버렸나……. 쿨럭. 약이 아니라 독을 발라줘야 했거늘."

"장군이 독으로 죽기는 하나?"

마르그리트가 의아해하며 묻는다.

"……죽을 것 같지 않군."

그렇게 잡담 나누며 기다리려니까 출입구에서 밀리엄이 얼굴을 내밀었다.

"끝났어! 지저분하네, 에잇! 왜 이런 꼬라지가 될 때까지 내버려두는 거야!"

마리아는 소맷자락으로 먼지를 쳐내며 아주 성가시다는 듯이 일어났다.

"입 다물어라, 바보 제자야. 용쓰는 김에 차도 좀 끓여봐라."

"흥이다!"

밀리엄이 집 안으로 쏙 들어갔다. 아넷사가 쿡쿡 웃는다.

"말은 사나워도 시키는 대로 해주네요, 저 녀석."

"흥, 꼬맹이 적에는 제법 귀여운 구석도 있었다만…… . 쿨럭, 쿨러억."

"할매, 새 제자는 안 받는 거야……?"

"이제 와서 뭘, 귀찮다. 안 받아도 저런 녀석들이 알아서 기어들어 오고 말이다."

마리아는 그렇게 말한 뒤 다시 석회석 건물을 노려봤다가 성큼성큼 집 안으로 걸어 들어갔다.

집 안은 여전히 어수선한 모습이었다. 다만 아무렇게나 꺼내 두었던 책은 책장에 수납되었고, 실험 기구는 한 곳에 깔끔하게 정리되었다. 먼지를 싹 날려버린지라 얼마간 밝아진 듯한 인상이다. 난로 앞에서 밀리엄이 딸깍딸깍하며 혼자서 손을 움직이고 있다. 차 끓일 준비일 테지.

마리아는 안락의자에 앉아 거하게 숨을 내쉬었다.

"……그래, 슈바이츠 자식은 해치웠나?"

"잘 몰라……. 카심 아저씨가 상대했으니까 나는 끝까지 못 봤거든. 시체는 확인 못 했다던데."

안젤린이 답하자 마리아는 한숨 쉬었다.

"그러면 해치웠을 가능성은 거의 없겠군. 나도 꽤 옛날에 토벌대로 들어가서…… 쿨럭, 분명히 죽었다고 생각했었다만."

"다시 나타난 건가. 불사신인가?"

마르그리트의 말에 마리아는 눈살을 찌푸렸다.

"글쎄, 알 수 없구나. 뭐, 그 자식이라면 비슷한 수단을 뭔가 강구하고도 남겠지만……. 순서대로 얘기해봐라. 알아듣기 복잡하잖느냐."

그렇게 아넷사가 주된 설명을 맡고, 다른 멤버가 적당히 보충하며 이야기를 했다. 벨그리프의 옛 친구를 찾기 위하여 떠난 여행에서 제도까지 갔던 것, 황태자가 가짜였고 슈바이츠와 한 패거리였던 것, 사티가 줄곧 싸워왔다는 것, 사티가 과거에는 실험에 관련되었다가 뜻밖에도 안젤린을 낳게 되었다는 것.

설명이 일단락되었을 때 마리아는 상념에 잠기며 팔짱을 끼고 의자에 깊숙이 몸을 기댔다.

"……나무를 숨기려면 숲속이 제격이란 말이군. 아직도 제도에 붙어 있었을 줄이야."

그렇게 중얼거린 뒤 안젤린을 쳐다본다.

"안제, 넌 어머니에게 별다른 말을 못 들었나? 어떤 실험으로, 어떤 과정으로 네가 태어났는지."

"못 들었어. 별로 관심도 없고……."

마리아는 어이없어하며 고개 숙였다.

"자기 문제인데, 넌……. 물어본 내가 바보였군."

45

"게다가…… 그 이야기는 엄마가 조금 힘들어하는 것 같아서."

"……그런가."

"결국 그 자식은 목적이 뭐야……? 세계 정복?"

"그따위 웃기지도 않는 생각은 없을 게다. 그 자식의 욕망은 지식욕뿐이니."

마리아는 곧장 대꾸한 뒤 언짢아하며 살짝 기침을 터뜨렸다.

"쿨럭……. 결국 가짜 황태자도 제도에서 벌인 이런저런 사건도 그 자식의 실험 때문이었다는 소리군. 옛날과 아무것도 달라진 게 없어. 속이 뒤집히는 기분이야……. 쿨럭, 쿨럭!"

아넷사가 등을 문질러주며 말했다.

"슈바이츠는 애당초 어떤 실험을 했었나요?"

"……처음에는 아마 사령술이었을 거다. 제도의 연구 기관에 있던 시절에도 술식 실험이라며 불쑥 도적의 시체를 구해서 들여오는 날이 꽤 많았지. 결국 그 자식이 토벌 대상이 된 계기도 마을 하나를 사령의 마을로 바꿔 놓았던 만행이었지. 제도에도 같은 술식을 준비하던 중 발각된 거다."

"사령술……."

안젤린은 팔짱을 꼈다. 황태자 벤자민의 가짜도 사령술을 특기로 썼다. 샤를로테와 주어졌던 힘도 다시 떠올려보면 사령을 조종하는 힘이었다. 나쁜 녀석들은 시체와 혼령을 좋아하는 걸까 생각이 든다.

밀리엄은 컵에 차를 더 따랐다.

"근데 할망구, 슈바이츠는 딱히 사령술의 끝을 보려는 게 목적은 아니었지~?"

"아마도. 사령술도 그 자식에게는 목적을 위한 도구에 불과했을 게다."

"목적이 도대체 뭔데?"

"쿨럭, 쿨럭! 내가 어찌 알겠느냐. 뭐, 솔로몬 관련의 무슨 수작일 것 같기는 한데."

"또 솔로몬이야……."

번번이 튀어나오는 이 이름에 안젤린은 이런저런 생각을 품고 있었다.

마왕은 솔로몬이 만든 호문클루스라고 한다. 사티와 벡의 이야기를 듣고서 판단하건대 안젤린도 마왕이다. 그럼 마왕의 근본은 결국 솔로몬이다. 아마도 남자일 테니 엄밀한 의미로는 솔로몬야말로 아버지가 될 테지.

그러나 진짜 아버지가 맞다는 생각은 티끌만큼도 들지 않았다. 아버지, 자신의 아버지는 벨그리프 이외에는 인정할 수 없다. 과거에 마음을 들볶았던 진짜 아버지에 대한 고민도 지금 와서는 조금도 안젤린을 괴롭히지 못했다.

"솔로몬……. 맞다, 이상한 얘기를 들은 적 있어."

"이상한 얘기?"

"응. 가짜 황태자한테 들은 이야기……."

안젤린은 가짜 벤자민과 대면했을 때 나눴던 이야기를 설명했다. 솔로몬은 과거에 인간들을 위해 뷔에나와 협력하여 옛 신들과 싸웠다는 것. 그 후 인간에게 절망하여 대륙을 정복했던 것.

"그럼 솔로몬은 좋은 녀석이었던 거냐?"

마르그리트가 물었다. 아넷사가 고개를 흔든다.

"아니, 결국에는 대륙을 힘으로 정복했다잖아. 좋은 녀석이라는 말은 못 해주지 않을까?"

"진짜일까냥~. 사티 씨한테 들은 얘기도 있고, 옛 신이라는 게 아마 있기는 있었을 텐데……."

"……자꾸 복잡해지는군. 슈바이츠가 솔로몬 관련으로 뭔가 계획하는 것은 틀림없다. 다만 놈이 추진하는 실험과 무슨 관계인지 결국 연결이 안 되는군. 그 자식이 지금 와서 힘을 더 손에 넣고자 생각할 리 없다. 게다가 수법이 지나치게 번잡하잖느냐."

마리아는 차를 한 모금 홀짝였다.

"그나저나 묘하군. 마왕을 낳게 하는 실험이 이루어졌다는 것은 알겠다만……. 안제, 어째서 너는 인간이지? 어머니는 분명 엘프가 아니더냐?"

"응……. 근데 나한테 물어봐도 잘 몰라."

"……쳇, 이 부분은 톨네라에 갈 수밖에 없나……."

마리아가 불쑥 중얼거리자 안젤린은 곧바로 눈을 빛내며 몸까지 쭉 내밀었다.

"올래? 좋아, 가자, 할매……! 올해 초가을에 귀성 계획 있거든. 그때 우리랑."

"농담이다, 바보야! 이 나이에 장거리 이동을 귀찮아서 어찌하 겠나!"

"괜찮아, 내가 잘 돌봐줄게……."

"시끄럽다! 제길, 아무 말이나 중얼거리는 게 아니었어……."

마리아는 어깨를 붙잡아 바짝 다가드는 안젤린을 귀찮아하며 되밀었다. 나머지 셋이 쿡쿡 웃는다.

○

대관 저택은 광장에 면한 위치에 지을 예정이다. 이미 주춧돌을 쌓았고 나무 골조가 하루하루 짜여 올라간다. 제재소에서도 밤낮 없이 톱과 도끼 소리가 울려 퍼지는지라 톨네라는 유례가 없는 활 기찬 분위기다.

모험가 길드 예정지는 마을 입구와 가까운 주변이었다.

마을 중심지에 거친 외부인이 너무 모여들면 안 좋다고 주장하 는 주민들도 있었기에 그런 부류의 의견을 받아들여 정한 위치다. 실제 던전과의 접근성 등을 고려하면 마을의 입구 부근은 나쁘지 않은 입지 조건이었다.

이쪽도 이미 주춧돌을 놓고 목재를 날라다가 쌓아 두었다. 막 제재된 나무의 산뜻한 냄새가 감돈다.

여하튼 간에 새로운 시작은 가슴을 두근두근 뛰게 만든다. 젊은 이들은 말할 필요도 없거니와 나이 지긋한 주민들도 은근히 들뜬 분위기였다. 만나서 나누는 이야기가 다들 던전과 길드, 그에 따른 숙소 및 식당의 운영 문제다. 모두가 크든 작든 기대감과 불안감을 품고 있다.

그럼에도 하루하루의 일과는 변함없이 해치워야 한다.

양털 깎기가 일단락되었고 수확한 보리 처리도 대강 끝났다. 공동 작업으로 바쁜 동안에 밭에서는 풀이 쑥쑥 자랐던지라 매일매일 김매기를 한다. 여름철 식탁은 가지각색의 여름 채소로 풍부하게 꾸밀 수 있지만, 다양한 색채를 얻기 위해서는 정성껏 밭을 가꾸어야 한다.

바깥에서 모두 일하는 와중에 벨그리프는 아침부터 새 주택의 탁자에 앉아 서류를 들여다보고 있었다.

얼마 전 보르도의 길드 마스터를 맡은 엘모어가 왔을 때 참고하라며 이것저것 자료를 가져다준 덕분이다. 의뢰 신청과 수리를 위한 용지가 있고, 더 이상 사용하지 않는 모험가 명부가 있고, 상당히 옛날 물건이지만 장부까지 있었다.

어째서인지 많은 사람들이 도움을 주려 한다는 것이 고맙기도 하고, 아울러 어깨에 실리는 책임감이 점점 더 무거워져 가는 느낌도 받는지라 벨그리프는 내심 은근한 부담감이 있었다.

자료를 쭉 훑어보고 실제 운영의 이모저모를 생각하며 잠시 몸을 움직이자는 생각으로 바깥에 나왔다. 익숙지 않은 공부를 한 다음에는 익숙한 활동을 즐기는 것이 최고다.

날씨는 쾌청하고 초여름의 햇살이 쨍쨍 내리쏟아지며 나무들과 풀의 잎사귀는 짙은 녹색을 띠었다. 새끼줄에 매달린 빨래가 바람에 펄럭거린다. 바람에 풀 냄새가 실려 왔다.

몇 차례 지면을 차서 의족의 상태를 확인한 뒤 곧이어 집 뒤편의 밭에 들렀다.

초봄에 새로 설치한 울타리에 벌써 덩굴줄기가 조금 얽히기 시작했다. 부드러운 촉감의 덩굴은 꽃봉오리 비슷한 망울을 달고 있었다. 분명 샤를로테가 봄에 행상인에게 씨앗을 사서 울타리 아래에 뿌렸다고 말해줬었지. 그것이 순조롭게 자라나는가 보다.

모종의 뿌리에 보릿짚을 깔고 있었던 샤를로테와 미토가 얼굴을 들어 올리며 손을 흔들었다.

"아버님~."

"일, 끝났어?"

"그래, 잠시 몸을 움직이려 나왔단다……. 그런데 너희가 열심히 해주는 덕에 아빠는 굳이 안 나서도 괜찮겠구나."

벨그리프가 장난기를 담아 말하자 두 아이는 얼굴을 마주 바라보며 쿡쿡 웃었다.

"사티…… 엄마는 뭐 하니?"

"벡이랑 하루랑 마루랑 같이 빌베리 따러 가셨어. 오후에는 잼을 만들어주신대!"

빌베리는 관목에 열리는 야생 과일이다. 작은 열매는 새콤달콤해서 맛있다. 재배를 하진 않으나 굳이 재배까지 하지 않아도 될 만큼 여기저기서 많이 자라난다. 바위월귤과 달리 마을 주변에서도 채집할 수 있어 마을의 주민들에게도 무척 친숙한 단맛이다.

샤를로테, 미토와 함께 보릿짚을 깔고 모종의 잎에 붙은 벌레를 떼어 내거나 자라난 풀을 뽑아주는 동안에 곧 해가 높이 떠올라 더욱더 더워졌다.

이마에 배어난 땀을 손등으로 훔치고 밭 전체를 둘러본다.

"깔끔해졌구나. 잠시 쉴까?"

"응."

"휴~ 오늘도 더운걸."

샤를로테는 밀짚모자를 뒤집어썼다. 그러고는 벨그리프를 바라봤다.

"모자 만드는 방법, 가르쳐준댔지? 아버님."

"그러자. 짚도 꽤 생겼으니까."

보릿짚을 쓴 가공품은 다수 있다. 여름에 쓰는 밀짚모자도 그중 하나다. 손재주가 좋은 사람은 형태도 가지런하며 들풀로 짜는 화환 등 장식을 해서 엮는다. 그런 물건은 도시 쪽에서 쓰기에도 충분한지라 행상인이 매입해준다. 그러나 대부분은 자신들이 쓰기 위한 소박한 물건이 많다.

안젤린이 어릴 적에도 모자 엮는 방법을 가르쳐줬더랬지. 벨그리프는 옛 기억을 떠올렸다. 맨 처음 만든 모자는 모양새가 변변찮았지만, 그럼에도 자랑스럽게 쓰고 다녔었다. 당시의 광경은 지금도 선명하게 떠올릴 수 있다.

앞마당으로 향하자 물소리가 들려 쳐다봤더니 우물이 있는 곳에 사티와 아이들이 언제 돌아왔는지 채집한 빌베리를 씻는 중이었다. 샤를로테와 미토가 눈을 반짝이며 달려갔다.

"다녀오셨어요!"

"와, 많다."

사티는 얼굴을 들고 미소 지었다.

"너무 많이 땄어. 자, 먹어보렴~."

빌베리가 바구니에 산처럼 쌓여 있다. 씻어서 젖은 열매는 햇살을 반사해서 보석처럼 빛난다. 이미 입 주위를 보라색으로 물들인 쌍둥이와 함께 샤를로테와 미토도 열매를 입에 가져가 「맛있어」라며 웃음 지었다.

"정말 많이도 따 왔네."

"벡이 찾아준 거야. 그치?"

사티가 그리 말하며 눈길을 주자 벡은 눈을 휙 돌렸다. 벨그리프는 감탄해서 수염을 쓸어 만졌다.

"제법이구나. 언제 이렇게 대단한 기술을 익혔어?"

"뭐래냐, 호들갑 떨긴……."

벡은 눈을 돌린 채 빌베리를 대야 속 물에 담가서 휘젓고 있다. 척 봐도 칭찬받아 부끄러워하는 티가 역력한지라 벨그리프는 무심코 웃고 말았다.

아이들이 으쌰으쌰 의욕이 가득하니까 빌베리 일은 맡기기로 하고 벨그리프와 사티는 먼저 집 안으로 들어갔다.

점심 식사를 준비할 시간이다.

먼저 난로에 불을 지폈다. 기름을 두른 냄비에 마른고기를 썰어서 넣고 보리와 함께 볶는다. 물을 채워서 보글보글 끓어올랐을 때 네모나게 자른 감자와 여러 채소를 넣어 푹 삶고 소금과 향초로 간을 맞춘다.

냄비에 뚜껑을 덮고 화력을 살짝 낮춘 뒤 후유, 숨을 돌렸다. 빵 반죽을 전부 끝냈는지 사티가 허공을 멍하니 쳐다보고 있었다.

"왜 그래? 피곤한가?"

"어? 앗, 아냐. 그런 게 아니라."

사티는 살짝 머리를 흔들더니 두 손으로 뺨을 짝 때렸다. 곧이어 살며시 웃는다.

"……즐겁네. 나 말야, 여기에 온 이후 엄청나게 행복해."

"반가운 말이야. 덕분에 나도 기쁜걸."

벨그리프가 대답하자 사티는 미소 짓고는 또 어떤 생각을 하는지 눈을 내리깔았다.

요즘 들어서 사티는 비슷하게 무엇인가 생각에 잠긴 표정을 자주 짓는다. 무슨 일인가 싶어 물어봐도 사리살짝 말을 흐리고 넘어간다. 물론 안 좋은 생각을 하고 있지는 않으리라 신뢰하지만 조금은 걱정이 든다.

"……너무 혼자서 끌어안지 마. 내가 말하기는 좀 민망하지만."

"후후, 그러게 말야……. 고마워."

사티는 한껏 숨을 내쉬고 힘차게 일어섰다.

"좋아, 포장 구이도 만들어줄래. 벨 군, 스튜 냄비 꺼내줘."

"음, 이 정도면 되나?"

"크기가, 옆에 더 큰 녀석."

그렇게 식사를 차리던 중 퍼시벌이 돌아왔다.

"오, 밥이냐. 그런데 벨, 잠깐 나가봐라. 보르도에 갔던 녀석들이 돌아왔다. 건물 관련으로 상의할 게 있다더군."

"아, 그런가. 사티, 나머지는 맡겨도 될까?"

"물론이야. 어서 다녀와."

털 깎기가 끝난 시기에 맞춰 지난주 즈음부터 케리와 번스, 톨네라의 목수들이 함께 보르도로 외유를 떠났었다. 길드 건물을 시찰하자는 이유도 있고, 아울러 이후 사업의 추진 등 이것저것 공부하고 싶은 분야가 많다고 했다. 아마도 많은 이야기를 듣게 되겠지.

나란히 길드 예정지로 향하며 벨그리프는 퍼시벌에게 말을 건넸다.

"이보게, 퍼시."

"엉?"

"사티가 뭔가 도움을 요청하면……. 손을 빌려주겠나?"

퍼시벌은 큰 목소리로 웃었다.

"당연하잖냐. 섭섭한 소리 꺼내지 마라."

"하하, 그러게나 말이야……. 사티도 아직 가슴에 품어 둔 이야기가 있을 테니까."

"……마왕의 문제일 테지."

벨그리프는 고개를 끄덕였다. 쌍둥이를 비롯하여 벡과 미토와 같은 마왕을 지닌 아이들의 문제를 해결하려면 슈바이츠 및 관련 조직과 가장 깊은 관계에 있던 사티의 증언은 중요하다.

다만 제도에서 치렀던 슈바이츠와의 싸움은 사티에게 큰 트라우마다. 중요한 사안임은 비록 알아도 벨그리프는 구태여 자신이 먼저 캐묻자는 생각을 할 수 없었다.

퍼시벌은 걸어가며 상념에 잠긴 듯 턱을 쓰다듬었다.

"아직은 마음 정리가 안 됐을 거다. 우리가 들쑤시지 말고 그 녀석이 먼저 말해주기를 기다리는 게 좋겠지. 카심도 같은 생각이다."

아마도 옛 파티 멤버들은 티 나지 않게 사티의 태도를 살펴봐준 것 같다. 벨그리프는 웃음 짓고는 퍼시벌의 등을 두드렸다.

"이래야 우리 리더지."

"뭔 소리냐, 남편이면 더 열심히 챙겨라."

길드 예정지에는 이미 사람이 잔뜩 모여 있다. 가까이 가자 케리가 손을 흔들었다.

"왔군, 길드 마스터!"

"이 친구야, 뭘 벌써부터……."

"무슨 소린가! 하하, 과연 보르도는 큰 도시더군. 크! 많이 배우고 왔다네."

케리는 의욕이 무척 가득하다. 본래 톨네라에서도 수완이 좋은 부농답게 다양한 분야에 손을 뻗쳤던 만큼 이번 대사업으로 마음이 몹시 고양되나 보다. 번스가 어떤 그림이 있는 도면을 펼쳤다.

"이것저것 묻고 왔거든, 건물 디자인 말인데……."

그렇게 말을 이어 가려던 때 다른 누군가가 끼어들었다.

"숙소 같은 시설은 어떻게 하나? 길드에서 소개도 해줄 거지?"

"상점도 같이 운영하면 안 되나? 주점까지 같은 곳이면 재밌을 것 같은데."

"아니, 벌써 급하게 굴지 마라. 아직 개시도 안 했는데."

"아무튼 간에 우선은 건물이지. 자리를 잘 꾸며야 찾아오는 녀석을 맞이해줄 수 있다고."

"그래서 지금 그 이야기를 하자는 거 아니냐. 정신 사납게 딴소리하지 마라!"

이야기하던 중 방해를 받은 번스가 짜증 내며 말하자 「이 자식, 왜 큰소리냐!」라며 다른 주민도 열불을 내는지라 괜히 분위기만 시끌벅적해진다. 모두들 이번 사업에 자기 나름의 구상이나 고집이 있는가 보다.

보아하니 점심 식사 전까지 끝내기는 어렵겠군. 벨그리프는 쓴웃음을 지었다.

139 옷 위로도 눈의 차가움은

옷 위로도 눈의 차가움은 느껴졌다. 보드라운 눈은 발버둥 치면 칠수록 몸의 움직임을 제약하며 일어나지 못하게 만든다.

조바심과 두려움이 냉정함을 앗아 갔다. 무시무시한 냉기 덩어리에 얻어맞은 까닭에 몸이 뜻하는 대로 움직여주지 않았다.

벨그리프는 기침을 터뜨렸다. 가슴 깊숙한 곳까지 얼음이 가득 들어찬 것이 아닌가 의문이 들 만큼 숨이 가쁘고 괴로웠다.

검만큼은 간신히 손에서 놓아버리지 않았다. 다만 손이 완전히 곱아든 탓에 검을 움켜쥔 채 다시 벌어질 것 같지가 않았다.

올려다본 하늘은 진주색이었다. 눈이 내리고 있었다. 속눈썹에도 얼음이 달라붙었다. 눈만 깜빡여도 따끔하게 아플 정도다.

"크…… 오오오오!"

우렁차게 고함지르며 기력을 쥐어짠다. 억지로 상체를 일으키고 오른쪽 무릎을 세워서 왼쪽 다리에 힘을 꽉 불어넣었다.

"아빠!"

"안제, 오지 말거라!"

목소리가 뜻하는 대로 나오지 않는다. 일곱 살 딸아이가 눈에 다리가 빠져 휘청이면서도 열심히 달려온다. 하늘을 날아다니는 빙설 동자들이 쿡쿡 웃으며 자신들을 바라보고 있다.

벨그리프는 몸을 흔들어 눈과 얼음을 떼어 냈다. 거하게 숨을 내뱉고 눈앞의『여인』을 똑바로 주시했다.『여인』은 얼음처럼 싸늘하고 투명한 시선으로 벨그리프를 내려다보고 있었다. 벨그리프는 검을 겨누었으나 몸은 딱딱하고 검 끝은 자꾸만 덜덜 흔들렸다.

"안 돼! 안 돼!"

안젤린이 넘어지고 넘어지면서 죽기 살기로 달려와 벨그리프의 앞으로 미끄러졌다.

"안제."

"이러지 마! 울 아빠 괴롭히지 마!"

그렇게 말한 뒤 두 팔을 벌린다. 벨그리프는 손을 뻗어서 안젤린을 꽉 끌어안았다.

"안제, 안 된다……. 빨리 뒤쪽으로……."

입술이 곱아드는 탓에 말이 잘 나와주지 않는다.『여인』은 의아하다는 듯이 눈을 살짝 찡그리며 안젤린을 바라봤다.

『……흐음.』

스릉, 얼음이 반짝이는 듯한 소리가 났다. 표정은 변함이 없고 입조차 움직이지 않았지만, 분명 여인이 말을 꺼냈다. 안젤린을 보고 곧이어 벨그리프를 본다.

『찰나의 존재여. 잘 알았겠지요. 이제 어리석은 행동은 삼가도록 하세요.』

그러고는 빙그르 등을 돌려버렸다. 몸을 찌르는 듯한 냉기가 누그러지고 신체 곳곳의 아픔도 살짝이나마 가셨다. 빙설 동자들의 웃음소리가 울려 퍼지는 가운데 벨그리프는 어안이 벙벙하여 『여인』의 등을 쳐다봤다.

"자, 잠깐만……. 당신은…… 마수가 아닌 건가?"

『여인』은 살짝 고개를 돌렸다.

『……찰나의 존재들은 나를 가리켜 『겨울』이라 호칭합니다.』

"겨울……."

횡횡 바람이 마구 불어닥치며 눈발이 흩날렸다. 눈 뜨고 버티기가 버거워 안젤린을 꽉 끌어안아서 보호한다. 이윽고 눈보라가 멎었을 때 얼굴을 들어 올려도 이미 『여인』의 모습은 찾아볼 수 없었다. 단지 빙설 동자들의 웃음소리만이 한겨울의 싸늘한 공기 속에 희미하게 여운을 남겨 두었을 따름이다.

넋이 나가서 가만히 있던 안젤린이 벨그리프의 가슴에 얼굴을 파묻고 훌쩍훌쩍 울기 시작했다.

그런 딸아이의 등을 부드럽게 쓰다듬어주면서도 벨그리프는 혹시 꿈이라도 꾼 것이 아닐까 생각을 했다.

○

앞에서 걸어가며 이야기를 듣던 퍼시벌이 걸음을 멈추더니 고개 돌렸다.

"그래서 어떻게 됐나."

"일단은 집에 돌아갔어. 긴장감이 싹 날아간 탓에 갑자기 엄청 추워져서 말이야. 몸이 뼛속까지 얼어서 안젤린은 된통 감기에 걸렸지."

"거참, 봉변이었겠군."

"아니, 안 죽고 살아남은 게 행운이지. 안제 덕분이야."

벨그리프는 그렇게 말하며 웃었다. 만약 안젤린이 아니었다면 꼼짝없이 얼음 조각상이 되었을 테지. 물론 지금 이렇게 친구와 같이 걷지도 못했겠다. 퍼시벌은 껄껄 웃었다.

"안제한테 자꾸 도움만 받는구나, 너는."

"정말 동감이군. 내게는 과분한 딸이야."

"뭔 소리야, 네가 아버지라서 이렇게 잘 자란 거지."

뒤에서 따라오던 카심이 말했다. 퍼시벌은 팔을 들어 올려서 기지개를 켰다.

"꼬마 아가씨들은 뭐 하며 지내려나. 의뢰는 열심히 처리하고 있을 테지만……."

"그래, 아마도. 가을에 또 고향에 오겠다며 의욕이 가득했으니까 그만큼 열심히 활동하고 있을 거야."

"젊은 아이들은 기운이 넘쳐 좋겠구나, 헤헤헷."

카심이 그렇게 말하며 중절모자를 고쳐서 썼다.

"그나저나, 겨울 귀부인이라니. 난 길바닥에서 살던 때 같은 부랑자 아저씨한테 동화 속 내용으로 듣기는 했었는데 진짜 있는 줄은 몰랐네."

벨그리프는 웃었다.

"그러게 말이야. 그 탓에 나처럼 마수라고 착각해서 공격하려다가 얼어붙는 신세가 된 모험가도 있는 듯하더군."

"계절의 화신을 상대하자면 S랭크 모험가든 뭐든 감당할 방법이 없잖나. 얼음 여왕하고는 경우가 다르지."

"퍼시, 얼음 여왕은 상대해봤나?"

"글단 북부를 돌아다니던 시절에 맞붙었다. 엄청 대단한 미인인데도 무시무시하게 포악해서 말이야. 쉽지 않더군, 꽤 애를 먹었어."

그럼에도 결국 승리를 거두었다는 말인가. 과연 『패왕검』이라는 칭호는 괜히 주어진 것이 아니군. 벨그리프는 쓴웃음을 지었다. 다시 걸음을 뗀다. 카심이 거하게 하품을 했다.

"점점 더 길이 오르막으로 바뀌네. 이 주변은 슬슬 산이랑 가깝나?"

"그래. 이곳은 이미 산의 영역이야."

벨그리프는 계절에 어울리지 않는 목도리를 끌어 올리려 입가를 파묻었다. 나무들은 파릇파릇한데도 바람이 서늘하고 차갑다. 쭉쭉 자라서 잎과 줄기를 뻗어야 했을 여러 풀들도 위축되어 작게 수그러졌고, 잎끝이 시든 개체도 보인다.

요즘 들어서 기묘하게도 추운 나날이 이어졌다. 이미 초여름인데도 불구하고 산에서 싸늘한 바람이 내려 불어왔던 까닭이다. 어느 틈인가 푸르게 우거졌던 산의 표면에 눈이 쌓였고, 쾌청한 하늘에는 눈이 연기처럼 날아오르곤 했다. 곧이어 산에 두꺼운 구름이 걸리며, 그 주변만이 어두워졌다. 아울러 산의 한기가 톨네라까지 내려오자 마을 사람들은 당황스럽게도 겨울용 옷을 다시 꺼내야 했다.

다행히 꽤 춥기는 해도 서리가 내릴 정도는 아니었지만, 반소매 옷을 입고 다니면 몸이 떨리는 지경인지라 순조롭게 자라던 여름 채소의 모종들도 생육이 느릿해졌고 막 피어나기 시작한 토마토 꽃도 열매를 맺기 전에 떨어져버렸다.

채소의 흉작은 자급자족을 기본으로 하는 톨네라에서는 중대사다.

단순한 자연 현상이라면 어찌할 도리가 없겠다만, 가만히 앉은 채 추위가 지나가기만을 기다리려니까 마음도 편치가 않다. 그때 퍼시벌이 조사를 맡겠다며 나섰던 터라 심심하다는 이유로 카심도 같이 끼어들었고 근방의 숲과 산의 지리를 속속들이 파악하고 있는 벨그리프가 안내자 역할을 맡게 되었다.

쓰러진 나무를 넘어가면서 카심이 말했다.

"사티도 오면 파티 부활이라는 느낌이었을 텐데."

"그 녀석은 더 이상 이런 바깥일에는 관심이 없는 것 같더라. 자기가 들떠 돌아다닐 시간에 아이들을 더 신경 써주고 싶을 테지."

그렇군. 벨그리프도 고개를 끄덕였다. 자신들은 이제 젊지 않았다. 이제 와서 옛 시절의 파티 부활을 떠들며 까불대기에는 어깨에 올려 둔 것이 많음을 잘 안다. 그럼에도 이렇듯 옛 동료들과 벽지를 향해 나아가는 시간이 왠지 기뻤다. 남자들은 몇 살을 먹어도 꿈꾸는 아이의 마음을 놓지 못하는 듯하다.

카심이 머리 뒤쪽으로 깍지를 꼈다.

"사티도 어른이 다 되어버렸구나. 어쩐지 섭섭한걸."

"동감이다. 다만 언제까지고 옛날 기억에 붙들려서 살아갈 순 없지 않겠냐……. 내가 말하기는 좀 민망하다만."

"헤헤헷, 아주 잘 아시는군."

"이 자식은 꼭 군소리를 붙인다니까."

가끔 시시껄렁한 잡담을 즐기며 세 사람은 척척 걸음을 옮겼다. 모험에 익숙한 퍼시벌과 카심, 이곳의 주변 일대가 안마당과 다를 바 없는 벨그리프의 발걸음에는 거침이 없다.

요즘 들어서 벨그리프는 던전 문제에, 더 정확하게는 길드 운영과 관련된 공부에 전념하고 있다.

줄곧 책상과 마주하는 시간이 딱히 괴롭지는 않다만, 익숙하지 않은 것 또한 사실이다. 작은 글자만 집중해서 들여다보면 불현듯 바깥에 나가고 싶은 마음이 솟구친다. 이렇듯 산을 걸어 다니면 어쩐지 기분이 편안해지는 것 같았다.

조만간에 셀렌도 또 온다고 했다. 저택은 이미 지붕을 다 덮어 놓았고, 벽에 회반죽을 듬뿍 바르기 시작했다. 이사하기에는 빠르지만 조금씩 짐을 들여놓고 있다. 케리의 창고가 비어 있어서 우선 그곳에 짐을 두었다가 대관 저택이 완공되는 대로 옮길 계획이라고 한다.

촌장이 맡는 업무를 인계받는 데 더하여 보르도 가문 직할이 되는 셈이니 이것저것 정비 가능한 부분도 있다며 처음에는 주뼛주뼛하던 셀렌도 차차 의욕을 내는 것 같았다. 본래 총명한 아가씨이니까 기세가 오르면 일 처리도 빠르다.

아무튼 간에 이렇듯 눈 핑핑 돌아가는 나날에다가 이번 한파까지 겹쳤다.

다만 벨그리프는 이같이 산행에 나서는 것이 오히려 일상과 딱 들어맞는다는 느낌도 받는다. 이런저런 사안에 손을 뻗어야 하는 상황에 놓였을지언정 근본은 농민이니까.

점점 더 표고가 높아지고 있다. 주변도 꽤 쌀쌀하고 이미 싹 틔운 나무들은 잎이 시들어서 기운이 없어 보였다.

생물들도 가만히 숨을 죽이고 있는 듯 아무런 소리가 나지 않았다. 내뱉은 숨은 하얗게 떠다니기에 따뜻한 햇볕과의 불균형이 까닭 없이 섬뜩한 정적을 연출하고 있었다.

퍼시벌이 걸음을 멈추더니 주위를 둘러봤다.

"……상당히 기온이 내려가는군. 목적지가 가까운가?"

"그래."

"마수라면 귀찮을 텐데……. 진짜 겨울 귀부인이라면 대화로 해결을 볼 수 있나?"

"뭐라고도 말을 못 하겠군. 자연의 화신이니까……. 뭐, 대화는 일단 시도해야겠지."

"최상급의 대정령 상대로 대화를 나눌 수 있다고? 헤헤헤, 대마도사가 들으면 되게 부러워하겠는데."

"너도 대마도사잖냐."

"난 별로 되고 싶어서 된 게 아니니까."

"아무튼 조금 더 가보지. 아마 가까이 간 곳에서 눈이 내리고 있을 테니까."

과연 대략 한 시간쯤 위로 더 나아가자 점점 눈꽃바람이 흩날리면서 알갱이가 커다래지는가 싶더니 세 사람은 이미 눈 속에 있었다.

하늘은 회색이고 함박눈이 끊임없이 훨훨 내려앉고 있다. 비록 바람은 썩 강하지 않아도 그만큼 밀도는 되레 **빽빽한지라** 어깨와 머리가 곧장 눈투성이가 되었고, 일행은 거듭 머리를 흔들어서 눈을 털어 냈다.

"이거 당황스럽군. 여기만 완전히 겨울이야."

"퍼시, 마수 중 이렇게까지 환경을 바꾸어 놓는 부류가 혹시 있겠나? 얼음 여왕이라든가."

"아주 없지는 않고, 얼음 여왕이라면 확실히 가능할 것도 같다만……. 그렇다기에는 산에서 죽치고 있는 게 조금 이상하군. 이 정도 거리라면 거의 확실하게 톨네라까지 내려와서 난리를 쳤을 테니까."

"그럼 겨울 귀부인 쪽 가능성이 크단 소리네. 말이 통하는 상대라서 잘된 거 아니야?"

"뭐, 그렇군."

다만 벨그리프는 눈살을 잔뜩 찌푸렸다. 오히려 마수가 원인이었다면 벨그리프는 차라리 안심할 수 있었다. 자연의 화신과 같은 존재인 겨울 귀부인이 때 이른 계절에 이런 곳에 나타난 것은 부자연스럽다는 생각이 들어서였다.

본래 비정상적인 부류에 속한 마수가 원인이라면 쓰러뜨려서 해결할 수 있다. 퍼시벌도 카심도 동행한 만큼 아무런 문제도 없었을 테지.

다만 상대가 인간의 지혜를 아득하게 초월하는 대정령이며, 게다가 혹여 모종의 이상 사태를 유발했다면…….

"……과한 걱정도 헛짓이지."

벨그리프는 머리를 흔들었다. 어쨌든 간에 일단은 만나 확인해야 한다. 단순히 이상 기후 때문에 이곳에 잠시 나타났을 가능성 또한 있잖은가. 너무 안 좋은 방향으로 걱정하며 혼자서 불안해한들 무슨 소용이겠는가.

복숭아뼈가 파묻힐 만큼 쌓인 눈을 밟으며 더 앞으로 전진하자 맑고 낭랑한 노랫소리가 들려왔다. 눈 내리는 저편에서 작은 인영이 다수 춤추듯 이리저리 움직이고 있다.

카심이 눈을 가늘게 떴다.

"오~ 오~ 빙설 동자야?"

"빙설 동자군……."

이제 이곳에 있는 존재는 겨울 귀부인이라는 사실이 확정되어 버렸다. 벨그리프는 살짝 암담한 심정을 애써 달래며 걸음을 내디뎠다.

의족의 끝부분이 눈 아래에 숨어 있는 요철을 밟지 않도록 주의하면서 더 가까이 걸어가자 그림자뿐이었던 빙설 동자들의 모습이 이제 뚜렷하게 보였다. 외양은 일고여덟 살 정도의 어린아이다. 똑같이 맞춘 듯한 폭신폭신한 하얀 옷을 입었고 가죽 모자를 썼다. 소년 소녀들은 땅에 발을 대지 않고 둥실둥실 즐겁게 춤추고 있었다. 세 사람이 있는 방향은 쳐다보지도 않았다.

"이게 초여름만 아니라면 멋진 광경일 텐데 말이지."

퍼시벌이 중얼거렸다. 카심이 쓴웃음을 지었다.

"뭐, 어쩔 수 없잖아……. 저쪽인가?"

조금 앞쪽에 한층 더 커다란 그림자가 보였다. 날씬하며 키가 크고 백은색의 긴 머리카락을 풀어 헤쳐서 내려 두었다. 하얀 의복에 하얀 가죽 모자를 눌러쓴 차림새는 빙설 동자와 마찬가지이지만, 저 몸에서 비롯되어 나오는 분위기는 빙설 동자처럼 편안하지는 않다.

겨울 귀부인은 말없이 서 있었다. 아주 살짝 얼굴을 들어 올린 채 떨어져 내려앉는 눈을 바라보는 것 같기도 했다.

벨그리프도 친구들과 함께 말이 없었다. 가만히 서 있는 겨울 귀부인은 저절로 숨을 멈추게 될 만큼 아름다웠다. 다만 멍하니 넋을 잃고 쳐다본 것은 아니다. 뭐라고 말을 건네야 할까 세 사람이 모두 가늠을 할 수 없었을 뿐이다.

한동안 침묵이 이어졌다. 단지 빙설 동자가 부르는 맑은 노랫소리만이 눈의 틈 사이를 누비고 귓가에 와 닿았다.

불현듯 퍼시벌이 거하게 재채기를 했다. 그 소리를 듣고 카심이 웃음을 터뜨렸다. 겨울 귀부인이 이쪽을 보더니 어라, 뜻밖이라는 표정을 지었다.

『또 만나는군요, 찰나의 존재여.』

특별히 심각하게 여기는 음색은 없다. 벨그리프는 어깨의 힘을 살짝 빼내고 귀부인에게 미소 지었다.

"그대는 변함이 없군, 귀부인. 이런 계절에 불쑥 나타나서 좀 놀랍긴 한데……. 잠깐 변덕을 부리는 건가?"

넌지시 물어보자 겨울 귀부인은 어리둥절한 표정으로 벨그리프를 바라봤다.

『우리는 차가운 공기를 타고 왔을 뿐입니다.』

"엉……? 요컨대 그냥 단순한 이상 기후였다는 소린가?"

퍼시벌이 말했다. 귀부인은 딱히 긍정은 하지 않았으나 아마도 짐작이 맞았을 테지. 이 이야기는 끝이라는 듯이 또다시 시선을 공중으로 휙 돌렸다.

벨그리프는 완전히 힘이 쭉 빠져버렸다. 왜 혼자 쓸데없이 불안해하고 긴장했었던가. 자신이 바보 같다는 생각을 했다.

"……정말 난 걱정이 많이 못쓰겠군."

"갑자기 뭐야? 벨."

카심이 의아애하는 표정을 짓고 벨그리프의 어깨를 쿡쿡 찔렀다.

"아니, 아무것도 아니야……. 귀부인, 그대는 단지 우연히 왔다는 말이군?"

『우리에게 의사는 없습니다. 단지 흐름에 몸을 맡길 뿐.』

겨울 귀부인은 그렇게 말한 뒤 다시 벨그리프를 바라봤다.

『그나저나, 그대는 추울 때 나다니기를 좋아하는군요.』

"아니, 딱히 좋아하는 건 아닌데……."

괜히 겸연쩍어져서 벨그리프는 머리를 긁적였다. 카심이 웃으며 수염을 비비 꼬았다.

"뭐, 일단은 안심이네. 귀부인, 댁은 언제까지 여기에 있을 거야?"

『그것은 내가 결정을 내릴 사안은 아닙니다.』

귀부인은 쌀쌀맞게 답했다. 저 여인이 겨울에 부수되는 존재인가, 본인이 겨울을 초래하는가 도무지 딱 잘라 판단할 수가 없었다.

겨울이라. 벨그리프는 생각을 떠올렸다. 그러다가 문득 이전에 저 여인과 해후했을 때의 기억이 되살아났다.

"귀부인. 겨울마저 지배하려고 드는 존재들은 대체 누구를 가리키는 말인가? 분명 예전에 이런 충고를 들려주었던 것 같은데."

겨울 귀부인은 벨그리프를 흘낏 바라봤다.

『예, 맞습니다. 이름은 알지 못합니다만, 일찍이 그러한 존재들이 있었습니다.』

"솔로몬 아니야? 걔들."

카심이 태연자약하게 대꾸했다.

"공공연하게 다루지는 않는데 옛날 문헌에 솔로몬이 계절과 기후를 조작하는 술식을 구축하려고 했다는 내용이 있거든. 자연을 지배하는 것, 대충 비슷하지 않나?"

"어엉? 그러면 솔로몬이 다시 깨어난다는 말이냐?"

퍼시벌이 향주머니를 입가에 가져다 대며 어이없다는 표정으로 말했다.

분명 황당무계한 이야기다. 하지만 말을 꺼낸 존재가 인간도 아니고 하필이면 겨울의 대정령인지라 자꾸 마음에 걸렸다.

"그런데 말야, 벨이 그 충고를 들은 시기는 꽤 옛날이지? 솔로몬을 부활시키려는 일당은 쳐부쉈으니까 이제는 딱히 걱정할 필요도 없지 않아?"

그리고 보니 샤를로테와 얽힌 사교(邪敎)도, 가짜 황태자의 야망도 이미 무너지지 않았던가. 올펜의 마왕 소동도 안젤린이 해결했다. 만약 이 같은 사건을 가리켜서 건넨 충고였다면 확실히 더 이상 문제는 없을 것이다.

"충고가 도움이 된 셈이려나?"

하지만 벨그리프가 다시 바라보자 겨울 귀부인은 고개를 살짝 갸웃거렸다.

『……그대가 무엇을 해서 무엇을 생각하는지는 잘 모르겠습니다만, 흐름은 아무것도 달라지지 않았습니다. 찰나의 존재여.』

"……아직, 사건이 또 일어난다는 말인가?"

귀부인은 무엇인가 답하기 전에 불현듯 얼굴을 들어 올렸다. 동쪽을 향하여 강한 바람이 불기 시작했다. 빙설 동자들이 눈에 띄게 까불어 댄다. 귀부인은 머리카락을 나부끼며 둥실 떠올랐다.

『이만 가겠습니다. 안녕히.』

눈이 춤추듯 흩날리며 시야가 하얗게 물든다. 퍼시벌이 고함질렀다.

"이봐, 좀 분명하게 말을 해줘! 무슨 사건이 일어난다는 소리야!"

그러나 윙윙 울부짖는 듯한 바람 소리가 목소리가 싹 지워졌다.

까불어 대던 빙설 동자들의 목소리가 점점 멀어지고 눈보라도 같이 멀어져 간다. 겨울 귀부인과 동자들은 이미 사라지고 없었다. 납색의 하늘에서 훨훨 내려앉는 눈의 기세도 약해지는 터라 아마도 곧 날씨가 맑아질 것 같다.

퍼시벌이 눈을 털어 내려는 듯이 거칠게 머리를 긁었다.

"제길, 종잡을 수 없는 소리만 잔뜩 늘어놓는군. 이래서 정령은 답답하다니까."

"뭐, 저런 녀석들이 알기 쉽게 설명해주면 오히려 더 섬뜩하잖아."

아무튼 뭔가 사건이 또 일어나겠네. 카심은 팔짱을 꼈다. 벨그리프는 턱수염을 비비 꼬았다.

"솔로몬의 부활은, 아니라는 말인가?"

"뭐, 설마 아니긴 할 텐데……. 그럼 우리는 전혀 모르는 데서 또 뭔가 사건이 벌어지고 있다는 뜻이 되나?"

"뭐든 간에 아무것도 못 하고 팔짱만 끼고 있어야 한다는 게 답답하군."

퍼시벌은 언짢아하며 혀를 찼다.

벨그리프는 잠시 생각에 잠겨 있다가 이윽고 얼굴을 들어 올렸다.

"일단 돌아가지. 이런 계절에 내릴 눈은 아니었어. 햇빛이 들면 곧 녹을 테니까 눈사태가 일어날지도 몰라."

"그럼 큰일이군. 좋아, 내려가자고."

퍼시벌이 망토를 펄럭거렸다.

"돌아가면……. 이것저것 상의를 좀 해야겠네."

카심이 말을 보탰다.

"음, 그라함이라면 뭔가 알 테지……. 아무 사건도 안 일어나면 그게 제일이겠지만."

"뭐, 군걱정으로 끝난다면 나중에 그냥 웃고 말자고."

"그렇군."

벨그리프는 고개를 끄덕였다.

"아무튼 마을까지 돌아가세나. 눈사태에 휩쓸리는 얼간이 짓은 할 수 없으니."

"예이~ 넘어지지 마라, 벨."

카심은 껄껄 웃었다. 선두를 나아가는 퍼시벌은 기침을 터뜨리고 있다.

세 사람은 제각기 이런저런 생각을 떠올리며 산을 내려갔다.

○

"에취!"

어린 안젤린이 큰 소리로 재채기를 하더니 훙훙 코를 훌쩍거렸다. 열이 올라서 눈이 멍하고 뺨도 불그스름하다. 벨그리프는 이마에 얹어준 수건을 다시 꽉 짜고, 달인 약초즙을 그릇에 부었다.

"괜찮니?"

"응……. 아빠는?"

"아빠는 물론 괜찮지. 자, 약 먹자."

벨그리프가 말하자 안젤린은 상체만 일으켜서 얼굴을 찌푸리며 탕약을 마셨다. 그러고는 또 벌러덩 몸을 누이고 모포를 입가까지 끌어 올린다. 눈을 감더니 곧 새근새근 숨소리가 나기 시작했다.

벨그리프는 한숨 돌리고 자신도 밥공기에 담은 탕약을 쭉 들이켰다.

"후유, 힘들군⋯⋯."

자신도 열이 꽤 높아져 고단하다만, 딸아이가 감기에 걸렸는데 아버지가 먼저 드러누울 순 없는 노릇이다.

겨울 귀부인에게서 쏟아지는 한기는 무척 강력했다. 난로에 활활 불을 지펴서 집 안은 분명히 따뜻한데도 아직껏 한기가 느껴진다.

간발의 차이로 죽음을 모면한 이후로 서둘러서 집에 돌아왔다. 돌아오자마자 안젤린은 열이 솟구쳤고 이렇듯 침상에 눕게 되었다.

마수인 줄 착각해서 대적하고자 했던 상대는 마수 이상의 존재였다. 가슴에 손을 가져다 대면 심장이 격렬하게 고동침을 알 수 있었다. 아무리 발버둥 쳐도 결코 맞버틸 수 없으리라고 본능이 알려주었는데도 딸아이를 지키려는 마음에 죽음을 각오하고 막무가내로 덤벼들어버렸다.

그러다가 오히려 딸아이 덕에 살아남은 꼴이니 웃음조차 안 나온다.

"⋯⋯동화 속 겨울 귀부인이었던 건가."

가만히 중얼거렸다. 그동안 잊고 지냈으나 비슷한 이야기를 들은 경험이 있다. 조만간에 마을의 노인을 찾아가서 이야기를 들어봐야겠다고 생각했다.

부르르 몸이 떨렸다. 안젤린이 이런 상태인지라 쭉 의지로 버텼지만, 까딱 긴장을 풀면 자신도 쓰러질 것 같다. 벨그리프는 난로에 장작을 더 넣고 가까이 가서 멀찍이 손을 얹었다. 따딱, 소리를 내며 불똥이 흩날린다. 창밖에서는 아직도 눈이 내리고 있다.

뜨거운 꽃차에 증류주를 약간 떨어뜨려서 홀짝였다. 조금이나마 몸이 따뜻해진다.

문득 안젤린이 꿈실꿈실 움직이면서 몸을 뒤척였다. 벨그리프는 일어나서 흐트러진 모포를 원래대로 잘 덮어주었다. 안젤린은 음냐음냐 뭐라고 중얼거리며 행복하게 베개에 뺨을 문질렀다. 그 모습을 보고 벨그리프는 무심코 웃고 말았다.

"……수프라도 만들어 둘까."

빈 냄비에 물을 채워서 불 위에 올렸다. 감자, 마른고기를 조그맣게 자르고 썬다. 바람이 불자 창문이 덜컹덜컹 흔들렸다. 아직은 눈이 멎을 것 같지가 않다.

140 엘마 도서관은 올펜의 시가지에서 조금

엘마 도서관은 올펜의 시가지에서 조금 떨어진 곳에 있는 커다란 건물이다.

대마도사 엘마가 건립한 유서 깊은 도서관이며 고금동서의 온갖 서적을 소장하고 있다. 일반적인 소설 및 시 같은 창작물도 있지만, 대마도사의 도서관답게 마도서의 부류가 상당히 많은 종류 갖추져 있다.

많은 서적이 일반 이용자에게도 공개되어 있으나 희귀 서적 및 책 자체에 강력한 힘이 내재된 경우, 또는 금서로 취급받는지라 공공연하게 내놓을 수 없는 장서는 특별하게 허가를 받은 사람이 아니면 열람이 불가능하다. 물론 허가를 받는 것도 대단히 어렵다.

대마도사 엘마는 직접 수집한 모든 장서를 관리하기 위하여 특별한 술식을 건물에 설치한 덕에 책 도둑과 같은 부류도 이 도서관에는 못된 마음을 갖지 못했다.

이러한 특징 때문에 마리아의 암자 주변과 마찬가지로 마법사들이 모여드는 장소로 자리 잡았으며 도서관 부근에는 마법사의 암자 및 연구소, 실험실 따위가 다수 지어져 있었다.

그러한 도서관에 안젤린 일행이 와 있었다.

커다란 건물이고 사람이 잔뜩 있는데도 다들 진지한 표정을 짓고 책을 읽거나 필기를 할 뿐이었다. 이를테면 잡담을 즐기는 이용자는 아무도 없다.

이렇듯 긴장감 서린 정적이 가득 차올라 있는 터라 어쩐지 마음이 편치 않다. 게다가 일반 열람실은 홀처럼 천장이 높아 소리도 잘 울린다. 헛기침 한 번도 신중해지는 기분이다.

그럼에도 독서를 제법 좋아하는 안젤린은 서가에서 적당히 책을 꺼내다가 훌훌 책장을 넘겼다. 올펜 근교에 전해지는 옛날이야기를 모은 책이었다. 예전 어렸을 적에 잠들기 전 벨그리프가 들려주었던 이야기도 있다.

아넷사와 밀리엄도 제각각 책을 손에 들고서 읽고 있었다.

다만 이러한 장소가 익숙하지 않은 마르그리트는 책을 읽으려 해도 마음이 편치 않은가 보다. 의자에 앉은 채 손을 맞잡아 주물거리거나 무릎을 손바닥으로 문지르는 등 내내 쩔쩔매기만 했다.

"······답답해서 못 버티겠네. 여기 왜 이래."

마르그리트가 안젤린에게 슬며시 귓속말했다. 안젤린은 어깨를 으쓱거렸다.

"조사할 게 있으니까 어쩔 수 없어······."

"그래도 말야······. 쳇, 이럴 줄 알았으면 밖에서 기다릴걸."

"그럼 먼저 집에 갈래? 열쇠 줄까?"

아넷사가 그렇게 말한 뒤 주머니에 손을 집어넣자 마르그리트는 뺨을 볼록거렸다.

"싫어! 나만 따돌리지 마!"

조금 목소리가 크게 나왔나 보다. 주위 사람들의 시선이 일제히 집중되는지라 마르그리트는 입을 한일자로 다물고 무릎 위쪽에다가 손을 꽉 쥐었다.

"으, 불편하다고……. 마리아 할멈, 아직 멀었냐."

"괜찮아, 심호흡하자……. 마리는 가만히 못 있는 게 문제야……."

안젤린은 그렇게 말한 뒤 하품을 하고 또 책에 시선을 떨어뜨렸다. 벨그리프가 얽히지 않은 문제라면 안젤린은 대부분 조용하게 대처할 수 있다.

그런 분위기로 한동안 넷이서 같이 앉아 있던 중 정적을 깨부수는 요란한 기침 소리가 들려오며 높은 천장에 메아리쳤다. 책 읽던 사람들이 무슨 일인지 놀라 얼굴을 들어 올리고 주위를 둘러본다.

발소리가 울려 퍼지는데도 전혀 거리끼는 기색이 없이 마리아가 거친 발걸음으로 다가왔다.

"쿨럭, 쿨럭……. 제기랄, 변함없이 먼지가 풀풀 날리는군. 속이 뒤집힌다. 이봐, 꼬마들, 정신들 안 차리나. 어서 움직여라."

"자기가 늦게 와 놓고 큰소리야, 바보 할망탱이가."

"입 다물어라, 못된 고양이야. 입 말고 다리를 움직여. 쳇, 사실은 여기 오기도 싫었다만……."

주위 사람들의 비난하는 시선을 전혀 개의치 않고 마리아는 도서관 안쪽으로 성큼성큼 걸어갔다. 발소리가 커다랗게 울려 퍼졌다. 안젤린과 친구들은 애써 웃음을 참으며 책을 서가에 꽂고 나서 곧바로 마리아의 뒤를 쫓았다.

일반 열람실을 지나쳐서 더 안쪽에 사무실 비슷한 곳이 있었다. 마법사처럼 차려입은 직원들이 역시 조용히 책상에 앉은 채 목록 정리 등 업무를 보고 있었다.

그곳에 마리아가 쿵쿵 서슴없이 들어가자 직원들은 눈이 동그래졌다.

"회, 『회색』 마리아 님……?"

"금서실에 볼일이 있다. 입실 허가 수속을 밟아라. 쿨럭……."

직원들은 몹시 당황하며 마리아를, 더 뒤쪽에 있는 안젤린과 친구들은 번갈아 쳐다봤다.

"저기……?"

"다섯 명이다. 이 녀석들도 나와 같이 들어간다."

"아, 그게, 하지만……."

"아앙? 내 요청을 못 들어주겠단 말이냐?"

고명한 대마도사인 데다가 눈매가 사납고 키도 큰 마리아의 예리한 시선 앞에서 직원은 바짝 오그라들었다.

"그, 그런 게 아니라."

"여기, 이거 봐."

안젤린이 걸어가서 S랭크 모험가의 표찰을 보여줬다.

"어, 아……. 혹시, 『흑발의 여검사』 안젤린 님?"

"응……. 신원은 확실하지? 여기 세 사람은 파티 멤버야."

"이, 이런, 실례를 했습니다. 마리아 님도 포함해서 곧장 수속을 밟겠습니다."

"금서실에 손님은 오랜만이네요."

"누가 잠금용 술식 해제하고 와."

"그러면 잠깐 다녀올게요."

"으음, 이쪽에 사인을 부탁합니다……. 와아, 엘프분이라니…….
처음 봤어."

직원들이 제각기 이리 왔다가 저리 갔다가 움직이면서 조용했
던 사무실이 갑자기 어수선해진다. 일행은 대여섯 장의 용지에 사
인을 했다.

바삐 돌아다니는 직원들을 바라보던 마르그리트가 감탄하며 말
했다.

"굉장하네. 쓱 봤을 땐 빌빌거리게 생겼는데 쟤네 다 강하잖아."

"흥, 눈치챘느냐. 이곳은 엘마가 짠 복잡한 술식을 이해하지 못
하면 일 처리가 안 되는 곳이니까. 게다가 희귀한 마도서는 탐내
는 녀석도 많다. 쿨럭, 쿨럭……. 잡것들을 격퇴하기 위해서라도
어중간한 실력 갖고는 여기 직원으로 못 버틴다."

이 도서관에 수집된 책은 자료로서도 귀중하고 가치가 높은지
라 엘마 사후에는 주위에 모인 마법사들이 공동 출자하여 관리하
고 있다고 한다. 실제 우수한 마법사의 취직자리로도 높은 경쟁률
을 자랑한다던가.

"미리는 여기서 일 안 해……?"

안젤린이 묻자 밀리엄은 고개를 옆으로 흔들거렸다.

"나는 이런 데 성미에 안 맞거든~."

"그게 마법사가 할 말이냐, 이 녀석……."

아넷사가 어이없어하며 말했다.

각자 수속을 끝낸 뒤 일행은 사무실 안쪽 방으로 들어갔다. 아무 특별한 구석이 없는 조그마한 방이었지만, 직원이 몇 가지 술식 문양을 벽에 재빨리 그려서 영창을 시작하자 벽이 진동하더니 내려가는 계단이 나타났다.

"이제 가시죠."

그렇게 여자 직원에게 안내를 받아 계단을 내려갔다.

내려가는 도중에 안젤린은 기묘한 위화감을 느끼며 슬쩍 주위에 시선을 줬다. 아무 특별한 구석도 없는 돌벽에 황휘석의 조명이 등간격으로 배치되어 있다. 그럼에도 누군가에게 관찰당하는 듯한 느낌을 받았다.

"……할매, 여기에도 뭔가 마법이 있어?"

"쿨럭……. 당연한 소릴. 직원 녀석들을 고생고생 돌파해 봤자 엘마가 직접 손을 쓴 도둑 방지용 술식이 겹겹이 설치되어 있다. 나도 완벽하게 대책을 마련하기는 어려운 수준으로 말이다."

"흐음……."

그러나 딱히 도둑질하러 오지는 않았다. 안젤린은 후유, 숨을 내쉬고는 다시 앞쪽을 봤다.

한동안 내려가자 나무로 만든 문이 나타났다. 앞에서 걷던 직원이 얼마 전 일행이 사인을 한 서류를 문에다가 가져다 댔다. 그러자 문이 끼익끼익 소리를 내며 삐걱거리더니 불현듯 어린아이와 같은 목소리가 들려왔다.

『흐음, 마리아인가. 오랜만이로구나.』

마리아는 찌푸린 얼굴 그대로 흥, 코웃음을 쳤다.

"나한테 귀찮은 수속을 요구하지 마라, 엘마."

『미안하게 됐군. 뭐, 무슨 일이든 수속은 필요한 법이라네. 자, 들어 오게나.』

문이 혼자서 열렸다. 직원이 옆으로 비켜나더니 어서 들어가라 며 손짓한다.

"돌아오실 때도 이곳을 지나 나오면 되십니다."

안젤린은 고개를 갸웃거렸다.

"그쪽은 같이 안 들어가?"

"네, 저기……. 조금 거북해서요."

여자 직원은 쓴웃음을 지었다. 안젤린과 친구들은 영문을 알 수 없었지만, 마리아는 혼자 다 이해한다는 모습으로 절레절레 고개 를 흔들고 있었다.

불길한 예감을 느끼면서도 안젤린과 친구들은 나란히 안에 들 어갔다. 그렇게 한 걸음 들여놓았다가 곧 당황했다.

우선 가지런하게 쭉 늘어선 책장이 눈에 띈다. 마치 나무처럼 높이가 높고, 어느 책장도 두꺼운 책이 빼곡하게 차 있었다. 더욱 이 책장의 틈을 누비듯 수많은 입체 마법진이 둥실둥실 날아다닌 다. 그것들은 불쑥 사라졌다가 또 불현듯 나타나거나 했다.

방 내부는 책을 읽는 데 아무 지장도 없을 만큼 밝았으나 어디에도 조명은 보이지 않았다. 단지 밝은 상태만이 저절로 유지되고 있는 분위기였다.

이상하다는 생각을 하며 위쪽을 봤다. 천장은 없으며 벽은 일정 부분부터 안개가 들어찬 모습으로 뿌옇게 사라져 가고, 그 위에는 반짝이는 별하늘이 보였다. 근처에는 모형처럼 작은 천체가 은하를 연출하듯 가까이 모여 떠오른 채 규칙적인 속도를 유지하며 느릿느릿 공전하고 있었다.

"와아~ 와아~ 굉장하다! 여기 뭐야!"

마르그리트가 살짝 흥분하며 발을 굴렀다.

"쿨럭, 쿨럭……. 반쯤 마력으로 형태를 구성한 곳이다. 뭐, 인조 던전 비슷하겠군. 규모가 상당히 작기는 한데."

『인간의 마력 가지고는 이 정도가 한계더군.』

방금 전 목소리가 또 들린다. 곧이어 책장 뒤편에서 열 살쯤 되어 보이는 소년이 쏙 나타났다. 연갈색 머리카락을 뒤로 묶었고 두꺼운 안경을 쓰고 있다. 기장이 긴 로브는 밑자락이 바닥에 끌린다.

소년은 일행을 바라보며 흠흠, 고개를 끄덕거렸다.

『이번 손님들은 꽤 화사하구나. 기쁘군.』

"……넌 누구야?"

안젤린이 묻자 소년은 킥 웃었다. 휙 사라진다. 다음 순간에는 안젤린의 바로 옆쪽에 서 있었다. 곧이어 안젤린의 허리를 손가락을 쓱 훑었다. 안젤린은 당황하며 한 발짝 물러났다.

"뭐 하는……."

『나는 이 도서관의 주인이야. 엘마라고 하지. 잘 부탁해, 아가씨들.』

"엥? 엘마라니……."

이 도서관의 주인은 이미 죽었다고 들었다. 안젤린과 친구들이 고개를 갸웃거리자 마리아가 입을 열었다.

"정확하게는 엘마의 잔류 사념이다. 본체는 아주 옛날에 뒈졌지. 쿨럭, 쿨럭……. 다만 마법으로 진짜와 똑같이 인격을 부여받았으니까, 뭐, 엘마 본인이라고 한 말이 틀리지는 않다만……."

"마리아 할매, 엘마 씨하고 아는 사이야……?"

"나이 사칭 의혹을 제기한다~."

"입 다물어라, 바보 제자야. 나는 팔팔한 일흔 살이다. 이 자식은 사념체로 만난 게 전부다."

"엘마 씨는 몇 살이세요?"

아넷사가 물었다.

『백오십 살 정도 되었으려나. 이제는 세는 게 귀찮기도 하고, 나는 이곳을 못 나가니까 시간 흐름에 둔감해져버렸단다.』

"아무튼 간에 알맹이는 할아범이다. 그런데 뭘 어쩌자고 이딴 꼬맹이 모습을 하고 다니는지……."

『자네야말로 나잇살 먹은 사람이 이렇게 젊은 신체를 유지하고 있지 않은가. 벗으면 의외로 좋은 이 몸으로 얼마나 많은 젊은 남자를 홀렸는가? 일흔이나 먹어 놓고서 아주 파렴치한 할멈이구나.』

그렇게 대꾸하는 동안 엘마는 순간 이동을 해서 마리아의 엉덩이를 찰싹 때렸다. 마리아는 「끅」 소리를 내며 로브의 자락을 흔들었지만, 반격이 완료되기 전에 엘마는 이미 처음의 위치로 되돌아온 뒤였다. 마리아는 엘마를 쏘아봤다.

"색골 영감탱이야, 아픈 사람한테 친절하게 좀 굴어라……. 에잇, 꼬마들, 이 자식 외모에 속아 넘어가지 말거라. 생전부터 다시없을 호색한으로 유명했던 녀석이니까. 쿨럭, 쿨럭!"

『오해할 만한 발언이군. 이왕이면 능력 넘치는 신사라고 말해주기를 바라.』

마르그리트가 발갛게 물든 뺨에 두 손을 가져다 댔다.

"너희들…… 서로 몸매까지 알고 지내는 사이야?"

"괘씸하게 뭔 헛생각을 하나, 이 얼간이야. 방금 전처럼 제멋대로 만지고 지껄이는 소리다."

『뭐, 마리아는 젊을 때부터 이곳에 자주 드나들었으니까. 자주자주 만져볼 수 있었지. 덕분에 가슴 크기도 허리의 살집도 나는 아주 잘 안단다.』

엘마는 천연덕스럽게 미소를 띠고 있다. 마리아는 포기했는지 이마에 손을 얹은 채 한숨만 쉰다. 이제는 저항하기도 귀찮다는 모습이다.

안젤린은 입을 삐죽이고 아까 전 손가락이 닿은 부위에 손을 가져갔다. 여자 직원이 방에 들어오기를 꺼렸던 것은 이러한 사정 때문이었구나. 아이의 모습을 취해 다니는 이유도 여성에게 못된 장난을 하기 쉬워서가 아니려나. 이런저런 생각을 떠올렸지만 입

밖에 꺼내지는 않았다.

밀리엄과 아넷사가 흠칫흠칫하며 가까이 붙었다. 마르그리트가 슬며시 안젤린에게 귓속말했다.

"역시 대마도사는 멀쩡한 녀석이 없구나."

"그러게……."

썩 많은 숫자는 아닐지언정 지금껏 만난 대마도사들의 얼굴을 떠올려본다. 오호라, 분명 멀쩡했던 사람이 없는 것 같다. 대마도 사는 원래 괴짜의 집단일까. 안젤린은 의문을 가졌다.

마리아가 눈에 힘주며 안젤린을 쳐다봤다.

"안제……. 너 뭔가 실례되는 생각을 하지 않았냐?"

"……응? 딱히."

『자, 자아. 아가씨들, 이리 오시게. 선호하는 차의 종류가 있다면 가르쳐주겠나?』

엘마는 끝까지 생글거리며 방문객을 탁자로 안내했다. 소녀들은 살짝 경계하면서도 탁자를 두고 앉는다. 입체 마법진이 둥실 테이블로 내려앉는가 싶더니 반짝반짝 빛나다가 다음 순간에는 차 세트가 놓여 있었다.

『자, 드시게나. 무얼, 걱정은 필요 없다네. 지금 사무실에서 전송하여 가져왔으니 찻잎이 오래되었다거나 혹시 이물질이 들어가 있을 우려는 접어 두시게.』

"……잘 마시겠습니다."

안젤린은 김이 피어오르는 차를 입에 가져갔다. 향초차다. 달고 산뜻한 향이 풍기니 마음이 살짝 진정된다. 아넷사와 밀리엄도 차분해진 표정을 짓고 있었다. 일반 열람실과 달리 정적을 신경 쓸 필요도 없다. 마르그리트는 제법 기뻐하는 눈치다.

『아무튼.』

엘마가 입을 열었다.

『오늘은 또 무슨 용건이려나? 이곳의 책은 내 소장품 중에서도 손꼽히는 귀한 장서뿐이지. 어떤 물음이든 답해주겠어. 나는 여인에게는 친절하거든.』

엘마의 언행이 꽤나 난감했던지라 안젤린을 비롯한 여자아이들은 뭐라고 말을 꺼내야 할지 알 수 없었다. 서로 얼굴을 마주 바라보면서 어떤 이야기부터 시작할지 우물쭈물하고 있다.

의자에 앉은 채 등을 구부리고 있던 마리아가 거하게 숨을 내뱉고는 탁자에 팔꿈치를 짚었다.

"솔로몬 때문에 왔다. 특히 마왕 관련의 지식을 알고 싶군."

『이런, 마리아. 그쪽 방면으로 가려는 거야? 나는 솔로몬을 깊이 파고들었다가 파멸한 마법사를 꽤 많이 알아. 추천은 못 하겠는데.』

"이제 와서 네가 충고할 문제는 아니다. 나도 이제껏 솔로몬을 굳이 알려고 하진 않았지. 다만 슈바이츠가 개입된 사안이다. 내가 보고도 못 본 시늉을 할 수는 없어."

『오호, 그 녀석은 멀쩡한 짓을 안 하지……. 그래, 무엇을 알고 싶은데?』

밀리엄이 의아하다는 표정을 지었다.

"엘마 씨는 솔로몬을 잘 아세요?"

『내가 잘 알지는 못해. 하지만 이 방에는 마도서뿐 아니라 뷔에나 교가 금서 처분을 한 책도 있지. 요컨대 교회에 불리한 사실을 적은 자료라는 뜻이야.』

엘마가 말하기를 뷔에나 교의 입장에서 솔로몬은 악(惡)이다. 솔로몬이 만들어 냈던 마왕을 주신 뷔에나의 가호를 받은 용사가 토벌했고, 그 업적이 뷔에나 교의 근간을 이루었다.

그런 까닭에 솔로몬이 비록 자멸했을지언정 아마도 다대했을 마법의 공적 따위가 기록되어 전해짐으로써 재평가받는 사태가 벌어져서는 안 된다. 뷔에나 교의 신앙이 토대부터 흔들리게 되어 버리니까. 악인은 철저하게 악인이 되어 부정당하는 역할을 맡아 주어야 분란이 안 일어난다는 뜻이다.

설명을 듣고 안젤린은 제도에서 가짜 황태자가 늘어놓았던 이야기를 떠올렸다. 솔로몬 이전에 대륙을 지배했었던 옛 신들을 솔로몬과 여신 뷔에나가 협력해서 쓰러뜨렸다는 이야기다.

그 이야기를 엘마에게 말하자 엘마는 살짝 놀라는 표정을 지었다.

『일반 사회에는 알려지지 않았을 금기인데. 뭐, 원래 절대로 지켜지는 비밀은 없는 법이니까.』

"그럼 정말이었어요? 꾸민 이야기라고 생각했었는데 말이죠."

아넷사가 묻자 엘마가 휙 모습을 감췄다. 일동이 어리둥절하던 때 다시 모습을 드러낸 엘마는 손에 한 권의 책을 들고 있었다. 낡은 책이다. 표지의 장정도 오랜 세월에 너덜너덜해졌다. 그래도 정성껏 수복했는지 뜯어져 나간 부분은 전혀 없는 듯 보였다.

『이 책은 꽤 오래된 역사서야. 뷔에나 교가 감행했던 분서를 운 좋게 모면한 책이지.』

"어, 그럼 여기에 진실이……?"

『나는 정말 진실인지 알지는 못해. 역사는 본래 사람의 눈을 통해서만 바라볼 수 있으니까. 같은 사건이어도 누가 썼냐에 따라 달라지는 경우가 허다하거든.』

"그럼 엉터리라는 말이냐?"

마르그리트가 끼어들었다. 엘마는 마르그리트의 옆쪽에 불쑥 나타나더니 목덜미를 손가락으로 쓱 훑었다. 마르그리트가 의자에서 벌떡 일어났다.

"흐아앗! 뭐 하는 짓이야!"

『엉터리인지 진실인지는 읽은 사람이 판단할 문제란다, 엘프 아가씨. 그나저나 엘프의 피부는 과연 보들보들하구나. 매끈매끈한 감촉이 아주 멋져. 배, 쓰다듬어봐도 될까? 허벅지도 괜찮은데.』

"뭐래냐! 절대 안 된다, 색골 꼬맹이야!"

"알맹이는 할아범이라니까. 속지 마라."

마리아가 지긋지긋하다는 듯이 말했다.

안젤린은 엘마에게 책을 받은 뒤 휙휙 넘겨봤다. 예스러운 글자로 쓰여 있어서 읽기 좀 불편해도 아주 못 읽지는 않았다.

이게 달필인지 꼬부랑글씨인지 잘 가늠은 안 된다. 이런 글자가 달필이라면 내 글씨도 명필이라고 안젤린은 생각했다.

엘마는 의자에 앉은 모양새의 자세 그대로 공중에 떠올랐다.

『마왕이라. 그것은 솔로몬이 남겼던 유산에서도 금기 중의 금기로 손 꼽히지. 뭐, 슈바이츠라면 당연히 전혀 개의치 않을 테지만.』

"그런 녀석이니까. 쿨럭……. 엘마, 마왕을 인간으로 만드는 실험에 관하여 뭔가 들었던 내용은 없나? 관련 마도서도 상관없다만."

『또 무슨 소리야? 슈바이츠가 그런 실험을 하고 있었나?』

마리아가 고개를 끄덕거리자 엘마는 재미있다는 표정을 짓고 안경에 손을 가져갔다.

『사령술뿐 아니라 그런 실험에 손을 대기 시작했다고. 글쎄, 무슨 수작을 꾸미는 걸까.』

"할매, 난 딱히 말해도 괜찮은데."

안젤린이 말했다. 마리아는 잠시 고민하다가 이윽고 엘마를 쳐다봤다.

"으음……. 안 퍼뜨리겠다고 약속할 수 있나?"

『하하하, 내가 혹시나 소문을 퍼뜨리고 다닐까 봐? 애당초 이 방에서 나가질 못하는데.』

"……네 녀석은 색골이지만, 그 점은 신용해주마. 뭐, 나도 아직은 절반밖에 못 들었다만, 여기 안젤린이 마왕의 혼을 가지고 있다는군. 다만 이 녀석을 낳은 어미는 엘프다."

마리아가 말하자 엘마는 살짝 놀라는 표정을 지었다. 하지만 무슨 헛소리냐는 반응은 아니었다.

『흐음, 꽤 황당무계한 얘기인데. 재미있군. 더 자세히 들어볼까.』

그렇게 안젤린은 엘마에게 사정을 설명했다. 물론 안젤린 본인도 자세하게 과정을 다 알고 있지는 못하다. 따라서 설명에도 구멍이 조금 날 수밖에 없었지만, 엘마는 처음부터 끝까지 흥미롭게 귀를 기울여줬다.

"그러니까 난 엄마 딸이야. 그치만 왜 인간인지는 몰라……."

『오호라, 어쨌든 미인으로 태어난 건 엘프를 어머니로 둔 덕분일 테니 납득이 되는구나. 옆쪽에 엘프 아가씨와 나란히 서도 손색이 없다는 것이 내 생각이라네, 안젤린 양.』

아무 낌새도 없이 징그러운 소리를 대뜸 늘어놓았다. 방심할 수가 없다. 안젤린은 살짝 주뼛주뼛하다가 곧 자세를 바로 했다.

"그러니까 말이야, 어떻게 된 일인지 알고 싶어서 할매한테 부탁해서 여기에 같이 오긴 했는데……."

『오호라, 오호라. 한데 이곳에는 비슷한 실험 자료가 없구나. 명백하게 외도에 속한 마법인 만큼 연관된 지식은 철저하게 숨기려 할 테지. 슈바이츠라면 더더욱.』

마왕을 인간으로 만드는 것이 아마도 슈바이츠 패거리의 실험 목적이었다는 말은 벡 또한 했었다. 성공 사례는 마왕 특유의 기세가 사라지고 완전한 인간이 된다는 것 같다. 따라서 안젤린은 성공작으로 분류될 테다. 벡과 쌍둥이처럼 실패작도 다수 있는 듯하다만.

"뭐야~ 헛걸음이야."

마르그리트가 머리 뒤쪽으로 깍지를 끼고 의자의 등받이에 기

대서 끽끽 소리를 냈다. 입체 마법진이 하나 눈앞을 쓱 가로질러
갔다.

"아니, 그래도 일단 실마리가 될 만한 마법이 뭐든 있을 테니까
관련 분야의 책부터 찾아보면 되지 않을까? 그렇죠? 엘마 씨."

아넷사가 분위기를 수습하려고 말을 꺼내자 엘마는 훌쩍 아넷
사의 곁에 나타나더니 어깨를 끌어안았다. 그러고는 귓가에 얼굴
을 가까이 가져가서 속삭거린다.

『후후, 나는 배려할 줄 아는 아이를 좋아한단다. 착하다, 착해.』

"고, 고맙네요……."

아넷사는 실룩거리는 웃음을 지었다. 엘마는 히죽 웃더니 아넷
사에게서 떨어진 뒤 적당한 의자를 골라 앉았다.

『지나에메리 집필, 니카유치시마 제4장에서. 「이리하여 뷔에나에게
사랑받는 아이들은 북쪽의 땅으로 떠나갔다. 눈과 얼음으로 채색된 깊
숙한 숲은 청정의 증거였다.」』

"북쪽의 땅으로 떠난 뷔에나에게 사랑받는 아이……? 혹시 엘
프를 말하는 거야?"

밀리엄이 물었다. 마르그리트가 눈을 끔뻑거린다.

"엥, 진짜?"

"그치만 느낌이 대충 비슷하잖아? 엘프의 마력은 청정하다고도
하고, 뷔에나 교에서도 엘프는 고귀한 종족이라며 존경해주는걸?"

"거짓말이네. 난 딱히 존경을 받아본 적이 없다고."

"그치만, 음, 마리니까……."

"그게, 마리잖아……."

"뭐래냐."

불만을 표시하는 마르그리트를 보고 어째서인지 엘마가 만족스럽게 고개를 끄덕였다.

『그 불만에 찬 표정도 아주 멋지군. 자, 이야기를 계속하지. 같은 책, 니카유치시마 제5장에서. 「그들의 힘은 혼의 백(白)과 흑(黑)에 각각 깃들었다. 서로가 상반되는 힘이었다. 따라서 그들은 서로에게 이끌렸다. 다만 결국에는 맺어지지 못했다.」』

"그들은 또 누구야……?"

안젤린이 묻자 엘마는 씩 웃었다.

『솔로몬, 그리고 뷔에나라더군. 니카유치시마는 지나에메리가 쓴 일대 서사시인데 현재는 금서 처분을 받았지. 뭐, 창작을 한 부분도 꽤나 많다는 말이 있지만, 뷔에나 교의 압력이 특별히 강하지 않던 시절의 서적이니까 신빙성은 제법 높을 거야.』

"혼의 백과 흑……."

"어려워서 잘 모르겠네. 무슨 소리야? 뭐가 어떻게 관계있는데?"

무엇인가 생각에 잠긴 모습이었던 마리아가 작게 기침하며 말했다.

"쿨럭……. 안제, 네가 엘프의 배에서 태어났다는 것은 확실한 게냐?"

"어, 응. 어떻게 된 일인지는 못 들었지만……."

"……예전 올펜에 나타나서 녹아내렸던 마왕을 조사했는데 마왕이라는 존재는 응축된 마력 덩어리와 비슷하더구나. 게다가 솔로몬이 손수 만들었던 만큼 마력의 질은 엘프와 아예 정반대였지."

"결국은…… 무슨 뜻이야?"

안젤린은 전혀 알아듣지 못해서 고개만 갸웃거렸다. 하지만 마리아는 목도리에 입가를 파묻은 채 완전한 심사숙고의 상태에 들어가버렸다. 주변의 소리가 귀에 들어오지 않는 분위기다. 저런 구석은 정말 마법사답다.

엘마는 어깨를 으쓱이더니 짝, 손뼉을 쳤다.

『뭔가 단서를 잡았나 보군. 그나저나, 이렇게 조사를 해서 어찌할 심산인가? 아하, 안젤린 양은 자신의 출생 문제라서 궁금해졌던 건가?』

"아니, 난 딱히 아무래도 상관없는데……."

『으음? 상관이 없다? 어째서, 자신이 마왕이라는데? 불안한 마음이 들지는 않나.』

"응. 마왕이든 뭐든 나는 못된 짓 안 했으니까, 아빠 딸이니까."

『오호, 자네는 아버지를 닮았나?』

"아냐, 나는 입양아거든. 그니까 닮았다면 엄마를 닮았을 거야."

『미인 모녀인가. 좋군, 좋구나. 꼭 나란히 선 모습을 직접 감상하고 싶군.』

"아뇨, 안제랑 사티 씨는 안 닮았는데요."

"안 닮았지~."

"외모도, 알맹이도."

안젤린은 뺨을 볼록거리며 탁자에 손을 짚었다.

"얘들아, 리더를 좀 존중해줄래……."

"이봐, 엘마. 솔로몬과 뷔에나에 관하여 쓴 책을 몇 개 찾아봐라. 그리고 엘프와 인간의 마력 비교에 관한 서적도 있다면 내놔라."

마리아가 갑자기 사고의 바다에서 다시 떠올랐다. 엘마는 흠, 콧소리를 내는가 싶더니 휙 모습을 감춰 마리아의 뒤로 이동해서 두 손으로 옆구리를 움켜잡았다. 마리아는 「끄읏」 소리를 내며 펄쩍 뛰었다가 목에 무엇이 걸렸는지 몸을 구부리고 연거푸 기침을 터뜨렸다.

"쿨럭! 쿠울럭, 쿨럭! 콜록, 콜록!"

『다른 사람에게 부탁을 하는 태도가 아니구나, 마리아. 자기가 간절한 만큼 더욱더 깜찍하게, 이를테면 뺨을 물들이면서 제발 부탁드립니다, 주인님, 이렇게―.』

"커흑……. 두 번째 죽음을 바라는가 보군."

마리아는 분연히 일어섰다. 수라의 얼굴이다. 마력이 소용돌이 치고 바람을 일으켜서 옷과 머리카락을 흔든다. 안젤린은 허둥지 둥 일어났다.

"우리는 먼저 나가볼게. 잘 있어, 엘마 씨."

『그래, 또 만나자. 내가 무사하다면 말이지!』

엘마는 농담을 늘어놓으면서도 마치 무술을 펼치려는 듯한 자세를 잡고 마리아와 마주 보고 있었다. 어떻게 생각해도 위험한 상황인데 오히려 즐기는 것 같다.

안젤린과 친구들은 넷이서 다 같이 허둥지둥 방을 빠져나왔다.

올 때 내려왔던 긴 계단을 올라간다.

"뭐랄까……. 되게 지치네."

아넷사의 말에 다른 세 사람도 고개를 끄덕였다.

"진짜 대마도사들은 제정신이 아닌 것 같아. 저런 녀석들이 뭐가 대단해서 존경을 받고 다니냐?"

"뭐, 쓸모 있는 술식이라든가 마도구라든가 이것저것 개발하니까……. 그나저나 할머니 말야, 뭔가 깨달은 걸까? 어쩌면 한 걸음은 나아갈 수 있으려나?"

"그러게……. 마리아 할매한테 맡기는 게 좋겠어."

밀리엄은 제외하더라도 자신들은 딱히 마법의 전문가가 아니었다. 단서만 발견하면 마리아가 훨씬 더 적임일 테지.

물론 사실은 사티에게 묻는 것이 가장 빠를 것이다. 다만 어쩐지 어머니의 옛 상처를 헤집는 것 같아서 되도록 직접 물어보지는 않으려 했다.

어떻게 하든 간에 안젤린은 자신의 출생에 썩 깊은 관심을 가지고 있지 않으니까. 벨그리프가 아버지이고 사티가 어머니이며 톨네라가 고향이라면 다른 무엇도 사소한 일이라는 생각이 든다.

아넷사가 팔짱을 꼈다.

"……그런데 슈바이츠는 마왕을 인간으로 만들어서 뭘 하려는 거야?"

"그게 참 이상하지~. 자선 사업은 아닐 테고……. 병기로 쓰자는 것도 좀 이상하고."

"도대체 뭘까……. 뭐, 그런 녀석의 목적 따위야 관심 없지만."

생각을 하며 걷던 중 어쩐지 배가 고프다는 느낌을 받았다. 안젤린은 배에 손을 가져갔다.

"……올 때 봤는데, 주위에 뭔가 식당이 있었지."

"아~ 있었어. 갈까?"

"가자고. 난 도서관 같은 곳은 성미에 안 맞아. 밥 먹고 기운 좀 내야지."

마르그리트가 그렇게 말한 뒤 하품을 했다. 옆에 있다가 옮았는지 안젤린도 커다랗게 입을 벌린다. 쟤들 또 저러네, 아넷사와 밀리엄이 재미있어하며 웃었다.

141 톨네라에 비 내리는 날은 드물다

톨네라에 비 내리는 날은 드물다. 아주 없지는 않지만 확실히 드물다고 말할 수 있다. 겨울철 눈은 조금도 전혀 드물지 않지만. 봄과 여름철에 빗방울이 떨어지면 바깥일을 하는 데 방해를 받는 어른들은 제쳐 두더라도 아이들은 기뻐하며 까불어 댄다.

그날은 안개비가 내렸다. 빗방울이라는 말을 쓸 만큼 커다랗지는 않았다. 그럼에도 바깥에 나가 있으면 몸이 젖었고 처마 끝에는 어느새 물이 고여서 뚝뚝 떨어졌다.

"물이 쏟아지네."

"이상하네. 재밌어."

하루와 마루 쌍둥이가 마당에서 이리저리 돌아다니고 있었다. 검은 머리카락이 축축하게 젖었고 앞머리는 이마에 달라붙었다. 쌍둥이는 젖는 것이 재미있는지 축축한 머리카락을 어루만지거나 안개비 내리는 하늘을 올려다보았다. 질리지도 않는가 보다.

처마 끝 의자에 앉아서 벨그리프는 아이들 노는 광경을 바라보았다. 옛날에 안젤린도 저렇게 들떠 빗속을 이리저리 다녔었다는 생각이 난다. 몸이 젖어도 개의치 않는지라 여름인데도 난로에 커다랗게 불을 피워서 옷을 말렸던 기억이 있다.

아련한 광경은 하얗게 흐려져서 희미한 실루엣만이 보였다. 물방울이 지면을, 또한 바깥에 아직 내놓은 나무통을 때리는 시원시원한 소리가 귀에 남는다. 그런 소리를 베어 가르며 먼 곳에서 도끼가 나무를 때리는 소리가 메아리치며 울려 퍼졌다.

"이만 들어가자, 너무 젖으면 감기 걸린단다."

벨그리프가 말을 건네자 쌍둥이는 킥킥 웃고는 오히려 더 장난스럽게 빗속을 뛰어다닌다. 어른이 난처해하는 표정을 짓는다는 것이 즐거운 듯하다.

아이들은 본래 청개구리 기질이 있다. 이미 겪어서 잘 알기에 벨그리프도 쓴웃음을 지을 뿐 가만히 놀게 놓아두었다. 초봄의 비는 경우가 좀 다르겠으나 지금은 여름철이다. 나중에 물기를 잘 닦아서 몸을 따뜻하게만 해주면 괜찮으리라.

겨울 귀부인과의 해후 뒤로 조금 날짜가 지났다. 그 이후 그라함도 같은 자리에 모여 상의를 해봤지만, 애당초 적의 실체가 명확하지 않기 때문에 결론을 내리기는 어려움이 많았다.

격조 높은 정령이 한 말이니만큼 망상 따위는 아닐 터이나 저러한 존재는 시간 감각이 인간과 많이 다르다. 거듭 언급했던 사건이 일어나는 날은 당장의 가까운 날일지도 모르고, 어쩌면 100년 뒤의 훗날일 가능성도 고려할 수 있겠다.

어느 쪽이든 간에 아직껏 밝혀지지 않은 불안에 마냥 얽매여 살아갈 수도 없는 노릇이다. 판단을 위한 정보가 모자라다 따지기에는 애초에 톨네라에서는 관련 정보를 얻을 방법이 없다. 그렇다면 답이 안 나오는 고민 때문에 끙끙거린들 시간 낭비다.

답답한 마음은 있지만 결국 하루하루 일과에 매진할 수밖에 달리 대처할 길이 없겠다.

오늘은 벨그리프가 집 보기 담당이다. 얼마간은 집에서 길드 관련의 서류를 읽거나 실제 운영의 단계를 생각하며 시간을 보내다가 지금은 이렇듯 바깥에서 노는 아이들을 지켜봐주고 있다.

그라함, 퍼시벌, 카심 세 사람은 던전이 위치할 만한 장소를 검토하겠다며 장비를 챙겨 외출했다. 톨네라 주변을 탐색하기에는 과하게 힘이 넘쳐나는 인원 구성인지라 벨그리프는 무심코 웃고 말았다.

사티는 얼마 전 일단락된 양털 깎기의 마무리 작업을 돕기 위하여 케리의 집에 가 있었다. 다 깎은 양털은 큰솥에 한 차례 끓이고 거듭거듭 씻어서 깨끗하게 만들어야 한다. 그것을 소면기(梳綿機)로 다듬고 스핀들로 실을 자아내서 양털실을 만든다. 그 무렵에는 이미 겨울의 기운이 찾아들었을 테지.

샤를로테와 미토도 같이 따라갔다.

벨그리프는 자신도 갈까 말해봤지만, 샤를로테가 괜찮다며 고집을 부려서 집에 남았다. 얼마 전까지는 무슨 일을 하든지 벨그리프를 의지했던 아이가 지금은 자신들끼리 애써 해내는 모습을 지켜봐달라는 방향으로 변화한 것 같다.

샤를로테는 양 돌보는 일에 완전히 푹 빠져서 언젠가는 자신도 양을 데려다가 키우겠다며 의욕이 가득하다. 본래는 루크레시아

101

추기경의 딸이었는데 온갖 곤경을 겪은 끝에 북쪽의 변경에서 양치기가 된다는 것이 어쩐지 신기하다.

"……다들 성장해서 나아가는구나."

중얼거렸다. 안젤린도 마찬가지이고 지금은 샤를로테도 미토도 마찬가지이다. 눈앞에서 놀고 있는 쌍둥이도 언젠가는 다 자라서 자신의 길을 찾아 나서게 되려나.

젖은 지면을 밟는 소리와 함께 이쪽으로 오는 벡이 보였다. 밭에 다녀왔는지 후드를 눌러쓴 차림에다가 손에는 바구니를 들었고 옷자락은 진흙이 튀어 묻었다. 바구니 안쪽에는 솎아내기를 한 듯한 작은 뿌리채소, 알갱이 큰 콩이 깍지째 들어 있었다.

"이런, 비가 그치면 다녀오지 그랬니."

"내 마음이다."

벡은 쌀쌀맞게 답한 뒤 처마 끝에서 옷에 묻은 물방울을 털었다. 벨그리프는 쿡쿡 웃고는 일어섰다.

"씻어야겠구나. 통에 물 길어 올까?"

"응……."

그렇게 우물로 가서 나무통에 물을 길으려니까 흙탕물을 밟아 철벅거리며 쌍둥이가 달려왔다.

"아빠~ 뭐 하는 거야?"

"물 마시는 거야?"

"음, 아니란다. 이 물로 채소를 씻을 거야. 하루랑 마루도 도와주겠니?"

"응."

"도울래."

나무통에 꽉 채운 물에 채소를 담가서 하나하나 정성껏 씻는다. 우선 진흙을 제거해야 하고, 벌레가 달라붙은 경우도 있어서 물을 받아 놓고 씻어야 깨끗하게 먹을 수 있다.

처마 아래에서 벡과 쌍둥이가 채소를 씻는 동안에 벨그리프는 집 안에서 수건을 가지고 나와 쌍둥이의 머리를 닦았다. 쌍둥이는 채소를 씻다가 몸을 비비 꼬면서 꺅꺅 떠들었다.

"꺄앙~."

"방해하지 마, 아빠~."

"안 돼, 감기 걸리니까……. 자, 버둥거리지 말고."

"싫어~."

"벡 군, 도와줘~."

쌍둥이는 나무통을 뛰어넘어서 맞은편에 있던 벡에게 달라붙었다.

"바보들아, 다 젖었는데 들러붙지 마라. 얌전히 물기부터 닦아."

쌍둥이가 자꾸 바둥바둥 난리를 치는지라 애먹으면서도 벡은 두 아이를 양팔에 안아 제압했다. 가만히 지켜보던 벨그리프가 웃음을 흘린다.

"형아는 고생이 참 많구나."

"뭔 소리를 지껄이나, 애당초 댁이……. 자꾸 버둥대지 마라! 그냥 둘 다 집에 들어가 있어!"

벡은 쌍둥이를 안아 든 채로 거칠게 쿵쿵 걸어서 집 안으로 들어갔다. 쌍둥이는 무엇이 또 재미있는지 들떠서 소리 높였다. 완전히 익숙해진 톨네라 생활에서 벡도 체력이 꽤 붙은 것 같다.

처마 끝에서는 아직 빗물이 뚝뚝 떨어지고 있다. 안개비인지라 바람에 실려서 불어 들어오기에 처마 아래인데도 머리카락과 수염이 살짝 축축하다. 벨그리프는 재빨리 채소 씻기를 마친 뒤 바구니에 다시 담아서 안아 들었다.

비가 내려서일까, 집 안은 어둑어둑하다. 하지만 등불을 켜야 할 만큼 어둡지도 않다.

벡이 난로에 장작을 넣었나 보다. 잉걸만 남겨 두었는데 지금은 이글이글 불꽃이 피어오른다. 그 앞에서 벌거숭이 쌍둥이가 몸을 맞대서 모포를 둘러쓰고 있었다. 젖은 옷가지는 난로 옆쪽에 잘 펴서 말리는 중이다.

벨그리프는 쿡쿡 웃으며 바구니를 냄비 옆쪽에 놓았다.

"거봐라, 벌써 춥지?"

"아닌데."

"벡 군이 시켰는데."

"감기는 절대 안 걸릴 거야~."

"안 걸려~."

그렇게 말하면서도 난로 앞에서 바짝 붙어 있었지만, 쌍둥이는 끝까지 괜찮은 척 고집부리려는 마음인가 보다. 이렇듯 어린아이의 귀여운 반항심은 무의식중에 흐뭇하게 웃음이 나오게 한다.

그나저나, 벡이 형 노릇을 제법 잘하는구나. 벨그리프는 조용히 턱수염을 쓸어 만졌다. 매사에 무뚝뚝하며 못된 소리만 잔뜩 늘어놓아도 벡은 은근히 아이들을 잘 돌봐준다. 나이가 나이인지라 조금 어려운 구석은 있어도 역시 벡 또한 이런저런 경험을 겪고 받아들이며 성장했다는 증거다. 또는 저러한 면모가 오히려 벡의 본질일지도 모른다.

그리고 벡은 쌍둥이가 갈아입을 옷을 찾으려는지 올림 마루 쪽에서 뒤적뒤적 옷상자를 헤집고 있다. 그런 모습을 벨그리프가 지켜보고 있으려니 고개를 돌린 벡과 눈이 마주쳤다.

"······뭐냐."

"별거 아니다, 그냥 고마워서."

"쳇······."

벡은 휙 고개 돌리더니 쌍둥이에게 갈아입을 옷을 가져다줬다.

"꼬맹이들, 얼른 입어라."

"새 옷이야?"

"입고 놀러 가도 돼?"

"또 젖으면 의미 없잖냐. 얌전히 안에 있어라."

"엥~."

"그럼 안 입어."

하루와 마루는 입을 삐죽이면서 굼실굼실 몸을 가까이 맞댔다. 한번 솟아난 반항심은 좀처럼 가라앉지 않는다. 벡은 언짢아하며 눈살을 찌푸리고는 아이들을 내려다본다.

"그래, 마음대로 해라······. 나는 알 바 아니지."

곧이어 옷을 든 채로 빙그르 등을 돌렸다. 그러자 쌍둥이는 금세 불안해하는 표정을 짓더니 벡의 등과 벨그리프를 번갈아 쳐다봤다. 반항의 결과가 뜻밖에도 방치로 돌아온지라 어떻게 해야 할지 모르겠다는 눈치다. 저런 아옹다옹도 전부 벨그리프에게는 무척이나 흐뭇하고 달가운 광경이었다.

"자, 점심 식사 준비를 하자꾸나. 얘들아, 둘이 옷 꼭 갈아입거라. 그다음은 벡 형아를 도와주고."

"……응."

"도울게."

꾸물꾸물하던 쌍둥이는 자리에서 일어섰다. 벡은 여전히 뚱한 얼굴이었으나 옷을 던져서 건네준다. 하루와 마루는 각자 새 옷을 차려입고는 벡에게 달려갔다.

"벡 군."

"도와줄게."

"……거참."

벡은 어이없어하며 한숨 쉬고는 곧 바구니에서 깍지콩을 꺼내다가 줄기를 벗기기 시작했다. 쌍둥이도 같이 흉내를 내면서 콩을 손에 들었다. 벡은 손놀림을 보여주려는 듯이 일부러 느릿느릿 손을 움직이고 있는 듯하다.

이런 광경을 마주하면 벨그리프는 무엇이라 표현할 수 없는 행복한 기분이 들었다. 아이들의 성장은 가만 지켜만 봐도 흐뭇한 법이니까. 안젤린을 기를 때 충분히 많이 경험했을 텐데 지금도 이렇듯 마음이 가득 차오른다.

돌이켜 보면 안젤린도 고집부리며 못하는 일을 못한다고 말을 안 하고 끝까지 덤비다가 끝내 실패했던 경험이 몇 번인가 있었다. 또한 실패를 실패로 인정하지 않는 경우도 많았다.

냄비에 묻은 검댕을 닦아 내다가 얼굴까지 새까매졌는데 일부러 이랬다며 아무렇지도 않은 표정을 지었던 때도 있었고, 쓱 봐도 실패한 요리를 실패하지 않았다며 떨떠름한 표정을 지은 채 먹어 치웠던 때도 있었다. 아이들 특유의 뻔히 티 나는 오기는 어여쁘다.

이런저런 일상을 겪을 때마다 자꾸 옛 기억이 현재에 겹쳐진다. 자신이 살아 있는 시간은 지금 이때인데도 언제나 떠올리는 것은 안젤린과 쌓은 추억뿐이었다.

아주 중증의 딸 바보구나. 벨그리프는 머리를 긁적였다.

콩을 소쿠리에 넣고서 벡이 말했다.

"이봐, 아저씨, 다른 녀석들은 점심 식사 필요 없겠지."

"아, 맞아. 오늘은 우리 넷뿐이구나."

그라함과 친구들은 도시락을 챙겨 나갔고, 사티와 아이들은 케리의 집이다. 그쪽에서 점심 식사쯤이야 대접해줄 테지. 그러니 벨그리프와 벡, 아울러 쌍둥이까지 네 사람의 몫만 차리면 된다. 뭐랄까, 드문 조합이라는 생각이 들었다.

여러 뿌리채소와 솎아내기를 해서 가져온 야채를 마른고기와 기름으로 볶는다. 깍지콩은 데쳐서 소금과 사과주를 끼얹었다. 아침에 먹다가 남은 보리죽에다가 푸성귀를 썰어서 넣고 데우면 점심 식사 완성이다.

여름 채소가 본격적으로 자라나는 시기는 조금 나중이다만, 이미 꽃은 피었고 성장이 빠른 경우는 엄지손가락만 한 열매가 달린 개체도 있다. 지금은 아직 색채가 부족한 식탁도 곧 화사하게 달라질 테다.

언제나 이야기의 물꼬를 틀어주던 퍼시벌과 카심, 샤를로테가 자리를 비운 까닭도 있어 네 사람은 말수가 적은 점심 식사를 마쳤다. 식기를 정리할 무렵에는 배부른 쌍둥이가 게슴츠레하게 눈꺼풀을 끔뻑거리며 올림 마루의 쿠션에 머리를 얹은 채 졸고 있었다.

비는 멎었는지 줄곧 들려오던 빗소리가 사라졌다. 창 너머에서는 햇살도 비치는 것 같다.

젖은 나무들과 풀이 태양의 빛을 받아서 반짝이고, 수증기도 희미하게 일렁거리고 있다. 조금 날씨가 후텁지근해지겠다는 생각을 하며 벨그리프는 쌍둥이에게 얇은 모포를 덮어주고 곧이어 렌트잎 차를 끓였다.

벡이 맞은편 의자에 앉아 등받이에 몸을 기대고 거하게 숨을 내쉬었다.

"피곤하니?"

벨그리프는 조용히 묻고 찻잔을 밀어줬다. 벡은 하품을 하고 눈가에 묻어나는 눈물을 손가락으로 닦았다.

"……그냥 배가 꽉 찼을 뿐이야."

"그래, 그렇구나."

쌍둥이는 이미 잠들었는지 새근새근 숨소리를 내고 있다. 난로에서 장작이 딱 소리를 내며 터졌다.

벡은 찻잔을 손에 든 채로 어쩐지 멍한 기색이다. 그러고 보니 벡과 이렇게 단둘이 마주하는 것은 오랜만이었다. 식구가 많아 떠들썩할 때 벡은 언제나 한 발짝 물러나서 입을 다물고 있다. 아이들 상대를 할 때면 차분하게 이야기를 나눌 시간이 좀처럼 나지 않는다.

"벡, 톨네라 생활은 어떠니?"

"어떻든 뭐 따질 게 있나……. 갈 데가 없는데."

변함없이 퉁명스러운 대답이다. 벨그리프는 쓴웃음 짓고 찻잔을 입에 가져갔다.

"하기야 매일 바쁘니까……. 혹시 즐겁지는, 않고?"

"지겹다는 말은 안 했다. 뭐……. 밥은 맛있군."

벡은 조금 아련한 눈빛으로 대꾸했다. 그러고는 불현듯 몸서리치며 머리를 살짝 흔든다. 막 떠올린 기억을 잊으려 하는 것 같았다.

"왜 그러니?"

"……아무것도 아니다."

"……굳이 억지로 캐묻자는 생각은 안 한다만, 너무 혼자서 다 끌어안지는 말거라."

벡은 눈살을 찌푸리다가 이윽고 한숨 쉬었다.

"옛날에는…… 음식의 맛 따위 알지도 못했지. 뭘 먹어도 쓰기만 할 뿐 맛이 없었다. 왜 살아야 하나 이유조차 알 수 없었지만……. 지금은, 사는 게 썩 나쁘진 않아."

"그래……. 응, 그렇구나."

벨그리프는 손을 뻗어서 벡의 머리를 톡톡 다정하게 두드려줬다. 벡은 얼굴을 찌푸리더니 손을 쳐냈다.

"무슨 짓이냐, 바보."

"이런, 미안하구나……."

벨그리프는 퍼뜩 놀라며 손을 되돌렸다. 얼결에 어린아이를 대하듯 토닥여버렸다.

조그만 아이들은 쓰다듬어주면 좋아한다만, 벡은 대놓고 싫은 티를 낸다. 성격도 원래 불퉁스럽고 사춘기 탓도 있겠지.

이런 데서 무신경하니 자꾸 실수를 한다. 벨그리프는 머리를 긁적였다.

잠시 서로가 입을 다물어 조용해졌다. 쌍둥이의 새근새근 숨소리와 아직껏 처마에서 가끔 떨어지는 물소리가 들린다. 더욱 먼 곳에서는 도끼가 나무 때리는 소리가 울려 퍼졌다.

벡이 창 너머를 내다보며 입을 열었다.

"슈바이츠는 이래저래 멀쩡한 놈이 아니다. 실제 만난 횟수는 얼마 안 되지만……. 사티도 꽤 힘들었겠지."

벨그리프는 살짝 놀랐다. 티 나지 않게 피하려 하는 기색이 있었지만, 벡은 벡 나름대로 사티를 걱정해주었는지도 모르겠다.

"그래, 아마도. 나도 자세하게 얘기를 듣진 못했어. 옛 상처를 들쑤시는 격이 되어버릴 테니까."

"……어쩌면 나와 사티는 예전에 이미 만났을지도 모른다. 그 녀석은 슈바이츠와 줄곧 싸워왔다며?"

"그래……. 그렇구나. 슈바이츠의 곁에 있었다고 했지."

벡은 턱받침을 하고서 눈을 감았다.

"적대하는 녀석들과 수없이 싸웠지. 솔로몬을 연구하는 다른 조직의 인간들도 있었고, 루크레시아의 정죄 기관도 있었다. 꽤 많이 죽였더랬지. 많은 것을 포기했다. 입속이 언제나 쓰디써서 음식의 맛 따위 느껴본 적이 없었군……."

"……힘들었겠구나."

"지금 돌이켜 보면 말이지. 그때 당시에는 다 어쩔 수 없다며 포기했던 거다. 지금 생활은…… 나쁘지 않아. 그런 점에서는…… 바보 안제한테도 감사하는 마음은 있어."

벨그리프는 웃음 지었다.

"그 말은 안제에게 직접 해주거라. 많이 기뻐할 테니."

"웃기지 마라."

벡은 막 꺼냈던 말을 후회하는 듯 머리를 난폭하게 긁적였다. 벨그리프는 피식 웃고는 빈 잔에 다시 찻물을 채웠다.

쌍둥이가 꾸물꾸물 몸을 뒤척이는 소리가 들려왔다. 오후에는 밭에 나가봐야 한다.

○

쾌청하다. 햇살이 눈부시게 내리쏟아지며 길에서는 흙먼지가 흩날린다. 높은 건물의 벽돌과 석회석 벽이 초여름의 햇빛에 비추여서 반짝거리고 있다. 그곳을 짐마차에 몸을 실은 안젤린과 친구들이 길드 건물로 이동 중이었다.

마르그리트가 먼지를 쳐내고자 얼굴 앞에서 손을 탁탁 흔들었다.

"으. 먼지 날린다. 게다가 덥고."

"오늘은 날씨가 꽤 건조하네. 그래도 이스타프 같은 곳보다는 괜찮지 않아?"

고삐를 쥔 아넷사가 시선은 앞을 보면서 말했다. 확실히 남부지방 이스타프의 건조한 날씨는 그냥 피부를 쓸어 만지면 흙먼지가 눈에 띄게 묻어나는 지경인지라 올펜과 비교도 되지 않았다. 그렇게 생각하면 제법 견딜 만하다는 표현도 아마 가능하겠지만, 마르그리트는 여전히 얼굴을 찌푸리고 있다.

"나는 적응됐는데……. 마리는 아직 힘든가 봐?"

안젤린이 묻자 마르그리트는 고개를 끄덕였다.

"그치만 숲은 아예 먼지가 안 날리고 톨네라도 거의 풀밭이잖냐. 이런 날씨는 좀. 겨울철에는 눈이라도 내리니까 좀 버틸 만한데 말야."

"이 주변은 포장이 아직 안 됐으니까……."

"그래도 퍼석퍼석 찝찝하긴 해. 땀도 잔뜩 흘렸고, 빨리 납품 마치고 목욕탕에나 가고 싶습니다냥~."

밀리엄이 그렇게 말한 뒤 기지개를 켰다.

그저께부터 근방의 던전으로 원정을 나와 의뢰받은 소재를 수집했었다. 고위 랭크의 던전이었으나 마르그리트라는 또 한 명의 전위가 합류한 안젤린의 파티는 이전보다 더욱 강해졌기에 아무 문제도 없이 소재를 다 모았고, 아침부터 마차를 달려 올펜으로 돌아온 참이다.

이미 여름이 왔다. 한동안은 더운 날과 선선한 날이 번갈아 찾아들었지만, 점점 더 더운 날이 늘어나다가 깨달았을 때는 매일이 무더웠다.

솔로몬의 문제는 무엇인가 단서를 찾아낸 듯한 마리아에게 일단 맡기기로 한 뒤 안젤린과 친구들은 다시 하루하루의 의뢰에 매진하고 있다.

가을 귀성이 가까워짐에 따라 안젤린은 자꾸만 들썩들썩했지만, 의뢰는 더욱 부지런히 맡아서 처리해왔다. 자신들이 부재하게 될 기간만큼 미리 제 몫을 하려는 의미도 있었지만, 너무 바빠서 조금 싫증이 나기도 했다.

톨네라의 가을 수확제 때 집에 갔다가 동쪽으로 여행을 떠날 예정이기는 한데 어쩐지 또 본가에서 빈둥빈둥 겨울을 다 보내버릴 것 같은 느낌이 들 정도다. 아빠가 되게 어이없어하려나. 안젤린은 이런 생각을 떠올렸다.

아무튼 간에 쭉 길드 뒤편까지 갔다. 소재를 넘긴 뒤 확인 서류를 받아서 접수처에 가져간다. 평소와 마찬가지다. 다만 접수처 앞이 웬일로 번잡스러웠다. 아마도 합동 호위 의뢰를 받아 나갔던 몇몇 파티에서 계약 시점에 어떤 착오가 있었는지 말썽이 일어난 것 같다.

유리가 못내 난처해하면서도 끝까지 웃는 얼굴로 대응하고 있고, 뒤쪽에서는 길메냐가 왔다가 갔다가 하며 이것저것 서류를 카운터에 늘어놓는다.

"……시간이 좀 걸리겠네."

"그러게. 급한 일 아니니까 나중에 처리할까?"

"그럼 목욕탕 가자, 목욕탕."

"배고파, 기다리기 싫어. 목욕탕 들렀다가 우리 단골 주점이나 가자~."

여차저차하여 의뢰 완료의 수속은 나중에 처리하기로 하고, 안젤린은 일단 세 친구와 헤어져서 집에 돌아온 뒤 갈아입을 옷가지를 챙겨 목욕탕으로 향했다.

안젤린이 갔을 때 아직 다른 세 친구는 오기 전이었다.

높은 위치의 창문에서 한낮의 햇빛이 수증기를 지나 막대기처럼 비쳐 들어오고 커다란 염석(焰石)에 쏟아지는 물소리가 들린다. 손님은 많지 않았으나 더운 계절에 접어든 까닭일까, 욕조에 몸을 담근 사람은 적었다.

안젤린은 머리카락을 올려서 묶고 온수를 몸에 끼얹어 간단하게 씻은 뒤 욕조에 몸을 담가서 후유, 숨을 내쉬었다. 이틀을 꼬박 던전에서 싸우며 흘린 땀과 복귀하던 중 묻은 올펜의 흙먼지가 전부 떨어져 나가는 것 같았다.

"흐아……. 후……. 톨네라에도 목욕탕이 있으면 좋겠어."

두 팔과 다리를 온수 속에서 쭉 뻗으며 안젤린은 혼잣말했다. 안젤린에게 올펜은 거의 모든 부분에서 톨네라보다 못한 곳이지만, 입욕이라는 한 가지만큼은 올펜에 손을 들어주게 된다.

남몰래 가슴 주변을 슬쩍 마사지하던 중 아넷사를 앞에 두고 세 친구가 들어왔다.

"의외로 많이 비었네."

"느긋하게 씻을 수 있겠다냥~."

안젤린의 옆에 자리를 잡고 앉은 마르그리트가 「으어~」 소리를 냈다.

"어으, 피로가 싹 가신다……."

"……마리, 아저씨 같아."

"뭐시라."

마르그리트가 입을 삐죽거리며 안젤린의 어깨를 콕콕 찔렀다. 아넷사와 밀리엄도 쿡쿡 웃으며 온수에 몸을 담그고 아주 늘어지게 몸을 풀어주고 있다.

그렇게 몸을 데우고 때를 벗긴 뒤 산뜻한 기분으로 목욕탕에서 나왔다. 바깥에 나오니 또 먼지 날리는 공기가 네 사람을 둘러쌌지만, 욕조에 들어가기 전만큼 거슬리지는 않는다. 아까는 던전 탐색 중 꾀죄죄해졌던 이유도 있었을 테지.

번잡한 길에 들어서서 곧장 단골 주점으로 향했다. 주점에 가까워짐에 따라 묘하게 떠들썩한 노랫소리가 들려오고 있다.

"에블바디 헤버 굿데이."

"이 목소리……."

"맞아."

거의 예상을 하며 주점에 들어서자 짐작한 대로 루실이 보였다. 탁자 위에 서서 육현을 튕겨 연주하며 낭랑하게 노래 부르고 있었다.

대낮부터 술을 마시는 취한들은 남부의 쾌활한 음악을 듣고 기분이 들떠 올라서 제각기 박자도 안 맞는 괴상한 노랫소리를 쏟아내고 있다. 땀까지 흘려 가면서 열기가 가득한데 이 주점에서는 보기 드문 분위기였다.

구석 쪽 자리에서 기막히다는 얼굴로 앉아 있는 야쿠모를 발견하고 가까이 다가갔다. 야쿠모는 어라, 놀라는 표정을 지었다. 살짝 안도하는 듯 보이기도 했다.

"오오, 오랜만이구나."

"그러게. 야쿠모 씨, 잘 지냈어……?"

"보는 바대로 이 꼴이라네. 저기 강아지가 좀 난리를 피워야지. 난처하군. 나는 조용하게 마시는 것을 좋아하건마는……. 오랜만에 한잔 주고받도록 할까."

야쿠모는 그렇게 말한 뒤 술잔을 들어 올렸다.

야쿠모와 루실 두 사람은 당분간 올펜에서 돈을 벌 방침인지라 요컨대 올펜에서 체류 중이었다. 하지만 같은 파티도 아닐뿐더러 활동 장소가 겹치지 않는 이유도 있어 최근은 한 달 이상 얼굴을 마주하지 못했다. 소식 두절이라고 말할 정도는 아니었지만, 오랜만에 만나면 당연히 기쁘다.

안젤린과 친구들도 와인과 요리를 주문하고 건배했다. 첫 잔을 눈 깜짝할 새에 쭉 들이켜고 마르그리트가 입술을 할짝이며 말했다.

"흐아, 일 하나 끝나고 마시는 한 잔은 끝내준다니까……. 근데 완수 수속은 어떡하냐?"

"내가 이따가 갔다 올게……. 서류만 넘기면 끝이니까."

"뭐, 다 같이 갈 필요도 없고. 부탁 좀 해도 될까?"

아넷사가 국물 요리를 덜어서 담은 작은 접시를 내밀어 주며 말했다. 안젤린은 고개를 끄덕거렸다.

"응. 조금 마신 다음에 산책으로 딱 좋아."

"그럼 너무 마시기 전에 가야겠네~."

밀리엄이 깔깔 웃었다.

"뭐냐, 아직 일하는 중이었나."

"접수처가 복잡해서 의뢰 완수 서류를 아직 못 냈어."

"아, 그런 말이었나……. 뭐, 일 자체는 끝내 두었다면 서두를 것도 없겠지."

"너희는 돈 많이 모았냐?"

마르그리트가 묻자 야쿠모는 생각에 잠기듯 허공을 바라봤다.

"뭐, 본래 돈 때문에 궁하지는 않았다만……. 다시 여행에 나설 시기를 놓쳤다는 느낌이로구나."

"두 분은 또 여행을 다닐 예정이세요?"

"아무렴. 본래 한곳에 붙어 있는 게 불편한 성미라네."

추가 주문한 술병을 점원이 가지고 왔다. 루실은 취한들을 데리고 쭉 노래만 불러 댄다. 안젤린은 빈 잔에 와인을 따라 채우며 입을 열었다.

"야쿠모 씨는 무릉 출신이랬지⋯⋯?"

"맞네만. 무슨 궁금한 게 있는가?"

"우리가 말야, 가을에 잠깐 톨네라에 들렀다가 그다음 동쪽으로 가볼 계획이거든. 같이 다닐래? 길 안내라든가 해주면 기쁠 거야⋯⋯."

"오호, 거 재미있겠군. 자네들과 다니면 지루할 틈이 없지. 뭐, 생각해보겠네."

야쿠모는 껄껄 웃고는 잔을 들이켰다.

잠시간 술자리가 이어졌다. 다만 창문에서 비치는 햇빛에 주홍색이 짙어지는 것을 깨닫고 안젤린은 자리에서 일어났다.

"잠깐 길드에 갔다 올게⋯⋯."

"아, 맞다. 완전히 잊고 있었어."

"미안해, 안제~. 잘 부탁해~."

조금 해롱해롱하며 말한 뒤 밀리엄이 잔을 치켜들었다.

안젤린은 주점에서 나왔다. 저녁 해가 이곳저곳을 비추자 거리는 또 다른 분위기에 감싸였다. 변함없이 사람은 많고 먼지가 날리지만, 술이 꽤 들어간 이유도 있어 불쾌한 느낌은 받지 않았다. 인생 4분의 1을 보낸, 평소와 같은 도시였다.

인파를 빠져나와 길드 건물에 들어간다. 이 시간이면 사람 숫자가 많이 줄지만, 그럼에도 호경기 때문인지 조용함과는 인연이 없다.

고위 랭크 전용의 접수처에 가자 얼마 전 말썽은 이제 해결되었는지 유리가 카운터 너머에서 서류에 무엇인가 쓰고 있었다. 안젤린이 다가가자 유리는 손을 멈추고 생긋 웃었다.

"안제, 어서 와."

"나 왔어, 유리 씨. 점심때 한 번 왔었는데……."

"응, 나도 언뜻 얼굴을 보긴 봤는데……. 미안해, 정신이 없어서."

"아냐, 괜찮아. 별로 급한 볼일도 아니었고……. 여기."

안젤린은 품에서 두 번을 거듭 접은 서류를 꺼내 유리에게 건넸다. 유리는 서류를 쓱 훑어보고는 고개를 끄덕였다.

"응, 문제없네. 이제 여기에 서명 부탁할게."

안젤린은 가장 아래에 사인을 했다.

"요즘은 많이 더워졌네……."

"그러게 말야, 이제 완전히 여름이 됐어……. 아, 맞다. 광장 근에 과자 가게에 차가운 과자가 있다나 봐. 나중에 같이 먹으러 갈래?"

"와, 맛있겠다. 가자, 가자."

기분 좋게 과자 얘기를 하던 중 카운터 너머에서 길메냐가 나타났다.

"안녕, 떠들썩하네."

"앗, 길 씨. 점심때 봤어. 힘들었지."

"아냐, 그런 건 딱히 문제로 쳐주지도 않아. 그냥 비스킷 마지막

한 조각을 누가 먹냐고 시비가 붙었었거든."

"엥?"

"거짓말. 뭐, 돈 분배 때문이었지. 후후후."

길메냐는 태연하게 둘러댄 뒤 웃고는 안젤린의 어깨를 쿡쿡 질
렀다.

"맞아, 맞아. 안제한테 손님이 왔어. 아마 로비에 있을 거야."

"어, 정말? 고마워."

안젤린은 발길을 돌려 로비에 가봤다. 사람이 잔뜩 있어서 누가
누구인지 알 수가 없다.

손님을 찾아 이리저리 시선을 돌리던 중 문득 낯익은 남자가 일
어서더니 손을 들었다. 상대도 이쪽을 알아봤나 보다. 덥수룩한
갈색 곱슬머리에 무척 두꺼운 안경을 쓰고 있다.

안젤린은 얼굴에 활짝 웃음을 지었다.

"와아, 이슈멜 씨!"

142 해가 지면서 처마 끝에 드문드문

해가 지면서 처마 끝에 드문드문 등불을 밝히기 시작하는 거리를 안젤린은 이슈멜과 함께 걸었다. 이스타프에서 던컨과 함께 만났던 사람이다. 『대지의 배꼽』, 아울러 제도까지 여행을 같이 다녔다. 1년은 안 지났으나 제도에서 헤어진 이후 꽤 오래간만의 재회였다.

이슈멜은 무척 미안해하며 머리를 긁적긁적하더니 제도에서 펼친 모험에 가세하지 못했던 것을 사죄했다.

"어우, 정말 미안합니다. 소재를 갖고 돌아가자마자 연구 동료에게 붙잡혀버렸어요……."

"신경 안 써도 괜찮아……. 꽤 위험하기도 했고."

"토야 군과 모린 양에게 들었습니다. 무척 대단한 모험을 하셨다더군요."

"응, 맞아. 황태자가 가짜였는데 말이야, 울 엄마가 줄곧 맞서서 싸웠거든."

안젤린은 콧구멍을 실룩거리며 제도에서 펼친 모험담을 열렬히 늘어놓았다. 이슈멜은 흠흠, 고개를 끄덕이면서 싫은 내색도 한 번 안 하고 얘기를 들어준다.

길드에서 주점까지 짧은 시간에 다 말할 수 있는 내용이 아니었다. 이야기가 마무리 지어지기 전에 주점에 먼저 도착했다.

활짝 열린 문을 지나서 들어가자 곧장 떠들썩한 소리가 머리 위에 쏟아졌다. 저녁때가 되어 손님이 제법 늘어난 분위기였다.

여전히 취한들이 꽤액꽤액 거위 목 조르는 듯한 목소리로 노래 부르고 있었지만, 루실은 이제 지쳤는지 노래도 악기 연주도 멈추고 일행들과 같은 자리에서 잔을 기울이고 있었다.

안젤린이 자리를 비운 동안에도 신나게 마셨나 보다. 탁자에는 빈 병이 두 개나 굴러다니고 있다.

"얘들아, 얘들아."

그 자리에 안젤린이 기분 좋게 외치며 난입한다. 어깨를 눌린 아넷사가 「와앗」 소리를 냈다.

"뭐야, 쏟을 뻔했잖아."

"이슈멜 씨야. 이슈멜 씨가 왔어."

"엥? 와, 진짜다."

"오오, 이게 누구신가."

야쿠모가 반갑다는 표정을 지으며 입으로 연기를 내뿜었다. 마르그리트가 벌떡 일어섰다.

"뭐냐, 너 언제 왔었냐. 잘 지냈고? 결국 제도에선 끝까지 못 만났잖냐, 아쉽게!"

그렇게 말한 뒤 이슈멜의 어깨를 퍽퍽 두드린다. 이슈멜은 쓴웃음 지으면서 비뚤어진 안경을 고쳐 썼다.

"그때는 정말 죄송했습니다……. 뭔가 도망치는 모양새가 되어 버렸죠."

"그런 생각은 아무도 안 합니다아~."

이제 완전히 취해서 해롱해롱하는 밀리엄이 웃으며 말했다.

아무튼 간에 일행과 같이 앉을 의자를 하나 더 억지로 밀어 넣었다. 좁다란 탁자에 일곱 명이서 끼여 앉았다.

어수선한 탁자를 정리한 뒤 추가 술과 요리를 주문했다. 주점에는 끊임없이 사람이 드나들어서 와글와글 북적거리는데도 마스터는 표정 한 번 바뀌지 않았다. 변함없이 능숙한 솜씨로 카운터 너머를 빙글빙글 돌아다녔다. 주문을 잘못 받지도 요리를 실수하지도 않았다. 홀을 오가는 젊은 점원이 오히려 더 지친 표정을 짓고 있다.

아무튼 간에 일행은 또 건배하며 서로 안부를 물었다.

"토야랑 모린 씨는 잘 지내요?"

아넷사가 묻자 이슈멜은 고개를 끄덕거렸다.

"네. 다만 두 분과 만났던 게 이전의 제도 모험이 끝난 뒤 조금 지난 시기였거든요. 글단에 간다는 말씀을 하셨으니까 지금쯤이면 아마 도착했을지도 모르겠습니다."

"글쿠나, 둘이 글단을 거점으로 활동한댔지……."

"우리도 말야, 가을 수확제 때 톨네라에 들렀다가 동쪽으로 갈 계획이걸랑. 맞지, 안제."

"응."

"어라, 뭔가 목적이 있으십니까?"

"강철 나무라는 게 있다니까 보러 가려고……."

별것 아닌 이야깃거리에서 또 화제가 싹을 틔운다. 동방행 여행 이야기, 톨네라의 던전 이야기, 벨그리프와 사티의 결혼 이야기 등등 술안주는 부족함이 없었기에 자꾸만 목이 말라서 술병을 잔뜩 비웠다.

술꾼 마르그리트는 변함없이 태연자약했지만, 밀리엄은 탁자에 턱을 붙인 채 녹아내렸다. 아넷사도 까딱 방심하면 눈꺼풀이 확 내려앉을 듯한 모습이었다. 이따금 잠을 깨우려는지 머리를 부르르 흔들곤 했다. 루실은 또다시 육현을 튕기며 노래 부르고, 야쿠모는 담배 연기를 피워 내면서 티 나지 않게 술기운을 달래는 것 같아 보였다.

안젤린도 머릿속이 은근히 멍한 기분이었다. 재회는 본래 기쁨이 솟는 법인지라 무의식중에 자꾸자꾸 술잔을 움직이게 된다. 이슈멜도 어깨를 돌리거나 목을 구부리는 등 알코올 때문에 굳은 몸을 풀어주고 있었다. 얼추 권해주는 대로 마신 탓에 술이 꽤 많이 들어갔다.

"어우……. 역시 대화를 나누다 보니까 술이 저절로 막 들어가네요."

"이슈멜 씨는 언제까지 여기서 지낼 거야……?"

"딱히 일정을 정하지는 않았습니다. 연구도 소재를 다 구한 덕분에 일단락됐고요……. 아예 톨네라에서 머무르는 것도 나쁘지 않겠다는 생각은 드는군요."

"대환영이야……. 우리랑 같이 가자."

반가운 대답을 듣게 된 안젤린은 해죽해죽 웃으며 이슈멜의 잔에 와인을 꽉 채워주었다. 이슈멜은 화들짝 놀라며 눈이 마구 흔들렸다.

"저기, 안젤린 씨? 저는 좀 자제하고 싶습니다만……."

"뭐냐, 한심하긴. 여기~ 마스터. 물 줘라, 물~."

마르그리트가 손을 들어 올리며 카운터 쪽에 고함질렀다. 이슈멜은 쓴웃음을 지었다.

"죄송합니다, 고마워요……. 하지만 식구도 많은 집에 저까지 실례하기는 조금 미안한 마음이 드는군요."

"괜찮아. 게다가 분명 이것저것 많이 지었을 거야……."

가도 정비도 꽤 진척되었을 테고 셀렌이 이사를 올 대관 저택도 형태가 제법 갖춰졌을 것이다. 어쩌면 길드 건물까지 다 지어졌고 길드 마스터의 집무실에서 벨그리프가 업무를 처리하고 있을지도 모른다. 접수처에는 사티가 앉아 있겠지. 방문자들은 엘프 접수원을 보고 정신을 못 차리지 않을까.

그런 광경을 상상하면 안젤린도 자꾸 얼굴에 웃음이 실실 지어진다.

"즐거운가 보군, 자네는."

야쿠모가 입으로 고리 모양의 연기를 내뱉었다.

"엄청 즐거워……. 있잖아, 야쿠모 씨랑 루실도 같이 갈래?"

"으음, 어찌할까……. 동쪽으로 가는 길에 동행하는 것은 괜찮네만, 톨네라까지 다시 올라가려니까 조금은 번거롭군……. 루실, 네 녀석은 어찌 생각하느냐."

"봄맞이 축제, 즐거웠어. 가을 수확제도 즐거울 거야."

방금 전까지 또 육현을 손에 들고 취한들 틈에 섞여서 놀던 루실도 지금은 두 손으로 와인 잔을 쥐고 얌전히 앉아 이슈멜을 쳐다보고 있었다. 야쿠모는 기막히다는 듯이 숨을 내쉬고는 담뱃대의 재를 털었다.

"즐겁기야 할 터이나……. 나는 말이다, 안제가 결국 어영부영 눌러앉아서 또 겨울을 홀랑 넘길까 봐 못내 염려되는구나. 본인도 부정은 못 하지 않나?"

말을 듣고 보니까 안젤린도 우물우물 입을 다물 수밖에 없었다. 마르그리트가 깔깔 웃는다.

"맞네. 가능성 있어. 혹시 진짜로 눌러앉으면 안제만 혼자 놔두고 우리끼리 동쪽으로 가자고."

"뭐시라. 야, 마리. 리더는 나거든……?"

"자꾸 얼간이 짓 하면 나랑 바꿔야지. 어때? 아네."

"흐아? 어, 아, 자, 잤나……?"

마르그리트가 어깨를 두드리자 아넷사는 눈을 깜빡깜빡하고 주위를 둘러봤다. 이슈멜이 물을 마시며 말했다.

"하하, 오늘은 이만 마치는 게 좋지 않겠습니까? 톨네라에 가는 계획은 또 나중에 천천히 얘기 나눠보지요……."

"으음……."

장내가 떠들썩한 만큼 아직은 술을 덜 마셨다는 생각도 들었지만, 아넷사가 저런 꼴인 데다가 밀리엄은 아까 전부터 푹 엎드려서 안 움직인다. 자신도 꽤 많이 마셨다. 지나치게 기분 내다가 다음 날 활동에 지장을 주면 바보짓인지라 안젤린은 고개를 끄덕였다. 자신들과 비슷하게, 어쩌면 더 많이 마셨을 마르그리트는 태연자약했다. 하지만 저런 녀석은 참고하면 안 된다.

"그렇게 하자……. 아네랑 미리는 한계 같으니까……."

"엑, 나는 완전 멀쩡한데……. 뭐, 어쩔 수 없나."

"……여전히 괴물처럼 잘 마시는군, 자네는."

아무튼 계산을 마친 뒤 바깥으로 나왔다. 낮 동안 석조 건물이 열에 얼마간 달아올랐지만, 대낮 같은 무더위는 이미 물러났다.

선선한 바람이 거리에 불어 지나가고, 이미 불빛을 끈 가게도 많다. 그럼에도 아직은 초저녁에 불과한 터라 호경기의 도시는 좀처럼 잠들려 하지 않는다. 이곳저곳 주점에서 떠들썩한 술잔치가 이어지고 있다.

안젤린은 힘껏 기지개를 켜고 거하게 숨을 내쉬었다. 살짝 밤이슬이 내리기 시작했지만, 먼지가 안 날리는 덕에 오히려 상쾌하다. 아넷사가 눈을 비비며 하늘을 올려다봤다.

"……내일 날씨도 맑겠네."

"이렇게나 잔뜩 퍼마셨는데 내일은 일을 못하지."

야쿠모가 담뱃대에 담배를 채워 넣으며 말했다. 마르그리트는

127

밀리엄의 어깨를 부축해주느라 비틀비틀하고 있다.

"미리, 똑바로 좀 걸어라. 또 무거워진 거 아니냐?"

"으냐아~."

"그럼 우리는 이만 실례하지. 또 보세나."

"응, 둘이 잘 쉬어……. 톨네라 여행은 또 상담해줄게."

"후후, 그리하지. 음……?"

야쿠모는 의아해하는 표정을 지은 채 시선이 이리저리 흔들렸다.

"이봐, 루실. 가지. 뭐 하나."

루실은 이슈멜의 곁에서 킁킁 코를 실룩거리고 있었다. 그리고 보니까 주점에서도 줄곧 이슈멜을 쳐다봤었지. 안젤린은 새삼 떠올렸다.

이슈멜은 난처해하는 표정으로 웃다가 물었다.

"어디 이상한 데 있습니까?"

"……이슈멜 씨, 냄새 바뀌었네, 베이베."

"예? 냄새 말입니까……? 저는 잘 모르겠습니다만……. 냄새납니까?"

이슈멜은 팔을 들어 올려서 자기 냄새를 맡고 고개를 갸웃거렸다.

"또 무슨 짓이냐, 얼른 가자. 난 졸리단 말이다."

야쿠모는 하품을 하며 발길을 돌렸다.

"아임 고잉 홈~. 굿나잇, 안제. 굿나잇, 에블바디."

루실은 천연덕스레 말한 뒤 아장아장 걸어서 야쿠모의 뒤를 따라갔다.

"여전히 되게 재미있는 녀석이네. 아무튼, 안제. 내일은 어떡할래?"

"으음……. 일단 길드에는 가자. 좀 봐서 결정하고."

마르그리트의 어깨에 몸을 기댄 채 흐늘흐늘하는 밀리엄을 보면서 안젤린은 으쓱거렸다. 다행히도 급한 의뢰는 없다. 숙취로 힘들면 쉬어도 된다. 한동안 쭉 의뢰에 매진해왔다. 하루쯤 휴일은 떳떳하게 누릴 수 있다.

아무튼 다음 날 방침을 세우고 곧 친구들과 헤어졌다. 이슈멜은 숙소가 같은 방향이라기에 중간까지 함께했다. 나란히 거리를 따라 걸었다.

"제도에서 오려면 역시 꽤 멀었지?"

"예. 뭐, 먼 길을 다니니까 여행이지요."

"연구랑 여행이랑 뭐가 더 좋아……?"

"흐음, 비슷비슷하군요. 제 경우는 연구를 위한 여행이 대부분이고요."

이슈멜은 그렇게 말한 뒤 쓴웃음을 지었다. 확실히 여행 자체를 목적으로 하는 사람들과는 입장이 조금 다르겠다.『대지의 배꼽』에 왔던 이유도 연구 소재를 확보하기 위해서였다. 마법사의 탐구심은 정말 바닥이 없다는 생각이 든다.

"아, 맞다……. 이슈멜 씨는 솔로몬을 잘 알아?"

"솔로몬 말입니까?"

이슈멜은 의아해하는 표정을 짓고 안젤린을 마주 바라봤다.

"기본적인 지식은 있습니다만……. 혹시 관심이 있으신지?"

"응. 제도에서 싸운 상대가 말야. 솔로몬 연구를 했다니까 조금 관심이 생겼거든."

"아하, 분명히 『재액의 창염』 슈바이츠였지요……."

이슈멜은 그렇게 말한 뒤 생각에 잠긴 표정을 지었다.

"그렇다면 역시나 마왕 관련의 이야기가 나오겠군요."

"맞아……. 역시 바로 아는구나?"

"솔로몬이 남긴 유산들 중 좋든 나쁘든 마법사의 관심을 가장 많이 끄는 분야니까요. 다만 현재는 뷔에나 교의 영향도 있어서 공공연한 연구는 허락되지 않습니다. 뭐, 연구에 뜻을 둔 마법사들 중 마왕에 관심을 갖지 않는 사람은 거의 없다고 생각합니다만."

"아하……. 어라? 그치만 마리아 할매는 별 관심이 없어 보였는데……."

"……예? 누구요?"

"아, 마리아 할매는 대마도사야. 뭐랬더라……. 『회색』이라고 하면 알려나?"

"『회색』의 마리아? 그분은 진짜 천재입니다. 솔로몬의 유산을 의지하지 않아도 자력으로 술식을 개발해 내는 재능을 갖고 계시니까요. 그렇게 말하자면 카심 씨도 마찬가지이려나……. 아무튼 간에 평범한 사람들은 잡아먹힙니다. 그만큼 솔로몬이 남긴 마왕은 거대한 존재예요."

엘마도 마왕에게 발을 들여놓았다가 파멸한 마법사를 다수 알고 있다고 말했었다. 위험한 까닭에 더욱 저항하기 어려운 매력을 가지는 것일까. 이런 건 모험가도 마법사도 마찬가지인가 보다.

"이슈멜 씨도 조사한 적 있어……?"

"위험하지 않을 범위만요. 과거에 대륙의 정점까지 올라섰다는 대마도사의 마법인데 전혀 관심이 안 간다면 거짓말이지요."

그렇게 대답하다가 이슈멜을 살짝 걸음을 헛디뎠다.

"어이쿠……. 실례했습니다."

"……어려운 이야기는 나중에 천천히 하자."

"하하, 창피하군요……. 어휴, 좀 과음을 했습니다."

완만하게 내려가는 돌바닥 길 아래에서 바람이 춤추듯 불어 올라온다. 술을 마셔서 달아오른 얼굴에는 바람에 흔들리는 앞머리도 기분이 좋다.

방금 걸음을 헛디뎠듯이 이슈멜은 걸음걸이가 살짝 위태위태하다. 안색은 달라지지 않았으나 역시 좀 과하게 마셨는지도 모르겠다. 술 마시기를 좋아하는 사람들과 함께 이야기를 즐기다 보면 무의식중에 과음을 하게 되는 듯싶다.

"그건 그렇고……. 안젤린 씨는 술도 강하시군요."

"딱히 세지는 않은데……. 다 같이 마시면 즐거우니까."

"멋지군요, 부럽습니다."

"연구 동료들이랑 마시거나 하지는 않아……?"

"안 마십니다. 원래 떠들썩한 자리는 별로 즐기지도 않고요."

"그랬구나. 그럼 아까도?"

"아뇨, 아뇨. 때와 사람에 따라 다르죠. 마법사끼리는 숨이 막

힙니다만, 모험가의 격식 차리지 않는 분위기는 싫지 않으니까요. 편하게 행동해도 허락된다는 느낌이 들죠."

이슈멜은 그렇게 말한 뒤 웃었다. 안젤린도 쿡쿡 웃는다.

"의외로 만만찮구나, 이슈멜 씨……."

"하하하, 모험가로서도 제법 경력을 쌓았으니까요……. 그나저나, 그렇게 생각하면 벨그리프 씨처럼 온화한 분께서 용케 모험가를 목표로 하셨다는 생각이 듭니다."

"후후, 하지만 멋있어."

"그러게나 말입니다. 많은 사람들이 흠모하는 이유겠지요."

아버지를 좋게 말해주면 안젤린도 기뻐서 음훗음훗 웃음이 나온다. 술이 꽤 들어간 이유도 있어서 감정 흔들리는 폭이 커다래졌다. 안젤린은 기쁨을 주체 못해서 호들갑스럽게 이슈멜을 콕콕 찔렀다.

"아차차."

"앗."

안젤린은 곧바로 손을 뻗어서 이슈멜을 잡아주려고 했다. 하지만 조금 늦어서 이슈멜은 균형을 잃은 채 거듭거듭 헛디딤을 하며 비틀거리다가 길가의 집 벽에 부딪쳤다. 어깨에 메고 있었던 가방에서 짐이 쏟아져 여기저기 흩어진다.

"미안, 이슈멜 씨……. 괜찮아?"

"아뇨, 아뇨. 저야말로 죄송합니다……."

이슈멜은 숨을 가다듬고 무릎을 굽혀 땅에 흩어진 물건들을 줍기 시작했다.

"너무 마셨네⋯⋯. 반성."

안젤린은 겸연쩍어하며 머리를 긁적이고 자신도 쪼그려 앉아서 같이 주웠다.

수첩과 펜, 확대경, 사슬이 달린 장식품, 두루주머니 형태의 지갑 등 작은 물건들과 섞여서 사과나무 가지가 있었다. 끝부분이 길고 짧은 두 갈래로 나뉘었는데 긴 가지는 끝에 잎이 달렸다.

안젤린도 톨네라에서 자주 보았던 나뭇가지다. 딱히 신기하다는 생각은 안 하지만, 가방 안쪽에 넣어 두는 물건이라기에는 어쩐지 안 어울린다는 느낌을 받았다.

"⋯⋯응? 사과나무 가지?"

안젤린은 고개를 갸웃거리면서도 나뭇가지를 줍고자 손을 뻗었다.

그런데 손가락이 닿은 순간에 마치 정전기가 일어나듯이 손가락부터 등까지 찌릿거리는 충격이 치달았다. 안젤린은 놀라서 펄쩍 뛰어오른다. 이슈멜이 눈을 동그랗게 떴다.

"어라, 왜 그러십니까?"

"⋯⋯으응, 아무것도 아니야."

안젤린은 손바닥을 보며 쥐었다가 폈다가 했다. 아무 이상도 없었다. 방금 전 정전기는 무엇이었을까, 의아해하면서도 주뼛주뼛 다시 사과나무 가지에 손을 뻗는다. 이번에는 아무 반응도 안 일어났다. 손에 쥐어보니까 마치 막 나무에서 꺾은 것처럼 생생하고 묵직한 느낌이었다.

의문은 풀리지 않았으나 안젤린은 주운 물건을 이슈멜에게 건네줬다.

"여기, 이슈멜 씨."

"감사합니다. 어우, 바보짓이나 하고 부끄럽습니다······. 저는 이쪽 길이니까 또 나중에 뵙죠."

"응. 잘 쉬어."

삼거리에서 이슈멜과 헤어지고 자택으로 향한다. 왠지 묘하게 취기가 날아간 듯한 기분이었다. 손가락에 찌릿한 감촉이 아직 남은 것 같은데도 실제 느낌은 없다.

이상하다는 생각을 하면서도 안젤린은 평소처럼 방에 들어가서 옷을 갈아입고 양치질하고 침대에 몸을 누였다.

분명 오늘 밤에도 좋은 꿈을 꿀 것이다.

○

배가 고팠다.

『그것』은 사냥할 때 이외에는 전혀 움직이지 않았다. 어둠 속에서 웅크린 채 사냥감이 다가오기를 계속 기다린다.

얼마 전까지는 아무 문제가 없었다. 다만 이전 사냥감을 한쪽 다리만 물어뜯고 놓친 이후로 다른 사냥감이 나타나지 않게 되었다. 굶주려 죽지야 않을 테지만, 공복 때문에 허무감이 들쑤셨고 이전보다 더욱더 허전했다.

흐릿해져버린 기억 너머에 아마도 갈망하는 무엇인가가 있을 것이다. 그것을 생각하면 적적한 속마음이 지독하게 들끓었다. 다만 어떻게 해야 하는지 알 수 없었다. 갈망을 해소하기 위하여 바깥으로 나갈 만한 기력도 없을뿐더러 어떤 시도도 무의미하다는 확신 비슷한 체념이 있었다.

문득 멀리서 인기척이 느껴졌다. 오랜만에 나타난 사냥감이었다. 『그것』은 몸을 구부린 채 어둠 속에서 낌새를 살핀다. 다만 평소라면 아무 경계도 않고 다가오기나 하던 사냥감이 아슬아슬하게 공격 범위의 바깥에서 발을 멈췄다. 뭐라고 소곤소곤 귓속말 주고받는 목소리가 들려왔다.

"이곳이 맞다. 저 그림자에 뭔가 있군."

"확실히 하위 랭크한테는 감당이 안 될 기운인데."

"뭐, 됐다. 아종이든 뭐든 어차피 E랭크 던전이지. 빨리 해치우자고."

"방심하지 마. 왜 벌써 우쭐거리는 거야."

3인 일행이었다. 검 뽑는 소리가 들려온다. 먼저 공격할 작정인가? 『그것』은 몸을 낮췄다.

갑자기 지면을 박차는 소리가 들리는가 싶더니 두 인간이 접근했다. 더 이상 망설일 틈은 없었다. 다리에 힘을 꽉 주며 어둠의 바깥으로 뛰쳐나갔다.

"걸려들었다!"

쭉 덤벼들어야 했을 두 인간은 급정지하고 뒤로 뛰어서 물러났다. 도망치는 것인가 생각하던 때 인간 대신에 마법이 날아왔다. 방어 따위 알지 못하는 『그것』은 정통으로 얻어맞아서 지면을 굴렀다.

"별것 아니군."

"뒈져라!"

발버둥 치는 동안에 뒤로 물러났었던 두 인간이 단박에 간격을 좁혀서 검을 치켜들었다. 몸에 적중하는 예리한 충격이 느껴짐에도 절단되는 곳은 없었다. 둔통이 치달았지만 몸을 못 움직일 지경은 아니다. 『그것』은 몸을 비틀어 뛰어올라서 검사 중 한쪽에게 달려들었다.

"뭣!"

『그것』의 엄니는 사납고 예리했다. 외양이 엄니였을 뿐 강렬한 마력 덩어리였다. 엄니는 검사의 옆구리를 갑옷과 함께 관통하여 콱 뜯어냈다. 피가 쏟아지고 비명이 터져 나온다. 곧이어 뒷다리로 일어나서 앞다리의 발톱으로 검사를 찢어발겼다.

"꺼윽……!"

"안 돼……!"

비탄 가득한 목소리로 후위에 있던 마법사 여자가 막 찢겨져 나간 검사의 이름을 부르짖는다.

추가 공격을 맞아줄까 보냐. 머리로 생각하지도 않고 『그것』은 단지 목소리에 반응하는 움직임으로 마법사에게 몸을 날려서 물어뜯었다. 가녀린 여자의 몸이 무력하게 엄니에 꿰뚫려서 눈 깜짝

할 새에 숨을 거뒀다.

"어? 아? 이, 이게, 뭐야……."

홀로 남은 검사가 아연실색한 표정으로 서 있다. 다만 표정이 곧 분노의 형상으로 바뀌며 검사는 검을 치켜들고 들이닥쳤다.

"빌어먹을! 감히……!"

검은 또다시 『그것』의 몸을 때렸다. 예리한 참격이다. 다른 상대였다면 일격으로 승부가 결판났을 테지. 그러나 검은 허망하게 튕겨 나갔다. 『그것』은 커다랗게 입을 벌려서 검사를 향해 뛰었다.

"앗……."

쿵, 무거운 물체가 떨어지듯이 허물어지는 검사의 몸이 바닥을 구른다. 세 개의 시체가 주위에 나자빠지자 싸늘한 죽음의 기운이 가득 들어찼다.

조금 벅찼지만 평소와 같다. 『그것』은 움직임을 멈춘 모험가들에게 달라붙어서 살점을 먹고 피를 마셨다. 오랜만에 먹는 식사에 열중하던 중 또 다른 기척이 느껴졌다.

"이런 곳에 있었다니."

하얀 로브를 입은 남자였다. 지금껏 잡아먹히기만 했던 사냥감과는 전혀 다른 기묘한 분위기가 온몸에서 흘러나오고 있다.

당황했다. 이런 상대는 처음이었다. 오직 사냥감으로 간주해왔던 인간에게 공포와 두려움을 느꼈다.

"……흠. 고위 랭크 녀석들도 이 꼴인가."

남자는 시체를 보고 귀찮아하며 숨을 내쉬었다. 그러고 나서는 두려워하는 기색도 없이 성큼성큼 가까이 왔다. 경험하지 못한 행동에 당황하여 『그것』은 순간적으로 다리를 꽉 밟아 디뎠다. 평소와 같이 뛰어들어서 물어뜯으면 그만이다.

다만 몸이 도중에 얼어붙은 듯 움직여지지 않았다. 남자는 한쪽 손을 앞에 내밀고 있었다. 푸른색 빛이 손에서 쏟아지며 주위를 싸늘하게 비췄다.

"교육을 못 받은 개군."

남자가 낮은 목소리로 무엇인가 영창을 시작했다. 그 목소리가 이상하게도 졸음을 불러오는지라 『그것』은 차츰 의식을 잃어버렸다.

143 언덕을 달려 올라가듯 바람이

언덕을 달려 올라가듯 바람이 불어왔다. 점점 바래지는 녹색을 띤 들판의 풀이 저마다 흔들리고 맞닿아 스치며 사락사락 소리를 낸다. 바람은 그대로 소년의 적발을 어루만지고 지나쳐 갔다.

소년은 허리에 찬 검에 손을 가져갔다. 정말 모험가가 될 수밖에 없다. 결심을 굳힌 뒤 아득바득 밭일을 하며 돈을 모아다가 행상인에게서 구입한 검이다.

싸구려지만 산행 때 가져가는 작업용 칼과 다르게 제대로 된 무기로 만들어진 날붙이였다. 나뭇가지를 자를 때와는 다른 종류의 무게감이 있다. 상대를 다치게 하고 목숨을 빼앗기 위한 도구가 가진 무게감이다.

검의 묵직한 무게를 실감하던 소년은 고양감과 적막감을 동시에 느꼈다. 이제 여행을 떠나겠다고 마음먹으면 정말 여행을 떠날 수 있다는 생각이 들어서였다. 자신은 변명을 할 여지가 없다. 도시로 떠나야만 하는 처지가 되고 말았다.

언덕 위에서 보는 마을에는 아침의 연기가 피어오르고 있었다.

굴뚝에서 뻗어 오르는 하얀 연기는 일정 높이에서 점점 엷어지다가 흩어져 가고, 이윽고 공중에 녹아 사라져버린다. 어제 치렀

139

던 가을 수확제의 여운이 아직껏 남아 있는 것 같다는 생각도 들었다.

오래도록 살아온 이곳을 떠남에 앞서 불안감과 적적함을 느낀다. 다만 그 이상으로 자신은 이렇게 떠날 수밖에 없다는 사명감과 비슷한 정념이 가슴속에서 이글거리고 있었다.

아버지가 죽고 곧이어 어머니가 죽어서 외톨이가 된 이후 소년은 혼자만 남은 집 안이 몹시도 불편하게 느껴졌다. 그곳에서 도망치고 싶은 생각도 들었고, 정말 실행할 때가 온다면 마을을 뛰쳐나가리라는 묘한 확신이 있었다. 어딘가 먼 곳의 풍경을 보고 싶다는 생각을 했다.

한껏 숨을 들이마셨다가 내뱉는다.

가을 하늘은 높고, 마을 주위의 산들은 단풍이 들어 붉은색과 노란색으로 물들었다. 소년은 이곳에서 보는 풍경을 좋아했다. 마을과 주위가 전부 보였다. 태어났을 때부터 줄곧 보면서 지낸 친숙한 풍경이다. 저 안쪽에서 친구들과 뛰어다니며 놀던 추억도 선명하게 남아 있다.

여행을 떠난다면 저 가슴이 벅차오르는 풍경의 안쪽으로 쉽게 돌아오지는 못할 것이다. 마을을 떠나겠다는 소년에게 난색을 표시하는 어른도 많은지라 반대를 무릅쓰고 떠나는 모양새임은 부정할 수 없다. 자기 자신도 고집이 있는 만큼 최소한 금의환향을 할 정도가 아니라면 돌아오지 않겠다고 결심했다.

그날이 과연 언제일지는 상상도 되지 않는다. 두 번 다시 돌아오지 못할지도 모른다. 그럼에도 지금 자신에게는 이 길밖에 없다. 소년은 다시금 허리에 찬 검의 위치를 고치고 한 번 더 심호흡했다.

뒤쪽에서 바람이 불어왔다.

등을 밀어주는 것 같다. 소년은 살짝 웃고는 느릿느릿한 발걸음으로 언덕을 내려갔다. 상단의 말들이 우는 목소리가 들려왔다.

○

쌍둥이는 미토를 사이에 두고 잠들어 있었다. 하루가 미토의 뺨에 머리를 바짝 가져다 대고, 한편 마루는 음냐음냐 잠꼬대하며 두 팔을 미토의 배에, 두 다리를 다리에 둘러 감아서 굼실굼실 몸을 움직거린다. 미토는 웅얼웅얼 목소리를 내며 몸을 뒤척이고자 하지만, 양쪽에서 꽉 안겨 있기에 움직이지 못했다. 세 아이가 같이 이상한 모양새를 만든 채 몸을 움직이니까 모포가 흘러내렸다.

이미 여름이지만 공국 최북단에 위치하는 톨네라는 밤에 아무것도 안 덮고 잠들 기후는 아니었다. 까딱 방심해서 감기에 걸리면 안 되는지라 벨그리프는 모포를 다시 덮어줬다.

"……이 시기에는 잔병치레를 자주 하니까."

낮에 덥다며 얇은 옷차림으로 잠들고, 그 탓에 감기에 걸리는 아이도 있다.

안젤린도 어릴 적 잠든 채 무의식중에 모포를 걷어차서 배를 내

141

놓았다가 결국 다음 날 아침 콧물을 흘렸던 때가 있었다. 그럼에도 가만히 쉬는 대신에 틈만 나면 바깥에서 놀려고 하는지라 벨그리프는 침상에 누운 안젤린에게 책을 읽어주거나 모험가 시절의 이야기를 들려주었던 기억이 있다. 그렇게 딴생각을 안 하게 달래주는 사이에 어린 딸아이는 어느 틈인가 새근새근 잠들곤 했다.

"푹 자는구나."

난로의 불을 뒤적거리던 사티가 말했다.

"음. 낮 동안 실컷 놀았을 테니까."

벨그리프는 난로 앞쪽에 앉았다. 카심이 찻주전자에 온수를 채웠다.

"그니까, 슈바이츠는 옛 신의 힘을 꽤 많이 이용할 수 있다는 느낌이었다고?"

"아마도. 다만 정보를 전부 공유했던 게 아니니까 나도 전모를 다 알지는 못했지만……."

사티는 난처해하며 얼굴을 찌푸리고 거하게 숨을 내쉬었다.

오랫동안 톨네라의 평온한 일상에 몸을 두기는 했다. 하지만 사티가 마침내 결심을 하고 나서준 덕에 드디어 슈바이츠 일당의 실험 등 여러 이야기를 나눌 자리가 마련되었다.

벨그리프, 사티, 퍼시벌, 카심까지 네 사람에 더하여 그라함, 아울러 과거에 슈바이츠와 같은 조직에 있었던 벡과 샤를로테도 동석했다.

사티가 눈을 살짝 감으며 찻잔을 손에 들었다.

"하지만 적대 관계였다는 이유도 있어서 솔로몬의 마법은 옛 신과는 상성이 나쁘다나 봐. 적어도 내 전이 마법이랑 공간 구축, 그리고 유사 인격 마법 이외에 유용한 건 없을 거야."

"전이 마법은…… 벡도 썼었지."

벨그리프가 말을 꺼내자 팔짱을 끼고 의자에 앉아 있었던 벡이 어떤 생각을 하는지 시선이 이리저리 흔들렸다.

"……나도 옛 신이 뭐다 하는 소리는 처음 듣는다. 다만 전이 마법은 슈바이츠에게 빌린 물건이었으니까."

"마법이 빌려주는 게 되나……? 나도 딱히 못 들어본 말인데."

"게다가 옛 신의 힘이라면 의식의 잔재가 남은 장소에서 멀어지면 사라져버리니까……. 아마도 전이 마법은 슈바이츠 본인의 힘이었을 거야."

"유사 인격은 뭐 하는 마법이냐? 별로 들어본 적이 없다만."

퍼시벌이 묻자 사티는 눈을 내리떴다.

"이름처럼 다른 인격을 만들어 내. 기억도 성격도 가짜이고 원래 상태로 돌아가는 조건을 설정하는 거야. 그러면 원래 인격의 기억은 전부 사라진 채 다른 인간으로 행세할 수 있어."

"오호라. 그러니까 의심도 안 받고, 가짜 인격인데도 정작 자기는 진짜라는 인식을 갖고 행동하니까 부자연스러움도 없단 말이군? 거참, 편리한 마법이 있었어. ……온갖 나쁜 짓은 다 해먹겠네."

카심이 툴툴대며 말한 뒤 모자를 손가락으로 빙글빙글 돌렸다.

"……하지만 그 자식의 거점도, 제국이라는 뒷배도 죄다 쳐부쉈

143

잖냐. 지금 와서 또 뭔가 수작을 부릴 수 있겠나? 뭘 어쩌든 간에 시간이 꽤 걸릴 텐데?"

퍼시벌이 가볍게 말하며 의자 등받이에 기대서 눈살을 찌푸렸다. 사티는 길게 숨을 내쉬고 눈을 내리떴다.

"아무도 장담은 못 해. 원래 전면에서 뭔가 티 나게 행동하는 상대가 아니니까."

"……놈들의 당면 목적은 마왕을 인간으로 만드는 것, 맞는가?"

그라함이 묻자 사티는 잠시 생각하다가 고개를 끄덕였다.

"네. 이런저런 요소가 있었지만, 전부 그것이 목적이었을 거예요. 다만 마왕을 인간으로 만든 이후의 최종 목적이 대체 무엇인지는 알지 못하지만요……."

사티는 어렵게 대답한 뒤 숨이 막히는지 어깨를 떨었다. 꽉 감긴 눈에서 눈물이 맺혀 떨어진다. 그렇게 떨리는 어깨에 벨그리프가 살며시 손을 둘렀다. 그라함이 면목 없다는 듯이 눈을 내리깔았다.

"미안하네. 힘든 기억을 들쑤셨군."

"아녜요, 괜찮아요……."

사티는 손등으로 눈물을 훔치고 커다랗게 숨을 내쉬었다.

"그래도…… 솔직히 힘든 부분은 많았어요. 지금도 선명하게 떠오르는 광경이 있으니까요."

"무리하지 마라. 우리는 실험을 자세하게 파고들려는 게 아니니까. 그게 슈바이츠의 목적을 추측하는 근거가 될 수 있다면, 뭐,

경우가 조금 달라지겠지만……. 물론 억지로 털어놓으라는 말은 안 한다."

퍼시벌이 머뭇머뭇하며 애써 말을 꺼냈다. 사티는 살짝이나마 미소 지었다.

"후후, 퍼시 군도 이렇게 배려해주는 말을 해주네."

"시끄럽다."

퍼시벌은 입을 삐죽이며 고개를 홱 돌렸다. 조금 분위기가 누그러지자 김이 피어오르는 차를 각자의 잔에 채워 따른다. 사티는 찻물을 한 모금 홀짝이고 나서 입을 열었다.

"아무튼 간에 슈바이츠는 마왕을 완전한 인간으로 만들고 싶어했어……. 아마도 안제가 그 실험의 성공작인 것은 틀림없고. 그나마 슈바이츠가 사실을 모른다는 게 위안이지만……."

안젤린이 사티의 딸이었음이 밝혀진 때는 제도에서 치른 싸움의 이후였다. 게다가 벨그리프와 사티밖에 알지 못하는 근거로 밝혀졌던 만큼 슈바이츠는 알 도리가 없다.

"……하지만 안제는 다들 알다시피 착한 아이로 자랐지. 그 시점에서 그 자식의 계획은 이미 실패한 거다. 게다가 이제 와서 뒤늦게 뭘 하려고 해도 안제는 강해. 웬만하면 질 일은 않겠지."

퍼시벌의 말에 일동은 고개를 끄덕거렸다.

다만 벡 혼자만은 의아하다는 표정을 거두지 않은 채 입을 열었다.

"……그렇게 납득해도 되는 건가? 내 안의 마왕, 카임은 그 녀석이 동류라는 것을 예전부터 쭉 알고 있었다. 슈바이츠가 스스로 같은 결론을 내리는 데 딱히 지장은 없을 것 같은데."

그러고 보면 벡은 줄곧 이 같은 부분을 지적했었다. 너무나 황당무계한 이야기였던 터라 구태여 깊이 파고들지는 않았지만, 지금 와서는 신빙성이 무척 높아졌다.

카심이 난처해하며 머리를 긁적였다.

"하지만 말야, 너도 더 자세히 알진 못하잖아? 마왕의 의식에 너무 접촉하면 침식당해버리니까."

"……확실히, 그 녀석이 어떤 경과로 완전한 인간이 되었는지는 알지 못하지. 다만 내 안의 마왕은 그 녀석을 부러워한다."

"솔로몬의 마왕은……. 혹시 인간이 되고 싶어 하는 경향이 있나?"

벨그리프가 묻자 벡은 눈살을 찌푸렸다.

"거기까지는 모르겠군. 마왕의 의식은 완전히 광기에 빠진 상태니까. 대화를 시도해도 일방적으로 침식만 당하다가 몸을 빼앗길 뿐이야. 아주 약간의 정보도 얻을 수 없어."

그라함과 카심의 조력을 받더라도 개선은 바랄 수 없는 듯했다. 영웅적인 실력을 가진 두 인물이 협력해도 대륙을 지배했던 이단의 대마도사가 만들어 낸 결과물에 손대기는 어려운가 보다.

샤를로테는 두 손을 꼭 쥐었다.

"사미지나의 반지도……. 그렇게 나를 집어삼키려고 했어."

"……결국 마왕이라는 존재는 솔로몬을 사모하는 본능이 행동 원리다. 대륙을 지배하던 때 싸운 기억이 강렬한 탓에 적을 쓰러뜨리는 데 큰 집착을 가진 게 아닐까 생각이 든다."

벡은 가만히 말한 뒤, 차를 홀짝였다. 벨그리프는 턱수염을 비비 꼬았다.

"어찌 생각하나? 그라함."

"……아마도 맞을 테지. 내가 몇 차례 싸웠던 그것들은 적을 쓰러뜨리는 것이 주인에 대한 충절이라 여기는 경향이 있었다네. 따라서 주위의 숲을 말려 죽이거나 마수를 다수 불러들이곤 했지. 솔로몬의 시대가 어땠는지는 나 또한 알지 못하네만……. 짐작하건대 절대 반항을 용납하지 않는 철저한 지배를 기본으로 삼았을 테지."

"그랬겠죠. 실험에 사용되기 전의 마왕은 애매한 그림자 같은 모습이었지만요, 거기에서 강렬한 살의가 느껴졌어요. 다만 악의하고는 또 달라서……. 죽이는 게 자신의 사명이라고 생각하는 것 같았어요."

"마왕을 인간으로 만듦으로써 그 살의를 억제하려고 했단 말인가?"

"아마도, 그런 의도도 있었다고 생각되기는 하네……."

"그게 결국에 뭘 하려는 목적이었나 알 수가 없단 말인데."

퍼시벌이 중얼중얼 말한 뒤 다시 팔짱을 꼈다. 그 부분만큼은 아무리 고민을 거듭해도 전혀 짐작할 수 없다.

등불의 불빛에서 찌직찌직 소리가 났다. 사티는 차를 한 모금 마시고 후, 숨을 내쉬었다.

"마왕, 즉 솔로몬의 호문클루스는 여러 모습으로 형태를 바꿀 수 있어. 그라함 님도, 너희도 다들 알지?"

"그래. 나도 몇 번인가 형태를 바꾼 마왕과 만난 경험이 있어."

벨그리프가 말했다. 퍼시벌과 그라함도 고개를 끄덕거린다. 사티는 코끝을 문지르며 말을 이었다.

"사람이나 짐승의 형태를 취하는 때가 많지만……. 예를 들자면 샤르가 말했던 것처럼 반지에 끼는 보석의 형태도 될 수 있고, 액체 상태도 될 수 있어. 제도에서 만났던 토끼 귀 성당 기사가 쓰던 마검도 마왕이었을 거야."

"그렇게 형태를 바꾼 경우에 마왕 자체의 의식은 어떻게 되나?"

"글쎄, 잘 몰라. 적어도 마왕들은 본능적으로 솔로몬의 있는 곳까지 돌아가고 싶어 하니까……. 아마도 형태를 바꿀 경우에도 잠들었을 뿐 심층 의식에는 같은 충동이 남아 있을 거야. 인간으로 만든 경우의 성공작은 저런 심층 의식까지 전부 없앤 상태가 되는 셈이려나……. 그래서 마왕의 기운이 사라지는 게 아닐까 싶어."

"그게 인간으로 만들어 낳게 하는 목적인가?"

퍼시벌이 말하자 사티는 고개를 끄덕거렸다.

"아마도. 사람의 몸에 넣어서 낳는 방법은…… 이것저것 있는 것 같아. 하지만 마왕은 마법 생물이니까 술식으로 어느 정도 제어가 가능하거든. 즉 피험자의 몸속에 들어갔을 때 아기가 되어 배 속에 깃들도록 술식을 고쳐서 쓰면 되는 거야. 나는 알아차리지 못했어. 액체화된 마왕이 뭔가 음식에라도 섞여서 들어왔던 걸까……."

"……그러면 슈바이츠 패거리는 얼마간이나마 마왕을 제어할 수 있는 방법을 발견했다는 뜻이 되는군."

"그렇겠지. 그래서 보통은 보석 비슷한 형태로 만들어서 잠들게 한 마왕을 여럿 가지고 있었어. 아마 그렇게 마왕을 이용하려고 하는 집단은 더 많이 있을 거야. 카심 군은 비슷한 의도를 지닌 다른 조직에 소속된 적이 있었댔지?"

"그래, 맞아. 하지만 역시 언제나 슈바이츠가 한 발짝 앞서 나가는 느낌이었어."

카심이 가만히 대답했다. 벨그리프는 생각에 잠겨서 시선을 이리저리 움직이다가 턱수염을 비비 꼬았다.

"그러면…… 슈바이츠는 실제 성공을 거둔 셈이군."

"응. 결국 안제는 성공 사례가 되는 셈이야. 그 아이한테는 마왕의 기운이 티끌만큼도 안 느껴지는걸."

"……네가 엘프였다는 게 무슨 영향을 주었을까?"

"글쎄, 잘 몰라……. 하지만 분명 성공이라고 말할 수 있는 사례는 안제 하나뿐이니까……. 가능성은 충분히 높다고 생각할 수 있어. 인간하고는 다른 엘프의 마력이 뭔가 영향을 주었을지도……."

사티는 그렇게 말한 뒤 그라함을 힐끔 쳐다봤다. 그라함은 무엇인가 상념에 잠긴 분위기였지만, 이윽고 입을 열었다.

"우리 엘프의 마력은 인간과는 조금 성질이 다르네. 마왕의 마력과는 분명 상성이 나쁠 터인데……."

"확실히 영감이 쓰는 성검은 마왕이나 대충 비슷한 것들이 싫어하는 느낌이었지."

퍼시벌이 동의하며 말한 뒤 벽면을 돌아봤다. 벽에 기대어 세워

둔 그라함의 대검은 반응이 없이 조용하다. 저 검에는 엘프의 청정한 마력이 가득 넘친다고 들었다. 그 마력이 마왕을 싫어한다면 분명 엘프와 마왕은 상성이 나쁘다고 생각할 수 있겠다.

벨그리프는 눈살을 찌푸린 채 수염을 비비 꼬았다.

"그 엘프의 마력이……. 반대로 마왕이 가진 안 좋은 부분에 모종의 작용을 일으켰다는 뜻이 되나?"

"추측에 불과하네. 다만 엘프가 낳은 아이만이 인간이 될 수 있었다고 가정하면 거기에 모종의 관련성을 찾아내는 것은 가능할 테지."

그라함 또한 추측 이상의 통찰은 어려운가 보다. 사티는 후유, 숨을 내쉬고 무릎을 끌어안았다.

"하지만, 만약 엘프가 지닌 모종의 힘이 마왕의 힘을 억제했다면……. 아이들을 지킬 수 있어. 진짜라면…… 좋겠네."

말을 꺼내며 사티는 무릎에 얼굴을 파묻은 채 어깨를 부들거렸다.

"끔찍한 광경이었어……. 모두가 바짝 여위어서, 피를 흘리고……. 호문클루스는 평범한 아이보다 임신 중 성장이 빨라. 고작 한 달이면 순식간에 커다래지니까, 몸이 버텨주지를 못해서 죽어버린 여자애도 있었어."

흑흑 코를 훌쩍이는 소리가 났다. 벨그리프는 살며시 사티의 어깨를 안아 다정하게 문질러줬다.

"……내가 더 강했으면 좋았을 텐데 말이야. 그랬다면…… 더 많이 구해줄 수 있었는데."

"자신을 책망하지 마. 너는 혼자였는데도 충분히 열심히 했어."

"……미안해. 마음 정리는 다 끝났다고 생각했는데 다시 떠올렸더니 감정이 자꾸 흘러넘치네."

카심이 벅벅 머리를 긁었다.

"음~ 아무튼 말야, 어딘가 묘~하게 찝찝하단 말이지……. 만약에 같은 방법으로 마왕을 자유롭게 부릴 수 있을 거라고 기대했다면 사티를 놓칠 리 없는 데다가, 만약 놓쳤어도 전력을 다해 찾으려 하지 않았을까……. 이런 부분에서 슈바이츠가 절대 어설프게 처리할 느낌은 아니잖아?"

"나도 사람 됨됨이는 잘 모르지만……. 뭐, 역사에 이름을 남긴 대마도사라기에는 좀 엉성하긴 하군."

"그런 수준의 상대라면 편하겠다만."

"아니, 잠깐이나마 로데시아 제국의 중추를 탈취했던 수완을 보인 녀석이니까 방심할 만한 상황은 아니겠지."

"그래서 더 이상하지, 가장 중요하게 여기며 힘을 쏟았을 마왕 관련의 연구가 묘하게 어설프니까 자꾸 신경이 쓰여. 매우 처참한 짓을 저지른 주제에 묘한 데서 엉성하다는 게 어색하잖아."

"그야 그렇긴 한데……."

결국 사고가 헛돌기만 하고 답안은 나오지 않는다. 벡과 샤를로테도 마왕의 실험을 하고 있다는 것 이상의 정보는 알지 못하는 눈치이고, 사티도 실험의 내용을 파악했을 뿐 이후 최종적인 목적까지 공유받은 관계는 아니었다. 아무리 상의를 거듭해도 결국 상상의 영역을 못 벗어나기에 어쩐지 쓸데없이 시간만 소모하는 듯한 기분이었다.

문득 카심이 무엇을 떠올렸는지 입을 열었다.

"그러고 보니 말이야, 사티는 솔로몬의 열쇠를 파괴했다고 말을 했었잖아."

"응, 맞아……. 카심 군도 열쇠를 찾아내라는 지시 받은 적 있었댔지."

"뭐, 일단은……. 의욕이 딱히 없어서 제대로 찾아다니지도 않았지만."

카심이 말하기를 슈바이츠와는 별개로 마왕을 연구하는 다른 조직과 함께 행동하던 시절에 해당 조직은 솔로몬의 열쇠라는 마도구를 쭉 찾아다녔다고 한다. 그러나 결국 발견하지는 못했다.

퍼시벌이 눈살을 찌푸리며 고개를 갸웃거렸다.

"어떤 물건인데, 뭔 열쇠냐."

"겉모양은…… 사과나무의 가지. 그치만 강력한 마력 덩어리거든, 나도 겹겹이 마법과 힘을 덧붙여서 간신히 파괴할 수 있었어."

"잔해는 어떻게 했고."

"구축했던 공간에 파묻었어. 물론 그 공간도 내가 제도를 벗어났으니까 이미 붕괴했을 거야."

"그런가. 그렇다면 딱히 걱정은 없겠군. 지금쯤 슈바이츠가 무슨 계획을 꾸민다면 우선해서 노릴 물건이었을 테니까."

"가능성은 높았을 거야. 뭐, 열쇠가 있어야 노리든 말든 하겠지만."

사티가 말하기를 솔로몬의 열쇠는 마왕 연구를 하는 인물이라면 모두가 가지고 싶어 하는 물건이었다고 한다. 솔로몬은 그 열쇠를 써서 마왕들을 통괄했다고 오래된 문헌에 전해 내려온다던가.

슈바이츠 쪽 조직의 동향을 줄곧 감시했던 사티는 그들이 열쇠를 손에 넣기 직전에, 결사의 각오로 개입해서 강탈하는 데 성공했다. 그 결과 열쇠는 슈바이츠의 손에 떨어지지 않았다.

그러나, 그렇게 생각하면 지금 현재 슈바이츠에게는 사용 가능한 수단이 없다고 생각된다. 그자의 목적이 무엇인지는 알 수 없으나 솔로몬의 열쇠는 무척 중요한 요소라는 듯하다. 이미 열쇠가 파괴되었고 제도의 거점도 잃어버린 지금은 별반 대단한 공작도 불가능하지 않을까.

딱, 소리를 내며 막 지펴 놓았던 장작이 터졌다. 퍼시벌이 불 갈퀴로 장작을 모아주며 말했다.

"요컨대 현 상황에서는 특별히 과한 걱정은 필요 없다는 뜻인가."

"……그래도, 도무지 정체를 알 수 없는 자식이다. 방심은 금물이다."

벡이 말하자 카심이 한숨 쉬었다.

"가장 싫은 상대구나. 으어, 그때 좀 무리해서라도 처리하면 좋았을 텐데."

"……세계를 손에 넣으려 함은 아닐 테지."

그라함이 조용히 말했다. 모두가 그쪽을 본다.

"만약 그것이 목적이라면 절호의 도구가 되어줄 로데시아 제국을 놓아줄 리 없네. 마법사 특유의 통념을 벗어나는 호기심과 탐구심이 행동 원리라는 것이 나의 생각이네. 그런 상대는 단순한 손익 계산으로 헤아릴 수 없지."

"……그따위 연구 때문에, 얼마나 많은 사람이……."

사티는 무릎을 끌어안고 얼굴을 파묻었다. 어깨가 떨리며 작게 오열이 들려왔다. 결국은 말을 잇기도 괴로워진 듯한 모습이었다. 이야기를 나누는 동안 이런저런 기억을 떠올려서 감정이 격해졌을 테지.

벨그리프는 살며시 사티를 끌어안았다. 사티에게도 문제를 해결하고 싶은 마음은 있다. 그러나 슈바이츠의 조직과 싸운 나날들, 그에 부수되는 피투성이의 처참한 광경은 트라우마로 깊이 각인되었기에 정면에서 마주하기가 너무나 힘든 것 같았다.

"……오늘은 여기까지만 하고 관두지. 밤도 꽤 깊어졌고."

퍼시벌이 차분하게 말한 뒤 장작을 손에 들었다.

"그러게 말야. 뭐, 차근차근 해보자고."

카심이 머리 뒤쪽으로 깍지를 꼈다. 벨그리프는 사티의 등을 문질러줬다.

"사티, 잠깐 산책이나 다녀올까. 바람 쐬면서 다른 이야기를 하자."

"……응."

두 사람은 나란히 집 바깥으로 나왔다. 한낮의 더위는 물러가고 선선한 공기가 감돌았다.

주위의 풀잎에는 밤이슬이 내리기 시작한지라 물기가 반월에 비추여서 반짝반짝 빛나고 있다. 달빛만 비치는데 등불 없이 걸어다녀도 될 만큼 밝다.

사티는 길게 숨을 내뱉으며 달을 보고 있었다. 매끄러운 은발이 달빛에 빛난다. 벨그리프가 옆에서 바라보다가 문득 시선이 마주쳤다.

"왜 그래?"

"음, 아니, 안제의 머릿결은 네게 물려받은 것 같아서."

그렇게 말하자 사티는 후후, 웃었다.

"그럴지도 몰라……. 색깔은 다르지만 안제도 머리카락이 참 예쁘잖아."

"자다가 까치집이 생겨도 손빗으로 빗질이 되니까."

세 가닥 땋기로 머리를 묶고 다니게 되어 조금은 곱슬거리게 바뀌었을까 생각했던 흑발은 땋은 머리카락을 풀어주면 자연스럽게 똑바로 흘러내릴 만큼 부드럽다. 엘프의 머리카락과 마찬가지였다.

마을을 나와 바깥쪽 평원까지 걸어갔다.

하얗게 밝은 달빛의 아래에서 여름풀이 쑥쑥 자라나고 있다. 약하게 바람이 불고 있지만 잎이 소리를 내며 흔들릴 정도는 아니었다. 조각구름이 잔뜩 뻗어 나가고, 그것이 달에 비추여서 짙은 음영을 만들어 낸다.

청량한 공기를 가슴 가득히 채워 넣으니 사티도 진정이 된 모습이었다.

"……미안해, 벨 군. 정말…… 내가 더 강했다면."

"그렇지 않아. 너는 할 만큼 힘껏 했을 뿐이야."

"……그랬, 으려나."

사티는 힘없이 대답하고 먼 곳을 바라봤다.

"지금 이 시간이 사랑스러워, 무척이나. 이대로 쭉 이어지면 좋겠어. 그렇지만, 엄연히 존재하는 현실을 외면하면……. 분명 뼈아픈 대가가 돌아올 거야."

"……아이들 문제 말이구나."

"응. 슈바이츠의 계획도 물론 걱정되지만, 그 이상으로 아이들의 안부가 걱정이야. 하루와 마루도 마찬가지고 벡도 아직껏 마왕의 의식과 맞서 싸우고 있어. 혹시나 무슨 안 좋은 일이 일어날까 봐 언제나 자꾸 신경이 쓰여."

미토는 어쨌든 간에 쌍둥이도 벡도 실험으로 태어난 아이들이다. 그 탄생의 비밀과 마주하지 않는다면 미토가 오래된 숲을 뜻하지 않게 불러들였던 것처럼 언젠가 문제가 발생하리라. 벡의 안에도 마왕의 의식은 남아 있는 데다가 하루와 마루도 언제 안정이 무너질지 모른다.

슈바이츠가 다시 들이닥치는 것도 위협이기는 하지만, 아이들이 스스로 문제를 일으켜서 상처 받아버리는 경우가 벨그리프 및 사티에게는 더욱 중대사로 여겨졌다.

사티는 두 손을 입 앞쪽에 가져가서 후유, 숨을 내뿜었다.

"……솔직히, 힘들지만 말야. 슬프고 괴로운 기억뿐이거든. 하지만 내가 고개를 돌려버리면 아이들에게도 좋은 결과가 없을 테니까."

"아마 퍼시도 카심도 마찬가지일 거야……. 나 혼자 편안하게 지내온 것 같아서 왠지 미안한 마음이 들어."

그렇게 말하자 사티는 후훗 웃고는 벨그리프의 어깨를 두드렸다.

"무슨 소리야. 그 덕분에 안제가 나를 도우러 와줬는걸? 벨 군이 톨네라에 없었다면……. 분명 이렇데 다시 만나지도 못했을 거야."

"음……."

벨그리프는 미소 짓고는 살며시 사티의 어깨를 안았다. 사티는 살짝 벨그리프를 올려다봤다.

"……있잖아, 벨 군. 설령 어떠한 방법으로 이 세상에 나왔더라도, 태어나는 생명 자체에 죄는 없다고 생각하거든. 여러 실험과 잔혹한 처사의 결과 태어났더라고……."

"그래. 그 말이 맞아."

"그러니까 말이야, 괴로운 일이 참 많았지만, 나는 안제가 이 세계에 와줘서 고맙다고 생각해. 그 아이 덕분에 이렇게 다시 만나기도 했고……. 나도 조금 더 힘내야겠네."

"응……."

설령 사티가 안젤린을 배에 품었던 것이 괴로움의 한 부분이 되었을지라도 그렇게 세상에 태어난 안젤린에게는 아무런 죄도 없다. 하물며 딸아이가 가져다준 수많은 인연 및 운명을 떠올려보면 축복받아 마땅한 생명이리라.

벨그리프는 사티의 등을 톡 두드렸다.

"그래도 너무 무리하면 안 된다? 네가 갑자기 쓰러지면 오히려 다들 더 힘들어지니까."

그렇게 말하자 사티는 푸흡, 웃음을 터뜨렸다.

"후훗, 그러게……. 어휴, 벨 군도 참, 옛날에 퍼시 군이랑 나한테 해준 말이랑 똑같아!"

"음, 그, 그런가?"

"그럼요, 후후. 어휴, 벨 군은 정말 바뀌질 않았어. 좋은 의미로 말야."

사티는 쿡쿡 웃으며 벨그리프의 어깨를 토닥였다. 벨그리프는 난처해하며 머리를 긁적였다.

"난감하군……."

사티는 웃음을 지은 채 힘껏 두 손을 올려서 기지개를 켰다.

"……좋아, 돌아가자. 아마 이틀이나 사흘 안에 셀렌이 또 오겠지?"

"맞아, 이번에는 제법 오래 머물게 될 것 같다더군. 저택도 세세한 부분 이외에는 완성된 것 같고."

"그쪽도 바빠지겠네……. 힘내야겠다, 길드 마스터님."

사티는 장난스럽게 말하고 벨그리프의 뺨을 콕콕 찔렀다. 벨그리프는 쓴웃음 짓고 사티의 머리를 톡톡 쓰다듬었다.

"다행이야, 기운이 났나 보구나."

"어휴, 안제처럼 애 취급은 말아줄래? 난 당신 아내거든요?"

사티는 뺨을 볼록거렸다. 무척 귀여운 얼굴인지라 벨그리프는 저절로 웃음이 터져 나왔다. 그렇게 두 사람은 같이 소리를 낮춰 웃었다.

살짝 바람이 불기 시작했다. 사락사락 잎 스치는 소리가 난다.

144 대관 저택의 벽은 석회로 아름답게

대관 저택의 벽은 석회로 아름답게 채색되었다. 늦여름의 오후 햇살을 반사하여 눈이 부실 정도다. 마무리 작업을 맡았던 목수들의 감독은 의기양양한 얼굴이었다.

다만 내부 장식은 진짜 귀족 저택의 수준에는 못 미쳤다. 목수들은 자신들의 기술과 보르도에 시찰을 가서 쌓았던 경험을 쏟아부었지만, 시골 가옥밖에 지은 경험이 없는지라 미적 감각이나 세세한 마감 따위는 역시 따라가지 못했다.

하지만 셀렌은 백성들과 가까이 지내는 보르도 가문 영애라는 이유도 있어 조금도 신경을 쓰지 않는 기색이었다. 같이 데려온 메이드와 일꾼들이 오히려 이것이 부족하다는 둥 저것이 쓰기 불편하다는 둥 말을 꺼냈다.

그간 셀렌은 톨네라와 보르도를 거듭 오가며 그때마다 갖가지 서류 및 도구 등등을 저택에 갖춰 놓았다. 처음 잠깐은 주뼛주뼛하는 분위기였지만 지금은 무척 생기발랄했다. 촌장 보좌로서 톨네라에 자리를 잡을 준비도 착착 갖춰지고 있었다. 아울러 말이 보좌일 뿐, 현재 촌장을 맡은 호프만은 최대한 빨리 자리를 넘길 생각이 가득한 모습이다.

서류 다발을 선반에 올려 두고 셸렌이 고개 돌렸다.

"후유……. 이제 필요한 것들 대강 다 갖춰졌어요."

"짐 꾸러미나 일용품 등은 문제없겠습니까?"

벨그리프가 묻자 셸렌은 생긋 웃었다.

"네, 덕분에요……. 어차피 가지고 오는 물건들은 추려내서 많이 줄였거든요."

"하긴 보르도의 저택과 비교하면 좁을 테지요……."

"아뇨, 아뇨. 이쪽에서 업무를 보는 데 유용할 만한 서류부터 모아서 정리했으니까요……. 지난번 소동 때 자료실은 무사했던 게 다행이었어요."

벨그리프는 살짝 놀라며 턱수염을 비비 꼬았다. 셸렌이 거듭 왕래를 한 이유는 톨네라의 현 상황을 확인하는 한편, 보르도에서 필요한 자료 및 서류를 정리하기 위함이었던 모양이다. 과거 자료를 빠짐없이 다 훑어본 듯한 발언이다. 시간도 노력도 꽤 쏟았을 터이다. 셸렌이 내정에 재능을 가졌다고 평가받은 까닭은 이렇듯 수고를 아끼지 않는 성실한 태도에서 비롯되었을지도 모르겠다.

이곳은 집무실이다. 기름을 칠한 나무 바닥에다가 두꺼운 양털 융단을 깔아 놓았다. 서류용 선반 및 집무용 책상, 접객용 탁자와 의자가 비치되어 있다. 특별히 화려하지는 않아도 충분히 실용적이었다.

셸렌은 의자에 앉으며 입을 열었다.

"언젠가 장래에는 제가 촌장 자리를 맡는다는 이야기를 하시는 것 같던데요."

"예, 그렇게 들었습니다만."

"하지만 제가 앞으로도 쭉 톨네라에 남아 있을 생각인 건 아직 아니에요. 대단히 죄송하지만요."

그야 당연할 테지. 벨그리프도 고개를 끄덕였다. 셀렌만 한 기량과 재능을 지닌 인재를 톨네라에 줄곧 붙들어 놓는 것은 현명한 판단이 아니었다. 던전도 포함하여 이곳의 체계가 완성되었을 무렵에는 더욱 큰 도시에 가거나 유력한 귀족 가문과 혼인을 맺게 되리라.

셀렌은 탁자 위쪽으로 깍지를 꼈다.

"게다가 촌장이라는 자리는 역시 마을의 주민분께서 맡아주시는 게 맞다고 생각하거든요. 제가 영주 가문의 사람이라지만 결국 외부인이죠. 호프만 님처럼 톨네라의 전통과 계절의 여러 일 처리가 머리에 들어 있지는 않습니다."

"흐음."

"그러니까 어디까지나 보르도에서 파견을 온 대관이라는 형태를 취하는 것이 풍파를 막을 수 있는 방법이에요. 물론 촌장 업무도 어느 정도는 겸임하게 되겠지만요."

"······확실히, 말씀하신 방법이 무난하겠군요. 그래야 셀렌 님께서도 운신이 더욱 수월해지실 테고요. 아마도 보르도와 톨네라를 오가야 할 사안도 많을 겁니다."

"네. 다만 호프만 님은 벌써부터 제게 자리를 넘기려는 생각이

161

신 것 같아서요…….”

“하하, 그 친구도 이상하게 성실한 구석이 있으니까요……. 그 부분은 제가 이야기를 해 두겠습니다. 이유를 잘 설명해주면 호프만도 분명 납득할 겁니다.”

“다행이에요…….”

셀렌은 안심하며 살며시 눈을 감았다. 재능 넘치는 인재이기는 해도 아직은 언니의 비호를 받아 활동했던 경험만 있는 아가씨였다. 누군가 의지할 만한 존재를 바라는 마음이 무의식중에 있었을 테지.

메이드가 가져다준 차를 홀짝이며 셀렌은 미소 지었다.

“후후, 역시나 벨그리프 님께 상담하기를 잘했어요.”

“하하, 저 같은 사람이라도 괜찮다면 언제든 상담 상대가 되어드리죠.”

“감사합니다. 본가에서 지내던 때는 애시에게 상담을 하는 경우가 많았는데 말이죠. 여기까지 데려올 수도 없으니까요…….”

“애시크로프트 님은 잘 지내십니까?”

“네. 요즘은 작은언니가 데리고 다니면서 마수 토벌을 하곤 합니다. 애시도 많이 성장한 것 같아요.”

잠시 잡담을 나누다가 벨그리프는 대관 저택을 뒤로했다.

셀렌과는 종종 만나서 이것저것 의논을 진행하고 있다. 헬베티카는 톨네라에 병사단을 또한 주둔시키려는 생각도 갖고 있었다. 그래서 막사 같은 시설도 건설 계획을 준비 중이다. 사람이 많이

유입되는 때에는 당연히 치안 문제가 발생한다. 일정 이상의 억제력은 필요하다고 생각했다.

귓갓길을 따라 걸으며 벨그리프는 팔짱을 꼈다.

이런저런 계획이 진행되고 있다. 기세에 밀려 흘러가는 듯한 심정이었다. 각 사안이 구체화됨에 따라서 즐겁기도 하고 형용할 수 없는 불안감도 부풀어 오른다. 어쨌든 이제 와서는 이러쿵저러쿵 군소리를 할 입장이 아니었다. 고민은 계속 거듭해야 할 터이나 걸음을 멈출 수도 없는 노릇이니까.

광장까지 갔더니 카심이 있었다. 젊은이 몇 명을 상대로 마법을 가르치고 있는 듯했다.

"자, 급하게 굴지들 마라. 집중을 안 하면 마력이 흩어진다고."

젊은이들은 눈을 감거나 한 지점을 빤히 바라보는 등 각자의 방법으로 집중하고 있었다. 소질이 좋은 몇몇은 마력이 바람처럼 몸 주위를 날아다녀서 옷자락이 흔들거렸다.

벨그리프가 가까이 가자 카심이 고개 돌렸다.

"오, 셀렌 아가씨 돕기는 끝났어?"

"그래. 이쪽도 순조로운가 보군."

"헤헤헷, 제법 열심이라서 좋아. 뭐, 그래도 슬슬 끝내야지. 연습에 너무 시간을 빼앗기면 이 녀석들 부모가 표정을 구길 테니까 말이야."

벨그리프는 웃음 짓고는 고개를 끄덕였다.

이미 여름도 한창때를 지나서 가을이 가깝다. 숲의 나무들은 점

163

점 단풍이 들기 시작했고, 월동 준비로 바빠지는 시기다. 던전이 만들어지는 이상 단련해서 나쁠 것은 없다지만, 시간 배분을 잘못해서 겨울 생활이 어려워지면 전부 다 무의미하다.

카심은 짝 손뼉을 쳤다.

"좋아, 오늘은 끝. 요령은 가르쳐줬으니까 이제 알아서 연습해라. 마력을 잘 제어할 수 있는 녀석한테는 조금 더 어려운 마법을 가르쳐주마."

젊은이들은 와앗, 들끓으며 각각 집으로 일하러 돌아갔다.

벨그리프는 턱수염을 쓸어 만졌다.

"쓸 만하겠나?"

"전원이 다 빛을 보지는 못하겠지만 말야. 뭐, 경험을 쌓으면 고위 랭크에 올라갈 만한 녀석은 가끔 보이더라. 적귀 선생님 덕분이겠네, 분명."

카심은 장난스레 말한 뒤 껄껄 웃었다. 벨그리프는 쓴웃음을 지었다.

"내가 마법까지 가르치지는 않았네만⋯⋯. 뭐, 실력을 잘 기르고 있다니 다행이군."

"기본은 충분해. 그래도 역시 현장을 잘 모르니까. 어려운 마법을 쓸 줄 알아도 실전에서 얼떨떨하게 굴면 다 소용없걸랑⋯⋯. 뭐, 여기 녀석들은 몇 번쯤 마수와 싸운 경험도 있으니, 아마 걱정은 없겠지만 말이야."

"하하. 이래저래 다들 앞으로 나아가는구나⋯⋯."

벨그리프는 말했다. 카심은 고개를 끄덕였다.

"그러게. 지금은 미래를 만들고 있다는 느낌이 들어. 더는 매사에 과거를 떠올리며 얽매일 필요도 없고."

"······자네는, 이제 다 떨쳐 냈나? 퍼시는, 아직······."

"으음······. 뭐, 대강. 퍼시처럼 막 집착하는 건 아닌데 나도 옛날에 검은 마수를 생각하면 밉거든. 가능하면 찾아서 죽이고 싶은 생각도 있어."

"그런가······."

벨그리프가 뺨을 긁적이자 카심은 히죽히죽 웃었다.

"에이, 얼굴 펴라. 나는 복수 때문에 굳이 여행까지 떠나겠다는 생각은 안 하니까."

"음, 이왕에······ 퍼시도 같이 마음을 접어준다면 기쁠 텐데 말이지."

"그 문제만큼은 본인이 직접 결정해야 하니까······. 뭐, 여기서 젊은 녀석들 가르치는 동안 감정이 좀 잠잠해지면 좋긴 하겠지."

카심은 힘껏 기지개를 켰다.

"그나저나, 좀 부럽네. 우리는 가르쳐주는 녀석 아무도 전혀 없었잖아. 마구 실수하면서 다녔던 것 같아."

"그러게나 말이야. 다만 그렇게 시행착오를 겪어야 더 빨리 익혀지는 법이잖나."

"그럴지도······. 그치만 가끔 생각이 들거든. 만약에 지금 벨이랑 비슷한 어른이 옛날 우리들 곁에 있어주면 어땠을까 하고. 내가 나쁜 짓 되게 많이 저질렀잖아."

"……역시 이래저래 힘들었겠지, 자네들은."

벨그리프가 미안해하며 말하자 카심은 웃음 짓고는 벨그리프의 등을 두드렸다.

"가장 힘들었을 사람은 너잖아. 우리는 너무 과하게 자포자기를 했을 뿐이야. 그걸 지적해서 뭔가 말해줄 어른이 있었다면 어땠을까, 하고 지금 와서 좀 아쉬운 거지. 꼬맹이의 머리는 좋게도 나쁘게도 너무 일직선이었어."

"으음……. 나도 비슷하게 옛일을 안타까워한 적이 있다만."

"어쨌든 결국 마무리는 좋게 끝났잖아. 어떤 의미로 우리가 뿔뿔이 안 흩어졌다면 안제는 없었겠지. 안제가 없었다면 못 만났을 녀석도 잔뜩인걸."

"그렇군……."

벨그리프는 눈을 내리떴다. 카심은 히죽히죽하며 턱수염을 비비 꼬았다.

"에이, 얼굴 펴라니까, 여전히 고지식하다니까."

"음, 미안. 자꾸만 심각하게 생각이 흘러가서 난처하군."

"헤헤헷, 그게 좋은 점이기도 해, 벨은."

바람이 불자 조각구름이 흘러왔다. 해가 기울어져서 마을 서편에는 이미 산의 그림자가 뻗기 시작했다.

"벌써 가을이 오는구나……."

"시간 참 빨라. 작년에는 저 멀리 틸디스 부근에 있었던가?"

"그랬었지, 아마도……. 그렇군, 벌써 1년이 지났나."

시간 흘러가는 것이 참 빠르다는 생각이 든다. 안젤린은 바위월 귤 열매를 먹고 싶다며 줄곧 아쉬워했던 만큼 분명 이번에 귀성할 것이다.

요즘은 많이 바쁜지 편지도 딱히 오지 않았다. 또 톨네라에서 겨울을 보낼 생각일까, 아니면 가을 수확제가 끝나면 올펜으로 떠날까. 그 부분은 벨그리프도 알지 못한다.

두 사람은 나란히 집에 돌아갔다. 월동 준비를 해야 한다.

앞마당에서 말리고 있는 채소를 만지작거리던 쌍둥이가 백에게 붙잡히는 광경을 보고 벨그리프는 살짝 웃음을 지었다.

○

요즘 들어서 자꾸 기묘한 꿈만 꾼다. 몹시도 선명해서 마치 현실과 같은 꿈이었다. 손가락이 욱신욱신 저릿거린다. 깨어났을 때 콧속 안쪽에 냄새가 남아 느껴지는 때도 있었다.

그러나 아침에 깨서 졸음기를 쫓아 보내는 동안 저러한 감각들은 글자 그대로 꿈처럼 싹 사라진다. 옷을 갈아입고 얼굴을 씻을 무렵에는 어떤 꿈이었는지 완전히 잊어버린다. 단지 별로 유쾌한 꿈이 아니라는 사실만큼은 분명한 터라 기억은 나지 않아도 괜히 기분이 안 좋았다.

머지않아 밤중에 몇 번씩 눈이 번쩍 뜨이게 되었다.

몸이 축축하게 땀에 젖어서 목이 마른다. 나쁜 꿈을 꾸었다는 것은 알겠는데도 내용을 모르겠다. 다시 침상에 누워도 한동안 잠들지 못하며, 기껏 잠들어도 또 악몽을 꾼다. 그렇게 제대로 잠을 이루지 못한 채 하늘이 밝아지고는 했다.

그런 날이 이어지며 안젤린은 몹시 지쳤다. 잠이 모자라 머리를 각성시키는 데도 시간이 많이 걸리고 아침이 힘들었다.

그러나 실제로 몸이 피로한 것은 아니었다. 일단은 잠을 자기는 했으니까. 다만 잠들면 잠들수록 오히려 피로가 쌓이는 듯한 기분이었다. 마음이 자꾸 울적해져서 무엇을 해도 이상하게 힘이 안 들어간다.

힘껏 내찌른 검이 오히려 상대의 검에 휘감기며 안젤린은 헛발질했다. 맞은편에서 마르그리트가 이상하다는 표정을 짓고 안젤린에게 검을 들이밀었다.

"뭐냐, 도대체. 이 녀석, 요즘 왜 이렇게 빌빌거리는데."

"……나도 알거든."

안젤린은 얼굴을 찌푸리며 머리를 긁적거렸다.

기력이 없는지라 대련에서도 이렇듯 마르그리트에게 패배한다.

그러나 마르그리트 또한 석연치 않았는지 분명 이겼는데도 전혀 기뻐하는 내색이 없었다.

마르그리트는 세검을 칼집에 꽂은 뒤 어깨를 으쓱였다.

"이래 가지곤 마수한테 된통 당한다?"

"끙."

안젤린은 입을 삐죽거리며 바닥에 떨어진 검을 주워 들었다.

"마리한테 지게 되다니……. 굴욕이야."

"헹, 입만 살았네. 뭐, 억지를 부릴 여유가 있다면 괜찮은가."

마르그리트는 태연하게 받아치고 하품을 했다.

안젤린은 흥, 코웃음 쳤다. 그러나 마음 어딘가에서는 허세임을 알고 있었다. 까닭도 없이 마음이 불안해지고, 무엇이든 하지 않으면 자꾸 안절부절못하게 된다. 그런데 정작 무엇인가 하려고 들면 지치는 기분이었다.

이미 여름도 끝이 가까웠다. 가을의 기운을 느낄 때마다 빨리 벨그리프와 만나고 싶다는 생각을 했다.

안젤린과 친구들의 파티는 올펜에 돌아온 이후 이곳저곳을 바삐 돌아다니며 의뢰를 수행했다. 마왕 소동 때와 비교하면 마수의 수가 줄어들기는 했다. 그러나 S랭크 모험가가 아니면 처리하지 못할 의뢰도 있다. 이런 일은 부탁받으면 거절하지 못하고 동분서주하며 검을 휘둘렀다.

이렇게나 잔뜩 일했으니까 조금 빠르게 귀성해도 괜찮지 않을까 생각은 든다. 다만 자신의 약한 마음에 지는 듯한 기분도 들기에 결정을 못 내린 채 망설이고 있었다.

그렇게 안젤린의 몸 상태가 좋지 않은 관계로 최근 며칠은 의뢰를 받지 않았다. 오늘도 일단 길드에 모이기는 했는데 안젤린이 이런 모양새인 터라 결국 의뢰는 받지 않았다.

몸을 움직여주면 조금은 기력이 돌아올까 싶어 마르그리트를 데리고 와서 대련을 해봤지만, 애당초 정신적인 침체가 원인이라서 별 소용이 없었다. 오히려 정신이 몸에도 영향을 끼치고 있어 안 좋은 상태가 쭉 이어지고 있음을 재확인했을 따름이었다.

아무튼 이만 정리하고 훈련장에서 나왔다.

여름 끝 무렵의 햇빛은 무거웠다. 정오 전 올펜의 거리에 먼지가 흩날리고 있다. 평소처럼 수많은 사람들이 오가고 있었다. 걸어 다니는 소리, 이야기 나누는 소리, 그 밖에 갖가지 잡다한 소리가 가득해서 무척 시끌시끌했다.

별다를 바 없는 평소의 광경이 왠지 몹시도 거슬린다. 강한 햇살에 눈 안쪽이 따끔따끔 아픈 느낌을 받았다.

마르그리트가 머리 뒤쪽으로 깍지를 꼈다.

"톨네라에 돌아가기 전에 의뢰를 더 많이 받을 수 있을 줄 알았는데 말이다~."

"그냥 받아도 상관없거든……."

"바보야, 지금 네가 앞에서 버틸 순 있겠냐."

마르그리트가 지당한 말을 꺼냈다. 발끈하면서도 받아칠 기운이 없었다. 안젤린은 어깨를 축 늘어뜨리며 한숨 쉬었다. 마르그리트는 입을 삐죽이고 안젤린의 등을 두드렸다. 안젤린은 균형을 잃고 비틀거렸다.

"아으."

"쳇, 네가 이 꼴이라서 나까지 김이 빠진다. 따라와라. 기운 나게 술이나 마시러 가자."

"끙⋯⋯."

딱히 마시고 싶은 기분은 아니지만, 집에 돌아가서 잠들고 싶은 마음도 들지 않았다.

최근 들어서는 잠드는 것이 싫어지고 있었다. 기껏 잠들어도 오히려 지치는 탓에 수면의 의미가 없다. 꿈도 못 꿀 만큼 곤드레만드레 취해버리면 푹 잠들 수 있을까.

"⋯⋯알았어. 가자."

"좋아. 아네랑 미리는 지금 뭐 하려나."

오늘은 두 친구와는 개별 행동이다. 길드에서 헤어지고 다음 예정은 듣지 못했다. 고아원에 갔을까, 아니면 둘이서 간단한 의뢰를 받아 나갔을까. 어쨌든 미리 얘기도 안 했는데 지금 당장 합류하기는 어렵겠다.

그렇게 안젤린과 마르그리트는 나란히 단골 주점에 갔다.

점심때 전이라서 아직 사람은 드문드문했다. 그래도 점심 식사 시간이 되면 꽤 북적거릴 테지.

두 사람은 카운터 자리에 같이 앉았다. 마스터는 변함없는 무표정으로 두 사람을 돌아봤다.

"테이블 자리가 좋지 않겠나. 나중에 친구들이 올 텐데."

"아냐, 오늘은 둘이거든⋯⋯. 와인 줘."

"나는 증류주. 그리고 소시지랑 찐 감자. 스튜도. 안제는?"

"⋯⋯난 괜찮아. 식욕이 없어."

"뭔 소리야, 먹을 때 챙겨 먹어야 기운도 나지. 으음, 오리고기

171

소테, 그리고 피클."

마르그리트의 기운찬 모습을 볼 때마다 안젤린은 어쩐지 지는 느낌이었다. 자기도 같이 분발하려는 마음을 애써 먹어보지만, 구멍 뚫린 자루에 공기를 불어 넣으려는 것처럼 쾌활한 기분은 제대로 부풀기 전에 움츠러져버렸다.

그럼에도 와인을 연거푸 세 잔 들이켜자 조금이나마 마음이 진정되었다. 옆쪽의 마르그리트도 증류주를 같은 속도로 쭉 마시고도 태연한 모습이다.

"그래, 결국에 꿈 내용은 안 떠오른다고?"

"응……. 그치만 꿈꿨을 때 싫은 느낌은 계속 남거든. 그래서 더 싫어."

"후, 까다롭게 됐네."

마르그리트가 툭 내뱉고 소시지를 베어 물더니 증류주를 또 추가했다.

꿈의 내용을 못 떠올리는 처지가 안젤린을 더욱더 조바심 나게 만들었다. 내용을 알면 하다못해 친구들에게 하소연하며 풀어낼 수 있다. 그렇게 하면 예컨대 마르그리트가 그냥 개꿈이라며 바보 같다고 웃어넘겨줄 것이다. 아넷사와 밀리엄은 웃으면서도 위로해줄 테지. 그러면 자신도 분명 마음이 가벼워졌을 텐데. 하지만 아무것도 안 떠오르니 푸념도 못 한다.

안젤린은 카운터에 턱받침을 했다.

"마리는 이런 경험 없어……?"

"이런 경험이 뭔데?"

"불길한 꿈을 꿨는데 내용을 잊어버리는 거……."

"잊어버렸는데 기억을 어떻게 해."

맞는 말이긴 한데. 안젤린은 한숨 쉬었다.

"역시 마리는 도움이 안 돼……."

"뭐시라, 이 자식아. 지금은 너야말로 아무짝에도 도움이 안 되
잖냐."

타박을 당하고도 받아칠 수 없다. 힘이 쭉 빠져서 와인을 한 모
금 마셨다. 평소처럼 싸움을 하고 싶었는지 마르그리트는 시시하
다는 기색이다.

"거참, 기운 빠지게 온종일 죽상 짓고 다니지 마라. 신경을 쓰지
마. 다른 생각이나 하라고."

"……예를 들면?"

"톨네라에 돌아가서 먼저 뭐부터 할지 계획한다든가. 바위월귤
따러 가야지?"

"……응."

안젤린은 의자 등받이에 몸을 기댔다.

눈을 꾹 감고 고향의 가을을 떠올린다.

평원의 풀 색은 이미 바래지기 시작했을 터이나 다만 산기슭의
숲은 붉은색과 노란색으로 아름답게 물들었겠다. 산의 정상에는
구름이 걸려 있지만 하늘은 높고 푸르다. 그곳으로 마을에서 피어
오르는 연기가 녹아 섞인다. 숲을 헤치고 들어가면 축축한 흙과

낙엽의 냄새가 난다. 완만하게 경사진 숲의 짐승길을 따라 걸으면 점점 높이가 낮은 나무가 늘어나고 햇볕이 잘 들며 바위가 많은 장소에 도착한다. 심록의 작은 잎사귀 안쪽에는 새빨갛게 익은 바위월귤 열매가 맺혀 있고……

안젤린은 후유, 숨을 내쉬었다.

"집에 가고 싶어라……."

"이제 금방이잖냐. 그러니까 겨우 나쁜 꿈한테 지지 마라."

마르그리트는 그렇게 말한 뒤 웃고는 또 증류주를 잔에 채웠다.

"바위월귤, 되게 맛있었는데. 새콤달콤하고, 입속에 막 쑥쑥 들어가더라."

"엥…… 먹어봤어? 언제?"

"어. 거 뭐냐, 네가 에스트갈에 가서 엇갈렸을 때 내가 올펜에 왔잖아? 마침 가을 수확제 다음이었거든. 애들이랑 벨이랑 같이 산에 올라가서 먹었다. 와아, 엘프령에는 거의 없는 열매라서 군생지를 찾았을 땐 되게 흥분했다니까."

안젤린은 뚱하게 턱받침을 했다.

"……난 요즘 전혀 못 먹었는데."

"엥, 진짜냐. 얼마나?"

"벌써…… 열두 살 때부터."

모험가가 되겠다고 올펜으로 여행을 떠날 때 만찬에서 잔뜩 먹었던 것이 마지막이다. 건조품이나 잼은 먹어봤지만, 역시 안젤린의 추억 속 맛은 막 채집한 신선한 열매다. 언제나 제철마다 톨네라를 비웠던 터라 결국은 오늘 이날까지 입에 넣어보지 못했다.

마르그리트가 오리고기를 입에 가득 넣으며 말했다.

"거 되게 오래됐네. 하지만 많이 기다렸으니까 먹었을 때 감동도 더 크지 않겠냐?"

"흥이다……. 얼마 전에 먹고 온 사람이 할 말은 아니지."

"뭐냐~ 삐졌냐~? 헤헷~ 에잇에잇~."

마르그리트가 히죽히죽 웃으며 안젤린의 뺨을 콕콕 찔렀다. 안젤린은 뚱하게 입술을 삐죽거리다가 불쑥 마르그리트의 어깨에 팔을 둘렀다. 그러고는 두 뺨을 몰랑몰랑 붙잡아 잡아당겼다.

"마리 주제에 건방지기는……. 매끈매끈해서 얄밉네."

"무슨 짓이냣, 요게."

마르그리트도 같이 안젤린의 뺨을 붙잡아 갚아준다. 둘이서 아웅다웅하고 있으려니까 마스터가 와인병을 카운터에 척 올려놓았다.

"카운터에서 거친 행동은 좀 삼가주겠나."

"……미안."

"죄송죄송."

두 사람은 휙 손을 놓고 서로를 마주 보며 혓바닥을 메롱 내밀었다.

시답잖은 장난질을 한 덕에 울적했던 기분이 조금 가셨다. 안젤린은 어쩐지 마음이 놓인 기분으로 와인을 홀짝였고, 마르그리트는 또 증류주를 주문했다. 안젤린이 다시 기운을 차린 모습인지라 무척 만족한 표정을 짓고 있다.

"흐흥, 넌 이렇게 기운 넘쳐야 나도 재미있다고."

"……우물우물."

안젤린은 이미 다 식은 오리고기를 한 조각 입속에 넣었다. 마르그리트에게 이런 식으로 배려받았다는 것이 어쩐지 쑥스럽다. 아넷사와 밀리엄이 상대였다면 딱히 부끄러운 마음도 안 들었을 텐데.

점점 손님이 늘어나서 와글와글 떠드는 소리 및 식기 맞닿는 소리가 이곳저곳에서 겹겹이 들려오고 있다.

문득 불어 들어온 바람은 여름 한창때만큼 덥지는 않다. 얼마 전까지는 사람이 많아지면 체온만으로도 땀 나는 듯한 느낌이었는데 이제는 별로 답답하지 않았다.

안젤린은 하품을 했다. 와인의 취기가 딱 적당하게 도는 기분이다.

"마스터, 나 빵 줘. 얇게 구워서. 치즈 썰어서 얹어줘."

"마리, 벌써 많이 마셨는데 또 먹을 수 있어……?"

"엉? 술 마신다고 배가 차겠냐. 너야말로 더 먹어라. 그래야 기운이 나지."

"어윽."

마르그리트는 오리고기 한 조각을 집어서 안젤린의 입에 욱여넣었다. 안젤린은 입을 오물오물 움직였다.

"뭐, 결국 일 많아서 지친 거 아니냐? 톨네라에 가면 곧바로 나을 거다."

"응……."

오리고기를 와인과 함께 삼키고 안젤린은 후유, 숨을 내쉬었다.

마르그리트의 말대로 어차피 곧 고향에 간다. 그때까지는 열심히 일할 수밖에. 의뢰도 마찬가지고 솔로몬의 문제가 있기는 하나 일단은 고향 생각으로 마음을 달래는 것이 지금은 좋을 듯싶다. 톨네라와 벨그리프를 떠올리는 시간이 무엇보다도 안젤린의 마음을 진정시켜준다.

그러나 잠자리에 들면 또 이상한 꿈을 꾸리라는 예감이 내내 따라다녔다. 좋은 꿈까지 바라지는 않겠지만, 하다못해 아무것도 보지 않고 푹 잠들 수는 없을까.

"……이슈멜 씨한테 상담해볼까."

무엇인가 편안히 잠들 수 있는 마법이나 약이 있다면 기쁘겠다. 밀리엄은 모험가가 되기 위해서 마법을 익힌 부류라서 그런 마법에는 조금 어둡다. 마리아는 솔로몬의 문제 때문에 바쁠 테니까 이슈멜에게 상담하는 것이 좋을지도 모르겠다.

입구에서 바람이 불어 들어왔다. 낙엽이 몇 장 날아 들어와서 버석버석 소리를 냈다.

○

갑자기 눈앞이 또렷해졌다. 눈을 깜빡이며 살짝 머리를 흔들었다. 이것은 꿈일까. 아니면 현실일까.

어두운 장소였다. 다만 밖이다.

아마도 밤인 듯하다. 반쯤 허물어진 석조 건물과 나무를 대강 잘라서 지은 엉성한 오두막이 거리를 따라 늘어서 있다. 빈민가의 분위기였다.

낯익은 풍경은 아니다. 이곳저곳에 검은 진흙이 아무렇게나 튀어 있었다. 두꺼운 구름이 드리워져서 안개 같은 비가 내리고 있었다. 무겁고 음울한 분위기가 감돌기에 마음이 울적해진다.

두 손을 바라봤다. 평소와 같은 두 손이었다. 손바닥에는 검을 수련하며 생긴 굳은살이 있다. 손가락은 호리호리한데도 울퉁불퉁 딱딱했다.

바닥은 질퍽거리며 여기저기에 물웅덩이가 만들어져 있었다. 부러진 나뭇가지와 아마도 개로 보이는 주검이 치우는 사람도 없이 굴러다녔다. 후덥지근한 바람의 감촉과 무엇인가 썩은 듯 코를 찌르는 냄새가 느껴졌다.

방금 전까지 침대 위에서 막 잠에 들려던 참이었을 텐데 지금은 이렇듯 낯선 풍경의 안쪽에 서 있다. 기묘한 기분이었다.

안개비가 흐릿흐릿하게 자욱이 끼어 있었다. 어둡다는 이유도 거들어서 앞이 잘 보이지 않았다. 바람은 후덥지근한데도 몹시 싸늘해서 무의식중에 두 손으로 몸을 감싸 안았다.

이런 곳에 있기 싫다는 생각이 들었지만 무슨 까닭인지 다리가 움직여주지 않았다. 움직일 수 없다기보다는 움직이려고 하는 의사가 전달되지 않는 모양새였다.

가만히, 우두커니 서 있던 중에 불현듯 큰 소리가 났다. 조금 떨어져 있는 뒷골목의 주변 건물이 무너진 것 같다. 땅이 울리며 잔해물 떨어지는 소리가 안개비 사이를 누비고 다가들었다.

등줄기가 떨린다. 무엇인가 불길한 예감이 바짝바짝 솟았다.

철벅철벅 소리를 내며 누군가가 달려왔다.

안개비 너머에 그림자가 보이는가 싶더니 뒤쪽에서 섬광이 치달리고 「으흑!」 비명을 지르며 지면에 나가떨어졌다.

중년의 남자였다. 뼈가 앙상한 얼굴에 백발이 섞인 갈색의 머리카락을 곱게 빗었다.

"큭⋯⋯."

남자는 괴로워하며 얼굴을 일그러뜨리고 어깨 주변을 꽉 붙들었다. 뒤쪽에서 어떤 마법에 어깨를 꿰뚫린 것 같았다. 마직 로브는 피와 진흙으로 더러워졌다.

남자의 뒤쪽에서 또 누군가가 나타났다.

"도망칠 수 있을 줄 알았어?"

중절모자를 눌러쓴 수염 남자였다.

저절로 눈이 휘둥그레졌다. 카심이다. 다만 잘 아는 모습보다 조금은 젊어 보였다.

"자, 잠깐만⋯⋯. 부탁이야, 제발 놓아주게! 아내도, 아이도 있단 말이다⋯⋯. 내가 돌아오기를 기다리고 있어!"

절박한 음색을 띤 남자의 말에 카심은 실실 웃었다.

"헤헤헷, 지금 와서 불쌍한 척 말발 세우지 말지. 맥도 지독하게 못된 짓 많이 했잖아?"

"하지만…… 하지만, 이제 손을 씻겠다. 너희에게도 폐는 끼치지 않아!"

"있잖아, 똑같이 목숨 구걸하는 사람을 놓아준 적 있어? 자기만 특별 대우를 바라는 건 너무 뻔뻔하지 않아?"

남자는 절망에 찬 표정을 짓고 카심을 쳐다봤다. 카심은 여전히 실실거리고 있다. 다만 눈만큼은 웃지 않았다. 몹시도 싸늘하고 예리했다. 대공가에서 처음 만났던 때와 비슷한 눈이었다.

안 돼, 카심 아저씨!

소리쳐 말하려고 했다. 하지만 입은 움직이는데도 목소리가 나오지 않는다. 가까이 달려가고 싶은데도 다리는 움직여주지 않는다.

"어이쿠, 관두라고."

남자가 살짝 몸을 움직인 순간, 카심은 손가락에서 섬광을 날렸다. 남자의 다리가 꿰뚫리며 비통한 목소리가 울려 퍼졌다.

"끄, 으……."

"저항해도 소용없어. 자, 얌전히 따라오면 나도 굳이 죽이지 않아도 돼서 좋은데 말야."

"헛…… 소리 집어치워라! 돌아가면, 멀쩡히 나올 수 없다는 것쯤 너도 잘 알 텐데!"

카심은 어깨를 으쓱였다.

"댁이 어떻게 되든 알 바 아니니까. 아, 맞다. 아마 마누라랑 아이 있는 곳에도 누가 갔을 거야. 그 녀석들이 배신자를 용서할 리 없으니까. 댁도 뻔히 아는 사실 아닌가?"

"너에게…… 사람의 마음은 없는 건가……?"

남자가 얼굴을 절망으로 물들이며 말했다. 카심은 거하게 숨을 내쉬고 모자를 고쳐서 썼다.

"……있으면 힘들더라. 마음이."

카심은 나직이 말한 뒤 천천히 손가락을 남자에게 향했다.

안 돼!

목소리는 안 나왔다. 섬광이 달려 나갔다. 남자의 몸이 허물어졌다. 흙탕물이 튀어 올랐다.

비명 지르고 싶었다. 하지만 목만 꽉 죄어들었다.

뚝뚝 눈물이 쏟아졌다. 털써덕, 꿇은 무릎에 질퍽질퍽한 진흙의 감촉이 느껴졌다.

145 냄비에서 김이 올라오고 있다. 희미하게

냄비에서 김이 올라오고 있다. 희미하게 약초의 냄새가 나는 김이 부엌에서 느릿느릿 날아와 안젤린의 콧속을 간질였다.

이곳은 아넷사와 밀리엄의 집이다. 다만 집주인은 외출 중이었다. 혼자 집을 지키는 안젤린은 식탁에서 턱받침을 한 채 졸고 있었다.

졸고 있다는 말을 썼으나 썩 기분이 좋은 상태는 아니었다. 마치 머리에 납이 흘러드는 것처럼 마음이 무겁고 무엇을 하려고 해도 귀찮은지라 몸도 안 움직여진다. 게다가 의식과 사고 사이에 막이 낀 것처럼 거리감이 느껴져서 묘하게 정신이 얼떨떨하다.

그래서 딱히 졸리지는 않았다. 나른하다.

마르그리트와 같이 장난치며 잠시나마 안젤린도 기운을 차린 모습이었는데 밤에 침대에 눕자 아니나 다를까, 또 이상한 꿈을 꾸었다. 깨어났을 때 베개가 젖어서 차가웠으니까 잠든 동안에 울었던 것 같다.

몹시 슬펐다는 것은 알겠다. 가슴이 미어지고 숨이 막히는 심정이었다. 하지만 역시 내용은 조금도 떠올릴 수 없었다. 오직 감정만이 가슴 깊숙한 곳에서 타오르며 버쩍버쩍 소리를 냈다.

그러다가 또 몸이 나른해져서 결국 이슈멜을 만나러 가지도 못하고 이렇듯 친구들의 집에 와 멍하니 앉아만 있었다.

철컥 소리를 내며 장바구니를 안아 든 밀리엄이 들어왔다. 축 늘어진 안젤린을 보고 눈살을 찌푸리더니 가까이 달려와서 등을 찰싸닥 때렸다. 안젤린은 탁자에 털썩 엎드렸다.

"어휴~ 안제, 정신 좀 차리자~."

밀리엄은 안마를 하듯 안젤린의 등을 손가락으로 눌렀다.

안젤린은 「으갸」 신음하며 꾸물꾸물 몸을 움직거렸다.

"……더 해줘, 기분 좋아."

"엥, 진짜? 으음~ 역시 피로가 쌓인 게 아닐까냥~."

밀리엄은 장바구니에서 약초 및 나무 열매를 몇 개 꺼내 놓았다. 안젤린이 푹 잠들 수 있게 무엇인가 만들어주려는 듯하다.

안젤린은 후유 숨을 내쉬고 몸을 일으켜 밀리엄을 바라봤다.

"미리, 괜찮아? 포션도 만들 줄 알았어……?"

"그럼, 나도 명색이 마법사인걸~. 할망구한테 잘 배워 놨단 말이야."

"그치만 의뢰 때 수제 포션 쓰는 걸 못 봤는데……."

"……괜찮아, 여기 레시피가 있어!"

밀리엄은 자신만만하게 말한 뒤 책장에 있는 두꺼운 책을 꺼내서 탁자 위쪽에 펼쳤다.

"이거 봐. 숙면용 조합. 이 약 마시고 안제도 푹 자자~."

"효과 있을까……. 이슈멜 씨한테 상담할까 생각했었는데."

"에잇, 그야 연구파 마법사한테는 못 이기지만, 나도 언젠가 장래에는 연구 지망이거든? 맘만 먹으면 잘할 수 있어. 친구를 믿어 줄래?"

밀리엄은 입을 삐죽거리며 약 재료를 안아 들고 부엌에 들어갔다. 안젤린은 살짝 웃고는 또 탁자에 턱을 가져다 댔다. 선선한 느낌이 기분 좋았다.

기껏해야 꿈인데 말야. 안젤린은 생각했다.

고위 랭크의 마수와 거듭거듭 목숨을 걸고 싸워왔는데 겨우 꿈 때문에 기진맥진한다는 것이 정말이지 한심스럽다. 싫다는 생각을 하면서도 자기 자신은 다그칠 기력조차 안 나는지라 어떻게 해야 할지 알 수가 없었다.

솔솔 날아오는 냄새가 살짝 달라졌다. 어딘가 신비로운 냄새다. 익숙하지는 않으나 신기하게도 마음이 차분해지는 것 같았다.

마법사의 집을 방문할 때면 대체로 어떤 냄새가 감돌고 있다. 약을 만드는 사람이 사는 곳은 약초와 향유 냄새, 마도구를 만드는 사람이 사는 곳은 마광석과 향목 냄새. 이런 냄새는 마법사의 집을 연상시켰다.

"……마리아 할매는 요즘 뭐 하려나."

조용히 중얼거렸다. 엘마 도서관에서 만난 이후 마리아와 쭉 대면하지 못했다. 무엇인가 단서를 찾은 듯한 분위기였는데 엘마와 싸움을 벌일 기세였던 터라 일찌감치 물러난 뒤 여태 못 만났다.

부엌에서 질냄비를 안아 든 밀리엄이 나왔다.

"좋아~ 이제 끝. 안제, 뜨거운 거 지나간다~."

"으응."

안젤린은 슬쩍 몸을 피했다. 밀리엄이 질냄비를 탁자에 내려놓는다. 김이 모락모락 피어오르고, 이런저런 재료들 섞인 냄새가 났다.

"이거 마시면 오늘 밤은 푹 잘 수 있다네~."

그렇게 말하며 밀리엄은 냄비 속 액체를 컵에 따랐다. 갈색을 띠는 녹색이다. 다만 탁한 빛깔이 아니라 컵의 표면이 희미하게 보일 만큼은 투명했다.

안젤린은 한 모금 마셔봤다. 쓰다. 그러나 싸구려 포션 정도는 아니다.

냄새는 나쁘지 않으나 그럼에도 구미가 도는 맛은 아니었다. 떨떠름한 표정을 짓고 마시려니까 밀리엄이 이제 막 떠올렸는지 벌꿀이 든 병을 가져왔다.

"넣어서 마셔……."

"……먼저 갖다줬어야지."

기막혀 겨우 대꾸하고 컵에 벌꿀을 넣었다. 달곰쌉쌀해서 조금은 마시기가 수월해졌다. 안젤린은 훅훅 식히며 조금씩 마셨다. 이런 음료는 마음이 가라앉아서 좋다.

밀리엄은 의자에 기대어 끽끽 소리를 내며 뜨거운 우유를 따라 마셨다.

"흐앙~ 달아~."

"……그게 더 맛있겠다."

"엥~ 안 돼. 안제는 푹 자고 싶잖아~?"

"데운 우유 마셔도 잠이 올 것 같은데……."

"내 약은 효과가 없단 말씀인가! 음음~."

밀리엄은 호들갑스럽게 다리를 버둥버둥 흔들었다. 안젤린은 쿡쿡 웃었다.

"……어차피 잠들기에는 아직 이르니까."

"낮잠 잘래? 침대는 비어 있다네~."

"으음……."

고민된다. 점심때가 지나서 마침 딱 졸려지는 시간대였다. 푹신 푹신한 이불에 얼굴을 파묻으면 눈 깜짝할 새에 수마가 덮쳐들 테지. S랭크 마수보다도 강력한 상대이다.

"……관둘래. 괜히 밤에 못 잘 테니까."

"그래? 뭐, 싫음 말고."

밀리엄은 종이봉투에서 쿠키를 꺼내 접시에 덜어 놓았다.

"그나저나 지금 상태를 보니까 올해도 톨네라에서 겨울을 날 분위기네~."

"으음……."

확실히 그렇게 될 가능성이 보여 우려가 된다. 딱히 싫지는 않았다. 오히려 겨울간 쭉 지내도 괜찮겠지만, 왠지 이렇게 자주자주 귀성하면 자신의 마음속에서 특별했던 고향이 싼 물건 취급을 받는 듯한 기분이 들어버린다.

배부른 생각일까. 안젤린은 의자 등받이에 기대서 힘껏 기지개를 켰다.

다만 어쨌든 간에 귀성은 기대된다. 본가의 침상은 올펜과 비교하면 많이 빳빳하고 딱딱하지만, 안젤린에게는 톨네라 쪽이 더 친근하다. 분명 악몽도 꾸지 않고 푹 잠들 수 있겠지.

그건 그렇고 어째서 갑자기 이렇게나 꿈자리가 사나워졌는지 의문이 든다. 생각해봐도 딱히 무엇인가 특별한 계기가 있는 것 같지는 않았다.

안젤린을 팔짱을 끼고 끙끙끙 침음했다. 기억의 실을 더듬어 따라가봐도 도무지 집중이 되지 않고 중간에 아지랑이가 가물거리듯 흐릿해져버린다.

탁자에 턱을 붙인 채 녹아 있으려니까 문 열리는 소리가 나고 아넷사가 들어왔다. 밀리엄과는 따로 장 보러 갔었나 보다.

"오, 안제, 와 있었구나."

"응……. 어서 와, 아네."

"어라~ 마리는?"

"에드 씨하고 대련 좀 하고 오겠대. 의뢰는 못 가니까 몸을 움직이고 싶나 봐."

아넷사는 장바구니를 내려놓으며 말했다.

"안제는 여전히 상태가 안 좋아?"

"안 좋아……. 이상한 꿈만 꾸고 피로가 안 풀려……."

"꿈이라……. 근데 내용은 기억이 안 난다고?"

"기억 안 나……. 그치만 오늘 꿈에는 카심 아저씨가 나왔던 것 같아."

"카심 아저씨? 왜?"

밀리엄이 고개를 갸웃거렸다. 안젤린은 한숨 쉬었다.

"나도 알 방법이 없네……. 그래서 더 난감해."

"카심 아저씨를 만나고 싶은 게 아닐까?"

아넷사가 말하자 안젤린은 입을 삐죽거렸다.

"카심 아저씨는 별로 안 만나도 돼. 아빠를 만나고 싶어. 엄마도."

"에이~ 누가 들으면 섭섭하겠다~."

"그치만, 그럼 벨 아저씨나 사티 씨가 꿈에 나와야 하지 않았나?"

"맞아, 아빠랑 엄마는 안 나와줘……. 혹시 사랑을 키우는 데 바빠서……? 그것도 중요하긴 한데. 하지만 딸도 중요하니까 잘 아껴주면 좋겠어……."

"앗, 평소의 안제다."

"하지만 안 좋은 꿈에 벨 아저씨랑 사티 씨가 안 나오는 건 좋은 일 같은데."

"응……. 아무튼 안 좋은 꿈은 이제 그만 꾸고 싶어."

"뭔가 스스로도 깨닫지 못한 고민이라도 있는 걸까?"

"안제가 언제 그렇게 섬세한 아이가 됐대~?"

"시끄러워, 미리. 리더를 존중해줘……."

그러나 분명 자신답지 않다는 생각도 든다. 평소에 고민거리는 딱히 없지 않았던가 생각을 하니 역시나 솔로몬 관계의 이런저런 문제와 영향이 있지 않겠느냐는 가설을 떠올리게 된다.

사티의 이야기에 따르면 안젤린은 마왕이었다. 게다가 아마도 슈바이츠 일당이 말하는 성공작일 가능성이 있다.

안젤린 개인으로서는 저런 소리는 아무래도 상관없었지만, 그 탓에 안 좋은 일이 생기는데도 멀뚱멀뚱 가만히 있고 싶지는 않았다.

"……조만간에 할매를 만나러 가야겠어."

"할망구? 마왕 때문에?"

"응. 일단은 나도 검사를 받아봐야지."

자신의 몸이 아니면 얻지 못하는 정보도 있지 않겠는가. 톨네라에 귀성했을 때 공유할 수 있다면 어떤 방향이든 상황이 진전될지도 모른다. 딱히 큰 걱정은 들지 않지만, 역시 슈바이츠의 존재는 잔가시처럼 껄끄러웠다. 목적이 뭐든 아무런 관심 없는데 괜히 휘말린다면 이런 민폐가 따로 없겠다.

아넷사가 팔짱을 꼈다.

"마왕이라……. 결국 아직은 모르는 게 너무나 많지."

"……솔로몬이 인간을 위해 옛 신과 싸웠다는 이야기, 진짜라고 생각해?"

"으음~ 뭐라고 말을 못 하겠는걸~. 그치만 니카 어쩌고 책의 내용에 따르면 솔로몬과 뷔에나는 서로 마음이 끌렸지만, 결국 맺어지지 못한 셈이잖아. 그렇게 생각하면 혹시 가능성이 있는 얘기일지도 몰라~."

밀리엄은 턱받침을 하고 이리저리 허공을 바라봤다. 안젤린은 나머지 약을 쭉 들이켰다.

"후유…… 조금 로맨틱하네."

"안제도 그렇게 생각해?"

서로 끌렸으면서도 결국은 맺어지지 못했던 두 사람. 연극 각본을 만들 수 있겠다. 둘은 얼굴을 마주 바라보며 쿡쿡 웃었다. 아넷사가 뺨을 긁적거렸다.

"뷔에나 교의 입장에서는 터무니없는 얘기겠지만 말이야…… 수녀님한테도 상담을 못 하겠네, 이런 이야기는."

"그건 그거고 이건 이거야."

"솔로몬은 어떤 사람이었을까……"

"으음, 잘 모르겠어. 악당의 대명사 같은 표현이 많지만, 그렇게 단순한 것 같지는 않네."

"그렇다고 사실은 착한 사람이었다는 것도 아닐 테고."

"완전히 착한 사람도 완전히 나쁜 사람도 없다고 아빠가 말했어."

"그건 그럴지도~."

"흐음, 당분간 의뢰를 못 받는다면 그쪽을 조사하는 데 힘을 쏟아보는 것도 괜찮겠네."

아넷사가 말했다. 안젤린은 고개를 끄덕거렸다.

어쨌든 간에 몸 상태가 안 좋다면 의뢰 수행은 삼가는 것이 좋다. 딱히 할 일이 없어 심심할 테니 무엇에든 집중해야 딴생각도 안 든다. 마수와 맞서 싸울 때 몸 상태가 안 좋다면 목숨이 위험해지지만, 조사에 힘쓰다가 죽을 우려는 없다.

아무튼 조만간에 마리아를 만나러 가자는 생각을 했다. 편안한 수면 문제도 상담할 수 있다면 일석이조다. 시기에 따라서는 먼저 이슈멜을 만나봐도 좋겠다. 이슈멜도 지식은 꽤 깊은 듯하고, 게다가 다른 사람과 이야기하면 이상한 꿈 꾸었던 기억을 잊을 수 있다.

그렇다면, 좋아, 쇠뿔도 단김에 빼라고 했다. 오늘 아침에도 이슈멜을 만나러 갈 생각이었는데 몸이 나른해서 관두지 않았던가. 조금이라도 기운이 있을 때 움직이는 것이 좋겠다.

하지만 문득 눈꺼풀이 무거워졌다. 안젤린은 얼굴은 찌푸리며 눈을 비빈다. 점심 식사를 좀 많이 먹었을까. 항상 점심때 지나 느끼는 수마보다 훨씬 강했다.

"……졸려. 왜 졸리지."

쿠키를 오도독 물며 밀리엄이 「오」 소리를 냈다.

"조금 진하게 배합해봤는데 벌써 효과가 나타났다냥~?"

"그런 얘기는…… 빨리 좀 해줘…….."

"괜찮아? 침대 써도 돼."

아넷사가 말했다.

잠시 눈꺼풀을 들어 올리려고 애써봤지만 안 되겠다, 한계다. 안젤린은 자리에서 일어나 비틀비틀하는 발걸음으로 침상을 향해 푹 쓰러졌다. 푹신푹신한 감촉이 곧장 온몸의 힘을 풀어준다. 생각 이상으로 몸이 지쳐서 약해졌는지도 모르겠다.

굼실굼실 베개에 얼굴을 비볐더니 밀리엄의 머리카락 냄새가 났다.

여기는 밀리엄의 침대인가. 생각을 떠올리던 중 온몸의 힘이 빠져나가며 안젤린은 잠 속의 세계로 빠져 들어갔다.

○

구름 한 점 없는 푸른 하늘은 올려다보면 머리가 아찔해지도록 드높다. 정오를 지났을 무렵, 태양은 쨍쨍히 지상에 빛을 내던지며 근방을 비췄다. 밝은 만큼 그림자도 윤곽이 뚜렷하다.

던컨의 전투 도끼가 윙윙 소리를 울리며 내리 휘둘러졌다. 몸을 절반만 움직여서 공격을 피한 퍼시벌은 재빨리 앞에 나가서 던컨의 명치에 손을 가져다 댔다.

"으, 음, 졌소!"

"하하, 조금 더 애써봐라."

퍼시벌은 웃으며 휘휘 손을 흔들었다. 던컨은 쓴웃음을 지으며 전투 도끼를 회수한다.

"허허, 퍼시벌 님의 실력은 과연 대단하오. 검을 뽑게 만들지도 못할 줄이야."

"나무꾼 노릇 하느라 좀 둔해진 거 아니냐?"

"하하하, 말뚝 박은 녀석만 잘랐던 것은 부정할 수 없구려!"

던컨은 호방하게 웃고는 털썩 주저앉았다. 퍼시벌도 옆쪽에 같이 앉아서 높은 하늘을 올려다봤다. 솔개가 울면서 원을 그리고 있다.

젊은이들의 훈련을 봐준 뒤 딱히 할 일이 없어 심심했던 퍼시벌은 마을 바깥을 어슬렁거리던 때 전투 도끼를 휘두르고 있던 던컨과 마주쳤고, 마침 잘됐다 싶어 대련을 한 것이 방금 전 일이다.

마을은 월동 준비로 바쁜 데다가 벨그리프는 최근 셀렌과 호프만, 케리 등 중역들과 이런저런 상의를 거듭하는 때가 많았다. 주로 길드 관련의 사안이다. 길드 운영에 적극 관여할 뜻이 없는 퍼시벌은 저러한 자리에 굳이 참석하지 않았다.

사티는 집안일 담당 및 마을 여인들이 맡는 일거리에 참여하고 있고, 그라함은 아이들을 돌보고 있다.

쌍둥이와 놀아주는 때도 있는데 요즘은 샤를로테와 미토가 형, 누나 노릇을 하며 돌봐주는지라 굳이 나서지 않아도 된다. 카심과 쭉 붙어 다녀도 딱히 할 일이 없고, 요컨대 꽤나 심심하다.

던컨은 전투 도끼를 지면에 내려놓았다.

"한데 던전이 만들어진다는 이야기가 진행 중이니 본인도 감을 다시 찾아야 하지 않겠소이까. 음, 본래 탐색은 썩 잘하는 편이 아니오만."

"그럼 벨이랑 같이 다니면서 훈련받아라."

"그것도 괜찮겠구려. 훗, 본인도 예전 숲에서 이변이 발생했을 때는 벨 님과 함께 진입했던 경험이 있소이다."

"아, 미토가 여기에 올 때 있었던 얘기인가."

"맞다오. 처음에 먼저 진입했던 마리 님과 그라함 님을 쫓아 들어갔었지. 한데 던전화가 진행 중이었던 터라 방위를 파악할 수 없게 되었소. 이거 길을 꽤 헤매겠구나 싶어 난감해하던 차에 벨 님이 임기응변을 발휘하여 방위를 알아낸 덕에 무사히 목적지까지 다다를 수 있었소이다."

"그런 녀석이야, 원래. 이상 사태가 발생했을 때 더욱 침착해지지. 우리도 몇 번이나 덕을 봤는지 몰라."

그때도 마찬가지였다. 퍼시벌은 자조하며 웃었다. 던컨은 턱수염을 비비 꼬았다.

"본인이 이런 말을 할 처지는 아님을 잘 아오만……. 아직껏 집착하고 계시는 게요?"

"……안 좋은 감정이라는 건 도무지 쉽게 사라져주질 않는군. 위에 색을 덧칠해도 불현듯 어느 순간에 아래쪽 색이 번져 나오지. 나는 어둠에 잠긴 마음으로 싸우며 살아왔다. 지금이 아무리 밝아도 지난 과거는 사라지지 않는군."

"흐음……."

어려운 표정을 짓고 생각에 잠긴 던컨을 보고 퍼시벌은 웃음을 터뜨렸다.

"너무 진지하게 생각하지 마라. 결국 내 문제니까. 네가 고민할 필요는 없지."

"음, 주제넘은 말을 했구려."

"어어, 왜 이러나. 그런 의미가 아니라."

거 진지한 녀석이군. 퍼시벌은 쓴웃음을 지었다. 던컨은 난처해하며 머리를 긁적였다.

"본인은 영 무지렁이인지라……. 한나도 자주 핀잔을 놓더이다."

"오, 요즘엔 못 만났는데 안사람은 잘 지내나."

"본인보다도 기운이 넘친다오. 도무지 이길 수가 없더군."

"그게 잘하는 거다. 아내가 더 세야 가정이 평화롭다더군."

"하하, 그러고 보니 사티 님도 꽤 세시지."

던컨이 말하자 퍼시벌은 피식 웃었다.

"벨은 누구랑 붙여 놔도 약하잖나."

"하하하, 맞는 말씀이군. 그래도 그런 너그러움이 벨 님의 강점이기도 할 게요. 검 솜씨에도 그런 성품이 잘 나타난다고 본인은 생각한다오."

"동감이군……. 내 검하고는 정반대더라."

"그러고 보니, 퍼시벌 님의 검은 자기류라지요?"

"맞다. 다만, 지금처럼 형태가 잡힌 건 혼자서 다니게 된 이후부터지. 마수와 아무렇게나 싸우고 다니다가……. 문득 깨달았을 때는 이렇게 되어 있더군."

옛 기억을 떠올리듯 말하는 퍼시벌을 보고 던컨은 입을 딱 벌렸다.

"용케…… 이제껏 목숨을 부지하셨구려."

"……그렇게 생각하면 좀 신기한가. 아니, 뭐, 아무렇게나 싸우긴 했는데 못 당하겠다 싶으면 냅다 도망쳤거든. 곧장 눈부터 틀어막고……. 이러니저러니 해도 목숨은 아까웠던 거다. 게다가……."

"게다가?"

"아니, 그런 철수전은 벨 녀석이 특기였거든. 흉내 내서 이것저것 따라 하고, 그러다 보니까…… 아직도 벨 녀석과 같이 싸우는 것 같은 기분이 들어서 조금은 기뻤던 것 같군. 당시에는 이런 생각을 할 여유도 없었다만."

"아하."

"이기지 못할 상대와 마주하면 망설이지 않고 도망치라고 늘 당부를 들었었지. 아주 얄궂어. 파티를 짜서 활동할 때는 무모하게 뛰쳐나가기만 했었던 내가 혼자가 되자마자 말을 잘 들어 먹게 바뀌었다는 게."

"그러나 그 덕택에 이렇듯 다시금 만날 수 있지 않았소이까."

"그래……. 고열에 시달리는 사람처럼 흐려지는 시야를 명료하게 다잡아주는 것은 옛 파티와 함께 지냈던 시절의 추억이었지. 벨과 재회하기 직전에는 저런 기억조차도 괴로움이었다만."

"……고생이 많으셨겠소. 그런 처지에서도 이런 경지까지 검 솜씨를 갈고닦은 것은 경탄스럽구려."

던컨이 감탄한 표정을 짓고 말하자 퍼시벌은 갑자기 부끄러워졌는지 뺨을 긁적거렸다.

"제길, 수다를 너무 떨었군. 이봐, 다른 녀석들한텐 비밀이다. 거 뭐냐, 벨한테도, 카심이나 사티한테도. 이런 얘기는 낯부끄러워서 못 한다고. 특히 카심한텐 절대 말하지 마라. 그 자식은 곧바로 입방정을 떨 테니까."

"하하핫, 그렇소이까. 본인이라도 괜찮다면 얼마든지 청자 역할

197

을 해드리리다."

"아니, 오늘은……. 에잇, 한판 더 붙자."

"좋소이다. 한 수 배우도록 합시다."

그렇게 두 사람은 다시 마주 섰다. 퍼시벌은 맨손, 던컨은 전투 도끼를 들고 바짝바짝 거리를 좁힐 기회를 노렸다.

방금 전 대련에서 선수를 쓰고 제압당했던 던컨은 조금 신중해졌다. 하지만 그때 허를 찌르려는 듯 퍼시벌이 눈 깜짝할 새에 거리를 좁혀 다가들더니 전투 도끼를 내리 휘두르기 전에 팔뚝을 잡아 제압해버렸다.

"끙, 과연 대단하시군……."

"이래 보여도 S랭크잖나. 간단히 져줄 순 없지."

퍼시벌은 껄껄 웃었다. 던컨은 쓴웃음 지으며 전투 도끼를 다시 짊어졌다.

"본인도 더욱 열심히 단련해야겠구려……. 퍼시벌 님은 톨네라에 정착할 생각이시오?"

"아니, 언젠가 다시 여행을 떠날 작정이다. 뭐, 던전이랑 길드가 자리를 잡을 때까지는 머무를 생각이다만."

"흠……. 귀하는 뿌리부터 모험가 기질이 있으시군."

"뭐, 그런 이유도 있다만……. 무슨 수를 써서라도 쳐 죽이고 싶은 목표가 있으니까."

던컨은 의아하다는 표정을 지었다.

"그 목표라 함은…… 혹여나 벨 님의 다리를 빼앗았다는?"

"그래. 지금 우리의 일상은 썩 괜찮지만……. 지금 이 순간에도 그 자식이 태평하게 살아 있다는 생각을 하면 난 견딜 수 없어. 벨은 달가운 표정을 짓지 않겠지만, 이 문제만큼은 나도 고집을 부려야겠다. 내가 원인이었으니까 내가 매듭을 짓고 끝내야지."

퍼시벌은 그렇게 말한 뒤 주먹을 부르쥐었다. 그러다가 힘을 쭉 빼내고는 거하게 한숨을 쉰다.

"……뭐, 어쨌든 아직은 나중 이야기다."

겨울 귀부인의 충고도 신경 쓰이고 말이지, 퍼시벌은 하품을 했다. 던컨은 팔짱을 끼며 상념에 잠겨 있다.

"본인은…… 상상이 안 되는구려. 그렇게까지 증오하는 상대가 있다는 것이……."

"하하, 없는 게 좋지 않겠나. 없어야 행복한 거다. 자, 슬슬 돌아가자고. 던컨, 너 한나한테 뭔가 부탁을 받지 않았었나?"

퍼시벌이 말하자 던컨은 막 떠올렸다는 듯이 눈이 휘둥그레졌다.

"아차차! 어서 귀가해서 재료 손질을 도와야 하오!"

먼저 실례하오! 버럭 소리치고 던컨이 달려갔다. 퍼시벌은 쿡쿡 웃었다.

"바쁘군, 아내가 있는 남자는……. 자."

나도 돌아가볼까, 장작 패기 정도는 해야 하니까. 아니면 또 카심이 들러붙어서 놀리거나 사티가 잔소리를 늘어놓을 것이다. 아이들과 놀아주는 것도 괜찮겠다.

지금 이 시간은 무척 귀중하다. 그러나 마음 안쪽에서 어두운 복수의 정념이 사라지지 않은 채 줄곧 불타오르고 있었다. 그냥 잊어버리고 넘기는 것이 좋음은 알지만 눈을 돌릴 수 없었다. 오래도록 원한에 몸을 의지하여 싸워왔던 신세가 아니던가.

그러다만, 어쨌든 간에 지금은 월동 준비가 먼저다. 복수를 이루기 전에 얼어 죽는 바보짓은 우스갯소리도 못 된다.

퍼시벌은 망토를 펄럭거리며 걸음을 뗐다. 산에서 바람이 불어 내려왔다.

○

뜨거웠다. 갑자기 타오르는 듯한 열풍이 불어오기에 놀라서 눈을 떴다.

울퉁불퉁한 바위 표면이 붉은빛에 비치고 있었다. 하늘은 어두웠다. 밤인가 보다. 광원은 지면이다. 쩍쩍 갈라진 대지에서 붉은빛이 새어 나오고 있다.

기묘한 소리가 들려왔다. 땅울림 같기도 했고, 무엇인가가 으르렁거리는 것 같기도 했다. 좌우 옆쪽은 경사면이었는데 주변의 곳곳에서 연기가 뿜어져 나와 어두움 속을 흐르고 있었다. 그것이 붉은빛에 아래에서부터 비추이는 모습은 마치 거대한 괴물 같았다. 아래 방향으로 늘어져 가는 연기도 있었기에 시야는 별로 명료하지 않다.

쿠웅, 땅울림이 발끝에서 머리 꼭대기까지 전해졌다. 퍼뜩 놀라며 전방을 주시했다. 검붉은 암흑 너머에서 무엇인가가 움직이고 있었다.

곧장 허리에 손을 가져갔지만 검은 없었다. 심장이 고동치는 것을 느끼며 조심조심 앞으로 나아간다.

바위 표면에 살짝 손을 가져다 대었다가 놀라서 다시 빼냈다. 바위라고 생각했던 것은 조그만 용의 시체였다. 검은 비늘이 빛을 반사하며 번뜩번뜩 빛난다.

쓱 둘러보면 비슷한 시체가 잔뜩 굴러다니고 있었다. 작지만 전부 다 용종이다. 수많은 마수 중에서도 위쪽에서 헤아리는 것이 더 빠른 상위 종족이다.

어떠한 용에나 칼자국이 나 있었다.

분명 두꺼운 갑옷에 필적할 터인 비늘은 무참하게 베여 갈라졌고, 또 어떤 부분은 단지 완력에 눌려 꿰뚫린 듯 찌부러졌다. 마법이나 화살 등 원거리 공격에 의한 상처는 없다.

이토록 많은 용을 한 번에 상대한 경험은 없다. 용종 상대로 질 거란 생각은 안 하지만, 그럼에도 숫자의 폭력은 경계해야 한다. 방심하면 물론 위태로워진다. 시체 사이를 누비며 신중한 걸음걸이로 나아갔다.

시체의 수가 점점 늘어나며 또 커다란 개체가 눈에 띄었다. 아직 생존한 개체가 몇몇은 있지 않을까 생각했었는데 이런 광경을 봐선 가능성은 아마 낮겠다.

불현듯 포효가 울려 퍼져서 귀를 막았다. 열풍이 마구 불어닥쳐서 시야를 가로막던 연기를 싹 날려버렸다.

거대한 용이 울부짖고 있었다. 새카만 비늘이 온몸을 뒤덮었고 눈동자는 붉게 빛났다.

그 용의 발 근처에 남자가 한 명 서 있었다. 탄탄한 체격에 살짝 곱슬거리는 회녹색 머리카락이 흔들리고 있다.

남자의 모습이 눈에 들어오자마자 가슴 안쪽에서 강렬한 먹먹함과 분노, 서글픔과 증오와 같은 감정이 마구 치솟아서 무의식중에 가슴을 부여잡았다. 이것은 자신의 감정이 아니었다. 그럼 눈앞에 있는 퍼시벌의 마음이 흘러 들어온 것일까.

퍼시벌은 중얼중얼 무엇인가 혼잣말을 하고 있었다.

"네가 아니다……. 너도 아니다……."

잘 보면 퍼시벌은 만신창이였다. 뺨과 이마에서 피가 흐르고, 망토는 찢어졌고, 갑옷도 울퉁불퉁하게 손상되었다. 왼쪽 팔뚝은 이상한 방향으로 구부러졌으며 손가락에서 피가 뚝뚝 맺혀 떨어지고 있었다.

"못 죽이는 거냐? 엉? 너도……?"

퍼시벌은 오른손에 쥔 검을 용에게 겨누었다.

한편 용도 몸 곳곳에 베인 상처가 그어졌고, 군데군데 비늘이 떨어져서 피를 흘리고 있었다. 눈도 한쪽은 망가졌다. 상당히 격한 전투였나 보다. 어째서 저 지경으로 다칠 때까지 싸웠을까. 몸이 움츠러졌다.

"이제는 제발…… 끝을 내줘라. 이따위 삶은 더 이상……. 아,

제기랄. 이딴 상처로, 이런 정도로는……."

퍼시벌은 괴로워하며 혀를 찼다.

용도 당황하며 으르렁거리고 있다. 절대적 강자인 만큼 이런 지경까지 궁지에 몰린 경험이 없었을 테지. 머리는 이해를 제대로 못하는 듯했지만 남은 눈에서는 분노의 불길이 이글거리고 있었다.

용이 엄니를 드러내며 퍼시벌에게 덮쳐들었다.

퍼시벌은 한 걸음도 물러나지 않고 반대로 앞에 나서며 적과 맞서 싸웠다. 엄니와 검이 서로 부딪치자 마력이 터져 용솟음쳤다.

퍼시벌은 자신의 몸을 보호하려고 하지 않았다. 구부러진 왼팔조차 부상을 당하지 않은 듯 다루고, 종횡무진 달려 다니며 흑룡을 격렬하게 몰아붙였다. 용은 이렇듯 노도와 같은 공격에 점차 밀리는 모습이었다. 자신이 상처 입어도 아랑곳 않는 퍼시벌을 상대하며 눈동자에 공포의 기색마저 띠고 있었다.

용의 몸집과 비교하면 주머니칼밖에 안 되는 퍼시벌의 검이 거뜬하게 비늘을 절단하고 살점을 갈라서 뼈를 꿰뚫었다. 이것은 용과 인간의 대결이 아니었다. 용과 인간의 거죽을 쓴 괴물의 대결이었다.

마수를 상대로 싸우는 일 자체에 특별히 다른 생각은 없다. 자신도 항상 마수와 싸우고 있기 때문이다.

그러나 퍼시벌이 싸우는 모습은 너무나도 슬프고 먹먹했다.

한 칼 한 칼이 용의 몸을 베어 가른다. 또한 용의 발톱과 엄니, 입에서 쏟아지는 불꽃이 퍼시벌의 몸을 태운다. 그때마다 가슴속이 칼에 찔리듯 아팠다. 그것이 퍼시벌이 가진 괴로움임을 이해할 수 있었다. 이런 고통을 끌어안고도 싸울 수 있는 것인가. 심장이 격렬하게 고동을 쳤다.

이윽고 흑룡이 쓰러졌다. 쿵, 지면을 뒤흔들고 나서는 소름 끼치는 정적이 주위를 둘러쌌다. 땅 깊숙한 곳부터 울려 펴지는 둥둥 소리와 퍼시벌의 거친 숨소리만이 몹시도 크게 들렸다.

용과 단신으로 싸워서 승리하는 것. 음유시인이라면 모두 노래를 만들려고 할 파격적인 업적인데도 퍼시벌의 표정에는 기쁨의 기색이 조금도 없었다. 오히려 낙담하는 것 같았다. 용의 시체 옆쪽에 주저앉고는 거하게 숨을 내쉰다. 피로와 절망 따위가 퍼시벌에게 그림자를 만들어 드리우고 있었다. 그 모습은 무척 고독하게 보였다.

"아무리 죽여도……."

갑자기 가슴을 부여잡았다. 쿨럭쿨럭 기침을 연신 터뜨리다가 품에서 향주머니를 꺼내 입가에 가져다 댔다. 한동안 호흡을 반복하다가 지면에 침을 뱉었다. 피가 섞여 있었다.

구원을 바랐다. 다만 감히 구원을 바란 자신을 부정하는 마음도 있었다. 두 감정이 맞부딪치며 몹시 괴로웠다. 그러한 퍼시벌의 고통이 흘러 들어와 분명하게 알 수 있었다. 자신의 호흡까지 거칠어지는 것이 느껴졌다.

무엇인가 말하고자 했다. 하지만 말은 나오지 않는다.

걸어 다가가고 싶어도 다리가 움직여지지 않는다. 단지 서글픔만이 자꾸 흘러넘치는지라 가슴만 미어졌다.

점점 어둠이 짙어졌다. 시야를 온통 물들여 가리면서 새카매졌다.

마지막으로 보인 것은 미세하게 떨리면서도 굳게 부르쥔 퍼시벌의 주먹이었다.

146 점점 바람이 가을의 기운을 담아내며 바뀌어

점점 바람이 가을의 기운을 담아내며 바뀌어 갔다. 여름 동안에는 기분 좋게 느껴졌던 바람도 지금은 목덜미를 서늘하게 쓸어 만지는 터라 무의식중에 옷자락을 여미게 된다.

톨네라에서 살다 보면 여름의 한창때에 겨울을 느낀다. 그때부터는 쭉 추워지는 날만 이어지기 때문이다. 따라서 마을 사람들은 여름이 정점에 달한 즈음부터 본격적으로 월동 준비를 시작한다.

그러나 본래 북쪽 지방의 여러 일과는 대부분이 겨울나기를 위해 이루어진다고 말할 수 있다. 길고 혹독한 겨울을 견디기 위하여 다른 계절에 열심히 일한다. 눈에 갇히게 되는 변경의 마을에서 엄동설한에 하루하루 먹을 식량을 찾아 바깥을 돌아다니는 것은 불가능하다.

벨그리프는 장작 보관대를 보고 만족스럽게 고개를 끄덕였다. 자잘하게 갠 장작이 가득 차 있다.

하지만 이렇게 채워 놨는데도 올해 겨울을 무사히 보낼 수 있으리란 확신은 못 한다. 난로는 난방의 역할뿐 아니라 취사도구로도 쓰이니까.

여차할 때 연료 부족 사태가 발생하지 않게 톨네라에는 공동 장작 보관소도 있다. 자기 집에서 쓸 장작을 얼추 확보하면 보관소에 채울 장작을 준비하는 것도 마을 어른들의 일거리다. 여름 중에 비축해 둔 장작은 바짝 마르는 덕에 잘 타오른다. 덜 마른 나무는 연기만 나고 검댕이 잔뜩 쌓이는 탓에 때기가 영 난감하다.

요즘 들어서 벨그리프는 서류 업무와 회의가 많았다. 던전 및 길드의 출범은 내년 봄 예정으로 대강 정리가 됐다. 각자의 머릿속에만 있던 착상이 드디어 구체적인 형태를 갖고 움직이기 시작하려는 참이다.

건물이 지어지는 광경을 보기만 해도 이러한 느낌은 줄곧 받을 수 있었지만, 셀렌이 가지고 오는 경영의 실제 사례며 길드 관련의 여러 제도 등등을 이야기하면 실감은 더욱 진해졌다.

장작 패는 곳 주위를 정리하며 벨그리프는 안젤린을 떠올렸다.

가을 수확제 전에 오겠다 말했으니까 곧 집에 올 때가 되었다. 올해는 꼭 바위월귤을 먹고 싶다며 곧잘 떠들던 말소리를 떠올리자 벨그리프는 저절로 미소가 지어졌다. 아무리 다 자랐어도 자신에게 안젤린은 옛날 작았던 안젤린과 다를 바 없었다.

안젤린이 귀성한다면 아넷사와 밀리엄도 함께일 테지. 마르그리트까지 같이 올지도 모르겠다.

또 대가족이 되겠군. 벨그리프는 쿡쿡 웃으며 흩어져 있는 나뭇조각을 모아 바구니에 넣었다. 이것들은 불쏘시개로 쓰기에 딱 좋다.

저쪽에서는 사티가 세탁물을 널고 있다. 약하게 부는 바람이 옷가지들을 흔들어 댔다.

오늘은 한층 더 바람이 서늘해진 것 같았다. 아침때에는 푸른 하늘이 쭉 펼쳐졌었는데 지금은 언제 흘러들었는지 구름이 햇빛을 가로막고 있다. 다만 아직껏 몸이 여름의 더위를 기억하고 있는 탓에 괜히 더 서늘하게 느껴지는지도 모르겠다. 진짜 겨울이 오면 이 정도는 아무것도 아니다.

아마 마지막 한 장을 빨랫줄에 건 사티가 후유, 숨을 내쉬고 두 손을 맞비볐다.

"끝났어?"

벨그리프는 말했다.

"응, 이게 끝이야. 휴~ 말릴 때가 되니까 구름이 끼네……. 물이 많이 차가워졌어."

"이제 여름은 끝났구나."

벨그리프는 손을 뻗어서 사티의 감싸줬다. 호리호리한 손가락이 으슬으슬 차가웠다.

"그래, 정말 차갑군."

"벨 군은 손이 따뜻하네."

사티는 조금 쑥스러워하며 웃었다.

슬슬 빨래며 설거지가 힘들어지기 시작했다. 우물의 물은 1년 내내 온도가 썩 달라지지 않지만, 그럼에도 이맘때 젖은 손은 눈 깜짝할 새에 차가워져버린다. 그러나 한겨울과 비교하면 지금은 버틸 만하다. 이제부터는 계속 쭉 추워진다.

잠시간 손을 맞잡고 있다가 사티가 가볍게 주위를 둘러본 뒤에 벨그리프에게 안겨 들었다. 가슴께에 뺨을 문지르며 숨을 내쉰다.

"후유…… 따뜻해라."

"이런, 안제와 똑같군. 이래서야."

"흐흥, 엄마랑 딸이 닮는 건 어쩔 수 없잖아. 아니면, 싫어?"

"싫진 않은데……."

"부끄럼쟁이."

사티는 해죽해죽 웃으며 벨그리프의 등을 손바닥으로 어루만졌다. 벨그리프는 쓴웃음을 지으며 사티를 같이 안아서 등을 톡톡 두드렸다. 두 팔의 안쪽에 있는 사티는 무척 가녀리고 작아 보였다.

등으로 두른 손등에 은발이 닿자 사락사락 간질거린다. 점점 옷 너머로 몸의 체온이 전해졌다. 사티는 꼼실꼼실 몸을 움직여 벨그리프를 쳐다봤다.

"……조금 따뜻해졌어."

"응. 난로에 불을 봐야겠네……."

집 안에 들어가자 올림 마루를 닦고 있었던 샤를로테가 얼굴을 들어 올렸다.

"아, 다녀오셨어요. 바깥쪽 일은 다 끝났어?"

"응, 이쪽은 괜찮단다. 샤르, 춥지는 않아?"

사티는 샤를로테에 가까이 다가가서 손을 쥐었다. 샤를로테는 활짝 미소 지었다.

"괜찮아. 온수를 살짝 섞어줬거든. 오늘은 조금 추우니까."

"오, 똑똑하구나. 후후, 착하다, 착해."

사티는 웃으며 샤를로테를 꼭 안아 머리를 쓰다듬었다. 샤를로테는 으걍~ 소리를 내며 간지러운지 몸을 비틀었다.

부엌일이며 밭일을 하는 까닭에 샤를로테의 손은 조금 거칠어졌다. 과거의 하얗고 고왔던 손이 이렇게 상한지라 벨그리프는 조금 미안한 마음을 갖고 있었다. 넌지시 말을 꺼내봤더니 샤를로테는 기뻐하며 웃고는 「조금은 누나 같은 손이 되었을까?」라고 대답했다. 강한 아이다.

집 안에는 고리 모양으로 정리한 나무 덩굴이 여기저기에 걸려서 축 늘어져 있다. 그라함이 산에 갈 때마다 모아 왔는데, 겨울 동안의 일거리 중 하나로 바구니와 소쿠리를 짜려는 것 같다.

샤를로테와 미토는 벨그리프가 집을 비우던 때에 그라함에게 배웠는지 작지만 제법 깔끔하게 바구니를 짤 수 있었다. 바구니는 이래저래 쓸 기회가 많을뿐더러 깔끔하게 잘 만들면 행상인에게 판매할 수도 있다. 겨울철 실내 일거리로 꽤 좋다.

그라함과 미토, 벡은 숲에 외출 중이었다. 아마도 마을 어린아이들도 데려가서 과일 및 약초, 나무 덩굴 등등을 모아 올 테지.

퍼시벌과 카심은 변함없이 내키는 대로 어슬렁어슬렁 돌아다니는 듯했다. 대강 도와주기는 하는데, 뿌리부터 모험가 기질이 있는 친구들인지라 농촌의 매일같이 되풀이되는 일과에는 아직 익숙해지지 못했다.

하루와 마루는 퍼시벌을 따라갔다. 팔에 쭉 매달아서 휙휙 돌려주거나 냅다 던져주는 등 조금 거친 놀이는 퍼시벌이 맡아준다.

한창 뛰놀고 싶은 쌍둥이를 상대해주기에 딱 맞는 인물이었다.

곧 점심때였다. 그라함과 아이들은 도시락을 가져갔지만, 다른 사람들은 집에 돌아올 것이다. 점심 식사 준비를 할 때가 됐다.

밀가루를 반죽해서 재워 놓은 뒤 불씨를 묻어 둔 난로에 장작을 지폈다. 아침때 먹고 남은 수프에다가 물과 건더기를 더 넣어서 휘젓는다. 푸른 콩을 깍지째 잘라 넣어서 다시 푹 끓인다. 점심 식사 준비가 이렇게 끝났다. 남은 것은 먹기 전 반죽을 얇게 밀어서 팬으로 구우면 된다.

점심 준비가 끝나자 샤를로테는 잠깐 양을 보러 가겠다며 나가서 케리의 집으로 갔다. 요즈음 귀여워하는 새끼 양이 있다고 했다.

벨그리프는 잠시 생각한 뒤 구멍이 뚫린 자루를 가져와서 바느질을 시작했다. 사티는 찬장의 병조림이며 건조품을 담은 상자, 소금절이용 항아리 따위를 확인하고 있다.

잠시간 묵묵히 작업을 이어 나가다가 사티가 문득 입을 열었다.

"이런 게 싫어서 고향을 뛰쳐나왔는데 지금은 이런 시간이 행복하니까 신기해."

벨그리프는 미소 지었다.

"그런가……. 나한테는 이게 일상이지만."

"후후, 멋있어. 이런 일상이 소중하다는 걸 젊을 때는 몰랐으니까."

사티는 쿡쿡 웃고는 병에 묻은 먼지를 닦았다.

"안제는, 언제쯤 집에 오려나."

"가을 수확제 전에는 오겠다고 말했었는데……. 바쁠지도 몰라.

S랭크 모험가니까."

"만나고 싶어. 어쩐지 엄청 만나고 싶어."

사티는 절절하게 말한 뒤 숨을 내쉬었다.

"역시 있잖아, 그 아이는 특별하다는 느낌이 들어."

"그럴지도……. 내게도 안제는 특별하니까."

"당연한가? 후후, 그 아이 덕에 이렇게 다시 만났잖아."

사티는 마지막 병조림을 찬장에 다시 집어넣고 벨그리프의 옆에 앉았다.

"또 겨울이 오는구나……. 안제는 여기서 겨울 다 보내고 가려나?"

"음, 글쎄. 가능성이 무척 높기는 하군."

S랭크 모험가로서 비할 데 없이 강한 무력과 명성을 얻었는데도 안젤린은 언제나 어리광쟁이였다. 부모와 가족, 친구와 함께 톨네라에서 겨울을 날 수 있다면 기뻐하며 눌러앉을 테지.

그러나 동시에 조금씩이나마 성장하고 있다는 것도 분명하다. 어리광쟁이도 어리광쟁이 나름대로 고민하며 자립하고자 애쓰고 있다.

따라서 벨그리프는 안젤린이 함께 겨울을 보내겠다고 말하든 가을 수확제가 끝나면 톨네라를 떠나겠다고 말하든, 어떤 선택을 해도 받아들이겠다고 마음을 정해 두었다.

조용한 집 안에서 난로 안쪽 불붙는 소리만 들려온다. 이따금 바람이 창문을 흔들었다. 귀를 기울이면 멀리서 염소 우는 소리가 들려온다. 닭 울음소리도 들렸다.

잠시 둘이서 나란히 앉아 있었다.

사티는 벨그리프에게 몸을 기대고, 벨그리프는 자루를 꿰맨다. 사티는 조금 졸린 듯 눈을 내리뜨고는 작게 호흡을 되풀이했다.

정말 잠들어버렸을까. 벨그리프는 힐끔 사티를 쳐다봤다.

"사티?"

"……안 자."

사티는 살며시 눈을 뜨고는 벨그리프를 바라봤다. 그러고는 「응응」 소리를 내며 기지개했다.

"후유…… 슬슬 다들 돌아오려나. 아, 맞다. 소금절이가 살짝 남은 게 있는데 전부 먹어 치워야겠어."

그렇게 말한 뒤 일어나서 따로 놓아둔 작은 항아리를 손에 들었다. 내용물을 꺼내서 잘게 칼질을 한다.

그런 뒷모습을 바라보며 벨그리프는 커다랗게 하품을 했다.

○

마리아의 집은 올펜에서 조금 떨어진 곳에 위치해서라 가벼운 마음으로 찾아가기에는 약간 어려움이 있다. 하지만 이야기를 나누고 싶었기에 안젤린은 애써 기운을 냈다.

올펜에 숙소를 빌려 지내고 있을 이슈멜은 만나지 못했다. 체류 중 쓸 돈을 벌기 위해서 의뢰를 받을 생각이라는 말도 한 터라 길드에서 유리에게 물어봤다만, 이슈멜은 한 번도 의뢰를 받지 않았고 숙소 위치도 알지 못한다는 답만 들었다.

여전히 나른한 감이 가시지 않는 몸을 움직여서 마리아의 암자에 도착했을 때는 이미 점심이 지난 무렵이었다. 승합 마차에서 내리자 흙먼지가 흩날렸다.

드물게도 혼자서 왔다. 조금 대규모의 마수 토벌 의뢰가 발생했는데 도와달라는 요청이 있었던지라 다른 세 친구는 그쪽에 참가했다.

안젤린은 의뢰를 수행할 만한 상태가 아니었지만, 나머지 세 사람은 기운차다. 안젤린이 활동할 수 없기 때문에 대신 제 몫을 하려는 의미도 있다. 고위 랭크 모험가는 내키는 대로 의뢰를 고를 수 있지만, 난이도가 높은 의뢰가 발생했을 경우는 우선적으로 먼저 나서야 한다.

안젤린은 짐을 고쳐 멨다. 가을 초입의 태양은 눈이 부셨다. 마른 입술을 핥고 나서 천천히 걸음을 뗐다.

작은 마을을 쭉 지나서 하얀 벽의 큰 건물이 옆을 또 지나간 곳에 조그맣고 나무로 지은 마리아의 암자가 있다.

저번에 왔을 때는 주위에 기웃거리던 녀석들이 제법 많았는데 오늘은 아무도 없었다. 그야 그럴 수밖에, 마리아가 집 바깥에 흔들의자를 꺼내다 놓고 앉아 있었다.

기본적으로 마리아는 방문자를 환영하지 않았고, 실력과 명성으로 존경은 받을지언정 두려움 또한 사는 인물이다. 날카로운 눈빛으로 언짢음을 띠고 노려본다면 어중이떠중이는 도망칠 수밖에 없을 터이다. 섣불리 말을 붙였다가는 가차 없는 노호가 쏟아질 테지. 어쩌면 마법을 하나 목도하게 될지도 모른다.

안젤린이 가까이 가자 마리아는 한쪽 눈을 떴다.

"흥, 안제냐……."

"마리아 할매, 햇볕 쬐기야?"

"이제 햇빛이 썩 따갑지는 않으니까. 쿨럭."

마리아는 뾰족하게 답한 뒤 입가를 붙잡으며 작게 기침을 터뜨렸다. 안젤린은 가까이 걸어가서 등을 문질러줬다. 마리아는 의아하다는 표정을 짓고 눈을 힘을 주었다.

"혼자냐?"

"응."

"별일이군……. 몸 상태라도 안 좋은 건가?"

"응……."

안젤린은 한숨 쉬었다. 마리아는 지친 모습으로 흔들의자에 깊숙이 몸을 묻었다.

"거참, 넘치는 기운만이 장점인 녀석 주제에……. 그래, 뭐 하러 왔나."

"잠을 못 자겠어. 자도 이상한 꿈만 꾸니까 오히려 피곤해지고……."

좋은 약 없어? 안젤린은 물었다. 마리아는 머리를 거칠게 긁적거렸다.

"숙면용 약이라면 멍청한 고양이도 만들 줄 알 텐데?"

"미리도 만들어줬어. 근데 효과가 없어서……."

"쳇, 바보 제자……. 들어와라."

마리아는 귀찮아하며 일어서서 집 안으로 들어갔다. 안젤린도 뒤를 따랐다.

집 안은 변함없이 먼지가 많이 날렸지만, 마리아가 일광욕을 하는 동안에 창문도 문도 활짝 열어 놓아서 바람이 불어 들어온 터라 조금은 나아진 듯 느껴졌다.

"청소했어? 별일이네."

"창문을 열었을 뿐이다……. 자, 가져가라. 남는 물건이니까 약값은 필요 없다."

마리아는 조그만 병을 안젤린에게 건넸다. 연한 보라색의 액체가 들어 있었다. 안젤린은 약병을 받아 손수건으로 감싸서 가방에 넣었다.

"고마워, 할매."

마리아는 방 안의 의자에 앉아 턱으로 난로 쪽 주전자를 가리켰다. 안젤린은 꿈실꿈실 차 준비를 시작했다. 그러는 뒷모습을 바라보며 마리아가 말했다.

"네가 비실비실하니까 소름 끼치는군. 대체 뭔 꿈을 꿨다고 이러나?"

"그게…… 기억나지가 않아. 단지 싫은 꿈이었다는 건 분명한데……."

"까다롭군……. 뭔가 마음에 짚이는 것은 없고?"

"모르겠어⋯⋯. 특별히 많이 지친 것 같지는 않았는데, 신경 쓰이는 문제도 별로⋯⋯. 아, 솔로몬은? 뭔가 알아냈어?"

안젤린이 묻자 마리아는 후, 숨을 내쉬었다.

"대강 추측은 끝났다. 엘프 어머니를 둔 네가 어째서 인간인지도 말이지."

안젤린은 찻주전자에 온수를 따라서 쟁반에 올렸다.

"진짜? 굉장하네, 할매⋯⋯."

"당연한 소릴. 넌 내가 바보인 줄 아냐. 쿨럭."

안젤린은 쿡쿡 웃고는 마리아에게 차를 건넸다.

"의뢰를 하러 나가기는 힘든데 할 일이 없어서⋯⋯. 솔로몬을 조사해보려고."

"너 따위가 잠깐 조사해 봤자 무엇을 알아낼 수 있겠나."

"응. 그래서 할매한테 물어보러 온 거야."

태연하게 대꾸하는 안젤린을 보고 마리아는 후, 숨을 내쉬었다가 차를 홀짝였다.

"⋯⋯일단 솔로몬과 뷔에나의 관계부터 조사했지. 금서 지정을 받은 역사서와 서사시, 산문도 쭉 뒤져봤는데 아무래도 녀석들이 협력해서 옛 신과 싸웠다는 말은 진짜 같더구나."

"그랬구나⋯⋯. 그럼 어째서 적대하는 사이가 되어버린 걸까?"

"권력을 가진 솔로몬이 거만해져서 뷔에나와 사고방식이 달라져버렸다고 생각하는 것이 타당할 테지. 뷔에나는 엄연히 옛 신들 중 하나였다만, 인간을 좋아해서 자애의 여신이라 불렸지. 솔로몬이 훗날 가혹한 지배 체제를 강요했던 것과 대조한다면⋯⋯. 쿨럭, 적대해서 이상할 게 없어."

확실히 제도에서 맞서 싸웠던 가짜 벤자민도 솔로몬은 인간에게 절망하여 스스로가 인간들을 통제하고 이끌겠다는 생각을 갖게 되었다는 말을 했었다. 그런 인물은 복종하지 않는 타인에게 자비를 베풀지 않을 것이다.

하지만 그 때문에 서로 마음이 이끌렸던 뷔에나까지도 적대하게 된단 말인가.

"그치만, 그, 니, 니카⋯⋯."

"니카유치시마 말이냐."

"응, 그거. 그 책에는 두 사람이 서로 이끌렸다고 쓰여 있었댔는데⋯⋯."

"그런데 결국 맺어지지는 못했다는 서술도 있지. 남자와 여자는 문득 엇갈리기도 하는 법이다."

"⋯⋯혹시 경험담이야? 할매도 누군가랑 엇갈린 적 있어?"

"시끄럽다. 딴 얘기로 빠지지 마라."

마리아는 차를 홀짝이며 마셨다.

"⋯⋯아무튼 간에, 녀석들은 같이 협력했었다만 마력의 질 자체는 정반대였어. 엘프로 이어지는 하얗고 청정한 마력을 가진 뷔에나와 인간인데도 마왕을 만들어 낼 수 있을 만큼 검은 마력을 가진 솔로몬. 정반대이기에 더욱 마음이 끌렸을지도 모른다만⋯⋯. 아무튼 맺어지지는 못했지."

"으음……. 혼의 백과 흑이었던가?"

"그래. 평범하게 생각하면 상성은 최악이지. 다만 정반대의 성질을 잘 어우러지게 섞을 수 있다면 그것은 곧 중용이다. 인간의 마력은 백도 흑도 아니지. 마왕은 존재 자체가 마력 덩어리. 그 검은 마력에 엘프의 하얀 마력을 딱 알맞게 섞는다……. 그러면 육체는 인간과 가까워질 게다. 그렇게 생각하면 마왕의 혼을 가지고 엘프 어머니를 둔 네가 인간으로 태어난 것도 납득이 되지."

"그렇구나……. 그래서 나는 인간이구나."

왠지 납득이 갔다. 본래는 섞일 수 없는 정반대의 성질이 균형을 잘 맞춘 상태로 형체를 이룬 결과가 바로 안젤린이었다.

안젤린은 차를 한 모금 마시고 말했다.

"다른 건? 뭔가 더 알았어……?"

"슈바이츠의 목적은 도통 짐작이 안 되더구나. 녀석이 말한 성공작이 만약에 네가 맞더라도 굳이 도망치게 놔둬서 자신과 적대하게 만들 이유를 모르겠다. 그런 부분에서는 절대 방심하지 않는 자이니까 말이지."

"역시 그런가……. 엄마도 같은 말 했었어."

안젤린은 그렇게 말한 뒤 의자 등받이에 기대서 머리 뒤쪽으로 깍지를 꼈다.

자신을 병기로 다룰 작정이었다면 이미 옛날에 실패한 셈이었다. 그에 더하여 제도의 거점은 파괴되었고 벤자민을 놓치기까지 했다.

그래서 더더욱 슈바이츠의 진짜 목적이 불분명해지고 자신들은 혼란에 빠지게 된다.

마리아는 잠시 생각하는 내색이었다가 곧 안젤린을 쳐다봤다.

"슈바이츠에게, 협력자가 몇몇 있었다던가?"

"어? 응. 황태자로 변신한 사령 마술을 쓰는 녀석이랑, 그리고 헥터라는 모험가……. 또 성당 기사도 있었는데……. 한 명은 이미 죽었고 다른 한 명은 조종당했던 것 같아. 그리고 대공 가문의…… 누구였더라, 3남이었던가? 걔도 속아서 이용당한 것 같고."

"더 없나?"

"어, 으음……. 또 누가 있었나……?"

누가 더 있었던가, 없었던가.

안젤린은 팔짱을 꼈다. 실제로 싸운 상대는 전부 말했다만, 누가 또 있었던 것 같기도 하다.

마지막 전투 무대가 된 기묘한 공간을 만들어 낸 사람은 슈바이츠도 가짜 벤자민도 아니라고 나중에서야 카심에게 말을 들었었는데.

흐릿한 기억을 더듬어 가다 간신히 떠올렸다.

"……아, 맞다. 분명히 살라자르라는 사람이었어, 대마도사. 나를 가뒀던 시공 감옥이란 마법을 쓴 사람이 살라자르였대."

"살라자르라고? 쿨럭……. 『뱀의 눈』 말이냐?"

"응. 모습이 휙휙 바뀌고 이상한 소리만 잔뜩 늘어놓더라."

"그 자식이 협력했다는 것은……. 그렇다면 시공 마법인가? 설마 현상의 흐름……? 그 황당무계한 가설을 슈바이츠가……? 아니, 만약에 내가 알지 못하는 어떤 단서를 발견했다면 충분히 가능성이 있는 전개 아닌가…….”

“할매?”

눈살을 찌푸리며 중얼중얼 혼잣말하는 마리아를 보고 안젤린은 조심조심 말을 붙였다. 마리아는 퍼뜩 놀라며 얼굴을 들어 올리고 안젤린을 쳐다봤다.

“……생각할 게 생겼다. 잠시 기다려라.”

“어, 응. 알았어…….”

무엇인지 잘 모르겠는데 마리아가 어떤 단서를 발견했나 보다. 안젤린은 당황했지만 어차피 급히 귀가한들 딱히 할 일이 있지도 않았다.

“……차, 끓일게.”

마리아는 대답을 하지 않았다. 완전히 사고에 푹 잠겨버렸다. 안젤린은 어깨를 으쓱거리며 일어났다. 찻주전자에 오래된 듯한 찻잎을 넣어서 뜨거운 물을 부었다.

해가 기울어지고 저녁때가 가까워짐에 따라 창문에서 주홍색이 물어난 빛이 비스듬하게 비쳐 들어온다.

김이 피어나는 잔을 손에 들고서 멍하니 있으려니까 눈꺼풀이 무거워졌다. 저녁때 이 시간은 묘하게 졸음이 찾아든다.

잠들기가 무섭다. 그렇게 생각하면서도 점점 몸에서 힘이 빠져나갔다. 어느 틈인가 안젤린은 탁자에 푹 엎드려 있었다.

○

　물씬, 피 냄새가 코를 찔렀다. 놀라서 눈 뜨자 파르께한 빛이 반
사되는 석벽이 보였다.

　지하 같았다. 싸늘하고 묵직한 공기가 가득 차 있다. 창문은 없
었다. 벽에 달아 둔 조그만 유리통 안쪽에서 파르께한 빛이 타오
르고 있었다.

　앞쪽을 보고 뒤쪽을 돌아본다.

　복도쯤 되는 너비의 좁은 공간이 쭉 뻗어 나가고 있다. 뒤쪽에
는 위로 향하는 계단이 있고, 앞쪽은 조금 나아간 곳이 모퉁이로
구부러져 있다.

　음, 이곳은 어디일까.

　낯선 장소다.

　발바닥에 닿는 바닥은 딱딱하고 답답한 감촉이 느껴졌다.

　바닥도 벽도 천장마저도 전부가 돌로 만들어졌다. 구두의 뒤축
으로 바닥을 때리자 크게 소리가 울려 퍼지는 느낌이었지만, 발을
굴러봐도 아무 소리가 안 났다.

　발밑에 피가 흩어져 묻어 있었다. 아직 다 마르질 않아서 코를
찌르는 독특한 냄새가 떠다니고 있다. 기분이 안 좋아졌다.

　정적에 오히려 귀가 아팠다. 자신의 심장 소리가 크게 들린다.

　안절부절 불안한 마음으로 가만히 서 있던 때 누군가의 고통에
찬 호흡 소리가 들려왔다. 깜짝 놀라며 얼굴을 들어서 소리가 난

방향에 시선을 줬다. 앞에 모퉁이의 안쪽에서 들렸다.

꿀꺽, 숨을 삼키고 나서 조심조심 걸음을 뗐다. 발소리는 나지 않았다. 신발 바닥을 넘어 싸늘함이 다리에 전해지는 것 같았다.

모퉁이를 돌자 안쪽은 철창을 세운 감옥이 잔뜩 쭉 늘어서 있었다. 비슷하게 푸르스름한 빛이 비치는 저 감옥들은 빛을 반사하며 젖어 있는 듯 보였다.

철창 안에서 누군가가 신음 흘렸다. 여인이었다.

"흐…… 아앗! 아윽…… 끄으으……!"

무의식중에 달려가서 철창에 달라붙었다. 여인은 웅크리고 있다. 짙은 갈색의 머리카락을 마구 흩뜨리며 고통에 몸부림치고 있었다.

어디가 아파? 정신 차려.

입만 뻐끔뻐끔 움직였다. 목 안쪽에서 소리는 나오지 않았다.

"13번은 얼마 안 남은 듯합니다."

남자 목소리가 들렸다. 고개 돌린다. 로브를 입은 인물이 몇 명 서 있었다. 손에 든 종이와 철창 안쪽을 번갈아 바라본다.

"가망은 거의 없겠군. 만약 성공이라면 이렇게까지 이상 성장을 하지는 않을 터."

"거의 한 달 남짓인데 복부가 비대화되었으니까요."

너희냐!

노여움이 들끓어 지면을 박찼다. 당장 후려갈겨서 거꾸러뜨려 주마.

그러나 서 있는 녀석들의 몸을 휙 지나쳐서 바닥을 구르고 말았다. 남자들은 알아채는 기색도 없이 철창 안 여인을 쳐다볼 따름이었다.

어째서? 당황하며 자신의 두 손을 봤다.

꽉 쥐면 감촉이 느껴진다. 다리도 바닥을 단단하게 밟아 디디고 있다. 그런데 정작 여인을 돕지도, 로브 차림의 일당을 때려눕히지도 못했다.

심한 무력감에 휩싸여 망연자실하던 중 불현듯 공간이 흐물흐물 일그러졌다. 마치 도자기 그릇에 금 가는 듯한 소리가 울려 퍼지더니 아무것도 없는 공간에 불쑥 구멍이 뚫리고 누군가가 뛰쳐나왔다. 은발이 길게 뻗치며 파르께한 빛에 빛났다.

엄마?

사티였다. 착지하자마자 재빨리 주위를 둘러봐서 상황을 일순간에 파악한 듯싶었다. 즉각 눈에 분노의 불꽃을 담아내며 지면을 박찼다.

"아니!"

로브 차림의 남자들이 방어 태세를 갖추기 전에 사티는 바짝 다가들어서 팔을 휘둘렀다. 한 사람의 목이 허공으로 날아올랐다. 검을 아예 안 들었는데도 마치 검사와 같은 움직임이었다. 마력으로 만든 보이지 않는 검이 있는 것일까.

"네녀……."

가차 없었다. 사티는 눈 깜짝할 새에 로브 차림의 남자들을 몰

225

살한 뒤 철창에 달려갔다.

"정신 차려!"

그렇게 외치고 팔을 흔든다. 철창이 잘려 이리저리 흩어졌다. 사티는 안에 뛰어들어서 여인의 어깨에 손을 둘렀다. 다른 한쪽 손은 커다랗게 부푼 배에 가져다 댄다. 여인은 괴롭게 헐떡이며 사티의 옷자락을 꽉 움켜잡았다.

"아, 아……. 사, 살려줘요……."

"괜찮아……. 괜찮을 거야……."

사티는 절실한 표정으로 무엇인가 작게 영창하고 있다. 다만 여인의 고통에 찬 목소리는 멎지 않았다.

손을 뻗어도 손이 닿지 않았다. 전부 지나쳐버린다. 격려의 말조차 해줄 수 없다.

그래서 더욱 애타는 마음으로 지켜보던 중 여인이 한층 커다란 비명을 질렀다. 둥글게 굽히고 있던 신체가 펄쩍거리며 젖혀졌다. 부푼 배가 볼록볼록 움직였다. 안쪽에서 무엇인가가 날뛰는 것 같다.

사티가 이를 악물었다.

"안 돼! 제발, 가만히 있어……!"

"커흑."

여인의 비명이 멎었다. 작은 숨소리와 함께 고개가 털썩 떨어졌다. 손발도 축 늘어져서 힘이 빠져나갔는데 배만은 변함없이 요동치고 있다.

"……으웃!"

사티가 재빨리 뛰어 물러났다.

거의 동시에 여인의 배를 찢으며 무엇인가 까맣게 형태가 일정하지 않은 존재가 튀어나왔다. 간신히 인간 비슷하게 생긴 손발과 얼굴 같은 부위를 볼 수 있었지만, 길이도 두께도 제각각이라 곧 균형을 잃고 바닥으로 굴렀다. 피가 흩날리고 바닥에서도 퍼져 나간다.

눈 뜨고 못 볼 광경이었다. 그러나 눈을 돌릴 수 없었다. 너무나 처참하고 슬퍼서 눈에 눈물이 배어났다. 오열이 치밀어 올라오고 코 안쪽이 막혀서 숨 쉬기가 버겁다.

『주, 인님……? 주인님, 어, 디야……?』

검은 개체는 중얼중얼 혼잣말하며 손발 비슷한 것을 질질 움직이고 있다.

사티는 비통한 표정으로 가슴께를 부여잡았다. 호흡이 가빠진 것 같았다. 괴롭게 헐떡이고 눈가에 눈물을 지으면서도 바르작거리는 검은 물체를 똑바로 쳐다봤다.

"미안……. 미안해……."

그렇게 말한 뒤 일순간 눈을 감았다가 곧 번쩍 눈을 치켜뜨면서 두 손을 휘둘러 올렸다. 그리고 검을 휘두르듯이 앞으로 내리 휘두른다. 그러자 섬광과 같은 참격이 내리 달리며 검은 물체는 조각조각이 났다.

산산이 부서져서 떨어진 그것은 걸쭉하게 녹아 점도가 있는 액체가 되어 퍼졌다. 그러다가 피와 함께 적색과 흑색 두 가지 색의 대조를 만들어 내는지라 몹시 섬뜩했다.

사티는 털썩 무릎을 꿇었다. 어깨를 부들거리며 두 손으로 얼굴을 감싼다.

"미안해⋯⋯. 또, 구해주지 못했어⋯⋯. 으으⋯⋯. 아아아아아아아."

죽은 여인에게 매달리듯 몸을 웅크리고 둑이 터진 것처럼 울음을 터뜨렸다. 옷이 더러워지는데도 깨닫지 못하는 모습이었다.

그 광경을 보면서 마구 흘러넘치는 눈물을 견딜 수 없었다. 자기 자신의 슬픔에 더하여 사티가 느낀 슬픔과 고통이 흘러 들어오는 것 같았다.

엄마.

지금 당장에 소리치면서 꽉 안아주고 싶었다.

그러나 방금 전까지 잘 움직였었던 몸이 움이지 않았다. 목소리는 여전히 안 나왔다. 오직 우두커니 서서는 울음 짓는 사티를 바라볼 수밖에 없었다.

이윽고 울음소리가 멀어졌다. 점점 시야에 막이 덮이는 것처럼 조금씩 눈앞이 어두워졌다.

147 지금 당장에라도 집에 가고 싶었다. 무작정 빨리

지금 당장에라도 집에 가고 싶었다. 무작정 빨리 집에 가서 벨그리프의 품에 뛰어들고 싶었다.

마리아의 암자에서 무심결에 선잠이 들었다가 아니나 다를까, 악몽이 들이닥쳤기에 안젤린은 화들짝 깨어났다. 온몸에 땀이 흠뻑 배어나서 타오르듯 뜨거운데도 몸의 깊숙한 곳은 얼음처럼 싸늘하게 느껴졌다.

화들짝 놀라 깨어났지만, 하지만 힘이 쭉 빠져 의자에 주저앉았다. 가만히 두 팔로 몸을 부둥켜안고 부들부들 떨고 있으려니까 마리아가 곧장 어떠한 마법을 걸어주더니 곧이어 따뜻하고 달콤한 음료를 입에 대 마시게 했다.

그러자 조금 진정되었다.

그럼에도 몸이 나른하고 피로는 도통 가시질 않았다. 마디마디에 통증마저 솟는 느낌이 들어 감기에 걸렸나 싶은 상태였다. 하지만 열은 없었다. 단지 힘을 쓸 수가 없고 몸 움직이는 것이 몹시 거추장스러울 따름이었다.

이것은 더 이상 수면 부족에 의한 피로가 아니었다. 정신이 완전히 피폐해진 탓에 몸까지 무겁게 만들고 있었다. 불현듯 눈물이 흘러넘치고 오열이 멎지 않기도 했다.

마리아가 여전히 찡그리고 있는 얼굴로 컵에 음료를 더 따라줬다.

"환자한테 간병을 시키지 마라, 손 많이 가는 꼬맹이야."

"……미안."

안젤린은 고개 숙인 채 컵을 입으로 가져갔다. 신비한 냄새가 콧속을 간질였다.

여러 종류의 약초를 달이고 또한 설탕과 우유를 넣어서 섞은 음료였다. 과연 밀리엄보다 제약 솜씨가 좋은지라 달콤한 맛에 마시기도 수월해서 진정이 된다. 마리아는 후유, 숨을 내쉬고는 의자에 걸터앉았다.

"쿨럭……. 또 악몽인가?"

"……지금껏 꾼 가장 끔찍한 꿈이었어."

"기억은 나고?"

"아니……. 그치만, 엄마가 나왔어. 엄청나게 슬퍼하는 모습이었고, 나도 슬펐어……."

점점 꿈이 현실과 혼동될 만큼 선명해지고 있었다. 다만 깨어나면 이 같은 선명함이 곧장 아지랑이처럼 부예지며 모호하게 흩어져버린다. 꿈을 꾸었을 때 감정의 움직임만이 명확하게 마음에 남아서 몹시 괴롭다.

오래 잔 기분이 드는데도 아직 해는 떨어지지 않았다. 여전히 붉은색을 띤 햇살이 창문으로 비쳐 들어오기에 흩날리는 먼지가 눈에 보였다.

안젤린이 고개 숙인 채 입을 다물고 있자 이윽고 마리아는 거하
게 숨을 내쉬고 안젤린을 쳐다봤다.

"……안제, 일찌감치 톨네라에 가라."

"엥……."

"악몽의 원인을 알 수도 없고, 슈바이츠의 노림수도 불명확하다
만……. 이러다가 네가 쓰러져버리면 전부 무의미하지. 벨그리프
와 만나는 것이 네게는 가장 좋은 약 아니겠느냐."

"그치만……."

안젤린은 머뭇머뭇했다.

빨리 집에 가고 싶다는 마음에 거짓은 없다. 다만 자신에게 묘
한 사태가 일어났을 때 집에 돌아가는 것은 소중한 고향과 가족의
곁에 오히려 골칫거리를 가져가는 느낌인지라 마음이 못내 불편
했다. 귀성할 때는 아무런 시름도 없이 선물을 산처럼 안아 들고
웃는 얼굴로 가고 싶었다.

마리아는 벅벅 머리카락을 긁었다.

"이건 황당무계한 이야기다만……. 현상의 흐름이라는 말은 들
어본 적 있나?"

안젤린은 고개를 갸웃거렸다. 그러고 보니 제도에서 살라자르
와 만났을 때 비슷한 말이 나왔던 것 같기도 하다. 어려운 이야기
였던 데다가 카심이 헛소리라고 말한 기억 때문에 이제껏 쭉 굳이
고민하지는 않았지만.

"살라자르 씨가, 비슷한 얘기를 했던 것 같아……. 카심 아저씨

가 헛소리랬는데."

"그랬을 테지. 마법학의 분야에서도 솔직히 근거가 없는 이야기니까. 다만 『뱀의 눈』은 성격은 별개로 치고 마법사로서는 일류다. 그자와 슈바이츠가 얽혀 있다면 단순한 헛소리라고 결론을 순 없는 노릇이지."

"……현상의 흐름이란 게 뭔데? 그게 나랑 무슨 관계가 있어?"

"너와 어떤 관계인지는 모른다. 다만 마력과는 별개로 어떠한 현상의 흐름…… 사건의 인과라는 개념이 있지. 거기에는 크고 작음이 있고, 큰 것은 시공에 영향력을 발휘한다는 주장이다. 즉 마력 등 외적인 힘에 의한 것이 아니라 인간 자신이 가지고 있는 혼의 의식과 행동, 그러한 요소에 기인하여 인과가 형성된다는 가설이지. 쿨럭, 쿨럭! 쿨럭!"

"어어……."

이해하지 못하겠다는 표정을 짓는 안젤린을 보면서 마리아는 한숨 쉬었다.

"……이 녀석, 얼굴에 난리가 났군. 나도 그냥 헛소리라고 생각한다. 마력이 아닌 요소는 기존의 방법론으로는 관측도 못 하지. 시공 마법을 다루는 녀석들 사이에서 한때 시끄러웠던 시기도 있었다만, 결국 형이상학적인 담론을 벗어나지 못했다. 『뱀의 눈』은 이것을 단순한 철학이 아닌 현실의 문제에 적용시키려고 하는 것 같다만……."

전혀 알 수가 없었다. 몸 상태가 온전하지 않기도 해서 안젤린

은 일찌감치 이해하기를 포기한 채 컵을 입으로 가져갔다. 마리아
도 눈치챘는지 쯧, 혀를 차면서 어깨를 으쓱였다.

"아무튼 간에 혹여나 저런 황당무계한 이야기를 근거로 뭔가 계
획을 꾸미고 있다면 나도 대책을 강구하는 건 어렵다는 소리다.
제길, 매사에 자꾸 내 신경을 건드리는 자식이로군……."

"그치만…… 이런 처지인데 내가 톨네라에 가도 괜찮은 걸까?"

안젤린이 묻자 마리아는 조금 고민하는 표정을 지었다가 이윽
고 고개를 살짝 흔들었다.

"모른다. 다만 톨네라에는 『팔라딘』이 있지. 카심과 『패왕검』도
있지 않더냐?"

"아빠도 있어……."

"그래, 뭐……. 슈바이츠의 계획은 상상이 되지 않지만, 악몽이
만약 그 녀석의 수작 때문이라면 네 마음이 흔들리는 게 가장 위
험할 테지. 따라서 네가 안심할 수 있는 장소에서 머무르는 게 좋
다. 톨네라에도 뭔가 안 좋은 상황에 대응할 만한 인원은 다 갖춰
져 있을뿐더러, 상대가 상대인 만큼 올펜에서 가능한 조처도 제한
되니까."

"그런, 가……?"

묘하게 동의하고 싶은 마음이 든다. 무엇보다도 벨그리프만 옆
에 있어준다면 어떤 문제든 괜찮아질 것 같았다.

컵의 내용물을 다 마신 뒤 안젤린은 후유, 숨을 내쉬었다.

이야기를 나누며 머리가 각성될수록 꿈의 내용이 사라져 갔다.

섬뜩했던 느낌만큼은 남아 있으나 어째서 자신이 눈물을 흘릴 만큼 슬퍼했는지 도무지 알 수 없었다.

"그럼, 그렇게 할까……. 길드 마스터한테 얘기해야겠네."

"그래, 빨리 가라. 뭐, 지금은 네가 오래 자리를 비워도 감당이 될 테지."

마리아는 그렇게 말한 뒤 지친 모습으로 의자 등받이에 기댔다.

"이만 돌아가려면 일어나는 김에 창문 좀 닫거라."

"응…….".

안젤린은 일어나서 가방을 들고 이제껏 쭉 활짝 열어 놓았던 창문을 닫으며 돌아다녔다. 그리고 문 쪽에 다가서다가 문득 생각이 떠올라 고개 돌렸다.

"있지…… 할매도 톨네라에 놀러 올래?"

"……생각해보마."

마리아는 또 어떠한 고찰을 시작한 듯 굼실굼실 목도리에 입가를 파묻고 몸을 구부렸다. 추운 날의 자그만 새 같다고 안젤린은 생각했다.

마지막 승합 마차에 휙 올라타서 올펜으로 가는 길을 흔들흔들 나아갔다. 시가지에 들어설 무렵에는 해가 푹 저물어져서 주위는 어두웠고 바람도 차가워졌다.

익숙한 길을 걷다가 묘하게 마음이 가벼워진 것을 깨달았다. 고향에 가겠다고 결정을 내린 덕분에 이런저런 고민이 일단락된 기분이 들기 때문인지도 모르겠다.

하지만 내일 당장에 출발할 수도 없는 노릇이다.

길드에 이야기를 하고, 파티 멤버에게도 말을 전하고, 급한 볼일이 있다면 마쳐야 할 테고, 이래저래 할 일이 많았다. S랭크 모험가쯤 되면 먼 길을 다녀올 때도 길드의 수속이 필요하다.

저녁 식사를 때우러 갈 생각에 안젤린은 단골 주점으로 들어갔다. 사람이 잔뜩이라서 무척 시끌시끌했다.

카운터도 꽉 차서 못 들어가려나 걱정하며 둘러보려니까 탁자 자리 중 하나에 파티 멤버들이 둘러앉아 있었다.

마침 잘 만났다. 안젤린은 경쾌한 걸음걸이로 가까이 다가갔다. 마르그리트가 가장 먼저 알아차리고는 「오~」 잔을 치켜들었다.

"너 어디 갔었냐~. 방까지 상태 보러 다녀왔다고~."

"마리아 할매 만나고 왔어……."

"엥~ 할망구네 집? 기운도 없는 애가 용케 다녀왔네~."

"지금은 좀 기운을 차린 것 같네?"

아넷사가 말을 건네며 유리잔에 와인을 따라주었다. 안젤린은 잔을 단숨에 쭉 비우고 후유, 숨을 내쉬었다.

"결정했어. 톨네라에 갈 거야. 준비가 끝나는 대로, 당장."

세 친구는 눈을 동그랗게 떴다. 하지만 대강 예상은 하고 있었다는 분위기이기도 했다.

"진짜냐. 난 상관없는데……."

"어차피 갈 생각이었으니까 괜찮지 않나? 안제가 못 움직이면 올펜에 있든 톨네라에 있든 똑같고."

"그럼 빨리 준비해야겠네~. 이것저것 선물도 사야 된다냥~."

안젤린이 언제나 집에 가고 싶어 했다는 것은 세 친구들 모두 알고 있었다. 오늘내일 출발은 아니라고 생각했었기에 살짝 놀랐을 뿐 딱히 뜻밖이라는 느낌은 없는 듯했다.

추가 주문을 마친 아넷사가 말했다.

"마리아 씨한테 좋은 약이라도 받았어?"

"음, 약도 줬는데……. 빨리 톨네라에 가서 아빠랑 같이 있으래. 나한테는 아빠가 가장 좋은 약이라고."

안젤린이 대답하자 세 친구가 같이 웃음을 터뜨렸다.

"아하하핫, 맞는 말이네! 안제한텐 벨이 특효약이지."

"아하, 안색이 나아진 이유가 있었네. 좋겠다?"

"할망구도 가끔은 괜찮은 말을 하는구나~."

결정을 못 내려서 망설이던 때 누군가 등을 밀어준다면 고마운 일이다. 안젤린은 고개를 끄덕이며 두 번째 와인잔을 입에 가져갔다.

또 오늘 밤에도 악몽이 찾아오면 어쩌나 생각하면 조금 우울했지만, 그래서 더더욱 주점의 떠들썩한 분위기가 안젤린에게는 신기하게 편안한 느낌을 준다. 이대로 잠들지 않고 이곳에서 밤을 지새울 수 있다면 좋겠지만 지나친 바람일 테지.

"마리아 씨랑 무슨 얘기 했어?"

"으음……. 엄마가 엘프인데 내가 인간인 이유는 뭐냐고."

"아, 그거 말이구나. 뭔가 알아냈어?"

안젤린은 마리아와 나눈 이야기를 떠올리며 이것저것 설명을 했다. 세 친구는 납득하며 고개를 끄덕거렸다.

"아하…… . 확실히 앞뒤가 맞네."

"그리고?"

"그리고…… 음, 살라자르 씨가 말했던 현상의 흐름 어쩌고저쩌고하는 얘기라든가."

안젤린이 대답하자 마르그리트는 노골적으로 질색하는 표정을 지었다.

"으엑~ 난 그 얘기 도무지 못 알아먹겠더라. 살라자르도 뭔 소리를 늘어놓는지 영…… . 안제는 알아들었냐?"

"알아들었겠어……?"

"다행이다. 친구네, 친구."

마르그리트는 기뻐하며 안젤린의 잔에 와인을 또 따라주었다.

아넷사와 밀리엄도 쓴웃음을 짓고 있다. 카심도 헛소리라며 언급을 안 했던 그 이야기는 소녀들도 잘 이해할 수 없는 내용이었나 보다.

오늘 세 친구가 지원을 갔던 토벌 의뢰의 이야기며 톨네라에 무엇을 선물로 사 가냐는 이야기라든가 결국 겨울을 보내고 올 셈이냐, 아니면 예전 계획대로 동방행 여행을 떠날 셈이냐, 이것저것 주제를 바꿔 이야기하며 점점 분위기가 달아올랐다.

마르그리트가 찐 감자를 가득 베어 먹으며 말했다.

"그러고 보니 이슈멜하고 뭔 얘기 안 했냐? 걔도 톨네라에 가보고 싶다고 얘기했던 것 같은데."

"아~ 맞다~. 근데 이슈멜 씨는 어떻게 지내고 있을까? 전에 여기서 만난 다음에 전혀 못 봤는데."

밀리엄이 말했다. 아넷사가 흠, 입가에 손을 가져갔다.

"생활비 벌려고 의외를 받는다거나?"

"아냐, 유리 씨한테 물어봤는데 한 번도 의뢰 받으러 안 왔대."

안젤린이 곧바로 부정했다. 그래서 종적을 알 수가 없어 안젤린도 마리아를 먼저 만나러 가지 않았던가. 더 영문을 알 수가 없어 네 사람은 다 같이 고개를 갸웃거렸다.

"또 있지, 야쿠모 씨랑 루실도."

"동방에 가면 같이 가자는 이야기였지? 톨네라에 갈 때 빠지면 올펜에서 잠깐 기다려주려나?"

그 부분은 생각을 안 했다. 안젤린은 팔짱을 꼈다.

확실히 나중 계획을 생각하면 톨네라에서 겨울을 보낼 수는 없는 노릇이겠다. 그렇다고 두 사람이 또 톨네라에서 겨울 한 계절을 보내고 싶은 생각이 있는지는 알지 못한다.

저번에 이야기했을 때도 루실은 어쨌든 간에 야쿠모는 썩 내킨다는 기색이 아니었다. 자신에게는 둘도 없이 소중한 고향이어도 두 사람에게는 그냥 시골에 불과하잖은가. 물론 이슈멜 또한 마찬가지일 테지.

안젤린은 의자에 몸을 기댔다. 빨리 집으로 가고 싶어도 자신 혼자만의 문제가 아니었다.

"어쩌지…… 난처하네."

"뭐, 어때. 일단은 직접 만나봐야지. 내일은 다 같이 찾아보자."

밀리엄이 가볍게 말한 뒤 안젤린의 뺨을 콕콕 찔렀다. 안젤린도 밀리엄의 뺨을 같이 콕콕 찔러줬다.

"……미리, 뭔가 포동포동 느낌이 늘어났는데?"

"뭐시라~."

밀리엄은 입을 삐죽거렸다.

조금씩 밤이 깊어지고 있으나 악몽 때문에 화들짝 놀라 깨어났을지언정 저녁 무렵에 잠깐 잠들기도 했고 또 마음이 조금이나마 안정된 이유도 거들어서 별로 졸리지 않았다.

하지만 다른 세 친구는 의뢰를 다녀온 처지인지라 조금은 지친 듯했다.

마르그리트가 두 손을 올리며 하품했다.

"흐아…… 좀 졸리네."

"그러게~ 합동 의뢰는 되게 오랜만이었잖아. 뭔가 정신이 지쳤어."

세 친구가 참가했던 의뢰는 다수의 파티가 합동으로 수행한 토벌 임무라고 한다. 던전 한 곳에서 마수의 숫자가 많이 늘어나 쏟아져 나오려던 참이었다던가. 마수 자체는 모두 하위 랭크였으나 본래 수가 많으면 그것만 해도 큰 난관이 되는 법이었다.

안젤린은 의자에 몸을 기댔다.

"빨리 자는 게 좋겠네……. 내일 길드에서 만나자."

"안제는 어떡할 거야?"

아넷사가 물었다.

"조금 더 마시다가 갈래……. 아직 안 졸리니까."

세 친구는 얼굴을 마주 바라봤다. 아넷사가 잠깐 생각하다가 말했다.

"그럼 먼저 가볼게. 솔직히 안제가 없었던 만큼 오늘은 나도 지쳤거든."

"맞지~ 마리가 자꾸 혼자 막 흥분해서 쑥쑥 돌격하는걸."

"에잇, 아까부터 미안하다고 사과했잖냐."

마르그리트는 토라져서 입을 삐죽거렸다. 안젤린과 친구들은 깔깔 웃었다.

그렇게 세 친구가 먼저 귀가하고 안젤린은 탁자 자리에 혼자 남았다.

밤이 점점 깊어지는지라 조금은 사람도 줄어들었다.

잠시 와인을 홀짝홀짝 마시며 멍하니 앉아 있었다. 신기하리만큼 마음이 차분하다. 이런 기분은 오랜만이었다.

조금씩 접시에 남은 요리를 비우던 중에 「아, 찾았다」라는 귀에 익은 목소리가 들렸다.

"……길드 마스터?"

고개 돌리자 라이오넬이 서 있었다. 한시름 놓은 표정을 짓고 있다. 웬일로 이런 곳에서 만나네. 안젤린은 눈을 가늘게 떴다.

"어휴, 여기 있어서 다행이야."

"왜 찾았어? 무슨 볼일?"

"아니, 내가 아니라."

라이오넬이 조금 몸을 빼내자 뒤쪽에서 이슈멜이 얼굴을 쏙 내밀었다. 안젤린은 살짝 놀라는 표정을 지었다.

"이슈멜 씨네. 나도 찾아다녔는데……. 어디 갔었어?"

안젤린이 묻자 이슈멜은 겸연쩍어하며 머리를 긁적였다.

"으음, 미안합니다. 사실은 줄곧 엘마 도서관에 틀어박혀 지냈습니다……. 잠시만 있을 생각이었는데 깨달았을 때는 시간이 꽤 지났더군요."

아하, 이런 이유였구나. 안젤린은 납득했다. 마법을 다루지 않는 사람에게는 단순히 책만 잔뜩인 곳이어도 마법사에게는 보물산으로 보였을 테지.

그건 그렇고 왜 라이오넬이 같이 왔을까? 안젤린은 고개를 갸웃거렸다.

라이오넬은 머리를 긁적였다.

"아니, 있잖아, 이슈멜 씨가 와서 안제 양 어디 있냐고 물어봤거든. 뭐랬더라, 톨네라에 같이 가기로 했다고……. 둘 관계를 잘몰랐으니까 일단 내가 같이 붙어서 방에 찾아갔는데 비어 있길래 혹시 여기에 있나 싶었지."

안젤린은 S랭크 모험가다. 『흑발의 여검사』라는 칭호도 비단 올펜뿐 아니라 각지에 널리 알려져 있다. 무엇인가 불온한 의도를 가진 인물이 접촉을 시도해도 이상할 것이 없겠다. 라이오넬은 자기 나름대로 걱정해서 따라온 셈이다.

안젤린은 어이없어하며 턱받침을 했다.

"내가 무슨 수작이든 당해줄 것 같아?"

"아니, 물론 당하진 않겠지만, 방심해서 가만있는 것도 좀 아니 잖아. 요즘 안제 양, 몸 상태도 안 좋다는데…… . 뭐, 기우였던 것 같지만 말야."

라이오넬은 쓴웃음을 지었다. 안젤린은 후유, 숨을 내쉬고 두 사람에게 자리에 앉도록 권했다. 라이오넬은 뺨을 긁적였다.

"아니, 난 아직 할 일이 좀 있어서."

"일단 앉아봐. 마침 길드 마스터한테도 할 이야기가 있었어."

"나한테도?"

그러면 어쩔 수 없네, 라이오넬은 살짝 기뻐하며 앉았다. 쉴 핑계가 생겼다는 생각일 테지. 안젤린은 와인을 추가했다.

"톨네라에 또 간다는 말은 저번에 했었잖아…… ."

"했었지."

"출발을 앞당기고 싶어. 가능하면 지금 당장에라도 집에 가고 싶거든…… ."

안젤린이 말하자 라이오넬은 껄껄 웃었다.

"아하, 뭔 얘긴가 했네. 혹시 몸 상태가 안 좋은 게 빨리 집에 가고 싶어서였어?"

안젤린은 뚱하게 입술을 삐죽거렸다. 딱히 의도한 바는 없다지 만, 분명 향수병이 난 모양새 같기도 하다.

"안 돼?"

"아니, 안 될 이유는 없어. 지금은 마왕 소동 때와 다르게 사람도 충분하니까. 게다가 겨울 전에는 다시 돌아온댔잖아?"

"일단, 돌아올 예정……."

"하하, 일단이구나. 뭐, 겨울 지나서 와도 괜찮지만 말이야……. 게다가 안제 양은 톨네라에서 돌아오면 동방으로 여행을 간다고 했지? 그렇게 생각하면 조금 빨리 출발하는 정도야 아무것도 아니지."

하기야 맞는 말이었다. 지금은 안젤린 이외에도 S랭크 모험가가 있다. 일손은 충분히 많을 것이다.

물론 안젤린은 공적을 기준으로 말하자면 올펜 길드에서 신용도 실력도 최고이지만, 그렇다고 꼭 안젤린이 맡아야 하는 의뢰가 있는 상황은 아니었다. 대공가에서 호출이라도 떨어지면 또 상황이 달라지겠으나 그런 돌발 사태는 더 이상 없을 것이다.

수속은 밟아야겠지만 우선 자신이 없어도 괜찮다는 것은 알 수 있었다. 안젤린은 와인을 한 모금 마시고 곧이어 이슈멜을 돌아봤다.

"그렇게 됐는데 이슈멜 씨는 어떻게 할 거야……?"

"예? 뭐가요?"

멍하니 대화를 듣던 이슈멜은 살짝 놀라며 안젤린을 쳐다봤다.

"톨네라에 가자는 얘기……. 그래서 나를 찾아다녔다며?"

"아, 그랬죠……. 으음, 갈 생각이기는 했는데요……. 지금 나누신 이야기에 따르면 며칠 안에 올펜을 떠난다는 말씀이군요?"

"응……. 금방 출발할 거야, 아마도."

역시 좀 급하게 말을 꺼냈을까, 안젤린은 뺨을 긁적거렸다. 자신과 친구들뿐이라면 언제 떠나든 문제없겠으나 이슈멜과 야쿠모, 루실도 함께 움직일 생각이라면 너무 일정을 서두를 경우 못 오는 사람도 있을 것이다.

그러나 한시라도 빨리 고향에 가고 싶은 마음은 분명하다. 집에 가기로 결정하자 서둘러 출발하고 싶어 안달이 난 자신을 깨닫는다.

마왕 소동 때는 고향에 가려다가 거듭 붙들리는 바람에 화가 머리끝까지 났었다. 이번에는 딱히 특별한 사정은 없지만, 아무튼 빨리 출발하고 싶은 마음은 그때와 다를 바 없다.

이슈멜은 잠시 생각하다가 곧 얼굴을 들어 올렸다.

"좋습니다, 함께 가시죠……. 겨울나기는 아마도 어려울 것 같습니다만."

원래 톨네라에 가볼 생각이었으니까요. 이슈멜은 웃으며 말했다. 안젤린은 후유, 가슴을 쓸어내렸다.

"고마워……. 다시 돌아올 생각이면 가을 수확제 이후에는 오가는 사람이 있을 거야. 겨울 전에는 올펜에 돌아올 수 있어."

"그렇군요. 축제가 열린다면 상단에 같이 합류해서 올 수 있겠군요."

만약 안젤린이 톨네라에 남을 마음이 들어도 따로 올펜에 돌아올 수 있다.

이렇게 말하고 보니 야쿠모와 루실에게도 같은 선택지가 있음을 깨달았다. 톨네라에 가는 것은 좋아도 긴 겨울을 보내기는 싫다고 야쿠모도 말했었다. 그러나 두 사람을 따로 보낸다면 동방에 같이 가자는 이야기는 현실성을 잃는다. 역시 올펜에 같이 복귀해야 할 터이다.

어쨌든 간에 겨울나기는 안 하는 것을 방침으로 하자. 막상 톨네라에서 눌러앉고 싶은 마음이 들면 그때는 그때 가서 또 생각해야지.

안젤린은 혼자 고개를 끄덕거렸다. 대강 정리가 끝난 덕분에 마음이 차분해졌다.

아무튼 일단 실제로 만나 이야기를 나누면 전부 결론지을 수 있다. 이슈멜은 지금 만났으니까 내일은 야쿠모와 루실을 찾아봐야겠다. 너무 갑작스러워서 일정이 안 맞는다면 어쩔 수 없지.

얌체같이 와인만 홀짝거리던 라이오넬이 입을 열었다.

"안제 양, 안 좋은 꿈을 계속 꾼다며?"

"응…… 그치만 깨어나면 내용은 다 잊어버리거든. 그래서 오히려 더 기분이 나빠."

안젤린은 가만히 말한 뒤 이슈멜을 쳐다봤다.

"이슈멜 씨, 뭔가 이런 때 쓰는 좋은 방법 알아? 마리아 할매한테 상담해봤는데 약도 썩 효과가 없어서……."

"으음……. 『회색』 마리아가 손을 썼는데도 안 된다면 저 같은 사람이 도움을 드릴 순 없을 듯싶습니다만……."

"엑, 마리아 씨도 방법이 없대?"

"잘 모르겠는데 할매가 얼른 톨네라에 가서 쉬랬어……. 나한테 특효약은 아빠라면서."

그렇게 말하자 라이오넬은 웃음을 뻥 터뜨렸고, 이슈멜은 킥킥 웃었다.

"확실히 안제 양한테는 벨그리프 씨가 최고지. 마리아 씨는 역시 대단해, 뭘 좀 안다니까."

"과연 유명하군요, 안젤린 씨의 아버치 사랑은."

"아주 유명하죠. 예전에 올펜에서 이런저런 사정이 있어 귀성하려는 안제 양을 붙들었을 때는 진짜 막 당장에 죽으려 드는 기세였다니까요."

"……그치만 집에 가고 싶었단 말야."

뺨을 볼록거리는 안젤린을 보고 두 사람은 또 웃었다.

잠시 더 담소를 나누다가 「너무 땡땡이치면 혼난다」며 라이오넬이 자리를 떠났다. 밤이 깊었는데도 할 일이 있는 걸까. 안젤린은 의아했지만 요즘 길드도 경기가 좋은 듯하니까 이것저것 일이 많은가 싶었다.

가게 내부도 사람이 꽤 빠졌다. 이슈멜과 마주 앉아서 잔을 기울였다. 이슈멜은 술을 마셔도 안색이 달라지지 않았지만, 취기 돌고 있다는 것은 손의 움직임으로 대강 알 수 있었다.

"길드 마스터 자리는 꽤 바쁜가 봅니다."

"그러게……. 있지, 저번에 만났을 때 못했던 얘기 있었잖아. 솔로몬 얘기."

"아, 맞아요. 도중에 끊겼었죠. 그때도 꽤 많이 마셨으니까요……."

이슈멜은 손을 들어서 물을 주문한 뒤 다시 안젤린을 마주 바라봤다.

"그래서, 솔로몬에 대해 무엇을 알고 싶습니까?"

"있잖아."

안젤린은 엘마에게 들은 이야기, 그리고 마리아와 나눈 이야기 등을 간추려서 설명했다. 아마 자신이 마왕이라는 사실은 굳이 밝히지 않았지만, 슈바이츠가 마왕을 인간으로 만드는 실험을 추진했다는 내용 따위도 이야기했다.

이슈멜은 꽤 많이 당황하면서도 가끔 맞장구를 치며 조용히 들어주었다.

"……그래서 나도 일단은 이것저것 조사해보고 싶었어."

"오호라, 그렇게 된 겁니까. 그런 실험을……."

이슈멜을 팔짱을 끼고 잠시간 생각에 잠겨 있다가 이윽고 입을 열었다.

"솔로몬과 뷔에나가 함께 싸웠다는 것은 저도 압니다. 과연 사실인지는 일단 넘어가고, 오래된 문헌에 관련 서술이 다수 기록되어 있는 것은 분명하지요. 다만 솔로몬 소실 후 마왕의 폭주, 아울러 뷔에나의 용사가 토벌에 나선 내용은 공평한 문헌이 많지 않아요. 아마도 그 무렵에는 뷔에나 교의 힘이 강해졌기 때문일 겁니다."

"어라……. 뷔에나와 솔로몬은 결국 적대하는 관계가 되지 않았어?"

"아뇨, 두 존재가 직접 대결하지는 않았던 것 같습니다. 솔로몬의 대륙 정복 시기에는 아마 뷔에나가 조용히 지냈던 것 같거든 요. 솔로몬이 소실된 후 마왕이 폭주해서 온 대륙을 파괴하려고 들었을 때 뷔에나가 용사에게 힘을 내려서 마왕을 토벌했다는 문헌은 있습니다. 신빙성은 판단이 어렵습니다만."

안젤린은 팔짱을 꼈다. 어쩐지 이야기가 복잡해졌다.

뷔에나는 솔로몬의 방식에 찬동했던 것일까. 아니면 솔로몬의 힘이 지나치게 강해서 뷔에나는 거역할 수 없었던 것일까.

어느 쪽이든 간에 뷔에나 교에서는 적대시할 이야기다. 관련 문헌의 다수가 실전된 것도 어쩐지 납득이 되었다.

안젤린은 탁자에 턱을 붙이며 한숨 쉬었다.

"……이런 이야기는 어려워. 내 성미에 안 맞아……."

이슈멜은 쓴웃음을 짓고 컵 안의 물을 입에 가져갔다.

"역사란 본래 어려운 법입니다. 문헌이 있어도 쓰인 내용이 반드시 진실이라는 보장은 없죠. 쓴 사람이 있는 이상은 당연하게도 문장에 필자의 주관이 담기게 되니 말입니다. 따라서 가능한 한 많은 자료를 살펴서, 많은 단편을 조합하며 전체의 윤곽을 가늠할 수밖에 없습니다. 그것도 결국 많은 부분에서 왜곡이 발생하겠습니다만."

"그렇겠네……. 그치만 진실은 딱 하나인 거지?"

"예. 다만 우리는 하나뿐인 진실을 눈과 머리와 마음을 통해 표현합니다. 어느 인물의 정면을 세세하게 표현했더라도 등 뒤를 보지는 못한 셈이죠. 진실은 하나일지라도 우리는 자기 시점으로만 대상을 관찰할 수 있으니까요."

"……솔로몬이나 뷔에나한테 직접 물어볼 수 있으면 좋을 텐데."

"하하하, 그게 된다면 정말 굉장하겠죠."

조금 많이 마셨는지 혀가 무겁다. 물을 마시며 한숨 돌렸다.

이슈멜은 바스락바스락 짐을 뒤적거리고 있다. 지갑을 찾는 것
같았다.

문득 저 짐의 안쪽에서 사과나무 가지가 살짝 보이는 것을 깨달았
다. 안젤린은 가슴이 덜컥거렸다. 저번에 이슈멜이 떨어뜨렸던 것
을 주워서 줬을 때 몸에 찌릿거리는 충격이 치달았던 기억이 있다.

지갑을 꺼내 든 이슈멜이 안젤린을 보고 의아해하며 고개를 갸
웃했다.

"왜 그러십니까?"

"그 가지…… 그거 뭐야?"

"가지요? 아, 이거 말이군요."

이슈멜은 가지를 꺼내 탁자에 올려놓고 물을 한 모금 마셨다.

"연구 동료한테 떠맡은 물건입니다. 뭐라더라, 고대의 마법사들
이 썼던 지팡이를 복원했다던가요. 일종의 모조품이군요."

안젤린은 손이 닿지 않도록 경계하며 사과나무 가지를 자세히
살펴봤다.

변함없이 파릇파릇하다. 쭉 가방에 넣어 놓았을 텐데도 불구하
고 잎은 시든 기색이 없이 팽팽하게 뻗은 데다가 잎맥 한 줄기 한
줄기를 뚜렷하게 알아볼 수 있었다.

"……이게 지팡이야?"

안젤린은 의아해하는 표정을 짓고 물었다. 밀리엄이 갖고 다니는 지팡이와는 꽤 많이 달랐다. 다른 마법사들도 지팡이를 쓰는 사람이 갖고 다니는 것은 더욱 긴 물건뿐이다. 이렇게 짧은 지팡이를 그대로 쓰는 사람은 전혀 본 적이 없었다.

이슈멜은 물을 한 모금 마시고 고개를 끄덕거렸다.

"현재 마법사의 지팡이는 깔끔하게 형태를 갖춘 것, 이른바 평범한 지팡이와 같은 모양의 물건이죠. 하지만 고대의, 즉 솔로몬의 이전 시대에 살던 마법사들은 몸을 받쳐주는 용도의 지팡이와는 별개로 마도구로서 기능하는 지팡이를 사용했다고 알려져 있습니다. 많은 경우는 나무의 가지를 바로 꺾어서 뗀 것, 특히 힘이 강력한 고목의 어린 가지를 선호했다더군요."

"사과나무에 힘이 있어……?"

"사과 자체의 힘은 잘 모르겠습니다만, 수령이 많은 나무에는 힘이 있다는 생각이 일반적이었을 겁니다. 술식의 공식이 거의 존재하지 않았던 시대였으니까요. 도구 자체의 강력함이 중요시되었을지도 모르겠네요."

"흐음……."

안젤린은 살며시 손을 뻗어서 손가락으로 톡톡 건드려봤다. 딱히 쩌릿한 느낌은 들지 않는다. 큰마음 먹고 손에 들어봐도 두려워했던 충격은 없었다. 어린 가지의 꺼슬꺼슬한 감촉이 느껴졌다.

"……저번에도 잠깐 봤는데 신기하게 시들질 않네."

"네. 이것도 친구가 마술식을 각인해서 마력을 상당히 주입했습니다. 그래서 잎도 떨어지지 않고, 여전히 파릇파릇하지요. 다만 유지 술식에만 잔뜩 힘을 쏟아서 마법의 보조 도구라기에는……. 뭐, 솔직히 별 도움이 안 된답니다."

이슈멜은 그렇게 말한 뒤 쓴웃음을 지었다.

안젤린은 손에 든 가지를 빤히 쳐다봤다. 그렇다기에는 무엇인가 신비한 느낌이 든다. 기묘하게 끌리는 느낌이 있다.

잠시 살펴보던 중 잎끝이 바람에 흔들리는 것 같았다.

동시에 안젤린의 가슴속에서 쨍, 무엇인가 소리가 나는 것 같았다. 깜짝 놀라서 몸을 떨었다만, 특별히 몸이 안 좋아지는 느낌은 없었다. 가지를 이슈멜에게 돌려주고 와인을 쭉 들이켰다.

누군가가 가게를 나갈 때 바깥에서 바람이 불어 들어왔다. 밤바람은 취한 몸에 시원한지라 기분이 좋다.

조금씩 사람이 줄고 있었다. 마스터도 가게를 닫고자 슬슬 뒷정리를 하는 듯했다. 안젤린은 하품을 하며 눈을 문질렀다.

"……이만 나갈까?"

"그러실까요?"

"그치만…… 자는 게 무서워."

"분명 악몽을 꾸신다고 했죠."

"응."

그 생각을 하면 우울해졌다. 다만 이 주점도 밤새도록 운영하는 곳은 아니었다. 마냥 눌러앉아서 버틸 수는 없는 노릇이다.

이슈멜은 잠시 생각하다가 입을 열었다.

"저도 가끔씩 기묘한 꿈을 꿉니다. 게다가 어째서인지 기억이 두절되는 때도 있지요. 뭐, 매사에 너무 몰두하는 성격인지라 피로 때문이라고 생각은 합니다만……."

"……나도, 비슷한 경우일까?"

"알 수야 없습니다만 아무튼 간에 악몽은 딱히 특별한 게 아닙니다. 너무 신경을 쓰진 않으시는 게……."

"응……."

안젤린과 이슈멜은 나란히 자리에서 일어났다. 도중까지는 길이 겹친다.

돌바닥을 쓸어 만지고 가는 밤바람이 안젤린의 세 가닥으로 땋은 머리카락을 흔들었다.

"있잖아, 언제 출발할지 결정하면 말할 테니까 숙소 위치 가르쳐줘……."

"아, 그랬었죠. 열쇠와 목마라는 숙소입니다. 마도구와 약을 취급하는 가게가 많은 거리에 있는."

"……알았어."

조금 머리를 돌리자 아하, 어디에 있는 숙소인지 떠올랐다. 그 주변은 신출내기 무렵부터 자주 다녔던 곳이다. 숙소에는 들어간 적이 없지만, 문 위쪽에 매달아 놓은 말과 열쇠의 목제 인형은 인상에 남아 있었다.

"그럼, 편히 쉬십시오……."

이슈멜과 헤어져서 자취방으로 가는 길을 걷는다. 와인의 취기가 돌아 딱 적당하게 기분 좋았다. 신기하게도 우울하지 않다.

걸음을 멈춘 뒤 한껏 숨을 내뱉고 하늘을 올려다봤다.

엷은 구름이 걸린 밤하늘에 별이 반짝거리고 있다.

"……금방 만나러 갈게. 기다려줘, 아빠."

148 가을철 밤은 떠들썩하다. 마을 바깥의

　가을철 밤은 떠들썩하다. 마을 바깥의 평원에서는 벌레들의 노랫소리가 밤 내내 울려 퍼진다. 등불을 들고 걸어가면 그 불빛을 향해 크고 작은 날벌레들이 날아들다가 얼굴이며 몸에 부딪힌다.

　밤이슬이 내리고 있었다. 풀을 헤치고 나아가면 옷이 젖고, 바지 자락 아래로 보이는 발목이 차가워진다. 다만 열두 살 안젤린은 전혀 개의치 않고 풀숲을 헤치며 나아갔다.

　"안제, 달리면 위험하단다."

　자꾸 달라붙은 벌레를 손으로 쫓아내며 벨그리프는 말했다. 안젤린은 고개 돌리며 해죽해죽 웃었다.

　"에헤헤……."

　이번에는 달음박질치며 돌아와 벨그리프에게 안겨 들었다.

　"별님, 예뻐!"

　"그래, 예쁘구나……."

　벨그리프는 딸아이의 머리카락을 어루만져주다가 곧 등불의 불을 불어서 껐다. 눈 깜짝할 새에 암흑이 두 사람을 둘러쌌다. 그래도 만천의 별들 아래에 검은 산의 윤곽이 남아 있고, 곧 근처에 자라난 풀의 형태가 흐릿하게 보이기 시작했다.

안젤린은 눈을 끔뻑끔뻑하면서 벨그리프의 손을 고쳐 잡았다.

"아까보다 더 예뻐 보여……."

"그렇지? 다른 불빛이 없어지면 말이지, 별님의 빛이 더 강해진단다."

안젤린은 별을 올려다보면서도 두 손을 벨그리프에게 내밀었다.

"안아줘."

"응? 그래, 자."

벨그리프는 가볍게 허리를 낮춰서 폭 안겨 드는 안젤린을 안아들었다.

부녀의 뒤쪽 마을 방향에서는 떠들썩한 연회 소리가 희미하게 들려오고 있었다. 며칠 전부터 상단이 와서 체류하는 중이다. 곧 가을 수확제였다. 조금씩 상단 및 행상인이 모여들면서 톨네라에 축제 분위기가 차오르고 있었다.

딸아이는 얼마 뒤 올펜이라는 도시로 떠나간다. 가을 수확제 이후 마지막으로 출발하는 상단과 함께 가기로 이야기를 마쳐 두었다.

가슴께에 얼굴을 파묻고 있는 안젤린을 보면서 벨그리프는 미소 지었다.

"……이제 곧 떠나겠구나, 안제."

"응……."

안젤린은 얼굴을 파묻은 채 굼실굼실 몸을 움직거렸다.

그 머리를 다정하게 쓰다듬어주면서 벨그리프는 젖은 풀 안쪽을 천천히 걸었다.

"많은 광경을 보고, 많은 사람과 만날 수 있어."

"응."

"분명 즐거울 거다. 톨네라에서는 못 보는 풍경을 잔뜩 보게 될 테니까."

"응."

안젤린은 살며시 얼굴을 들어 귀엽게 눈을 치프며 벨그리프를 바라봤다.

"그치만…… 오늘 행상인 아저씨한테 들었어."

"음?"

"도시에는 나쁜 사람도 잔뜩 있다고. 약아빠져서, 다른 사람을 속여서 나쁜 놈으로 만들기도 한대. 언제나 조심하랬어."

벨그리프는 쓴웃음을 짓고 안젤린의 머리를 톡톡 두드려줬다.

"그렇구나. 다양한 사람들이 있지. 착한 사람도, 나쁜 사람도……."

"……나, 속아 넘어가면 어떡하지. 나쁜 사람이 되어버리면……."

겁먹고 눈살을 찌푸리는 딸아이를 보고 벨그리프는 살짝 웃다가 등을 어루만져줬다.

"괜찮아, 그런 일은 없을 거야. 안제는 강하니까. 강하고 착하니까. 그런 모험가가 되겠다고 아빠랑 약속했었지?"

"……약속했어."

"게다가……."

"게다가?"

안젤린은 궁금하다는 표정을 짓고 벨그리프를 올려다봤다. 벨그리프는 웃음을 띤 채로 안젤린을 고쳐 안고는 조금 힘주어 꽉 껴안았다.

"안제가 어떤 사람이 되더라도, 만약 세상의 모든 사람들과 적이 되었더라도, 아빠는 무조건 안제 편이야. 무슨 일이 있어도."

"……응!"

안젤린은 벨그리프를 같이 껴안았다. 별이 반짝반짝 빛나고 있었다.

○

그때부터 묘하게 몸 상태가 좋았다. 한동안 시달렸던 악몽도 더이상 찾아들지 않았다. 흠칫흠칫 불안한 마음으로 잠자리에서 잠깐 눈을 감으면 아무런 꿈도 안 꾸고 아침을 맞이할 수 있었다.

그러한 날이 며칠 이어지자 이제는 악몽을 꾸었다는 것 자체가 꿈같이 생각됐다.

따라서 몸 상태를 이유로 귀성하려는 명목은 더 이상 힘을 받기 힘들어졌지만, 이미 고향에 가겠다고 결정을 내린 안젤린에게는 다른 선택지가 존재하지 않았다. 오히려 몸 상태가 좋아졌다고 신이 나서 파티의 멤버들과 함께 이것저것 선물을 사러 거리를 돌아다녔다.

게다가 몸 상태가 괜찮아졌으니까 굳이 톨네라에서 겨울을 다보내지 않아도 괜찮을 것 같다는 데까지 생각이 미쳐, 야쿠모와

루실에게도 가을 수확제 이후 복귀하겠다는 말을 확신을 갖고 할
수 있었다.

그 말이 효과를 발휘했을까. 딱히 확인할 수는 없으나 두 사람
도 톨네라에 같기 가기로 했다. 루실은 어쨌든 간에 야쿠모는 어
째서인지 떨떠름한 표정을 지었다만.

이슈멜에게도 소식을 전했다. 떠들썩한 귀성이 될 듯싶다. 마음
이 들뜬 안젤린은 떠들썩한 것이 오히려 기뻤다. 더욱 떠들썩하면
좋겠다 싶어 마리아에게도 톨네라에 가자며 열심히 설득했지만
단칼에 거절당했다.

아무튼 신나게 바삐 돌아다녔고 드디어 내일 출발을 앞두게 되
었다. 짐 꾸리기까지 끝내서 기분이 잔뜩 고양된 안젤린은 자신의
방이 아니라 아넷사와 밀리엄, 마르그리트의 집에 슬쩍 들어앉았
다. 내일 또 합류하기도 귀찮다며 야쿠모와 루실까지 같이 끌고
왔다.

빈 술병을 흔들며 야쿠모가 벽에 등을 기댔다.

"으음, 내일 출발이거늘 이리 마셔도 괜찮은 겐가?"

"마시고 할 말이 아니잖냐."

마르그리트는 변함없이 태연자약하게 잔을 쭉쭉 비운다. 아넷
사는 아직 괜찮아 보이지만, 밀리엄은 이미 눈을 감은 채 좌우로
흔들거리고 있었다. 루실도 육현을 품에 안은 채 꾸벅꾸벅 조는
모습이다.

안젤린은 해죽해죽 웃으며 새 와인의 마개를 뽑았다.

"괜찮아……. 아침 일찍 출발은 아니니까."

"그런 문제가 아니라……. 뭐, 상관없나."

야쿠모는 쓴웃음을 지으며 담뱃대를 입에 물었다. 아넷사가 떨떠름한 표정을 지은 채 안젤린이 내미는 와인을 잔에 받았다.

"이번에는 너무 기운이 넘치네……. 무슨 일 있었어?"

"잘 몰라. 근데 괜찮아. 기운 넘치는 건."

안젤린은 자기 잔에도 찰랑찰랑 꽉 채워 와인을 따랐다. 테두리에서 흘러넘쳐 바깥을 따라 떨어진다. 마르그리트가 이상하다는 표정을 지었다.

"그냥 기운 넘치는 게 아니라 조금 이상한데. 취했냐?"

"취한 건 당연할 테지. 이렇게 잔뜩 마시지 않았나."

"흐음, 그런가. 뭐, 안제가 이상하게 구는 건 어제오늘 일이 아니니까."

안젤린은 와인을 단숨에 쭉 들이켜고 힘차게 잔을 탁자에 내려놓았다.

"별로 이상하지 않아……. 기쁨을 온몸으로 표현하고 있을 뿐……."

"그게 이상하다는 말인데."

"좀 극단적이지 않냐?"

"안제, 이만 자는 게 좋을 듯하군."

"끄응."

세 사람이 함께 똑같은 말을 하는지라 안젤린은 분해서 입을 삐죽거렸다.

딱히 이상한 말을 하지는 않았을 텐데. 다른 사람한테는 이상하게 보이는 걸까. 하지만 자꾸 이상하다는 말을 듣게 되니까 괜히 반항심이 치미는 것도 사실인지라 안젤린은 뚱한 얼굴로 외투를 걸쳤다.

"뭔가, 또 어딜 가려고."

"산책!"

그렇게 빠른 걸음으로 뛰쳐나왔다. 뒤쪽에서는 세 사람이 얼굴을 마주 바라보며 어깨를 으쓱거린다.

바깥은 밤의 서늘한 공기가 가득 차 있었다. 한가득 숨을 들이마시자 가슴이 후련해졌다. 아하, 확실히 꽤 취했었구나 싶은 실감이 든다.

산책이니까 따로 목적지는 없다. 짐도 이쪽에 옮겨 두었으니까 이제 와서 자취방에 돌아가야 할 용건도 없을뿐더러 물건들 구입도 마쳤기 때문에 가게를 구경하며 다닐 필요도 없다. 어슬렁어슬렁 익숙한 도시의 밤을 즐기듯 돌바닥을 밟아 나아갔다.

거리에는 사람들이 오가고 있었지만, 뒷골목에 들어서자 곧바로 조용해졌다.

혼자서 서늘한 바람을 쐰 까닭인지 다 같이 마시던 때의 들뜬 마음이 얼마간 가라앉아서 이렇듯 조용한 분위기가 편안하게 느껴졌다. 곧이어 정말 좀 이상했을지도 모르겠다는 생각이 든다.

건물 사이에서 올려다보는 좁은 밤하늘에 반달이 떠 있다. 달이 빛을 내리비쳐서 가로등도 없는데 발아래 길은 밝았다. 안젤린은 콧노래를 흥얼거리며 가벼운 걸음걸이로 걸어 나아갔다.

또 한동안 이 도시와도 작별이다. 톨네라에서 돌아오면 더욱 긴 여행을 떠날 테니. 그렇게 생각하면 이런 시간도 귀중하다는 생각이 든다.

돌바닥의 돌을 하나씩 건너뛰며 톡톡 밟아 나갔다.

이 도시에 막 왔던 겨우 열두 살짜리 소녀였던 무렵에도 이렇게 돌 위를 걸었다.

그때는 겨울이었다. 톨네라에서 겨울이 오면 집 안에서만 가만히 지내는 것이 보통이었지만, 올펜은 길에 눈이 쌓여도 누군가가 청소해주기에 걸어 다닐 수 있다. 같은 북쪽 지방이어도 꽤 환경이 달라 놀랐었다.

그냥 목적지 없이 걸어 다니다가 점점 높은 지대로 올라왔나 보다. 갑자기 탁 트인 장소가 나타났다.

이미 한밤에 가까운 시간이라서 안젤린 이외에는 아무도 없다. 전망이 좋은 자그마한 공터에 바람이 불어 지나갔다.

보초 병사도 없고 부랑자도 딱히 없었다. 조용해서 자기 숨 쉬는 소리가 뚜렷하게 들려온다.

집집의 지붕에 하얀 달빛이 반사되는 광경이 보였다. 저 너머에 널찍한 평원이 펼쳐지고, 더 먼 곳에서는 희미하게 산의 능선이 쭉 이어지며, 그 위쪽에 꽉 눌러 찌부러뜨린 듯한 모양새의 구름이 길게 뻗어서 드리워져 있었다.

서늘한 공기도 거들어서 안젤린은 묘하게 맑고 투명한 기분으로 저 풍경을 바라봤다. 무척 먼 곳까지 내다보이는 것 같았다.

북쪽 방향에 눈길을 줬다. 저 방향에 고향이 있고, 자신이 지금 이러고 있는 동안에 가족도 톨네라에서 생활하고 있다. 그런 생각을 하면 신기했다.

코가 근질거리다가 거하게 하품이 나왔다. 몸을 움직이지 않아서인지 은근히 쌀쌀하다는 생각이 들어 안젤린은 발길을 돌려 다시 걸음을 뗐다.

거리까지 나왔더니 아직 오가는 사람이 있었다. 물론 한낮만큼 많지는 않으나 올펜처럼 큰 도시에서는 오히려 밤에 기운을 내는 부류의 주민도 일정 수 있는지라 큰 거리에서 인영이 사라지는 일은 없었다.

박자도 안 맞는 노랫소리를 질러 대면서 지나가는 취한을 바라보다가 안젤린은 어슬렁어슬렁 걸어갔다. 밤바람이 뺨을 서늘하게 쓸어 만지고 간다. 꽤 많이 마셨는데 신기하게도 마음이 상쾌하다. 밤의 한기 때문이려나.

이런 기분에 벌써 귀가해서 잠자리에 들기가 아쉬웠다. 조금 더 술을 마시고 싶다. 안젤린은 아직 젊었다. 조금 덜 자며 지금을 즐길 기개가 있고, 또한 실제 즐겨도 될 만큼 몸이 튼튼했다.

하지만 달리 생각하면 내일은 길을 떠나야 했다. 마차를 타고 이동하는 동안은 할 일이 없기 때문에 좌석에 앉아 잠들어도 상관없지만, 승합 마차의 딱딱한 좌석을 쭉 견뎌야 하기에 기분 좋게 잠들 수는 없다. 아까는 고집을 부려 도망쳐 나왔지만, 친구들이

한 말처럼 이만 귀가해서 푹 자는 것이 좋을까.

거리에 면한 처마 끝에 매달아 놓은 간이 이동식 풍로에서 빨갛게 불이 타오르고 있다. 같이 걸어 둔 주전자에서 피어오르는 김은 바깥의 찬 공기에 닿은 탓인지 무척 화려하게 날아올라서 곧 녹아내리듯 사라져 간다. 무슨 가게인가 싶어 살펴봤더니 처마 아래에다가 이쪽으로 책장이 보이게 놓아두었다. 아마도 서점인 것 같다.

풍로 옆에는 작은 탁자와 의자를 비치했다. 저기에 앉아 책을 읽을 수 있는 모양이다. 가게 주인인 듯한 초로의 남자가 몸을 움츠린 채 두꺼운 책을 들여다보고 있다.

별난 가게라고 생각하면서 안젤린이 그 앞을 지나갈 때 안에서 누군가가 나왔다.

"어라, 이슈멜 씨."

"으음? 별일이군요."

막 나온 사람은 이슈멜이었다. 낡은 서적을 안아 들었다. 가게 주인이 얼굴을 들어 올렸다.

"그거 사려고?"

"예, 계산 부탁합니다."

무엇인가 책을 사려나 보다. 이슈멜은 대금을 지불한 뒤 책을 가방에 잘 집어넣었다.

"책 사러 왔어……?"

"예. 의외로 재미있는 책이 있더군요……. 여행 중 심심할 일은 없겠습니다."

이슈멜은 가방을 다시 어깨에 멨다.

"그나저나, 안젤린 씨? 내일 곧 출발인데 뭔가 볼일이라도 있던 겁니까?"

"아냐……. 아네네 집에서 좀 마시다가 잠깐 술 깨려고 산책 나왔어. 이만 돌아가려고. 이슈멜 씨도 올래? 야쿠모 씨랑 루실도 있다?"

"아뇨, 여성분들만 있는 곳에 제가 끼어들기는 아무래도 부담이……."

그건 그렇겠다. 안젤린은 납득했다. 생각해보면 멋지게 여자들만 잔뜩 모였다. 그런데 어째서인지 유독 벨그리프는 여자들 틈에 끼어 있어도 이상하지 않겠다는 생각이 든다. 그래서 말을 꺼내봤더니 이슈멜은 키득키득 웃었다.

"확실히 일리가 있는 말씀입니다. 그분은 신기하게도 여성적인 포용력도 있으시고요."

"음……. 울 아빠는 인자하니까."

안젤린은 자기가 들은 칭찬처럼 자랑했다.

나란히 걸으며 안젤린은 하얀 입김을 토했다.

"이제 겨울이 오는구나……."

"가을 수확제 이후에 곧 복귀할 예정이랬던가요."

"응. 그다음은 동방에 갈 계획이니까……. 이슈멜 씨는?"

"저는 제도로 돌아가야겠습니다만……. 소문 자자한 엘마 도서관이 있어서 말이죠. 당분간 올펜에서 모험가 활동을 하며 머물러도 괜찮겠다고 생각하는 중입니다."

역시나 엘마 도서관은 마법사에게는 귀중한 곳인가 보다. 관장의 사람 됨됨이를 직접 겪어본 안젤린은 딱히 또 방문하고 싶은 마음이 들지는 않는다만.

어쩐지 이야기에 흥이 올라서 바로 헤어지기가 아쉬워졌다. 안젤린은 아직 밝고 떠들썩한 주점을 가리켰다.

"한잔 마시고 갈래?"

"어라. 하지만 내일이 출발인데요?"

"그치만 출발은 낮에 하니까, 잠깐만……. 졸려?"

"아뇨, 이왕에 만나 뵀었는데 같이 한잔합시다."

그렇게 주점에 들어갔다. 처음 온 곳이지만 주점이야 어디든 전부 비슷비슷하다. 더구나 한밤중에 주점에서 떠들어 대는 사람들이 있다면 분위기도 다 똑같다.

안젤린과 이슈멜은 적당히 자리를 잡아 앉고는 간단한 안주와 술을 주문했다.

"제도까지 꽤 멀지?"

"그렇죠. 잠깐잠깐 다른 곳을 들르면 한 달 반, 한눈팔지 않고 쭉 달리면 한 달쯤 걸릴 겁니다. 눈 때문에 길이 막히면 더 오래 걸릴지도 모르겠군요."

"그렇구나……."

예전에 올펜에서 마왕 소동이 발생했을 때 라이오넬은 제도에 있던 유리와 에드거, 길메냐에게 지원을 요청했었다. 다만 결국은 도착하기도 전에 문제가 해결되어버린 기억이 난다. 물론 놀면서 오지는 않았을 테니 제도는 그만큼 먼 곳이었다.

에스트갈 대공가에 갔을 때도 꼬박 보름은 걸렸다. 모험가인지라 여행에는 제법 익숙하지만 장기간의 여행을 다니면 아무래도 꽤나 지치는 법이다. 그렇게 생각하면 용케도 틸디스를 돌아들어서 『대지의 배꼽』에 가고, 다시 또 제도에 갔다는 생각이 든다.

점원이 가져다준 와인을 홀짝홀짝 마시며 안젤린은 턱받침을 했다.

"이슈멜 씨는 여행 많이 해봤어?"

"소재를 직접 모으러 다닌 이후부터는 이곳저곳을 꽤 많이 다니곤 했죠. 이러니저러니 일단 길을 나서면 한꺼번에 볼일을 처리하자는 생각으로 이곳저곳을 다니게 되니까 결과적으로 장기간의 여행이 되는 경우도 많았고요……. 으음, 처음에는 잠깐 다녀오자고 출발했는데도 자꾸 일정이 늘어집니다."

안젤린은 쿡쿡 웃었다.

"의외로 무계획이구나……."

"하하, 부끄럽군요."

이슈멜은 덥수룩한 머리를 긁적이다가 곧이어 맥주를 한 모금 마셨다. 안젤린은 소금 간 콩을 입에 넣었다.

"난 올펜 주변은 이곳저곳 가봤지만……. 공국을 나간 건 저번 여행이 처음이야."

"저도 국경을 넘어서 다닌 적은 별로 없습니다. 기껏해야 루크레시아 부근…… 그것도 국경 바로 근처의 도시에 간 정도지요."

루크레시아는 샤를로테의 고향이다. 로데시아보다 더 남쪽에 위치하며 온난하고 해양 자원이 풍부한 나라라고 들었다. 제도에서 루크레시아의 국경까지는 가도도 잘 정비되어 있기에 비교적 왕래가 수월하다고 한다.

"남쪽은 역시 따뜻해?"

"예. 북부는 많이 춥더군요. 제가 공국 이북은 처음이었거든요."

"톨네라는 더 추워……."

"겁주지 말아주십쇼."

이슈멜이 쓴웃음을 지었다. 안젤린은 해죽 웃었다. 컵을 들었다만 와인은 어느새 비어 있었다. 한 잔만 마시자던 말은 잊어버리고 추가 주문을 했다.

"이런저런 만남이 있으니까요, 여행은. 좋은 만남도 있습니다만."

"나쁜 만남도 있었어?"

"예. 한 차례 뼈아픈 경험을 한 적이 있습니다. 배신이라고도 말할 수 있겠군요. 여비를 벌기 위해서 잠깐이나마 의뢰를 같이 맡았던 상대가 있었습니다만……. 무척 붙임성이 좋은 남자였거든요, 완전히 신용해버렸죠."

이슈멜은 절레절레 머리를 흔들었다. 안젤린은 점원이 가져다준 와인을 한 모금 마셨다.

"그래서 어떻게 됐어……?"

"함께 의뢰를 수행하면서 상대가 뭐든지 다 아는 행세를 했거든요. 말솜씨도 좋아서 덜컥 믿어버리고 의뢰의 여러 진행 과정까지 다 맡겨버렸습니다. 반반 분배하자는 약속이었는데 약삭빠르게 상대가 더 많이 챙기기도 했고요. 한동안 속으며 지내다가 제가 이상하다는 생각을 했을 때 휙 자취를 감췄습니다. 게다가 제 지갑도 훔쳐서요. 거의 보수도 못 받고 의뢰를 처리한 데다가 무일푼이 되어서 꽤 고생했습니다."

"와아……."

"이스타프에서 처음 안젤린 씨와 일행분들은 만났을 때도 제가 좀 경계했었지요? 저 사건 이후로 제가 다른 사람과 함께 행동하기 전에는 무척 경계를 하게 된 터라……. 뭐, S랭크 모험가가 쩨쩨한 사기를 칠 리 없으니까 경계는 빠르게 풀렸습니다만."

"음……."

안젤린은 입을 삐죽거리며 턱받침을 했다. 세상에는 역시 나쁜 사람도 많다는 생각을 했다. 신기하게도 주위에 좋은 사람만 잔뜩 모여들었기에 세상살이도 나쁘지 않다는 인상을 받았다. 하지만 악의를 갖고 접근하는 부류의 자들도 어느 정도는 있는 법이었다. 그런 인물들에게 이용당한 경험이 없는 것은 운이 좋았기 때문일까, 무엇 때문일까. 안젤린은 신기하다는 기분이 들었다.

안젤린은 소금 간 콩을 손가락으로 만지작거리며 입을 열었다.

"난 딱히 나쁜 사람을 안 만나봤어……. 대부분 다 좋은 사람이었거든."

"예, 한동안 같이 지내면서 여실히 느꼈습니다. 특히 벨그리프 씨는 놀랄 만큼 호인인지라……. 솔직히 저런 사람에게 다른 속셈이 없다는 게 처음에는 믿기지 않았습니다. 카심 씨나 퍼시벌 씨처럼 적당히 상대를 의심하는 눈으로 살펴보는 분이 오히려 안심할 수 있죠."

느닷없이 아버지 칭찬을 듣게 된 안젤린은 해죽 웃었다.

"그래서 다들 아빠를 좋아하는 거야……."

"그렇겠지요."

이슈멜은 맥주를 쭉 들이켜고 약간 망설이는 모습이었다가 다시 한 잔을 주문했다.

"그런 사람이 용케 악인에게 이용당하지 않았다는 생각을 했습니다. 물론 벨그리프 씨는 매사에 좋은 통찰력을 발휘하시니까 흑심이 있는 인간은 애당초 접근하지 못하는지도 모르겠습니다만……."

"……아빠도 젊을 때 꽤 고생했다니까 그냥 멍하게 아무한테나 다 친절하진 않을 거야……."

"그렇군요……. 배신은 무척 괴롭습니다. 많이 신용했던 상대일수록 힘들죠. 게다가 신뢰 및 친애의 감정을 가진 상대라면 더더욱……. 예를 들어서 파티 멤버라든가, 혹은 가족이라든가."

벨그리프가 자신을 배신한다? 안젤린은 고개를 갸웃거렸다. 어떻게 생각해도 절대로 말도 안 된다.

"……상상이 안 돼."

"아예 경험을 안 하는 게 좋습니다. 절대 즐겁지 않으니까요…….

뻐꾸기라는 새를 알고 계십니까?"

"응, 알긴 아는데……. 그 새가 왜?"

이슈멜은 점원이 가져다준 맥주를 쭉 마셨다.

"뻐꾸기는 다른 새의 둥지에 알을 낳습니다. 뻐꾸기 새끼는 그 둥지의 다른 새끼보다 빨리 태어나죠. 그리고 둥지에 있는 다른 알을 전부 나무에서 떨어뜨려버립니다. 본래 태어났어야 했을 어미 새의 알을 말입니다."

"어……. 그렇구나……."

"그리고 다른 새의 새끼인 척 돌봄을 받습니다. 어미 새는 아무것도 모른 채 뻐꾸기의 새끼를 열심히 대신 키워주는 셈이죠. 새도 의사가 있는지는 잘 모르겠습니다만……. 어미 새의 입장에서는 자식인 척 흉내를 내며 돌봄을 받는 셈이니까요. 자기 자식이라고 생각하며 아낌없이 애정과 먹이를 내어 줍니다. 하지만 사실은 자기 아이가 아니죠. 뻐꾸기는 오히려 자기 아이를 죽였습니다."

"응……."

"친애의 감정을 갖고 있었던 아이가 자신의 진짜 자식과 바뀐 가짜였다……. 물론 인간이라면 이런 경우는 아마 없겠습니다만, 어떨까요? 만약 정말로 이런 경우가 있다면요."

"……몰라. 생각도 안 해봤어."

조용히 대답하면서도 안젤린은 왠지 모르게 자꾸 커지는 심장 소리를 들으며 와인을 마셨다. 확실히 상상만 해도 무섭다. 어째서일까. 뻐꾸기의 새끼와 자신의 모습을 겹쳐서 보게 되어버렸다.

진짜 자식이 아니라는 말이 기묘하게 가슴에 박혀 들었다.

하지만 벨그리프에게는 진짜 자식이 없다. 게다가 사티에게 자신은 친딸이다. 뻐꾸기와는 다르다. 혈연이 아닌 부모의 품에서 자라난다는 환경이 비슷하게 느껴진 것에 불과하다. 안젤린은 머리를 살짝 흔들었다.

"……괜한 생각이야."

"그렇습니까? 정말 그렇게 생각합니까?"

"어?"

"요즘 악몽을 꾼다고요."

"며칠 꾸긴 했는데…… 이젠 기억 안 나. 요즘은 몸도 괜찮아졌고."

"안젤린 씨는 바보군요. 미련한 말입니다."

"어째서……?"

"바보입니다. 현실을 좀 자각하십시오."

목소리는 분명 온화한데도 기묘하게 가시가 있는 음색이었다. 안젤린은 당황했다.

"왜 그래? 내가 기분 나쁜 말 했어……?"

"모르는 척하면 안 되는 겁니다. 이 세상에 돌아갈 장소 따위 없는데. 아하하, 그렇죠, 그렇겠죠. 그래서 그렇게 했을 겁니다."

방금 전까지 친절했던 이슈멜의 얼굴이 점점 더 험악해지고 있었다. 상황을 잘 이해할 수가 없어서 안젤린은 어떻게 해야 할지 몰랐다. 혼자서 웃고 있었던 이슈멜이 불현듯 당황하고 있는 안젤린을 보더니 퍼뜩 놀라며 머리를 흔들었다.

"실례, 조금 취했나 봅니다."

"아냐, 괜찮아……."

이슈멜은 안경을 들어 눈자위를 손가락으로 꾹꾹 누르며 절레절레 머리를 흔들었다.

"요즘 들어서 기묘하게 기억이 날아갑니다. 게다가 사고와 감정이 이상한 방향으로 흘러가버려요. 갑자기 머릿속이 자신 이외의 무언가에 지배당하는 것 같아서……. 예전부터 이따금 겪은 일입니다만 빈도가 늘어나는군요. 옛날 기억이 잘 떠오르지 않는 때도 있고……. 낯선 지역에 와서 피로가 쌓였기 때문일까요."

"저기, 톨네라에 가도 괜찮은 거야……?"

"하하, 물론 괜찮습니다. 아마도 도서관에 너무 틀어박혀서 지냈던 탓일 테니까요. 오히려 시골에 가는 게 몸에는 좋지 않겠습니까. 폐가 아니라면, 말입니다만."

안젤린은 킥 웃었다.

"절대 폐 아니야. 톨네라의 공기는 몸에도 좋아……. 이만 일어날까?"

"그러시죠. 슬슬 밤이 꽤 깊어지는군요."

그렇게 두 사람은 가게를 나왔다. 바깥은 변함없이 밤의 한기가 감돌고 있다. 하늘에는 별이 반짝거리고 엷은 구름이 군데군데 걸려 있었다. 하늘이 맑은 만큼 공기가 차갑다. 바람은 약하지만 가끔 목덜미와 뺨을 쓸어 만지고 가서 몸이 떨리는 때도 있었다. 숨결은 살짝 하얗다.

"그러면 저는 이쪽으로 가보겠습니다."

"응, 잘 자……."

그렇게 안젤린은 혼자 천천히 귀가했다. 방에서는 아직 마르그리트가 씩씩하게 잔을 기울이고 있었다. 밀리엄과 루실은 이미 격침됐는지 방구석 소파 위에서 달라붙어 잠들었다. 야쿠모는 귀찮다는 얼굴로 담배 연기를 꾸불꾸불 뱉어 내고, 아넷사는 졸린 듯 눈을 끔뻑거리면서도 와인을 할짝할짝 마시고 있었다.

마르그리트가 「오~」 소리와 함께 컵을 든 손을 치켜들었다.

"드디어 돌아왔네. 어디 밖에서 픽 쓰러진 줄 알았다~."

"긴 산책이었군."

야쿠모가 입으로 연기를 내뱉으며 말했다. 안젤린은 적당한 의자를 꺼내 앉았다.

"이슈멜 씨랑 우연히 만나서……. 잠깐 얘기하다가 왔어."

"흐음, 그 녀석도 같이 간다며? 데려오지 그랬냐."

"다 여자라서 불편하대……."

"그야 불편할 테지. 뭐, 내일 합류하면 그만 아니겠나."

그렇게 말한 뒤 야쿠모는 거하게 하품을 했다.

"나도 이만 자야겠구나. 마시다 지칠 지경이로다. 모주망태가 같이 있으니 끝이 안 나는군."

"모주망태가 뭐야?"

마르그리트가 어리둥절하며 고개를 갸웃거렸다. 야쿠모는 담뱃대를 툭 흔들어 재를 털었다.

"자네 같은 사람을 가리키는 말일세. 아넷사, 침상을 좀 빌리지."

"아, 그쪽에 소파……. 아니면 미리 침대가 비어 있으니까 저쪽 방에서……."

본인도 살짝 잠에 든 모습이었다가 아넷사가 퍼뜩 놀라며 얼굴을 들어 손가락으로 눈가를 문질렀다. 마르그리트가 자작으로 술을 더 따라 마시며 깔깔 웃었다.

"나 같은 사람을 모주망태라고 하는구나. 몰랐어~."

"술이 센 사람을 가리키는 말이야. 사샤도 비슷했는데."

아넷사는 후유, 숨을 내쉬고 술 대신 박하수를 따랐다. 안젤린은 턱받침을 했다.

"……사샤랑 마리랑 누구 주량이 더 셀까?"

"전에 보르도 가문에 들렀을 때는 우리가 잠든 다음에도 계속 마셨었지."

안젤린과 아넷사는 나란히 마르그리트를 쳐다봤다. 마르그리트는 여전히 증류주를 마시며 「응~?」고개를 살짝 갸우뚱했다. 멀쩡한 모습이지만 그래도 줄곧 마셨던 까닭인지 평소보다는 피부에 붉은 색깔이 돌고 기분도 고양된 듯 보였다. 살짝 얼빠진 듯한 느낌이 어쩐지 귀엽다. 그렇다 해도 곤드레만드레 취한 기색은 전혀 없었다.

컵을 비운 마르그리트는 기지개를 켜며 「흐아~」 소리를 냈다.

"사샤 말이지~. 또 만나고 싶다~. 그 녀석이랑 마시면 재밌거든~."

톨네라에서 올펜으로 오는 여정 중 보르도 가문에 들렀을 때 사샤와 마르그리트는 묘하게 죽이 맞아서 금세 사이가 좋아졌었다. 사샤도 그라함의 질손인 마르그리트와 만났다는 데 무척 감동했고, 또한 마르그리트가 안젤린과 거의 호각의 검 솜씨를 지녔음을 알자 몹시 흥분하며 평소와 같은 기세로 대련에 돌입했다.

사샤도 상당히 실력을 향상시켰고 마르그리트가 우선 탐색전을 벌인 이유도 있어 처음에는 호각의 대결을 펼쳤지만, 최종적으로는 마르그리트가 승리를 거뒀다. 그렇게 불쑥 절친한 사이가 된 두 사람은 밤의 술잔치에서 다른 사람들이 다 잠들어버린 이후에도 둘이 밤늦게까지 계속 퍼마셨다고 한다.

아넷사는 박하수를 더 따랐다.

"톨네라 가는 길에 만날 수 있잖아."

"헤헤헤~ 여기 술 선물로 가져가서 같이 마셔야겠다~."

그러고는 마르그리트가 탁자 아래에서 다리를 휙휙 흔든다. 무척 천진난만한 모습인지라 안젤린도 무심코 웃음이 나와버렸다.

바로 얼마 전까지 악몽에 시달렸는데 지금은 이렇게나 즐겁다.

다만 어째서 이슈멜은 그런 소리를 했을까. 자꾸 마음에 걸린다. 그때 이슈멜의 얼굴은 몹시 무서웠다. 술에 취했던 까닭일 테지. 누구든 많이 취하면 무엇인가에 마음을 자극받아 감정이 잔뜩 고조되는 경우가 있다. 술자리의 대화는 적당히 흘려보내면 된다. 별것 아닌 말실수다.

흐앙, 하품이 나왔다. 아무래도 이만 자는 것이 좋겠다.

"슬슬 자야겠네……."

"어휴, 드디어. 그 전에 정리 좀 하자. 내일부터 당분간 집을 비우니까."

하기야 맞는 말이다. 깨어나 있는 세 사람은 간단히 술자리의 뒷정리를 하고 곧이어 각자 자리에 누웠다.

안젤린은 의자에 몸을 기댄 채 눈을 감고는 머릿속이 졸음에 마비되어 가는 감각을 즐겼다. 귀성길은 언제나 즐겁다. 여행을 떠나는 것과 또 다른 즐거움이다.

점점 사고가 뒤얽히며 연속된 이미지가 엉뚱한 다른 무엇으로 바뀐다. 영상과 말이 두서없이 안젤린의 머리를 스치고 가고, 그 이후 곧바로 여운도 남기지 않고 다른 이미지로 바뀌어버린다.

불현듯 어딘가 알지 못하는 방의 내부가 보였다. 숙소의 방인 듯하다. 1인용의 작은 침대와 작은 책상에 의자가 하나씩. 의자에 누군가가 앉아 있었다. 덥수룩한 머리카락에 안경. 이슈멜 같다.

눈앞의 책상에는 책을 펼쳐 두었다. 독서 중이었을까. 그러나 눈은 책을 바라보지 않는다. 초점이 맞지 않았다. 단지 의자에 걸터앉았을 뿐 온몸에서 힘이 쭉 빠진 모습이고 입가도 칠칠하지 못하게 벌어져 있다. 아무래도 같은 자세에서 줄곧 움직이지 않은 것 같았다.

혼이 빠져나가고 몸만 빈껍데기처럼 남아 있었다. 그런 느낌이 든다.

꿈속에 반쯤 들어섰는지 안젤린은 사고가 쫓아가지 못했다. 방

안의 이미지는 다음 이미지로 교체되었다. 이번에는 또 무엇이었을까. 다시 생각할 겨를도 없었다.

어릴 적 둥지에서 떨어진 새의 새끼를 봤다. 그 이미지가 잠들기 전 안젤린의 뇌리를 스치고 갔다.

149 수레바퀴를 삐걱삐걱하며 승합 마차가

수레바퀴를 삐걱삐걱하며 승합 마차가 나아간다. 네 마리 말이 끌어주는 커다란 마차에 사람이 가득 타 있다. 안젤린 일행은 뒤쪽에 자리를 잡고 앉았다.

날씨가 좋고 바람도 상쾌하기에 덮개를 걷어 햇빛이 가득 들어오고 있다.

밀리엄이 힘껏 두 팔을 들어 기지개를 켰다.

"휴~ 좀 많이 마셨다냥~. 몸이 자꾸만 찌뿌둥하네."

"겨우 그거 마시고? 미리, 너 너무 약한 거 아니냐?"

"마리를 기준으로 하면 다 약하거든! 미리는 섬세하답니다~!"

"섬세?"

"앗, 그랬구나!"

"……미리가 진짜 섬세한지는 넘어가고, 나도 아직은 좀 졸려."

아넷사도 대강 받아친 뒤 눈을 비볐다.

전야제에서 너무 기분을 낸 탓일까. 아침에 일어났을 때는 몸이 무척 무거웠다. 가장 많이 마셨을 마르그리트가 가장 기운 넘치는 모습으로 도무지 힘을 못 쓰는 일행은 아랑곳 않은 채 즐거워하고 있다.

안젤린도 조금 머리가 멍했다. 여자들끼리 자리를 만들어 잔뜩 퍼마셨을 뿐 아니라 이슈멜과 함께 또 술을 마셨던 탓이겠다. 옛날과 비교하면 술이 꽤 강해졌다지만, 마르그리트와 사샤처럼 기막힌 술꾼이 되었다고 말할 수는 없었다. 막 깨어났을 때는 욱신욱신 아팠던 두통도 겨우 진정이 된 참이다. 나아가는 마차에 불어오는 바람과 그 바람을 타고 오는 흙이며 풀의 냄새가 기분을 개운하게 만들어주는 것 같았다. 어젯밤의 여러 기억은 커튼을 한장 사이에 둔 것처럼 분명하지 않다만.

그럼에도 괜히 분했던지라 옆쪽에 앉아 있는 마르그리트의 뺨을 말캉 꼬집었다.

"으각."

"마리만 기운 넘치는 건 치사해……."

"뭐래냐~ 너희가 술 약한 게 왜 내 탓이야~."

마르그리트도 안젤린을 같이 꼬집어주며 깍깍 장난을 친다. 아넷사가 눈살을 찌푸렸다.

"애들아, 떠들지 마. 다른 승객한테 민폐야."

"기운 넘치는구나, 자네들은."

뒤쪽 자리에서 야쿠모가 말했다. 안젤린은 고개 돌렸다. 옆쪽에서는 루실이 육현을 품에 안은 채 눈을 감고 있었다. 방금 전까지 내내 이슈멜의 냄새를 신경 쓰는 기색이었는데 지금은 조용히 쉬려나 보다. 측면의 덮개를 걷어 올렸기 때문에 가을 햇살이 잘 들어온다. 햇볕 쬐기를 하는 모양새다. 잠들었는지도 모르겠다.

"야쿠모 씨도 졸려……?"

"썩 졸리지는 않네만 자네들처럼 톨네라행을 고대하는 처지는 아니잖나. 딱히 기분이 좋아지거니 신나지는 않는다네."

"아빠랑 만날 수 있는데?"

"그게 기쁜 사람은 자네 아닌가."

"난 물론 기뻐. 그치만 아네도 미리도 기뻐. 마리도 기뻐."

"나는 딱히 안 기쁘다. 벨은 잔소리가 많아."

안젤린은 뿍, 뺨을 볼록거렸다.

"아빠는 쓸데없이 잔소리하지 않아……."

"그야 그렇긴 한데. 아~ 관둬라, 관둬. 벨 얘기로 너랑 입씨름하면 끝이 안 난다고."

마르그리트는 그렇게 말한 뒤 손을 휙휙 흔들었다. 안젤린은 무엇인가 더 말하고 싶어서 입을 우물우물 움직이다가 결국 말없이 좌석에 몸을 기댔다. 이런 입씨름은 딱히 처음도 아니었고 결말이 난 적도 없었다. 다만 안젤린은 언제나 자신이 이겼다고 생각했었다. 어찌 된 까닭인지 기분이 크게 고양되지 않는 이유도 있어 지금은 굳이 마르그리트와 더 옥신각신하고 싶지 않았다.

마르그리트는 마차 테두리에 몸을 기대서 먼 곳의 풍경을 내다봤다. 밀리엄은 하품을 하며 굼실굼실 무릎을 끌어안고, 아넷사는 가방에서 책을 꺼내 들고 있다.

평화로운 광경이다. 안젤린은 생각했다. 이대로 톨네라에 가면 곧 가을 수확제가 열린다. 벨그리프에게 마음껏 어리광을 부리고,

사티와 요리를 하거나 밭일을 돕고, 아이들과 놀고, 벡을 놀리고, 그리고 퍼시벌이나 그라함을 상대로 대련을 하는 것도 괜찮겠다. 이것저것 즐거운 상상을 한다.

그러다가 가방에 가득 욱여넣은 선물 생각을 떠올렸다.

과자도 있고 인형이나 책도 있다. 미토도 쌍둥이도, 샤를로테도 기뻐할 테지. 와인과 증류주도 샀다. 카심도 퍼시벌도 기뻐해줄 것이다.

맞다. 이번에야말로 산에 올라서 바위월귤을 따러 갈 수 있겠다. 그 서식지에는 초봄에 다녀왔다. 짙은 녹색의 잎이 무성하게 자라난 것을 보았으니까 가을인 지금 거기에 빨갛고 싱싱한 열매가 잔뜩 열렸겠다. 바구니에 가득 따서 담아도 전혀 줄어들 만한 양이 아니었다.

산을 즐기고, 축제를 즐기고, 난로 앞에서 지새우는 밤을 즐기자. 동방으로 가고 싶다는 여행 계획을 이야기하면 분명 그라함의 옛날이야기도 들을 수 있겠지. 무척 재미있는 모험담이라서 모두가 귀를 기울인다. 과거에 동방을 다녀왔던 이야기는 분명 안젤린과 친구들에게도 도움이 될 것이다.

셀렌은 겨울 전 톨네라로 이사를 올 예정이라고 얼마 전 받은 편지에 쓰여 있었다.

자신은 간단한 편지만 겨우 쓰는데도 벨그리프는 한 달에 한 번 정도는 정성껏 편지를 써서 보내줬다. 하루하루 생활의 이야기며 안젤린을 격려하는 내용의 말이 이어졌다. 가끔은 사티와 퍼시벌,

카심이 쓴 문장이 있기도 했다. 샤를로테가 만들었다는 누름꽃을 같이 넣어준 적도 있다.

길드 신설과 그에 따른 갖가지 시설의 건설, 케리를 중심으로 하는 새로운 사업의 이야기 등 벨그리프 본인도 즐거워한다는 것을 짐작할 수 있는 필적으로 길게 길게 써 두었기에 안젤린은 톨네라의 소식을 대강 파악하고 있다. 그래서 더 향수가 자극을 받기도 하고, 자꾸 상상할수록 귀성이 더욱 즐거워졌다.

이제 곧 집에 도착한다. 며칠은 여행길이 이어지겠으나 그것은 사소한 문제였다.

안젤린은 몸을 움직거리며 무릎을 끌어안았다. 신발을 벗어 발가락을 쭉 펴준다. 아직 갈 길이 멀다. 다리에 휴식을 줄 수 있을 때 쉬게 해주고 싶었다. 승합 마차인지라 다른 손님도 같이 탔기에 여기저기에서 이야기 소리가 들려온다. 남녀노소, 다양한 사람들이 있다. 이 사람들은 어디로 가는 것일까. 문득 궁금해졌다.

안젤린의 옆쪽 창가에는 마르그리트가 앉아 있고, 한가운데의 좁은 통로를 사이에 두고 반대편에 아넷사와 밀리엄이 있다. 그 뒤편의 통로 쪽에는 이슈멜이 있었는데 통로를 사이에 두고 맞은편에 앉은 야쿠모와 무엇인가 이야기를 나누는 중이었다.

"아뇨, 그렇지는 않습니다. 자꾸만 꿈을 꾸는 이유는 잠을 설치기 때문입니다. 꿈 자체는 어떠한 수면 상태에서도 반드시 꿉니다. 다만 그것을 자신이 인식하느냐 하지 못하느냐의 문제죠."

"그러면, 뭔가. 꿈이란 것은 매일 밤마다 꾼다는 소리인가."

"맞습니다. 꿈은 기억을 정리하는 과정에서 발생하는 이미지의 단편이 얼기설기 뒤얽혀 만들어진다고 하죠. 다만 수면이 깊을수록 머리가 인식을 하지 못해요. 깊이 잠들지 못하는 탓에 머리에 나타나는 겁니다. 꿈을 인식할 수 있는 이유는 머리가 반쯤 각성 상태에 있기 때문이라는 뜻이 되겠군요. 반쯤 깨어난 상태라는 표현도 쓸 수 있겠습니다."

"흐음, 신기하군······."

"뭐, 꿈을 꾸다가 개운하게 일어났다는 얘기는 별로 못 듣잖습니까. 잠을 설쳤던 탓이라고 생각하는 것이 타당하겠지요."

"자다가 깨서 다시 잠들면 보통은 꿈을 꾸니······. 술자리 이후 묘하게 자꾸만 꿈을 꾸는 연유는 잠을 설치기 때문이었던가."

"그렇겠지요. 결국 우리는 깨어나 있는 상태가 아닌 한 꿈조차 꿀 수 없다는 뜻입니다."

"뭔가, 격언 비슷한 말을 늘어놓는군."

"하하······. 어쨌든 제가 가끔은 생각을 합니다. 과연 우리는 지금 이 순간에도 깨어 있는 것인가. 어쩌면 모든 것은 몽환 속 일이고, 이러다가 불현듯 눈이 뜨이는 것이 아닌가. 우리가 인식하고 있는 현실은 우리가 생각하는 것 이상으로 딱히 굳건하지 않기에 어떤 간단한 계기로 형체가 허물어지는 것은 아닌가."

야쿠모는 연기를 내뿜었다.

"나도 비슷한 이야기를 들은 적이 있다네. 극단의 이야기였던가. 한 남자가 꿈을 꾸었다네. 꿈속에서 남자는 나비가 되어 즐거이 날아다니며 잠들어 있는 남자를 내려보았지. 자, 남자는 잠에서 깬 뒤에 이리 생각하였네. 자신은 꿈속에서 나비가 되었던가, 아니면 지금 나비가 꿈속에서 남자가 되었는가."

안젤린은 좌석에 몸을 기대며 이 대화에 은근히 귀를 기울였다.

요즘은 악몽을 꾸지 않는다. 꿈을 꾸었다는 것은 알아도 기억하지 못하는 경우가 있다. 하지만 얼마 전까지 시달렸던 악몽을 꾸었다는 기억은 없었다.

그냥 지친 탓이었을까. 단순하게 몸이 지쳐서 겪은 일이었다면 늘어지게 쉬고 푹 잠드는 것으로 해결되었을 테지. 아침까지 특별히 꿈도 안 꾸었겠다. 다만 무엇이든 간에 고민거리가 많아지면 머리가 복잡해서 몸이 잠들어도 머리만 깨어나 있는 불안정한 상태가 된다. 그 탓에 자꾸만 이상한 꿈을 꾸었는지도 모르겠다.

하지만 꿈이 기억의 정리라면 자신의 머리에 있는 영상만 보여야 하지 않았을까. 자신이 꾼 악몽은 분명……. 거기까지 생각했을 때 머리 구석이 따끔따끔 아팠다.

내용은 기억나지 않는다. 다만 자신이 본 경험도 없는 광경이 나왔던 것 같다. 하지만 내용은 기억나지 않으니까 어쩌면 어떤 책에서 읽었거나 자기가 상상했던 무엇이 이미지가 되어 조합되었을 가능성도 있겠다.

아니, 하지만 두 사람이 이야기했듯이 혹시 꿈에는 꿈의 세계가 있다면? 자신의 기억을 벗어나는 어떤 영상이 모종의 요인 때문에 자신의 머리로 흘러들어 온 결과였다면? 그렇다면 그것은 정말 일어났던 광경일지도 모른다.

—어라?

안젤린은 팔짱을 꼈다. 내용은 전혀 기억이 안 나는데도 무엇인가를 목격한 것 같아 자꾸만 신경 쓰인다. 잔가시가 목에 걸린 것처럼 정말이지 석연치 않은 기분이었다.

어쨌든 간에 결국은 고민해도 해결이 안 되는 문제다. 안젤린은 거하게 하품을 했다. 점심을 지난 햇볕은 졸음을 부른다.

이미 톨네라의 산은 단풍이 들었을 테지. 옛날에 벨그리프와 자주 드나들었던 가을의 산을 또 추억하며 안젤린은 무거워지는 눈꺼풀이 닫히게 두었다.

○

붉은색과 노란색으로 채색된 숲 위에 새파란 하늘이 드리워졌다. 이제 본격적인 가을이 찾아들었다. 공국에서는 가장 빠른 가을의 도래임에도 톨네라에서 살면 이것이 보통이다.

마을에서는 봄 파종 밀과 감자, 콩 수확이 시작되었으며 양들의 월동을 위한 오두막을 준비한다.

또한 가을 파종용 밀밭을 일구는데, 부지런한 주인을 두어 이미 씨앗을 뿌린 밭도 몇몇 있었다. 이제는 아침저녁마다 쌀쌀한지라 얇은 옷만 입고 다니기는 조금 어렵겠다.

가도가 조금씩 정비되고 있는 까닭일까. 행상인들이 일찌감치 드나들기 시작했다.

귀가 밝은 상인은 이곳에 곧 던전을 기초로 하는 경제 기반이 만들어진다는 것을 눈치채고 벌써부터 침을 바르고자 기웃거리기도 했다.

그런 방문자에 대응하기 위하여 벨그리프는 바삐 다녀야 했지만, 이미 톨네라에 자리를 잡은 셀렌이 적극 나서서 능숙하게 대화를 진행해주었다.

변경까지 발길을 옮길 만큼 행동력 있고 산전수전을 겪은 행상인들을 상대로도 셀렌은 한 발짝도 물러나지 않았다. 대등 이상의 언변을 자랑하면서, 싹수가 노랗거나 흑심이 있는 인물은 가차 없이 쫓아냈고 유망하며 성실한 인물과는 진지하게 사업 이야기를 매듭지었다.

본래 사람이 좋고 교섭에 딱히 익숙하지 않은 벨그리프에게는 무척 큰 도움이었고, 또한 셀렌의 유능함을 재확인할 수 있는 사건이었다. 이렇게 일을 진행하면 톨네라가 누군가의 먹잇감이 되지는 않겠다.

계약서 따위를 점검하며 벨그리프는 혼잣말했다.

"올해는…… 겨울 중에도 사람들이 왕래를 할 수 있으려나요."

"실제 눈 내렸을 때의 상황을 본 것이 아닌지라 확실하게 말씀은 못 드리겠지만, 큰 상단이라면 아마 넘어올 수 있을 거예요."

셀렌이 대답했다. 벨그리프는 깜짝 놀라며 얼굴을 들어 올렸다.

"이런, 실례를. 입 밖에 나와버렸군요……."

"후후, 분명하게 말씀하셨어요."

"아이고…….'

나이를 먹으면 혼잣말이 많아져서 난감할 때가 많았다. 벨그리프는 겸연쩍어하며 뺨을 긁적였다.

길드 건물은 아직 완공되지 않았다. 우선은 대관 저택부터 짓자는 방침이었기에 어쩔 수 없이 뒤로 미뤘다. 그동안 길드의 사무 업무도 대관 저택의 집무실을 쓰게 되었다.

갖가지 자료도 셀렌이 보관하고 있는 관계로 결국 이곳에 와야 효율도 좋을뿐더러, 애당초 셀렌이 부임하게 된 계기는 던전이었다. 길드 업무를 보는 것은 전혀 이상하지 않았다. 내정을 처리하는 데 익숙한 셀렌의 곁에 머무르면 벨그리프도 마음이 편안했다.

벨그리프는 창밖을 봤다. 날씨가 맑다. 이런 날에는 밭에 나가고 싶어진다. 실제 지금은 수확이 바쁜 시기였다. 겨울 동안 눈 아래에서 자랄 채소도 심어야 한다. 산에도 열매가 많은지라 바깥일을 거르는 날이 없었다.

은근히 안절부절못하는 벨그리프를 보고 셀렌이 킥킥 웃었다.

"밭에 나가고 싶으신가 봐요, 벨그리프 님."

"예, 뭐……. 본래 바깥일만 하며 살아온 몸인지라, 자꾸."

"이해돼요. 죄송합니다, 번번이 저랑 같이 있어주시느라 시간이 안 나시죠."

"아닙니다, 이것은 제가 할 일이기도 하니까요……."

상인들도 찾아오기 시작한지라 본격적인 운영 체제를 갖춰야 할 때였다.

소재의 도매, 모험에 필요한 물품의 입고 등 관련 업무를 길드에서 일원적으로 관리할 수 있도록 추진해야 좋다는 것이 셀렌의 주장이었다.

보르도 및 올펜의 길드도 같은 방식으로 운영을 안정화시켰다. 중앙 길드의 기존 방식과는 달랐지만, 애당초 중앙의 입김이 전혀 닿지 않은 곳이기에 수월하게 추진할 수 있는 환경이었다.

그런 부분에는 어두운 벨그리프는 거의 곧이곧대로 받아들이고 있는 상태였지만, 구조는 대강 파악했기에 이제 한창 공부를 하는 중이다. 이 나이를 먹고도 배워야 할 것이 많아서 기쁜 마음도 들고 조금 지치는 기분이기도 하다. 아무튼 간에 눈앞의 일을 차근차근 처리해야 했다.

서류와 참고 자료의 정리를 마치며 간신히 할 일을 끝냈다. 쭉 앉아 있었던 몸이 딱딱하게 굳었다. 벨그리프는 어깨를 돌리며 작은 글자를 내내 들여다봐서 지친 눈을 눈꺼풀 위로 눌러줬다. 조금씩 노안이 오는 것 같기도 하다. 이러다가 조만간 안경이 필요해질지도 모르겠다.

셀렌이 메이드에게 차를 가져오도록 지시한 뒤 접시에 설탕 과자를 담아 내밀었다.

"드세요."

"아. 감사합니다……."

"이제 완연한 가을이네요."

셀렌은 그렇게 말한 뒤 벨그리프의 맞은편에 앉아 자신도 설탕 과자를 하나 집어 먹었다.

"안젤린 님은 가을 수확제 때 귀성하실까요?"

"말은 그렇게 했습니다. 많이 바쁜지 편지는 한 통도 안 왔습니다만⋯⋯. 원래 장난을 좋아하는 구석도 있는 아이인지라 불쑥 나타나서 저희를 놀래주려는 생각이 아닐까 싶습니다."

벨그리프가 대답하자 셀렌은 재미있어하며 웃었다.

"그토록 강하고 믿음직한 분인데 안젤린 님은 참 귀여우세요. 저, 그런 면모를 무척 좋아한답니다."

"하하, 동감입니다. 어린아이 같은 성격이 사라지질 않더군요⋯⋯. 그런 면모가 딸아이의 솔직한 성격으로 연결된 것 같기도 합니다."

설탕 과자의 단맛을 찻물과 같이 삼키자 활력이 솟아났다. 셀렌도 차를 마시며 김이 묻어서 흐려진 안경을 벗어 손수건으로 닦았다.

"이제 곧 가을 수확제네요."

"예. 시간 참 빠릅니다."

"저도 준비를 도와야 할 텐데요⋯⋯."

"아닙니다, 괜찮습니다. 게다가 축제의 준비 자체는 할 일도 썩 많지 않고요."

벨그리프가 말하자 셀렌은 눈을 끔뻑끔뻑했다.

"그런 건가요?"

"네. 교회에서 신상을 꺼내 옮기고, 요리를 준비하고⋯⋯. 굳이 말하자면 축제 준비가 아니라 축제 전까지 마쳐야 할 일이 더 많습니다. 수확과 월동 준비로 고생 많이 했다는 의미가 큰 행사니까요."

"그랬군요……. 처음 톨네라에 방문했을 때 언니와 함께 참가했었죠. 벨그리프 님께서 좋은 시기를 가르쳐주셔서 무척 감사했답니다."

"아닙니다, 그때는 다른 사람들도 모두 기뻐했습니다. 자리를 빛내주셨으니까요."

"후후, 그랬다면 다행이고요. 이번 가을 수확제도 꼭 참가하겠다며 언니가 벼르고 계시거든요……. 더는 이상한 말은 아마도 꺼내지 않겠지만요."

셀렌은 안경을 고쳐서 쓰고 한숨 쉬었다. 벨그리프는 쿡쿡 웃었다. 사이좋은 자매라는 생각이 든다.

셀렌은 찻잔을 두 손으로 감싸서 들고 조용히 중얼거렸다.

"……신기하네요. 안젤린 님께 도움을 받은 것이 인연이 되어 지금은 이렇게 톨네라에서 대관의 직위를 맡게 되었다니요."

"인생이란 본래 신기하지요. 그렇게 말하자면 저 또한 이제 와서 길드 마스터의 자리에 앉게 될 줄은 상상도 못했습니다."

벨그리프가 어깨를 으쓱이며 말하자 셀렌은 「푸홉!」 웃음을 터뜨렸다.

"죄송해요, 후후후……. 그러게나 말이에요. 돌이켜보면 벨그리프 님이 가장 큰 봉변을 당한 분이겠네요."

정말 일리가 있는 말이었기에 벨그리프는 웃음 지었다.

평소 같았으면 이렇게 깔끔한 방에 틀어박힐 시간이 어디 있었을까. 밭을 일구며 손도 옷도 흙투성이가 되었을 테고, 아이들을 데리고 산에 올랐을 터이다. 갖가지 산의 소산은 아이들뿐 아니라 어른들도 기뻐해준다. 말려서 저장하는 것은 물론이지만 신선한 과일은 곧장 맛보는 즐거움이 있었다.

어린 안젤린이 바위월귤 서식지에서 마구 까불어 댔던 기억을 떠올린다.

어렸던 딸이 지금은 공국의, 아니, 제국의 영웅이 되기까지 했다. 딸아이가 있어준 덕에 보르도 가문과 연을 맺었고 과거의 동료들과 다시 만났다.

그 실을 더듬어 가면 결국 톨네라의 산에 다다른다.

마침 이런 계절이었다. 벨그리프는 또 창밖을 내다봤다. 아침저녁의 쌀쌀한 바람에 쏘이는 숲의 나무들이 오히려 활활 타오르듯 잎을 붉게 물들이는 시기다. 그때 안젤린을 주워 데려오지 않았다면…….

"……분명 안제를 주워 데려왔을 때부터 뭔가 바뀌어 갔던 겁니다. 놀랄 일이 많았습니다만……. 싫은 기분은 들지 않았지요. 오히려 딸아이에게 감사하는 마음이 더욱 큽니다."

"저도 마찬가지예요. 톨네라의 여러분들과 알고 지내게 된 것은 정말 뜻밖의 기쁨이었어요."

두 사람은 탁자를 사이에 둔 채 잠시 조용해졌다. 컵에서 김이 피어올라 허공으로 녹아 들어갔다. 저 멀리서 닭 우는 소리가 들려온다.

"······자, 슬슬 일하러 가보겠습니다."

"어머, 죄송해요. 제가 또 붙들고 있었네요······. 안젤린 님이 어서 와주시면 좋겠어요. 또 많은 이야기를 들려주실 테니 기대되네요."

"예, 아마도요. 딸아이도 기뻐하며 이야기를 해줄 겁니다."

벨그리프는 미소 짓고 일어나서 집무실을 나갔다.

○

"아빠, 봐봐. 이렇게 많아!"

손에 든 바구니에 바위월귤을 가득 채우고 열 살의 안젤린이 달려온다. 바구니 바깥으로 열매가 몇 개 넘쳐 떨어져서 아래에 흩어지는데도 아랑곳하지 않는다.

"이 녀석, 그렇게 서두르지 않아도 괜찮아."

벨그리프는 웃으며 막 다가든 안젤린의 머리를 쓰다듬었다.

안젤린은 의기양양하게 바구니를 내밀고 가슴을 쭉 폈다. 콧구멍이 자꾸 실룩거린다. 몇 개는 중간에 집어 먹었는지 입 주위에 점점이 빨간색 얼룩이 묻어 있었다.

벨그리프는 입가에 미소를 띠며 안젤린의 머리를 꾹꾹 눌렀다.

"중간에 집어 먹었구나?"

"꺄앙~."

안젤린은 꺅꺅 까불며 바구니를 안았다.

"오늘 밤에는 배부르겠다!"

"이 녀석, 이 바구니를 전부 다 먹으려고?"

"바위월귤은 아무리 많아도 다 먹을 수 있는걸."

"과식하면 배탈 나잖니. 적당히 먹자꾸나……."

"끙……. 네엥."

안젤린은 조금 불만스럽게 입을 삐죽였다만, 더 이상 투덜거리지는 않고 바구니를 벨그리프에게 떠안겼다. 그다음 빈 바구니를 손에 들면서 다시 바위월귤 수풀 안쪽으로 걸음을 들여놓는다.

바위월귤의 서식지는 숲 안에 있는데도 햇볕이 잘 든다.

이 주변은 바위가 많은 경사지인데 키가 큰 나무가 없고 가을의 햇빛이 넉넉하게 내리쏟아지기에 붉은 열매는 마치 보석처럼 빛났다. 안젤린은 몸을 구부려서 말없이 열매를 따 바구니에 넣었다.

보물찾기라기에는 보물이 무척 많다만, 아무튼 간에 아이에게는 정신없이 집중하게 되는 장소인가 보다. 그럼에도 이따금 몇 알은 입으로 가져가고, 그때마다 얼굴 표정이 흐물흐물해졌다.

벨그리프도 한 알을 입에 넣었다. 씹으면 톡 과즙이 터져 나오고 자잘한 씨앗을 씹는 감촉이 즐겁다. 산미가 강한 맛이지만 단맛도 있어 여운을 준다. 이 계절의 별미였다.

우거진 풀숲에 의족을 디딜 때마다 경계를 필요로 하는 벨그리프와 달리 안젤린은 풀숲 안쪽을 휙휙 걸어 다니며 벨그리프보다 빨리 바구니를 가득 채웠다. 그것이 기뻤는지 안젤린은 가끔 얼굴을 들어 벨그리프의 바구니와 자신의 바구니를 비교하고 의기양양하게 웃었다.

"이건 잼 만들어?"

"그래야지. 말린 녀석은 얼마 전 만들었으니까……."

"병이 되게 많아지겠네."

월동을 위한 비축에 병조림은 좋은 수단이다. 과일 잼을 비롯하여 야채를 바짝 조리거나 버섯을 기름에 절인 반찬도 여럿 만든다. 대부분은 도자기병이나 항아리를 쓰지만, 가끔은 행상인이 파는 유리병을 쓸 때도 있었다. 꽉 채운 병을 선반에 쭉 늘어놓으면 못 견디게 풍족한 기분이 들고는 했다.

이윽고 저녁때가 가까워지자 손에 들었던 바구니 속 바위월귤을 등에다가 매는 바구니에 옮겨 담고서 부녀가 같이 산을 내려가기 시작했다. 서쪽 산에 태양이 걸리며 그림자가 뻗어서 온다.

안젤린은 나뭇가지를 주워 휘두르며 벨그리프의 조금 앞쪽을 가벼운 걸음걸이로 내려갔다.

벨그리프는 딸아이의 뒤를 천천히 따라갔다. 여러 번 함께 올랐던 산이기에 안젤린도 길을 외운 듯했다.

"……이런, 안제. 그쪽이 아니란다."

그럼에도 종종 틀린다.

엉뚱한 짐승길에 걸음을 디딘 안젤린을 벨그리프가 불러 세웠다. 안젤린은 걸음을 멈춘 뒤 돌아섰다.

"……아니었어?"

"그래. 그쪽은 동물이 다니는 길이야."

안젤린은 짐승길을 보고 다른 방향을 보고 그다음 벨그리프에게 달려와서 손을 쥐었다.

머리 위쪽에 단풍이 든 나무들이 드리워졌기에 주변은 살짝 어둑어둑하다. 낮에 올 때와는 분위기가 많이 달라서 조금 불안해졌나 보다. 벨그리프는 가만히 미소 지었다.

"조심하지 않으면 길을 헤맨단다. 자, 가자꾸나."

"응⋯⋯."

안젤린은 맞잡은 손을 꼭 쥐며 벨그리프를 올려다봤다.

"집에 가면 잼 만들어?"

"그러자꾸나. 잔뜩 만들어야지. 봄이 오기 전에 다 먹으면 안 되니까."

"⋯⋯첫눈, 언제 내릴까."

"언제 내리려나."

내리쌓이는 첫눈의 가장 위쪽 부드러운 부분을 떼어 내다가 바위월귤 잼을 뿌려서 먹는 것이 안젤린의 즐거움이다. 그럼에도 가장 좋아하는 것은 곧바로 따 먹는 바위월귤이지만.

이윽고 숲을 나왔다. 하늘은 보라색이고 이미 발밑에 그림자는 없었다.

하늘에서 냉기가 내려앉고, 불어오는 바람은 살갗에 닿아 쌀쌀하다. 마을 집집의 굴뚝에서 연기가 피어오르고 있다.

이제 곧 가을 수확제다. 그러면 머지않아 겨울이 찾아온다.

두 사람은 마을을 향해 내려갔다.

150 봄 파종 밀을 수확한 다음, 빈 밭을

봄 파종 밀을 수확한 다음, 빈 밭을 바구니를 든 아이들이 걸어 다닌다. 수확 때 흘린 이삭을 주워 모으는 일이다.

보리 수확은 일단 빠르게 거두어 모아야 하는지라 밭의 면적이 넓을수록 꼼꼼하게 신경을 쓸 시간이 없다. 수확할 때, 묶을 때, 옮길 때마다 이삭이 우수수 떨어진다. 잘 주워 모으기만 해도 상당한 양이었다.

수확한 보리는 막대기로 쳐서 열매를 떨어뜨리고, 다시 넓게 펼쳐서 건조시킨다. 새가 쪼아 먹으러 올 때 쫓아내는 것도 아이들이 할 일이었다.

그러는 동안 가을은 더욱 깊어지고 이른 시기에 뿌린 가을 파종 밀밭에는 작고 파릇한 싹이 보이기 시작하며 점점 가을 수확제가 가까워진다.

그 즈음이면 가을 수확제를 노리고 오는 행상인들이 드문드문 나타난다.

톨네라의 농산물 및 공예품은 품질이 높아 평판도 좋다. 가을 어귀에는 초여름에 깎아 세척한 양털로 짠 직물이 만들어지기 시작한다. 겨울용 방한구로 쓸 몫을 제외하면 행상인들에게 판매할 수 있다. 직물뿐 아니라 곱게 자아낸 실도 마찬가지다.

　그렇게 판 만큼 사들인다. 긴 겨울을 눈앞에 두고 있기 때문에 필요한 물자를 최대한 사고 싶어서다. 어느 정도의 저축은 물론 필요하다지만, 지갑으로 배를 채우거나 불을 때기는 불가능함을 잘 알기에 톨네라의 마을 사람들은 가을 수확제 무렵이면 지갑의 끈이 헐거워졌다. 따라서 행상인도 많이 방문한다.

　행상인들의 노점에는 식료품은 물론이고 겨울 동안의 즐길 거리로 책, 체스와 같은 놀이 도구, 양철 및 나무로 만든 장난감도 있었다. 이런 분위기 덕에 월동 준비는 더욱 힘을 받고, 톨네라는 활기를 띠며 매일매일이 떠들썩하다. 특히 올해는 여름 중 가도 정비 공사에서 돈을 벌러 나갔던 젊은이들도 많았던 데다가 다들 겨울 준비를 위해 톨네라에 돌아옴으로써 예년보다 지갑이 넉넉한 사람도 많았다. 광장의 시장도 평소보다 더욱 떠들썩하게 느껴졌다.

　그런 까닭에 오늘도 광장에서는 행상인이 상품을 펼쳐 놓았고, 일 짬짬이 마을 사람들이 구경을 하러 찾아왔다. 양파 심기를 마친 벨그리프도 아이들을 데리고 와 있었다.

　양철 장난감을 손에 든 쌍둥이가 꺅꺅 떠들어 댄다. 용을 본뜬 인형이었다. 싸구려 만듦새이지만 딱히 상관없는 듯하다. 두 아이가 같이 쭉 치켜들어서 미토에게 보여주고 있다.

　"미토 형아, 드래곤이야."

　"삐죽삐죽해서 멋있어."

미토는 애써 의젓하게 꾸민 표정으로 고개를 끄덕거렸다.

"드래곤은 강해."

"강해?"

"할부지랑 누가 더 강해?"

"음, 할부지."

"그럼 안제랑 누가 더 강해?"

"음, 누나."

"퍼시는?"

"음, 퍼시."

"어라~ 드래곤 강하지 않네……."

"않네~."

"……응."

세 아이는 어째서인지 떨떠름한 표정을 짓고 있다. 그럼에도 인형의 생김새는 마음에 들었는지 손에서 놓을 기색이 없었다. 재미있다는 표정으로 지켜보던 가게 주인이 벨그리프에게로 얼굴을 돌렸다.

"살 텐가?"

"음, 사도록 하지. 그리고, 이쪽에 책도."

"아이고, 고맙소이다."

쌍둥이와 미토가 가지고 싶어 하는 물건을 사고, 샤를로테와 벡에게 줄 책을 사고, 다른 물건들도 살펴보던 중 옆쪽 노점에서 사티가 종이로 감싼 치즈 덩어리를 가져와 벨그리프를 쳐다봤다.

"벨 군, 벨 군. 나 건조 치즈 사도 돼?"

"그래, 좋아."

"벨, 나는 이거, 증류주 사고 싶은데."

카심이 병을 치켜들었다.

"좋아."

"벨, 나는 훈제 고기."

퍼시벌이 베이컨 덩어리를 보여줬다.

"좋아⋯⋯. 아니, 왜 일일이 나한테 물어보는 거야?"

"그야 파티의 지갑 관리는 네 담당이잖냐."

"아, 그런가⋯⋯. 그런가?"

아직 파티가 존속 중이었던가? 벨그리프는 고개를 갸웃했다. 애당초 카심도 퍼시벌도 자기 지갑을 가지고 있지 않은가.

뭐, 상관없나. 벨그리프가 지갑 안쪽을 확인하던 때에 또 마차가 한 대 광장에 들어왔다.

"여기요~ 벨그리프 씨~."

문득 목소리가 들린다. 고개 돌리자 어느덧 제법 친분을 쌓은 청발의 행상인이 마부석에 앉아서 휙휙 손 흔드는 광경이 보였다.

상인은 마차를 세운 뒤 폴짝 내려서 빠른 걸음으로 달려왔다.

"안녕하세요. 오랜만이에요. 잘 지내셨죠."

"간만에 뵙는군요. 매번 와주시니 감사합니다."

"에이, 아니에요. 저도 톨네라는 좋아하거든요, 서로 도움도 되고요."

상인은 싱글벙글 웃으며 꾸벅 머리를 수그렸다. 듣는 사람이 기뻐지는 말이구나. 벨그리프도 웃으며 턱수염을 쓰다듬었다.

"그러고 보니, 딸아이와…… 안젤린을 만나지는 않으셨습니까?"

"안젤린 씨요? 아뇨, 요즘에는 딱히 못 뵈었어요. 제가 한동안 서쪽 엘브렌 주변을 이리저리 돌아다녔거든요……. 아, 그래도 활약 소식은 가끔 들었답니다."

"그렇습니까……. 음, 딸아이도 가을 수확제 때 돌아온다는 말을 해서 말입니다. 혹시나 같이 오셨나 생각을 했습니다."

"으음~ 저하고는 시간이 안 맞은 것 같은데요……. 그래도 안젤린 씨가 그렇게 말씀하셨으면 아마도 꼭 귀성하시겠죠."

청발의 행상인도 여러 번 안젤린을 태우고 다닌 경험이 있기 때문에 딸의 사람 됨됨이를 잘 알아주는 것 같다. 퍼시벌이 웃었다.

"그 녀석처럼 알기 쉬운 녀석도 좀처럼 없을 테니까."

"뭐~ 오랜만에 멀리 떨어져서 못 만났잖아. 벨도 꽤 쓸쓸한 거 아니야?"

카심도 히죽히죽하며 말했다. 사티가 고개를 끄덕거렸다.

"맞아, 맞아. 사실은 벨 군, 여름 끝 무렵부터 되게 안절부절못하더라고. 무소식이 희소식이라고 자기가 말했으면서. 많이 쓸쓸했나 봐."

친구들은 인정사정없었다. 벨그리프는 겸연쩍어하며 뺨을 긁적였다.

어쨌든 간에 안젤린이 잘 지내고 있는 것은 분명했다. 행상인들의 이야기를 들어보면 올펜 주변에서 어떤 사태가 발생한 것 같지도 않으니 아마 예정대로 가을 수확제 전에 귀성할 테지.

딸 바보 기질이 영 빠지질 않는구나. 벨그리프는 쓴웃음을 지었다. 『대지의 배꼽』에서도, 제도에서도 자신보다 더욱 강하고 믿음직한 모습을 보았는데도 자꾸만 걱정이 드는지라 난처하기 짝이 없다.

치즈와 베이컨을 바구니에 담고 사티가 생각에 잠긴 듯 눈을 감았다.

"으음…… 벨 군, 저녁 식사는 어떻게 할까? 뭐 먹고 싶은 거 있어?"

"아니, 그냥 맡길게. 다만 마른 야채들 오래된 것은 얼른 사용하는 게 좋겠어."

"아하, 그래야겠네. 점심에 스튜는 다 먹어 치웠으니까 또 새로 만들어야 할 텐데……."

"……빵 반죽은 미리 준비해 놨다."

불쑥 벡이 말했다. 사티는 깜짝 놀라며 눈을 치떴다.

"맞아, 내가 부탁했었지……."

"딴짓하면서 말이지."

"쳇~ 바쁠 때라서 말하고 잊어버린 거야. 반성, 반성해야지……. 그럼 속 재료 넣은 빵으로 할까? 말린 야채랑 베이컨, 그리고 치즈도 넣고……."

"어머님, 나도 도와줄게!"

샤를로테가 힘차게 말한 뒤 사티의 손을 쥐었다.

"아하하, 고마워. 좋아, 먼저 돌아가볼까. 빨래도 말려 놨고……. 얘들아, 가자~."

그렇게 사티는 아이들을 데리고 먼저 귀가했다.

벨그리프 등 아저씨들은 남아서 자질구레한 물건을 사거나 팔거나 하는 동안에 시간이 흘러가고, 점점 더 그림자가 길어졌다. 다만 오후에도 일에 힘쓰던 사람들이 지금 느지막이 또 찾아오는지라 변함없이 떠들썩하다.

장보기를 일단락한 뒤 벨그리프는 마을 사람들과 여행자들이 오가는 광경을 바라봤다.

막 구입한 증류주를 벌써 마시고 있는 카심이 기분 좋게 말했다.

"벌써 가을인가. 참 빠르네, 시간 흘러가는 게."

"그러게나 말이다. 그래, 벨. 던전 위치는 대강 결정이 난 건가?"

"맞네. 예의 마도구를 잘 써서 조금씩 던전을 형성하는 방법을 택할 듯싶군. 자네들이 마력을 마수로 만들어 소비해준 덕분에 아주 굉장한 기세로 변화하지는 않을 거라더군."

"거 잘됐군. 어차피 겨울 동안에는 사람이 많이 흘러들지도 않을 테니까 딱 적당할지도 몰라."

퍼시벌은 고개를 끄덕거리고 카심의 손에서 낚아챈 증류주병을 기울였다.

확실히 가도가 제법 정비되었다지만, 곧장 사람들 왕래가 확 늘어나지는 않을 것이다. 게다가 던전 자체도 길드도 아직 구성 단계에 있는 상태였다. 처음부터 한꺼번에 이것저것 일이 몰리면 벨그리프는 감당을 못 한다. 그런 점에서는 대단히 다행이었다.

아무튼 간에 오래도록 준비한 계획이 본격적으로 시동된다.

톨네라에서 밭을 일구고 산과 숲의 산물을 누리는 것이 전부이리라 생각했던 인생이 갑자기 이렇게 확 달라질 줄은 벨그리프도 전혀 상상하지 못했다.

"……감당할 수 있을까."

가만히 중얼거렸다.

벨그리프는 이제껏 겪은 전투며 여정에서, 생각했던 것 이상으로 자신에게는 아마도 큰 힘이 있음을 자각하는 데 이르렀다. 다만 그럼에도 긴 세월에 걸쳐 배어든 박한 자기 평가는 쉽사리 뒤집히지 않았다. 전적인 자신감을 갖고 어떠한 목표를 이루겠다는 기백은 아직껏 결여되어 있었다. 매사에 멈춰 서서 이것저것 확인을 하지 않으면 마음이 놓이지 않는다. 다만 이렇듯 신중하고 주의 깊은 성품이 주위 사람들에게 좋은 평가를 받는 요인 중 하나라는 것 또한 사실이지만.

"퍼시는…… 어떻게 할 계획인가?"

"뭔 계획?"

"조만간에 다시 여행을 간다고 들었는데……. 언제 떠나려나 싶어서."

"글쎄다. 여기가 대충 안정된 다음의 이야기다. 지금은 아직 뭐라고 말을 못 하겠군."

"그런가…… 카심도?"

"어떻게 할까~. 뭐, 우리 임무는 던전이 폭주하진 않나 살피는 거랑 바깥에서 온 모험가 녀석들을 단속하는 거잖아? 그 부분이 잘 돌아가기 시작하면 딱히 할 일이 없고, 기운 넘치는 녀석들이 할 일을 빼앗는 셈이니까."

"넌 여자가 있잖냐. 오래 기다리게 놔두지 마라."

"아니, 그렇긴 한데 말이지……. 맞는 말이긴 한데."

힘이 쭉 빠져서 몸을 구부리는 카심을 보고 퍼시벌이 눈살을 찌푸렸다.

"뭐야, 벌써 취했냐?"

"안 취했다, 바보야~. 양쪽 다 중요하니까 답답한 거야. 좀 알아줘라, 무신경한 녀석."

카심은 그렇게 말한 뒤 퍼시벌의 어깨를 퍽퍽 두드렸다.

"거참, 왜 이리 귀찮게 구나. 네 녀석은 딱히 섬세한 인간도 아니잖냐."

"시끄럽다~ 사실은 섬세하다고."

두 친구는 같이 눈을 부릅뜨며 서로를 손가락으로 찔렀다. 벨그리프는 쿡쿡 웃었다.

떠들썩하다. 옛 시절보다 훨씬 나이를 먹었는데도 비슷한 유쾌함을 느낀다. 물론 완전히 같다는 말은 못 하겠으나 어쨌든 좋다. 오히려 똑같을 수는 없는 법이다. 조만간 딸아이와 친구들이 귀성하면 또 매일매일이 떠들썩해질 테지.

서편의 산에 태양이 걸리며 광장까지 그림자가 드리워졌다. 슬슬 귀가해서 밤 일거리 준비라도 할까. 벨그리프는 몸을 일으켰다.

○

며칠 동안의 여행길에서 귀성의 즐거움은 더욱더 한껏 고조되었다. 들르는 도시와 마을에서 맛있는 요리를 먹으며 혀를 쩝쩝대고, 증기탕에도 들어가서 추억 이야기로 꽃을 피웠다.

북쪽으로 나아감에 따라 바람은 더욱 쌀쌀하게 느껴졌지만, 아직은 햇볕이 제법 따뜻하기에 옷을 여러 겹 껴입지는 않았다. 다만 이러다가도 어느새 외투를 놓고 다닐 수 없게 되는 게 신기하다. 하루하루의 미세한 변화는 나중에 특별한 계기를 떠올리기도 어려운 법이었다.

이런저런 감흥을 느끼며 보르도에 도착한 뒤 다시 보르도에서 출발을 했다. 여기까지 왔다면 이제 얼마 안 남았다.

다만 승합 마차는 보르도까지였다. 톨네라까지 운행하는 승합 마차는 아예 없으니까. 이제부터 또 어떻게 이동하냐는 것이 안젤린과 일행들의 앞에 주어진 과제였는데 아마도 가을 수확제를 목적으로 가는 행상인이나 상단이 있을 테니까 그쪽에 호위라는 명목으로 태워달라고 하자는 생각을 했다.

그런데 지금 눈앞에서 헬베티카가 생긋생긋하고 있었다.

"후후, 이렇게 믿음직한 호위가 함께 있어주면 아무 걱정도 필요 없잖니?"

"그러게……."

안젤린은 쿡쿡 웃었다.

보르도에 도착한 일행은 물론 보르도 가문에 얼굴을 내밀었다. 그동안 꽤 깊은 친분을 쌓기도 한 터라 인사 정도는 하자는 이유였다.

그렇게 짧은 인사로 끝났어야 했을 대면이었다. 하지만 톨네라의 가을 수확제에 반드시 참가하겠다며 쭉 별러왔던 헬베티카가 난색을 표시하는 애시크로프트를 거의 우격다짐으로 설파한 뒤 즉각 마차를 여러 대 동원하여 방문단을 편성하더니 안젤린도 일행들도 태워서 톨네라로 덜컥 출발해버렸다.

마르그리트가 머리 뒤쪽으로 깍지를 끼며 웃었다.

"『이보다 더 안심할 수 있는 호위가 대체 어디 있겠어요. 이런 때를 놓치고 나중에 출발했다가 제가 공격이라도 당하면 어쩔 셈이죠!』랬지. 와아, 걸작이었다니까."

"뭐~ 헬베티카 씨라면 몰래 쏙 빠져나갈 것 같잖아~. 애시크로프트 씨도 그게 더 무서우니까 허락해준 게 아닐까?"

"응, 일리가 있네……. 근데 사샤도 같이 움직이면 어차피 안전한 건 똑같을 텐데."

아넷사가 말했다. 헬베티카의 옆쪽에 앉아 있었던 사샤는 고개를 획획 흔들었다.

"무슨 말씀이십니까, 아네 님! 여러분과 저 하나를 비교하는 것은 얼토당토않지요!"

사샤까지 동행 중이었다. 헬베티카는 처음에 호위로서 사샤를 데리고 갈 예정이었던 듯했다. 그러므로 안젤린과 일행들이 같이 움직이게 된 시점에서 사샤는 딱히 동행하지 않아도 됐을 터이나 자신도 같이 가겠다고 믿어 의심치 않는 사샤를 앞에 두고도 그런 소리를 꺼낼 수는 없었다. 결국 다 같이 출발하게 된 터라 애시크로프트가 머리를 부여잡았었다.

설탕 과자 상자를 꺼내며 아넷사가 말했다.

"그나저나 톨네라에서 보르도 자매가 다 모이는구나. 은근히 별일이네, 이게 처음 아니야?"

"듣고 보니까 처음이군요."

사샤가 고개를 끄덕거렸다. 지금까지 각자 개별로, 혹은 둘이서 찾은 적은 있었으나 셋이 다 함께 모이는 것은 처음이었다.

올해의 가을 수확제는 여느 때보다도 더욱 떠들썩하겠다. 안젤린은 괜스레 기쁜 마음이 들었다.

설탕 과자를 집어 먹으며 헬베티카가 희색을 띠고 말했다.

"그러고 보니 봄에는 같은 인원으로 톨네라에 있다가 돌아왔었잖아. 바로 얼마 전에 겪은 일 같은데 벌써 이렇게 시간이 많이 흘렀어."

"아~ 그랬었지~. 사샤가 아니라 셀렌이 있었어."

"봄맞이 축제 다음이었잖아. 헬베티카가 성대하게 걷어차였잖아~."

"어휴, 마리! 다 지나간 얘기 꺼내지 마!"

마르그리트가 꺼내는 말에 헬베티카는 뺨을 볼록거렸다. 안젤린과 친구들은 깔깔 웃었다. 사샤가 턱에 손을 가져다 대고는 흠흠, 고개를 끄덕거렸다.

"사티 님은 스승님의 옛 동료라 하셨지요. 미인에 다정하고 실력도 뛰어난 분이니까 언니는 처음부터 눈에 들지도 못했다는 느낌이군요!"

"애, 애, 사샤! 말이야 바른 말이지만, 조금 돌려서 말해줘도 되잖니!"

"엑?! 앗, 죄송합니다, 언니!"

사샤는 꾸뻑꾸뻑 머리 숙였다. 나쁜 뜻 없이 솔직하게 한 말인지라 더욱 마음이 아팠나 보다. 헬베티카는 지친 모습으로 이마에 손을 가져가며 한숨 쉬었다.

"애시는 아무튼 간에 보르도에 있는 게 이 아이뿐이라는 것은 도저히……. 경험을 쌓기 위해서라지만 셀렌을 톨네라에 보낸 건 실수였을까."

"힘드시겠네요."

아넷사가 묘하게 공감한다는 듯이 헬베티카를 위로했다.

오늘은 로디나까지 갈 예정이다. 영주의 마차는 싸구려 짐수레와 달리 수레바퀴도 축도 튼튼하게 잘 만들었다. 로디나까지 가는 가도도 쭉 정비되어 있어서 주행이 수월한 만큼 상당히 편안하게 이동 중이다.

이쪽 마차는 이미 꽉 차서 야쿠모, 루실, 이슈멜은 뒤쪽의 마차에 타 있다. 지금도 뒤쪽 마차에서 육현의 소리가 들려온다. 루실이 무엇인가 여행 노래를 부르고 있는 것 같았다.

안젤린은 마차 의자의 등받이에 몸을 기댔다. 가죽을 씌웠고 방석까지 있어서 앉은 자세가 무척이나 아늑하다. 가만히 쭉 앉아 있어도 엉덩이가 아프지 않을뿐더러 의식해서 몸을 움직여줄 필요도 없었다. 마차 바퀴가 지면을 밟아 나아가는 율동도 편안한지라 졸음을 불러올 정도였다.

창밖을 내다보며 헬베티카가 입을 열었다.

"처음 톨네라에 갔던 때가 가을 수확제였지……. 같이 참가했던 시간이 무척이나 즐거웠어. 여기저기 순찰도 자주 다녔는데. 그때까지 안 가봤다는 게 믿기지 않았을 만큼."

"저는 가을 수확제는 처음입니다! 어떠한 행사인지 벌써부터 기대되는군요!"

사샤는 살짝 흥분해서는 팔을 홱홱 흔들며 말했다. 안젤린은 쿡쿡 웃었다.

"별로 특별한 건 없는데? 다 같이 노래하고 춤추고 맛있는 거 먹고……."

"최고잖습니까!"

"그러고 보니 우리도 가을 수확제는 처음이다냥~. 봄맞이 축제는 몇 번이나 참가했었는데~."

"그러게. 이 시기에 출발하려고 하면 언제나 뭔가 사건이 일어났으니까……."

"그래도 이번에는 괜찮아……. 후후, 집에 가면 곧바로 바위월
귤을 따러 갈 테다……."

안젤린은 나직이 말한 뒤 득의양양 미소 지었다. 막 따서 바구
니에 넣으며 하나둘 집어 먹는 바위월귤이 가장 맛있는 법이다.
이미 몇 년이나 맛을 못 봤는데도 떠올리면 입속에서 침이 흘러넘
쳤다. 그 달콤새큼한 맛은 다른 과일에는 없다.

밀리엄이 흠흠, 고개를 끄덕거렸다.

"안제, 입버릇처럼 말했었지. 나도 기대감이 높아진다냥~."

"바위월귤인가……. 잼이랑 말린 건 먹어봤는데 날것은 아직."

"아주 맛있습니다! 저도 감탄을 하며 먹었지요!"

사샤가 소리 높이자 안젤린은 입을 삐죽거리며 사샤의 뺨을 꼬
집었다.

"치사해……. 벌이야."

"흐엑……."

뺨을 말캉말캉 꼬집히며 사샤는 눈빛이 마구 흔들렸다. 마르그
리트가 깔깔 웃는다.

"조금만 더 참음 되잖냐, 힘내라."

"……힘낼게."

아까부터 왜 이럴까, 또 입속에 침이 고여 있었다. 꿀꺽 삼키고
입술을 손등으로 닦았다.

"아네, 박하수 줘……."

"응."

아넷사는 짐을 가까이 끌어서 바스락바스락 뒤적이고 있다.

안젤린은 또 창밖을 봤다. 풍경이 느릿느릿 뒤로 흘러간다. 이미 해가 상당히 기울었어도 하늘은 아직 푸르고 솔로 얇게 칠한 것처럼 구름이 여기저기에 떠 있다. 일몰이 가까워진 만큼 하늘이 반짝이는 것 같다.

박하수를 마시며 멍하니 있던 때 말에 탄 호위 병사가 창밖에 나타났다.

"실례하겠습니다. 이제 곧 로디나에 도착합니다."

"그래요, 고생 많아요. 먼저 가서 숙소를 잡아줄래요?"

"넷!"

헬베티카에게 경례한 뒤 병사를 말을 달려서 나아갔다.

"……얼마 안 남았어."

로디나에서 출발하면 한나절 안에 톨네라다. 하룻밤 자고 내일 점심에는 도착한다.

붉은색과 노란색으로 물든 숲의 나무들, 파랗고 높은 하늘. 그곳에 녹아 들어가는 집집의 연기. 난로 앞에서 깜빡깜빡 흔들리는 불을 앞에 두고 따뜻한 음료를 손에 든 채 한밤을 보낸다. 천 한 장을 사이에 둔 밀짚의 거친 감촉도 뚜렷하게 떠올릴 수 있다. 자면서 몸을 뒤척이면 밀짚 스치는 소리가 난다. 그것이 안젤린의 자장가였다.

그런 상상을 하면 아직은 빠르다고 생각하는데도 입가에 저절로 미소가 떠올랐다.

안젤린은 눈을 감았다. 눈꺼풀 안쪽에 톨네라의 광경이 떠오르고, 그리고 벨그리프의 얼굴이 떠올랐다.

"조금 남았어……."

151 엷은 구름이 하늘에 걸리고 아침 해를 반사하며

엷은 구름이 하늘에 걸리고 아침 해를 반사하며 엷은 주홍색으로 빛나고 있었다. 대지에는 아지랑이가 피어올라 이곳저곳에 빛의 기둥이 서 있다. 썩 추운 날씨는 아니나 숨을 내뱉으면 하얗게 연기처럼 떠다니며 금방은 사라지지 않았다.

미토가 하얗게 떠다니는 숨을 손으로 쳐서 없애고자 하고 있다.

"……안 없어져."

"하하, 안 없어질 테지. 자, 집에 가자꾸나."

언덕 위에서 보는 풍경은 점점 색채가 많아지고 있었다. 새벽과 그 이후의 풍경이 천천히 변해 가는 모습을 바라보는 것이 벨그리프의 취미였다.

그렇게 아침 순찰을 마친 뒤 벨그리프는 집에 돌아왔다. 앞마당에서 퍼시벌이 검을 휘두르고 있었다. 이제 아침나절은 꽤나 쌀쌀한데도, 위쪽은 속옷 한 장 차림이고 몸에서는 김이 피어오른다.

"다녀왔어."

"오, 이제 오나. 별일은 없고?"

"그래, 평소와 마찬가지야."

"퍼시, 훈련해?"

미토가 물었다. 퍼시벌은 히죽 웃었다.

"그래. 너도 해야지?"

"응."

미토는 에헴, 가슴을 펴고 목검을 가지러 집 안으로 달려갔다. 벨그리프도 뒤따라 집에 들어갔다.

집 안은 따뜻했다.

벨그리프는 망토를 벗어 벽에 걸었다. 난로 쪽에서는 묻어 둔 불을 다시 지펴서 냄비로 스튜를 보글보글 끓이고 있다. 밤 동안 재워 놓았던 빵 반죽을 주무르면서 사티가 얼굴을 들어 올렸다.

"아, 어서 와. 빵이 아직이거든. 조금만 더 기다려."

"알았어. 잠깐 검을 휘두르고 오지. 카심과 그라함은?"

"명상하러 나갔어. 벡이랑 같이."

올림 마루 쪽에서는 샤를로테가 쌍둥이와 함께 무엇인가 하고 있다. 얼마 전 구입한 용 인형을 가지고 노는 듯하다. 일상이 된 아침의 풍경이다.

벨그리프는 검을 가지고 바깥으로 나갔다. 퍼시벌의 옆에서 미토가 목검을 휘두르고 있다. 매일 열심인지라 점점 자세가 그럴듯해지고 있는 것 같았다.

셋이서 잠시 허공에 검을 휘둘렀다가 가볍게 몸을 풀어주고 우물의 물로 얼굴을 씻었다. 서늘해서 기분이 좋다. 수건으로 얼굴을 닦으며 퍼시벌이 말했다.

"오늘은 산에 간다고 했나?"

"길드 업무도 밭일도 대강 마무리됐잖나. 나무 열매나 덩굴을 모아 오겠네."

"그것도 월동 준비의 일환이로군."

"겨울 동안은 거의 집 안에서만 일을 하니까. 실을 뽑아내거나 바구니를 엮어 만들지."

"작년 겨울은 떠들썩했는데 올해는 어떠려나."

"안제의 계획에 따라 달라질 테지······. 뭐, 겨울마다 매번 길드를 비울 순 없지 않겠나. 아무래도 가을 중에는 다시 복귀하지 싶은데."

그럼에도 안젤린인지라 확신은 못 했다. 처음에는 딱히 의도한 바가 없을지라도 이곳에서 생활하다가 또 즐거워져서 눌러앉게 되고, 그러다 어느새 첫눈이 내릴 가능성은 충분히 높다.

"뭐, 그래도 가도가 제법 정비됐으니까 눈이 내려도 복귀하는 게 아주 어렵지는 않을 테지만······."

"뭐냐, 넌 빨리 돌려보내고 싶은 거냐?"

"그런 게 아니야. 다만 안제는 올펜에서 이미 중요한 역할을 맡고 있는데 내가 기약도 없이 붙잡아 놓으면 안 되지 않겠나."

벨그리프는 쓴웃음 지으며 머리카락을 다시 묶었다. 퍼시벌은 훗 웃었다.

"고지식한 녀석이라니까. 뭐, 어차피 막상 만나면 돌려보내는 게 싫어질 테지?"

"그야, 뭐······."

미토가 벨그리프의 소매를 꾹꾹 잡아당겼다.

"나도, 누나가 쭉 같이 있어주면 좋겠어."

"그렇구나……."

벨그리프는 미소 짓고는 미토의 머리를 쓰다듬었다.

그 이후 아침 식사를 마치고 각자 일과를 시작했다.

샤를로테는 미토와 쌍둥이를 데리고 케리의 집에 가고, 벡은 밭에, 카심과 퍼시벌은 낚싯대를 들고 강에 나갔다. 그라함은 마도구를 들여다보며 술식을 구상했다. 사티는 평소와 같이 청소며 빨래를 했다.

벨그리프는 바구니를 등에 메고 도시락을 챙긴 뒤 집을 나섰다.

이른 아침부터 걸려 있었던 엷은 구름은 태양이 솟아오름에 따라 모습을 감추었고, 끝없이 높은 푸르른 하늘이 펼쳐져 있다.

평원을 지나 숲에 들어갔다. 상록수도 있으나 많은 나무가 단풍이 들었다. 조만간에 잎을 쭉 떨어뜨릴 테지. 한발 빠르게 가지만 남긴 나무도 있어서 그 틈으로 푸른 하늘이 들여다보였다. 여름보다도 햇빛이 잘 내리비치는 것 같았다.

응달 주위에 버섯이 자라나 있었다. 다만 지나치게 커져서 결이 찢어졌다. 찟찟 소리를 내며 수풀의 안쪽에서 작은 새가 뛰어나오더니 하늘로 날아올랐다.

고개 들어서 보면 나뭇가지에 으름덩굴이 둘둘 감긴 채 열매를 늘어드리고 있었다.

"……어려우려나."

벨그리프는 의족으로 가볍게 지면을 찼다. 나무 타기는 서투르다. 저렇게 높은 위치의 나무 열매를 따는 것은 안젤린의 역할이었다. 몸이 가벼운 안젤린은 어떤 나무든 쑥쑥 타고 올라가서 으름덩굴이며 산포도를 바구니 가득 산처럼 채우고는 했다.

그러고 보니 딸아이를 주운 것도 이런 시기였던가. 벨그리프는 새삼 생각을 떠올렸다.

깊은 가을의 무렵, 비슷하게 가을 수확제가 목전이었다. 카이야 할머니에게 부탁을 받아 약초를 채집하러 갔던 때였다. 이미 카이야 할머니는 세상을 떠났고, 안젤린은 다 자라 어른이 되었다.

벨그리프는 후유, 숨을 내뱉었다. 썩 추운 날씨는 아닌데도 입가에서 숨이 하얘졌다가 곧 사라졌다.

매사에 안젤린과 쌓은 기억을 떠올리는 것은 역시 쓸쓸하기 때문인가 싶어서 쓴웃음이 떠올랐다. 입으로는 잘난 척 입장이며 지위를 운운하고도 본심은 딸이 곁에 있어주는 것을 더 기뻐하잖은가.

"……못난 아버지로군."

벨그리프는 벅벅 머리를 긁고 나서 다시 마음을 다잡은 뒤 걸음을 뗐다. 점점 지면이 위쪽 방향으로 기울어진다. 오늘은 산에 가까운 곳까지 가볼 생각이었다. 올해는 서류 업무를 봤던 시간이 길었던지라 오랜만에 마음껏 숲의 나무들 틈에 둘러싸여 있고 싶었다.

가끔 손 닿는 위치에 있는 나무 열매와 덩굴을 따서 바구니에 넣었다. 주변을 잘 경계하면서 척척 걸음을 옮겨 나아가는 것은 즐거운 작업이다. 아이들을 데리고 올 때는 보호를 더 신경 써야 하기 때문에 이렇게 다니지는 못한다.

탁 트인 장소까지 와서 벨그리프는 숨을 돌렸다. 근처에 있는 바위에 걸터앉아 수통의 물을 한 입 머금는다. 산기슭 부근에서 연기가 여러 가닥 올라오는 광경이 보였다.

"덩굴을 제법 모았다만…… 어디."

또 혼잣말을 한다. 낮은 위치에 있는 산포도도 조금은 따서 챙겼다. 더 걸음을 옮겨 바위월귤을 따러 갈까 생각도 들었지만.

"……아니, 관두자."

왜냐하면 안젤린이 집에 온 뒤에 가도 되니까. 무척 먹고 싶어 했지만, 먹는 것 이상으로 스스로 따러 가고도 싶어 했었다. 먼저 따다가 집에 놓아두면 직접 따러 가기 전부터 먹게 되어버린다. 그러면 기쁨도 반감되지 않을까.

몇 년 만의 바위월귤이잖은가. 가능한 한 온전하게 즐길 수 있게 도와주고 싶었다. 쓸데없는 부모의 마음일까. 벨그리프는 뺨을 긁적였다.

"슬슬 올 때가 된 듯싶은데."

물을 한 모금 더 마시고 벨그리프는 하늘을 올려다봤다. 사냥감을 발견했나 보다. 솔개가 저편으로 날카롭게 내려가는 광경이 보였다.

○

가도는 잘 정비되어 과연 주행이 제법 수월했다. 처음에는 차이가 딱히 실감 나지 않았는데 아직 정비되지 않은 길에 진입하자 차이를 곧장 깨달았다. 울퉁불퉁한 길에서는 불쑥 마차가 심하게 요동치는 터라 마음을 놓을 수 없었지만, 잘 매만져서 평탄한 길에서는 꾸벅꾸벅 낮잠을 잘 수 있을 정도였다.

가도 정비는 톨네라 측과 로디나 측에서 동시에 이루어지고 있었다. 그 중간에는 아직 정비되지 않은 부분이 있었다. 그곳에선 잠이나 잘 형편이 못 되었다. 수다 떨 때도 갑자기 마차가 크게 흔들려서 혀를 깨물 뻔했던 탓에 다들 말수가 줄기도 했다.

그러나 톨네라 측에서 뻗어 오는 가도에 들어서자 주행이 무척 편안해졌다.

공사 인부 중 친구도 있으려나. 찾아볼 생각을 떠올리다가 지금 시기면 톨네라가 월동 준비로 바쁘기 때문에 여름 중 인부로 일했을 젊은이들도 아마 초가을에는 마을로 돌아갔을 것임을 깨달았다.

어쨌든 간에 이제는 톨네라가 코앞이다. 아침 일찍 로디나를 출발했고 이제 점심때 전에 도착할 예정이었다.

로디나의 숙소에서 내일이면 집에 간다고 생각을 한 안젤린은 자꾸 마음이 들떠 밤늦도록 잠들지 못한 채 전전반측하다가 아침을 맞이하고 말았다. 그래서 마차의 흔들흔들하는 율동을 몸으로 느끼는 동안 자기도 모르게 선잠이 들었나 보다. 톡, 누가 어깨를 두드려서 화들짝 놀라 깨어났다.

"꺄아으!"

"와앗."

밀리엄이 눈을 똥그랗게 뜨고 안젤린을 보고 있었다.

"왜, 왜 이렇게 놀라?"

"……나, 잤어?"

안젤린이 말하자 아넷사가 웃으며 대답했다.

"되게 행복한 얼굴로 쿨쿨 자더라."

"으읏……."

안젤린은 부끄러워하며 머리를 긁적거렸다. 창 너머로 바깥을 내다보고 있었던 마르그리트가 고개 돌렸다.

"이제 금방 도착한다. 숲이 싹 단풍 들었네."

안젤린은 몸을 일으켜서 마르그리트의 어깨에 머리를 살짝 얹으며 바깥을 봤다.

길은 이제 완만해졌다. 야트막한 구릉에서 가을의 풀이 흔들거린다. 타오르는 듯한 색깔을 띠는 숲 위쪽에 높이높이 솟은 산맥이 햇살을 반사하며 빛나고 끝없이 넓은 푸르른 하늘이 올라앉아 있었다. 그리로 마을에서 피어오르는 화로의 연기가 줄기처럼 올라가고 있었다. 그리운 냄새가 났다.

"……고향이야."

안젤린은 자꾸 헤벌쭉하게 되는 뺨을 두 손의 손가락으로 말랑말랑 주물렀다.

고향의 풍경을 봤을 뿐인데 벌써 기뻤다. 고작 반년쯤 떠나 있었던 것이 전부인데 이렇게나 못 견디게 기쁘다. 그렇게 생각하면 5년 이상 귀성하지 못했던 때는 용케도 참았다는 생각이 든다.

원래대로 앉은 뒤 안절부절못하며 지금 당장에 마차에서 뛰쳐나가 달려가고 싶어지지만, 그렇게 할 수는 없었다. 일단 옆쪽에 있는 밀리엄을 꽉 껴안았다. 밀리엄은「으갹」소리쳤다.

"얘가 왜 이런담."

"……후후후."

밀리엄의 폭신폭신한 가슴팍에 얼굴을 파묻고 꾹꾹 뺨을 문지른다. 밀리엄이 간지러워하며 몸을 비틀어도 안젤린에게 꽉 붙잡힌 탓에 빠져나가지 못했다.

"저리 가라~."

"얌전히 있어……."

"뭐 하는 짓이야……."

아넷사가 어이없어하며 말했다. 마르그리트는 깔깔 웃고 있다. 맞은편 자리에 앉은 헬베티카도 쿡쿡 웃었다.

"네가 어리광 부리고 싶은 사람은 미리가 아니지 않니?"

"……어리광 부리는 거 아닌데."

뛰쳐나가고 싶은 기분을 달래기 위해서다. 다만 표현이 잘되지 않아 안젤린은 입을 우물우물하다가 또 밀리엄을 꽉 끌어안았다.

"으갸앗~."

"말랑말랑……."

티격태격 씨름하던 중 창밖에서 사샤가 얼굴을 내밀었다. 오늘은 말에 타고 싶은 기분이라며 로디나부터 쭉 말에 타 마차를 선도했다.

"안제 님! 곧 도착합니다!"

"알아……. 기뻐."

"사샤, 먼저 가서 셀렌한테 소식을 전해주렴."

"네, 알겠습니다, 언니!"

사샤는 힘차게 답한 뒤 곧바로 말을 달려서 가버렸다. 안젤린은 밀리엄을 놓아주고 퉁하게 입을 삐죽거렸다.

"치사해……. 말 타는 사람들."

"어머, 안제는 승마가 서투른 거야?"

헬베티카가 물었다. 안젤린은 살짝 고개를 끄덕거렸다.

"뭔가…… 잘 안 돼."

"후후, 너한테도 약점은 있었구나."

"이 녀석은 약점투성이라고."

마르그리트가 불쑥 끼어들더니 손을 뻗어서 안젤린의 뺨을 콕콕 찔렀다. 안젤린은 그 손을 붙잡아 쭉 잡아당겼다. 균형을 잡지 못한 마르그리트는 그대로 안젤린에게 붙잡혀서 꽈악 안겨버렸다.

마르그리트는 저항하며 몸을 버둥거렸다.

"놔~라~."

"건방진 마리…… 에잇에잇."

"으갸~."

간질임을 당하며 마르그리트가 팔다리를 퍼덕퍼덕 흔들었다. 그러나 안젤린에게서 빠져나갈 수 없다.

"큰일 났네, 얘가 너무 기뻐서 이상해졌어."

아넷사가 난감하다는 듯이 중얼거렸다.

그런 분위기로 우당탕하는 동안에 마차가 나아가며 이윽고 마을에 들어섰다. 광장 방향에서는 유랑민이 와 있는지 떠들썩하게 연주 소리가 들려온다. 헬베티카가 창 너머로 바깥을 내다봤다.

"어머, 벌써 가을 수확제가 시작된 걸까?"

"아니야⋯⋯. 축제 전부터 오는 사람도 있거든. 길도 깔끔해졌고."

안젤린은 안절부절못하며 답했다. 겨우 풀려난 마르그리트는 흐트러진 옷을 고치며 거친 호흡을 가다듬고 있다.

마차가 광장에 들어서자 움직임이 느릿해졌다. 영주님 마차가 왔다. 바깥에서 술렁술렁 떠들었다.

더는 기다릴 수 없었다. 안젤린이 아직 움직이고 있는 마차의 문을 열고 뛰쳐나가자 바깥에 있던 사람들이 눈을 동그랗게 떴다.

"어라, 영주님 마차인데 안제가 나왔어!"

"언제나 요란한 녀석이라니까."

"어서 와, 안제."

낯익은 얼굴들이 저마다 말을 건넨다. 안젤린은 「나 왔어!」라며 손을 흔들어주고 주위를 둘러봤다. 행상인들이 와 있었기에 가족 중 누군가가 보이지 않을까 기대했는데 아무도 없었다.

"너 아주 안달이 났구나, 조금 진정해."

뒤늦게 내려 따라온 아넷사가 안젤린의 머리를 꽁 때렸다. 안젤린은 돌아서서 입을 삐죽거렸다.

"그치만……."

"뭐, 기쁜 마음은 알겠지만 말이야."

"안젤린 씨~."

누군가가 가까이 달려왔다. 꽤 친분을 쌓은 청발의 행상인이다. 안젤린은 「와아」 소리를 내며 상대가 내밀어주는 손을 맞잡았다.

"오랜만이야……. 잘 지냈어?"

"네, 덕분에요! 후후, 살짝 어긋났네요. 전 어제 왔거든요."

"어라, 그랬구나……. 아빠는 만났어?"

"어제 만났답니다. 오늘은 안 오신 것 같지만요……."

"그래……."

안젤린은 힐끔 노점들을 보다가 다시 시선을 되돌렸다.

"있잖아, 나중에 또 천천히 보러 올게."

"네, 기다릴게요!"

행상인은 생긋생긋하며 고개를 끄덕거렸다.

뒤쪽 마차에서 야쿠모와 루실이 내렸다. 다시 뒤쪽에서 이슈멜이 지친 표정으로 내려선다. 루실은 축 쳐진 귀를 퍼덕퍼덕하며 육현을 따라, 울렸다.

"오우, 잇츠 페스타. 렛 더 굿 타임, 워~."

"반가운 곳에 내려주는군. 때마침 배도 고프던 참이었으니……. 이보게, 안제. 우리는 여기서 뭔가 물건을 좀 보겠네."

"난 괜찮아⋯⋯. 우리 집에서 밥 먹어도 되는데?"

"음? 그런가. 뭐, 적당히 산 뒤에 실례하도록 하지."

집에 가려고 짐만 먼저 내리고자 생각하던 때에 익숙지 않은 건물에서 먼저 소식을 전하러 왔던 사샤와 함께 셀렌이 얼굴을 쏙 내밀었다. 그러고는 열심히 달려 다가온다.

"안젤린 님! 여러분!"

"오⋯⋯."

안젤린은 가까이 달려온 셀렌의 머리를 쓱쓱 쓰다듬어줬다.

"셀렌, 톨네라 생활은 익숙해졌어? 벌써 여기서 사는 거야⋯⋯?"

안젤린이 묻자 셀렌은 활짝 미소 지었다.

"네, 올해 겨울은 이곳에서 보내게 될 것 같아요. 벨그리프 님과 마을 여러분에게 도움을 받아 가면서 그럭저럭 꾸려 나가고 있답니다."

"그렇구나. 다행이야⋯⋯."

잘 지낸다면야 더할 나위가 없다.

안젤린은 새로 지어진 건물을 봤다. 톨네라의 신규 행정 거점인 동시에 셀렌의 저택이기도 하다. 회반죽으로 벽을 세운 훌륭한 건물이라서 톨네라의 건물 같지 않게 멋들어진 모양새였다. 셀렌과 함께 톨네라의 겨울을 보낸다? 그것도 제법 매력적인지라 올펜 복귀를 내년 봄으로 미룰까 하고, 벌써부터 결심이 흔들렸다.

마차에서 헬베티카도 내려 다가왔다.

"셀렌, 건강해 보이는구나. 일은 잘하고 있니?"

"네, 언니. 마을 여러분들이 도와주셔서 어찌어찌."

그러고 보니 벨그리프가 보내준 편지에 요즘 셀렌과 함께 길드 설립이며 정비 관련의 사안을 진행 중이라고 쓰여 있었다. 어쩌면 벨그리프는 집이 아니라 이곳에 있지 않을까? 안젤린은 서둘러 입을 열었다.

"맞다, 아빠도 있어?"

"벨그리프 님 말씀인가요? 아뇨, 오늘은 산에 가신다고 이곳에 는 안 오셨어요."

"엥, 여기 안 계시니?"

헬베티카가 축 어깨를 떨어뜨렸다. 안젤린도 어깨가 처졌다. 오 랜만에 고향에 왔는데 곧바로 잘 왔다는 말을 못 듣게 되어서 어 쩐지 섭섭하다만, 미리 약속한 것도 아니니 어쩔 수 없겠다.

"산에 갔으면 아마 저녁때 돼야 돌아오겠네……."

"으음, 스승님께 한 수 가르침을 청하고 싶었습니다만……."

사샤도 팔짱을 끼고 침음한다. 마르그리트가 머리 뒤쪽으로 깍 지를 끼며 말했다.

"큰숙부는 있을걸. 아마."

"오오! 그럼 그라함 님께 부탁드려야겠군요!"

"작은언니, 진정하세요. 막 도착했잖아요."

셀렌이 절레절레 고개를 흔들자 일동은 쿡쿡 웃었다.

안젤린은 다시 마음을 다잡고 헬베티카를 돌아봤다.

"난 집에 가볼게……. 우리 짐만 내려도 될까?"

"그러자, 사티 님도 만나고 싶을 테니까. 나중에 차를 대접할 테니까 놀러 오렴."

"응."

그렇게 잠시 헤어지게 되었다. 짐을 내리던 때에 장 보러 간다던 루실이 다가와서 안젤린에게 귓속말했다.

"역시 이슈멜 씨, 냄새 달라졌어."

"그래……? 그래서 뭔가 문제가 있는 거야?"

"내 후각은 마력의 차이를 냄새로 분간할 수 있으니까……. 점점 더 차이가 분명해지는 것 같아. 저 사람, 진짜 이슈멜 씨 맞아?"

"그치만 같이 모험했던 기억도 전부 똑같았는데……?"

"……그럼 착각이려나. 아무튼 조심하는 게 좋아, 안제. 옛날 사람들은 말했습니다. 미리 준비를 잘해야 기쁘도다."

"응……. 일단 마음에 담아 둘게."

루실은 아장아장 노점 방향으로 걸어갔다. 올펜을 떠나기 전 밤에 이슈멜이 몹시 무섭게 굴었던 때를 어렴풋이 떠올렸지만, 그럴리 없다고 안젤린은 머리를 흔들었다. 그냥 취해서 나온 말이다.

그렇게 안젤린과 친구들 네 사람은 짐을 짊어지고 집으로 향했다. 도중의 여러 집들과 길, 울타리와 관목 수풀 등등을 보기만해도 마음이 차분해진다. 고향에 돌아왔다는 기분이 든다.

"변한 게 없구나~. 뭐, 당연하지만."

"겨우 반년쯤 지났잖아. 별로 달라질 게 없지. 그런데 도로는 몰라보게 잘 정비됐더라."

"그치~. 셀렌이 사는 저택, 되게 예쁘더라~. 안쪽은 어떻게 꾸몄을까 궁금하다냥~."

작은 구름이 흘러가고 있을 뿐 변함없이 맑은 날씨였다. 광장 방향에서 음악이 들려온다. 유랑민들은 쾌활한 터라 언제든 무엇인가 음악을 연주하며 춤추곤 했다. 저 사람들이 있으면 축제는 무척이나 흥이 오른다.

동물, 짚, 연기 등 다양한 냄새가 섞인 톨네라의 공기를 들이마시자 안젤린은 마음이 푹 놓였다. 올펜과 보르도보다 공기가 선선해서 가슴 한가득 들이마시면 기분이 후련해진다.

많은 친구들과 이웃들이 맞이해줘서 기뻤다. 그럼에도 무엇인가가 부족했다.

"……아빠, 빨리 집에 와주면 좋겠다."

안젤린은 가만히 중얼거렸다. 어쩔 수 없었다. 안젤린에게는 아빠가 첫 번째였다.

고향에 돌아온 것은 자신인데도 또 아빠가 집에 돌아오기를 기다려야 하니까 묘한 기분이다. 안젤린은 킥킥 웃었다. 그렇게 벨그리프가 돌아왔을 때 뭐라 말하며 맞이하면 좋을까 생각해봤다. 돌아온 사람을 맞이하는 셈이니까 역시 「다녀오셨어요」일까.

"……아니야, 역시."

나는 아빠한테 「어서 오려무나」라는 말을 듣고 싶은걸. 안젤린은 생각했다.

"뭘 중얼중얼 옹알대는 거냐."

불쑥 마르그리트가 안젤린의 등을 쿡쿡 찔렀다. 안젤린은 「으응」 소리를 내며 대꾸했다.

"아무것도 아니야."

밀리엄이 힘껏 기지개를 켰다.

"흐앙~ 역시 공기가 맑아서 기분 좋아~."

"뭔가 마음이 놓이네……. 여기가 딱히 고향도 아닌데 말야."

아넷사가 말했다. 안젤린은 아넷사의 얼굴을 빤히 들여다봤다.

"그래? 이제 고향이나 마찬가지잖아……?"

"응? 음, 뭐, 뭐어……. 응…….."

아넷사가 부끄러워하며 뺨을 긁적였다. 밀리엄이 쿡쿡 웃는다.

벨그리프는 어디쯤에 가 있을까. 안젤린은 산 쪽을 바라봤다. 붉은색과 노란색으로 물든 숲의 색채가 선명하게 눈에 들어온다. 저 경치를 보면 바위월귤을 떠올리게 된다.

내일 곧바로 산에 가자는 생각을 했다. 샤를로테와 미토, 하루와 마루 쌍둥이도 데려가서 따고 또 따도 바닥나지 않는 바위월귤을 바구니 가득 채워야겠다. 상상만 해도 안젤린은 싱글벙글 웃음이 나왔다.

대화 나누며 걷다 보니까 낯익은 집이 모습을 드러냈다. 앞마당에서 빨래가 펄럭이고 있다.

우물 부근에서 사티가 몸을 구부린 채 무엇인가 하는 광경이 보였다. 안젤린은 기뻐져서 무거운 짐을 짊어지고 있는데도 불구하고 날듯이 달려갔다.

발소리를 듣고 알았는지 사티가 일어서서 고개 돌린다. 안젤린은 마당에 들어서자 짐을 내던지며 사티에게 안겨 들었다.

"엄마! 나 왔어요!"

"와앗!"

갑작스러운 돌진에 사티는 비틀거리다가 간신히 넘어지지 않고 발을 디뎌서 버렸다. 그러고는 쓴웃음을 지은 채 안젤린을 같이 안아준다.

"어휴~ 말괄량이라니까! 깜짝 놀랐잖니."

감겨든 손이 등을 다정하게 어루만져주고 머리를 쓰다듬어준다. 키는 비슷한데도 이렇게나 안심이 된다. 안젤린은 에헤헤 웃으며 사티에게 뺨을 비비적댔다. 사티는 미소 지었다.

"어서 와, 안제. 다행이야, 잘 지냈나 보네."

"응! 있잖아, 있잖아, 이것저것 하고 싶은 얘기가 되게 많은데……."

"괜찮아, 급할 것 없잖니. 지금은 다들 외출 중인데. 이번에도 느긋하게 지내다 갈 거야?"

"잘 모르겠는데 가을 수확제가 끝날 때까지는 있을 거야……. 아빠도 외출 중?"

"응. 도시락 갖고 산에 갔으니까 돌아오려면 저녁때나 되어야겠네……. 벨 군도 참, 하필이면 오늘 나갔어."

마주하고 있는 모녀를 보고 아넷사가 중얼거렸다.

"역시 모녀로 보이지는 않아."

"그치~ 자매 같은걸~."

"야~ 사티, 우리도 왔다~. 점심 먹을 수 있냐~?"

그렇게 다 같이 짐을 들여놓은 뒤 안부의 말을 나눴다. 겨우 반 년을 떨어져 있었는데도 이것저것 많은 일들을 겪었던 터라 할 이 야기도 전혀 부족하지 않았다. 오히려 무엇부터 이야기해야 할지 종잡을 수 없을 지경이다.

고향에 와서 기분이 훌쩍 날아오른 안젤린은 땅에서 떠다니는 듯한 발걸음으로 여기에 갔다 저기에 갔다 밭에서 막 돌아온 벡까 지 꽉 껴안았다가 핀잔을 들었다.

그러다가 점심시간이 돼서 낚시하러 갔던 카심과 퍼시벌, 양을 돌보러 갔던 아이들도 돌아오자 곧바로 떠들썩해졌다. 이런 걸 기 대했어! 안젤린은 무척 들떠서 샤를로테와 미토, 쌍둥이를 가차 없이 붙잡아다가 마음껏 꽉 껴안아줬다. 기쁘면 무작정 막 달라붙 고 싶어지나 보다.

꽉 안긴 채 마루와 하루가 꺅꺅 떠들고 있다.

"안제, 힘세다~."

"굉장하네~."

"후후, 누나의 힘을 느껴보아라……."

"그나저나 벨은 산에 갔다고? 혼자 가다니 별일이네."

마르그리트가 말했다.

"요즘은 길드의 서류 업무 때문에 쭉 앉아 있는 시간이 많았거 들랑. 아마 답답한 감이 꽤 있지 않았겠어?"

카심이 대꾸했다. 퍼시벌도 고개를 끄덕거린다.

"그랬을 테지. 뭐, 가끔은 숨 돌릴 시간도 필요한 법이다."

"얘네 뭐래니, 입만 살았다니까. 하나도 안 도와줘 놓고."

사티가 타박을 놓자 두 사람은 슬쩍 눈을 피했다.

오랜만에 떠들썩하게 식탁을 두고 둘러앉았다. 벨그리프가 만든 음식은 아니어도 본가에서 먹는 식사는 맛있다. 게다가 사티가 만든 식사는 신기하게도 벨그리프가 만든 음식과 맛이 비슷하게 느껴지는 경우가 많았다. 슬쩍 물어봤더니 사티는 수줍게 웃으며 손가락으로 뺨을 긁적였다.

"뭐, 처음에 요리 가르쳐준 게 벨 군이기도 하고⋯⋯. 여기서 한 동안 같이 살다 보니까 역시 영향을 꽤 받았나 봐~."

퍼시벌과 카심이 히죽히죽 웃었다.

"그래도 옛날에 요리 배웠다고 으스대면서 내놓은 밥은 먹을 만 한 게 못 됐었잖냐."

"안 섞고 가만히 놔둬서 바닥이 싹 타버린 스튜였지. 게다가 담 아줄 때만 바닥을 긁어 휘저으니까 숯덩이가 막 떠오르고."

"에잇, 왜 다 지나간 일을 들추는 거야, 너희는."

그런 분위기로 떠들썩하게 식탁에 둘러앉아 있던 때 야쿠모와 루실이 어슬렁어슬렁 나타났다.

"오, 실례하지. 뭔가, 여전히 떠들썩하구먼."

"뭐냐, 너희도 왔냐."

퍼시벌이 빵을 잘라 나누며 말했다. 야쿠모는 쓴웃음 지으며 가 까운 곳의 의자에 걸터앉았다.

"안제에게 설득당했다네. 허허, 참, 이토록 빨리 이곳에 다시 올 줄은 생각하지 못했군."

"다 인연이야, 헤헤헷. 밥은?"

"신세 좀 지지. 우리도 적당히 찬거리를 사 왔다네."

"디스 이즈 베리 굿 고기님······."

루실이 종에로 포장한 돼지고기구이 덩어리를 내밀었다. 향긋하게 잘 구워 냈다. 미토와 쌍둥이가 환성을 질렀다. 이러니저러니 해도 아이들은 고기를 좋아하나 보다.

밀리엄이 고개를 갸웃거렸다.

"이슈멜 씨는~?"

"무슨 볼일인지 행상인과 대화가 길어지더군. 길은 알려줬으니 조만간에 오지 않겠나."

톨네라는 딱히 복잡한 마을이 아니었다. 벨그리프의 집은 조금 외딴곳에 있으니까 못 찾아오지는 않을 것이다.

추억 이야기며 모험 이야기를 하며 식탁에 둘러앉아 있다가 배도 적당히 차올랐을 때 식기를 정리하고 각자 흩어졌다. 그라함은 사샤에게 한 수 가르침을 청한다는 부탁을 받아 대검을 들고 광장으로 나갔다. 미토와 샤를로테, 쌍둥이도 함께다. 카심은 길드 예정지에 나갔다. 무거운 자재를 마법으로 올려달라고 부탁받았다고 했다. 야쿠모와 루실도 같이 구경하러 따라나섰다.

밀리엄은 올림 마루에서 쿠션을 껴안은 채 데굴거리고 있고, 아넷사는 활 손질, 퍼시벌과 마르그리트는 체스판을 사이에 두고 마주

하고 있다. 벡은 아직 덜 완성된 바구니 짜기를 다시 하고 있었다.

안젤린은 벨그리프가 언제 돌아올까 하는 기대감 때문에 집에서 움직이지 못했지만, 그 때문에 조금 선잠이 들고 말았다. 잠들어버리면 1등으로 「다녀왔습니다」를 말할 수 없기에 안젤린은 고개를 흔들고 일어나서 바깥으로 나왔다. 그렇게 앞마당의 울타리에 몸을 기대며 저 너머의 마을 집집을 멍하니 바라본다.

해는 살짝 기울어졌고 햇살도 무거워진 느낌이었다. 산맥을 비추는 빛이 아주 약간은 붉은색을 띠는 것 같아 보였다.

북쪽에서 조금씩 구름이 흘러오고 있다. 끝없이 높은 하늘에 엷은 막이 드리워지는 것 같았다. 더욱 북쪽에서는 짙게 구름 낀 광경이 보인다. 저 구름이 흘러오고 있는 까닭일까. 점점 구름이 두꺼워지고 하늘도 묵직하게 아래로 내려왔다. 바람이 습하고 싸늘해졌다. 한바탕 비가 쏟아질 분위기다. 이 시기에 비가 내리면 나뭇잎이 꽤 떨어지겠구나. 안젤린은 눈을 살짝 찡그렸다.

사티가 허둥지둥 마당으로 나왔다.

"날씨가 나빠졌네. 안제, 빨래 걷는 거 도와줘."

"네에, 엄마."

대가족이라서 널어 둔 빨래도 많았다. 요란하게 달려 다니려니까 집 안에 있던 아넷사와 밀리엄도 나왔다. 벡은 뒤편의 밭 쪽으로 달려간다. 농기구를 밖에 놓아두었나 보다.

"꺄으~ 바람 차가워~."

밀리엄이 엄살 부리며 포갠 빨래를 바구니에 던져 넣는다. 아넷사가 그 바구니를 안아 들었다.

"이러면 밖은 큰일인데……. 다들 집에 오겠어."

광장 방향에서도 소리가 멎었다. 바람 때문에 손이 굳으니까 유랑민들도 연주를 그만둘 테지. 가을 수확제 때는 기온이 돌아와야 할 텐데, 안젤린은 안달복달했다.

아무튼 빨래와 마른 채소를 집 안에 들여놓던 때 불현듯 뒤쪽에서 목소리가 들렸다.

"좋은 가정이군요. 평온하고 정감이 가득 차 있어요."

안젤린은 놀라서 고개 돌렸다. 이슈멜이 서 있었다. 덥수룩한 머리카락이 바람에 날려 흔들리고 있다.

"이슈멜 씨."

"어머, 손님이야?"

사티도 걸음을 멈췄다.

"응, 이슈멜 씨. 대지의 배꼽에서 같이 싸웠고 제도까지 길을 안내해줬어."

이슈멜은 정중하게 머리 숙였다.

"처음 뵙겠습니다. 안젤린 씨에게 말씀은 많이 들었지요. 모쪼록 잘 부탁드립니다."

"저야말로 잘 부탁해요. 안제가 신세를 많이 졌나 봐요. 감사합니다."

그렇게 말을 건네며 사티는 살짝 의아하다는 표정을 짓고 있었다. 안젤린이 고개를 갸웃거린다.

"왜 그래? 엄마."

"으응, 아무것도……."

사티는 이슈멜의 집에 힐끔 눈길을 주고 고개를 갸웃했다.

"저기요? 뭔가 마도구를 갖고 계신가요?"

"예? 아하, 마법사니까요. 몇 개 가지고 있죠. 예를 들어서 이런 물건은 어떻습니까?"

그렇게 말한 뒤 이슈멜은 가방에 깊이 집어넣었던 손을 빼냈다. 그 손에는 잎사귀가 달린 사과나무의 가지가 쥐여 있었다.

152 갑자기 바람이 싸늘해지고

갑자기 바람이 싸늘해지고 위쪽에서 불어 내려오듯이 방향이 바뀌더니 불쑥 환지통이 머리를 치켜들었다. 산길을 걷고 있었던 벨그리프는 놀라 무릎 꿇었다. 이미 사라지고 없는 오른쪽 다리가 타오르는 듯 아프다. 아무리 의족을 꽉 붙들어도 아무 소용이 없었다.

이마에 비지땀이 배어났다. 이토록 아픈 것은 오랜만이었다. 심장 소리가 커다래지고 턱뼈가 아프도록 이를 악물었다.

나무들 틈을 누비며 싸늘한 바람이 불어 내려왔다. 바람에 눈까지 섞여 있는 듯 피부에 싸늘하게 달라붙는다.

"끄, 으⋯⋯."

악문 이빨의 틈에서 고통에 찬 목소리가 새어 나왔다. 1초가 마치 1시간같이 느껴졌다. 바람이 싸늘하게 불어닥치는데도 몸은 타오르는 듯 뜨겁다.

이윽고 아픔이 가셨다. 시간으로 셈하면 기껏해야 수십 초 동안의 변고였지만, 벨그리프에게는 몇 시간만큼 길게 느껴졌다.

해방되었다? 아니, 막혀 있었던 숨이 트이는 기분이었다. 다만 편안히 깊은 부위까지 들어가지 못한 채 가슴의 얕은 곳에서 거듭

거듭 짧은 호흡만 되풀이되었다.

"도대체 무슨 일이지……."

벨그리프는 얼굴을 들어 올렸다. 땀을 흘린 만큼 바람이 더욱 싸늘했다.

머리 위쪽의 하늘에는 구름이 자욱이 끼어 있다. 산을 넘어서 북쪽으로부터 내려온 것 같다. 저 구름이 싸늘한 공기를 몰아왔다. 바람에 섞여 드는 눈가루가 점점 더 많아지기에 이미 눈발과 다름없다는 말을 쓸 수 있겠다.

조금 더 위쪽까지 가볼 생각이었는데 이래서는 무리다. 불길한 예감도 드는 만큼 곧바로 내려가야겠다. 벨그리프는 바구니를 다시 등에 멨다.

"묘하군……. 이렇게 갑자기 바뀔 리 없는데."

자연 현상이니까 확언은 못 하지만, 그럼에도 오랜 경험에서 이 시기에 급격하게 날씨가 바뀌는 것은 이상하다고 생각됐다.

다시 진주색 하늘을 올려다보던 때 문득 저 너머의 안쪽에서 하얀 개체가 외따로 떠올라 있는 광경이 보였다. 새하얀 머리카락이 바람에 길게 뻗쳐서 나부끼고 있다.

"겨울 귀부인……?"

저 멀리 떠올라 있는 것은 겨울의 대정령이었다. 저 여인이 내려왔기 때문인가. 일단은 납득할 수 있었다. 다만 초여름에 한 번 나타났는데도 이토록 짧은 가격을 두고 저 여인이 다시 나타난 것은 이상하다. 역시나 이상 사태라는 생각이 들었다.

겨울 귀부인은 산기슭을 바라보고 있었다. 그저 차가운 공기를 타고 정처 없이 여행을 다녀야 했을 저 여인이 명백하게 어떠한 목적을 갖고 이곳에 찾아왔음을 왠지 몰라도 짐작할 수 있었다.

마을에서, 혹은 마을 부근에서 어떤 사건이 발생했으리라.

벨그리프는 급해지는 마음을 애써 달래며, 그럼에도 걸음을 빨리하여 길을 내려갔다.

○

"그거, 분명히 옛날 마법사들이 쓴 지팡이의 모조품……."

말을 꺼내던 안젤린은 사티의 안색을 보고 화들짝 놀랐다. 새파랗다. 아연실색하고 있다.

"어째서……. 어째서 그 물건을 가지고 있어!"

이슈멜에게 바짝 다가들고자 한 사티의 코끝에 나뭇가지의 끝부분이 들이밀어졌다. 사티는 헛발 디디며 걸음을 멈췄다. 그대로 한 발짝, 두 발짝을 뒤로 물러난다. 그리고 얼어붙은 채 움직이지 못했다.

"엄마?"

"안제, 오지 마."

사티는 움직이지 않으며 말했다. 무척 기묘하다. 안젤린은 당장 사티에게 가까이 달려가고 싶었다. 그러나 이슈멜이 가지고 있는 사과나무 가지를 보면 이상하게 가슴이 죄어들고 몸이 움직이려

343

고 하지 않는다. 사티도 마찬가지일까. 아넷사와 밀리엄이 허둥지
둥 안젤린을 부축했다.

"안제?"

"뭐야, 얼굴이 새파랗네. 괜찮아?"

"모르겠단 말이죠."

이슈멜은 평온하게 말했다.

"생각해보면 언제 자신이 이 물건을 손에 넣었는지 전혀 알 수
가 없어요. 이봐요, 안젤린 씨. 사람이라는 존재에는 과거가 있기
마련입니다. 그런데 제게는 이상하게도 과거가 없는 것 같아요."

"무슨, 소리를 하는 거야……? 이슈멜 씨, 왜 이래……?"

"역시 안젤린 씨는 바보군요. 아직도 의뭉을 떨다니요. 하지만
말입니다, 퍼시벌 씨도 같은 말씀을 하셨지요. 저 또한 같은 생각
입니다. 동의하지요? 사티 씨, 당신도. 설마 동의하지 않을 리 없
습니다. 아주 당연하니까요."

"저기, 잠깐만……. 무슨 말인지 전혀 모르겠어……."

"그런데 말이에요, 과거가 없다면 의외로 편할지도 모릅니다.
책임져야 할 의무도 없어지니까. 당신은 미래를 과거로 만들어 버
린 겁니다. 그래서 이렇게 아무것도 모르는 척 지낼 수 있죠. 그
런 주제에 자신만 천진난만한 시늉이나 하고 다니고."

안젤린은 당황해서 아무런 말도 못 했다. 가지의 끝은 사티를
겨누고 있다. 사티는 뱀 앞의 개구리처럼 굳은 채 움직이지 못했
다. 단지 뚫어져라 이슈멜을 노려볼 따름이었다. 손은 당장에라도

보이지 않는 검을 뽑아서 날리려는 듯 파르르 떨리고 있었다. 아넷사와 밀리엄도 어떻게 해야 할지 모르겠다는 기색이었다. 본가의 앞마당에 있던 참이다. 아무도 무기를 가지고 있지 않았다. 집에 가지러 돌아가려 해도 이슈멜에게 등을 보이는 것이 몹시도 두렵게 느껴졌다. 다만 안젤린은 티 나지 않게 이슈멜에게 달려들 수 있는 위치로 다리를 움직였다.

"관두는 게 좋을 겁니다."

아넷사는 움찔 놀라며 걸음을 멈췄다.

"당신이 달려들기 전에 이 녀석이 더 빨리 움직일 테니."

이슈멜은 생글생글 웃으며, 다만 몹시도 짜증 난다는 분위기로 떠들고 있다. 시선은 안젤린을 향하고 있는데도 다른 무엇인가를 쳐다보는 듯한 눈매다.

"이 녀석을 만졌기 때문에 당신은 악몽을 꾸지 않았습니까?"

"몰라."

"꿈에는 잘 아는 사람이 나왔죠. 카심 씨, 퍼시벌 씨, 사티 씨. 괴로워했을 겁니다. 본래 누려야 했을 미래를 빼앗겼으니까."

물을 뒤집어쓴 기분이 들어 안젤린은 부들부들 떨었다. 어째서 저 사실을 알고 있을까.

"기억의 정리입니다. 꿈은 말이죠. 누군가의 기억이라고요. 아무것도 가리지 않고 노출된 기억입니다. 이보세요, 그게 정말 일어났던 사건이라는 생각은 안 했습니까? 잊어버린 시늉을 하면 안 되지요."

안젤린은 머리를 부여잡았다. 싸락, 싸락, 모래가 스치는 소리와 함께 단편적인 영상이 뇌리를 스치고 간다. 가슴 깊숙한 곳이 몹시 울렁거렸다. 토할 것 같다.

"안제, 듣지 마."

사티가 쥐어짜는 듯한 목소리로 말했다.

"저도 말이죠, 이것을 언제부터 갖고 있었는지 알지 못합니다. 하지만 이 녀석을 손에 쥐면……. 점점 자신이라는 존재를 알 수가 없어지더군요. 작은 위화감이 자꾸자꾸 커다래집니다. 기억도 감정도 전부 가짜라는 생각만 들어요."

"그치만, 그건 복원한 모조품이라며……."

"그렇게 생각했었죠, 저도. 하지만 아니었던 겁니다. 이것은 『열쇠』예요. 이것은 진짜입니다. 그리고 저는 가짜죠. 어떻습니까? 시험해보겠습니까?"

이슈멜의 손이 살짝 움직이는 것 같았다. 가지의 끝이 흔들린다. 불현듯 마력 팽창하는 기척이 가득 차올랐다.

그때 집 안에서 퍼시벌이 뛰어나왔다. 무시무시한 속도로 거리를 좁혀 강철과 같은 주먹으로 이슈멜을 때려 날려버린다. 때린 다음에 상대가 누구인지를 깨달았는지 흠칫한 표정으로 막 휘두른 주먹을 펼쳤다가 쥐었다가 했다.

"이슈멜……? 이봐, 무슨 일이냐? 지금 묘하게 마력이 고조됐는데……."

사티가 주박에서 풀려난 것처럼 몸에서 힘을 빼낸다. 가쁜 호흡을 가다듬으며 말했다.

"……나도 어떻게 된 영문인지 몰라. 하지만 저 나뭇가지, 저것, 분명히……. 부숴서, 마력도 전부 방출시켰는데……. 분명히 시들어 말라붙게 만들었는데……. 맞아, 저 가지를."

울타리 너머까지 휙 날려 갔던 이슈멜이 비틀비틀 일어났다.

"아, 제길. 아픔까지 가짜인가. 처음부터 없었는데, 있는 사람처럼 행동하는 것도 우습군."

"이슈멜 씨."

가까이 다가가려고 하는 안젤린을 제지하며 이슈멜은 손바닥을 앞에 내밀었다.

"괜찮습니다. 저는 말이죠, 이미 지쳤습니다. 있지도 않은 감정에 시달리는 처지는 이미 지긋지긋합니다. 이것, 이 물건 때문이지. 그러니까, 차라리."

이슈멜은 사과나무의 가지를 부러뜨리려는 듯이 꽉 쥐었다. 사티가 몸을 날려서 저 손에 쥐여 있는 사과나무의 가지로 손을 뻗는다.

그러나 손이 닿기 전에 이슈멜은 자신의 머리에 나뭇가지 끝을 들이댔다. 한순간이었다. 가지에서 마탄이 발사되어 이슈멜의 관자놀이를 꿰뚫는다. 피가 흩날렸다. 안젤린도 다른 사람들도 모두 어안이 벙벙해서 굳었다. 다만 사티만큼은 다리를 멈추지 않고 쓰러진 이슈멜이 가지고 있는 사과나무 가지에 손을 가져갔다.

"이것만큼은……."

347

그러나 분명 죽었어야 할 이슈멜이 왼손을 뻗어 사티의 손목을 꽉 붙잡았다. 뒤로 젖혀진 상태로 실에 묶여서 매달린 양 정지해 있다. 그대로 꼭두각시 인형처럼 머리가 일어나고 몸이 일어났다. 또한 윤곽이 안개처럼 부예지는가 싶더니 그곳에는 하얀 로브를 입은 남자가 서 있었다. 눈까지 깊이 눌러쓴 후두가 얼굴에 그림자를 떨어뜨린다.

"저 자식은……!"

"슈바이츠!"

사티가 보이지 않는 검을 뽑아서 날리고자 몸을 움직였다. 다만 그보다 먼저 슈바이츠는 가지에 마력을 담아 충격파를 쏘았다. 근거리에서 제대로 충격파를 맞은 사티는 견디지 못한 채 뒤로 날려 갔다. 안젤린은 즉각 몇 발짝 내디뎌서 받아 냈다. 두 사람을 보호하는 위치로 퍼시벌이 앞에 나섰다. 그리고 고개 돌리지 않으며 외쳤다.

"무기 가져와라!"

"앗, 네!"

아넷사가 곧장 발길을 돌렸다. 퍼시벌은 안젤린, 사티와 슈바이츠의 사이를 벽처럼 가로막고 섰다. 울퉁불퉁한 등이 몹시도 든든했기에 안젤린은 조금이나마 마음이 편해졌다.

사티는 안젤린의 품속에서 떨고 있었다. 안색이 핼쑥하다.

"어째서……. 저 물건은 분명……."

"엄마, 괜찮아……?"

"안제……."

사티는 몹시 겁먹어 초췌한 표정으로 안젤린을 보고 곧이어 옷자락을 꽉 붙잡았다.

"미안해……. 내가, 내가 더 철저했다면……."

신기하게도 안젤린은 가슴 밑바닥에서 힘이 솟아나는 기분이었다. 사티에 대한 연민의 정과 슈바이츠에 대한 분노가 강심제처럼 전의를 가득 북돋아줬다.

"안제."

아넷사가 검을 건네줬다.

"제길, 간만에 내가 이기고 있었는데."

마르그리트도 세검을 한 손에 들고 서 있었다. 퍼시벌과 체스를 두던 중 파투가 나서 기분이 나쁜 듯하다. 기세를 감지했을 테지. 밭에서 달려 돌아온 벡이 가증스럽다는 표정으로 슈바이츠를 노려봤다.

"저 자식……!"

슈바이츠의 입가에 히죽 미소가 떠올랐다.

"오랜만이군, 실패작."

"닥쳐라……!"

벡은 분노에 찬 형상으로 입체 마법진을 띄워 올렸다.

방금 전 이상한 마력이 팽창했으니 카심과 그라함도 기척을 감지했을 테지. 곧 든든한 사람들이 와준다. 슈바이츠가 아무리 뛰어난 마법사일지라도 아군은 전혀 뒤지지 않았다. 오히려 과잉 전력이라고도 말할 수 있다.

안젤린은 굳센 마음으로 일어나서 검을 겨눴다. 다만 빈틈이 없다. 그뿐 아니라 다시 정면에서 마주하자 압박감이 가득 들이닥친다. 마치 그라함을 상대하는 듯한 중압감이었다. 퍼시벌도 낌새를 살피려는 듯 움직이지 않는다. 검을 손에 든 S랭크 모험가 다수를 앞에 두고도 쉽게 움직임을 허락하지 않는 기이한 박력이 있었다.

북쪽에서 차가운 바람이 불어 내려왔다. 눈이 섞여서 피부가 따끔따끔할 만큼 싸늘하다. 하늘은 잔뜩 흐려져서 햇빛이 완전히 차단되어버렸다.

"······이슈멜 씨한테 무슨 짓 했어?"

안젤린은 입을 열었다. 슈바이츠는 흥, 코웃음을 쳤다.

"그 남자는 처음부터 존재하지 않았다. 뭐, 녀석 본인은 진심으로 너희에게 협력하려는 생각을 갖고 있었다만."

"거짓말이야!"

안젤린은 칼자루를 꽉 잡아 쥐었다.

"루실이, 넌 냄새가 다르다고 말했어. 진짜 이슈멜 씨를 어떻게 했는지 모르겠는데 용서 못 해······. 이번에야말로 해치워주겠어."

슈바이츠는 껄껄 웃음을 터뜨렸다.

"당연히 달랐을 테지. 너희와 제도까지 함께 여행한 이슈멜과 올펜에서 다시 만나게 된 이슈멜은 서로 다르다. 처음에는 완전하게 다른 인격이었지. 그래서 전혀 의문을 사지 않은 채 너희와 함께 녹아들 수 있었다. 다만 올펜에서는 할 일이 있었지. 인격 면이나 기억이 불안정해졌으나 사소한 문제였다."

"……뭐? 말뜻을 모르겠어. 아무 말이나 지어내면 믿을까 봐?"

"거기 엘프에게 듣지 못했나? 유사 인격이라는 마법을."

"몰라."

슈바이츠는 큭큭 웃었다.

"네 어미는 의외로 너를 특별히 신용하지 않는 듯하군."

"그렇지 않아!"

이를 갈았다. 갈등을 부추기려는 말에 넘어가지 않는다. 안젤린은 검의 날 끝을 슈바이츠에게 겨눴다.

"이곳에 있는 사람은 다 우리 편이야. 퍼시 아저씨도 카심 아저씨도, 할배도. 아빠도 있어. 절대로 도망 못 쳐."

"애당초 도망칠 뜻은 없었다. 목적이 코앞이거늘."

슈바이츠는 그렇게 말한 뒤 사과나무 가지를 가볍게 흔들었다.

아까부터 저 가지를 쳐다보면 가슴 안쪽이 무척 답답해졌다. 이미 무엇인가 마법을 사용한 것일까. 단지 가만히 서 있을 뿐인데 숨이 가빠지는 듯한 심정이었다. 그 때문인지 감정까지 자꾸 거칠어지는 것 같았다.

"배신당하여 괴로운가?"

슈바이츠가 말했다. 안젤린은 눈살을 찌푸렸다.

"배신이 아냐……. 속은 거야. 너한테."

"그런가. 그럴지도 모르지. 한데 너에게 배신을 탓할 자격은 있는가?"

351

"뭐……! 내가 누구를 속이기라도 했단 말이야?!"

목소리가 거칠어지는 안젤린을 아넷사가 제지했다.

"진정해, 안제. 저 녀석 말에 넘어가지 마."

"그래. 게다가 저런 이상한 기척을 마구 뿌리면 이제 곧."

밀리엄이 지팡이를 들어 겨누며 속삭였다.

아니나 다를까, 누군가가 달려오는 소리가 들려왔다. 고개 돌려서 보니 카심과 그라함이 전속력으로 달려오고 있다. 카심은 놀라 걸음을 멈추고 슈바이츠를 힐끗 쳐다봤다.

"저 녀석, 역시나 안 죽었잖아……."

슈바이츠는 입가에 유쾌한 웃음을 지은 채 가지를 한 차례 척 휘둘렀다. 그러자 그 형체가 조금 떨어진 곳으로 전이했다. 협공을 피할 수 있는 위치다.

"현상은 집약되고 있다. 다만,『적귀』는 아직인가."

"……너, 뭔가 분위기가 달라졌구나. 제도에서 싸웠을 때보다 더 위험한 느낌이다."

카심이 난처해하며 중절모자를 고쳐서 썼다. 그라함의 성검이 이제껏 못 봤던 흉포함을 드러내며 윙윙 소리 내고 있다. 검을 쥔 그라함도 험악한 표정을 지은 채 슈바이츠를 주시하며 움직이지 않았다.

안젤린은 물론 그라함, 퍼시벌, 카심과 같은 S랭크 모험가가 이렇게 여럿 앞에 있는데도 슈바이츠는 얼굴 한 번도 실룩거리지 않는다. 아군의 실력을 알지 못하는 까닭은 아닐 터이다. 그래서 더욱 섬뜩했고, 또한 안젤린과 동료들을 섣불리 움직이지 못하게 하는 기묘한 위압감이 있었다.

저 태도의 출처는 틀림없이 손에 든 사과나무 가지다. 슈바이츠 본인이 아닌 저 손에 들려 있다는 가지야말로 특출한 실력자들조차 주저케 하는 요인으로 작용하고 있었다.

안젤린은 슬쩍 사티에게 말했다.

"엄마, 유사 인격이 뭐야……?"

"……아까 본 이슈멜이라는 사람은 슈바이츠가 마법으로 만들어 낸 인격이었던 거야. 기억도 성격도 완벽하게 위장할 수 있어. 다만 완전한 활용을 위해서는 본래 인격과 기억은 전부 봉인해야 돼. 슈바이츠는 뭔가 목표를 달성하기 위해서 손을 쓴 것 같은데 그만큼 인격과 기억이 불안정해졌을 거야."

이슈멜이 갑자기 사람이 바뀐 것처럼 달라지거나 기묘한 말을 쏘아붙였던 것은 저 마법이 원인이었음을 안젤린은 납득했다. 동시에 정말 이슈멜은 없는 사람이었다는 것을 이해해버림에 따라 몹시도 쓸쓸한 기분이 들었다.

다만 비탄에 잠길 상황이 아니었다. 안젤린은 슈바이츠를 노려보다가도 볼 때마다 가슴이 답답해지는 사과나무 가지 때문에 얼굴을 찌푸렸다.

"있잖아……. 저 가지는 뭐야? 열쇠는 무슨 소리야?"

사티는 거하게 숨을 내쉬었다.

"……저 가지는『솔로몬의 열쇠』야. 마왕을 연구하는 일당이 혈

안이 되어 찾아다녔던 유물."

"엥?! 그, 그치만, 그 물건은 엄마가 빼앗아서 부쉈다고……."

"그랬는데……. 분명 부숴서, 마력도 전부 방출시켰어……. 완전히 시들어 말라붙게 했는데."

슈바이츠는 큭큭 웃고는 손에 든 사과나무 가지를 가볍게 휘둘렀다.

"너 따위가 파괴할 수 있는 물건이었겠나?"

"……산산조각을 냈어. 마력도 텅 비웠어. 부활하는 낌새는 전혀 없었어. 게다가, 내가 제도를 떠나면 그 공간은 소멸되는걸. 따라서 흔적도 못 남겨야 했는데."

"솔로몬의 힘을 너 따위가 어찌 감당하겠나. 그 공간은『열쇠』의 잔해에 남은 마력만으로도 유지되었지."

"세상에……."

아연실색하는 사티를 보고 슈바이츠는 경멸하는 어조로 말했다.

"수단이 어설픈 녀석이군. 차라리 이용했더라면 이리되지는 않았을 터……. 불가능했을 테지? 집어삼켜질까 봐 두려웠군."

사티는 입술을 꾹 깨물고 슈바이츠를 노려봤다. 카심이 눈을 찡그렸다.

"혹시 네가 말했던 솔로몬의 열쇠, 저거야?"

"……응."

"……진짜, 였구나."

안젤린은 숨을 멈췄다. 설마 저것이 솔로몬의 열쇠인 줄은 상상도 하지 못했다. 올펜에서 실제 손으로 잡아 가까이에서 들여다보기도 했는데.

사티가 안타까워하며 중얼거렸다.

"미안해, 안제. 내가 미리 다 설명을 했더라면……."

"엄마 잘못이 아냐."

"흥, 우리를 상대로 태연한 게 믿는 구석이 있어서였나."

퍼시벌은 칼끝을 슈바이츠에게 겨눴다.

"하는 짓거리 하나하나가 다 구질구질하군. 네 녀석의 목적은 뭐냐?"

"곧 알게 되리라."

"흥, 떠들 생각은 없나. 하지만 너를 때려눕히면 전부 끝이지. 뻔뻔스럽게 튀어나온 걸 후회하게 만들어주마."

슈바이츠는 훗 웃고는 사과나무 가지를 한 차례 휘둘렀다. 그 순간 공간이 일그러질 만큼 큰 충격파가 날아왔다. 퍼시벌은 눈을 부릅뜨고 앞에 나서서 검으로 냅다 후려쳐 막아 냈다. 퍼시벌의 검기와 충격파가 서로 부딪치고, 그것이 주위에 터져 나가며 열풍이 되어 거칠게 불어닥친다.

"견제질이냐? 헛짓거리 집어쳐!"

열풍에도 개의치 않고 퍼시벌은 검을 겨눈 채 앞으로 달렸다. 슈바이츠는 또 가지를 휘둘렀다.

"플라우로스."

그러자 슈바이츠의 그림자에서 인간 형태의 거뭇한 것이 쓰르

륵 일어나더니 퍼시벌의 검을 막았다.

그림자의 머리 부분에 두 개의 눈이 희번덕 벌어졌다. 상반신은 인간의 형태인데 허리부터 아래는 네 다리가 달린 짐승의 형태를 띠고 있다. 게다가 상반신도 팔이 넷이나 달렸다.

그림자는 두 개의 손으로 퍼시벌의 검을 막은 채 나머지 팔을 퍼시벌에게 내리 휘둘렀다. 퍼시벌은 세게 힘주어 검을 빼냄으로써 피한 뒤 거리를 벌렸다.

"마왕인가……?"

검을 다시 겨누는 퍼시벌의 머리 위를 넘어서 벡이 날린 모래색의 입체 마법진이 유성처럼 슈바이츠를 노리고 내리쏟아졌다. 그러나 그림자는 팔을 휘둘러 모든 공격을 맞받아쳤다.

벡이 털썩 무릎 꿇었다. 호흡이 거칠어서 힘들어 보였다. 그럼에도 눈만은 번뜩번뜩 빛나고 있었다. 입체 마법진이 다수 떠올라 있지만, 기묘하게 명멸하며 안정을 찾지 못했다. 머리카락이 군데군데 까맣게 물들어 있었다. 안젤린은 허둥지둥 벡의 어깨를 끌어안았다.

"벡 군, 무리하면 안 돼……."

"제길……. 뭐냐, 왜 이러지……. 나오지 마라……!"

"보티스."

슈바이츠가 또 가지를 흔들었다. 새로운 그림자가 일어선다. 뱀처럼 긴 몸을 꾸불거리고 있다.

"걸리적거린다!"

퍼시벌이 다시 앞으로 뛰쳐나갔다. 뱀 그림자가 요격에 나섰다. 격렬하게 퍼시벌과 맞붙는다. 솔로몬의 열쇠가 가진 힘일까. 그림자의 힘이 상당히 증폭되었는지 퍼시벌을 상대하는데도 호각으로 맞서 버티는 실력을 발휘하고 있다.

"카임."

슈바이츠가 그렇게 말한 뒤 벡에게 가지를 겨누었다.

"큭……?!"

벡이 괴로워하며 몸을 웅크렸다. 머리카락 전부가 새까맣게 물들어 간다. 공중에 떠올라 있던 모래색의 입체 마법진이 녹아내리듯 사라지고 옷소매가 찢어지며 손이 짐승의 형상으로 바뀌었다. 날카로운 손톱은 마치 새의 갈고리발톱 같았다. 팔과 얼굴에는 털인지 깃털인지 알 수 없는 거뭇한 무엇인가가 자라나 있다.

"벡 군?!"

"카아아아아아아아아아!!"

벡은 신음을 내지르며 안젤린에게 덤벼들었다. 안젤린은 급히 검으로 방어했다.

"멈춰라, 이 바보!"

안젤린의 뒤쪽에서 마르그리트가 뛰어들어 벡을 걷어찼다. 벡은 휙 날려 갔다가 낙법을 치고 짐승처럼 네 손발을 디뎌 일어났다.

"끄으, 으……. 멈춰, 라, 나오지…… 카아아아아아아악!"

솔로몬의 열쇠에 의해 마왕의 혼이 다시 각성한 것일까. 벡은 죽기 살기로 저항하고 있는 듯하나 결국은 몸이 자신의 뜻에 따라주지 않았는지 다시금 손톱을 번쩍 치켜들며 들이닥쳤다.

"이 바보는 내가 막는다! 슈바이츠를 어떻게 해봐!"

마르그리트가 고함지르고 검을 들어 올리며 벡과 맞붙었다.

이제는 마른눈이 굵어지고 있다. 차가운 바람이 소용돌이치듯 거칠게 불어닥치고 있었다.

사티가 지면을 톡 박찼다. 그에 반응하듯이 안젤린도 즉각 움직였다. 사티는 당황해서 입을 열었다.

"안제! 부탁이니까 물러나 있어! 우리가 어떻게든 해볼 테니까!"

"무슨 소리야, 엄마! 퍼시 아저씨도 마리도 못 움직이는데…….힘을 아껴서 이길 수 있는 상대가 아니잖아!"

"웃……! 너무 슈바이츠한테 접근하면 안 돼! 가지를 꼭 조심하고!"

"알았어!"

안젤린은 검을 겨눴다. 솔로몬의 열쇠는 까닭도 없이 섬뜩하지만, 가만히 선 채로 팔짱만 끼고 바라볼 수도 없잖은가. 사티는 좌측, 안젤린은 우측으로 슈바이츠를 사이에 두며 자리 잡았다. 눈짓만으로 신호를 보내 동시에 지면을 박찬다.

"에리고르."

슈바이츠가 또 지팡이를 휘둘렀다. 이번에는 갑옷을 입은 기사와 닮은 그림자가 쓱 일어섰다. 그리고 네 개의 팔 그림자가 사티의 보이지 않는 검을 막아 내고, 갑옷 그림자가 안젤린의 검을 막아 냈다. 사티가 혀를 찼다.

"큭, 어느 틈에 이렇게나……."

"아! 엄마, 물러나!"

그림자와 몇 합을 주고받은 안젤린은 소리치는 동시에 뛰어서 후퇴했다. 사티도 곧장 뒤쪽으로 물러난다.

슈바이츠의 머리 위에서 밀리엄의『뇌제』가 우르릉대다가 한 줄기의 떨어졌다. 다만 슈바이츠는 가지를 머리 위쪽으로 치켜들어서 한 번 휘둘렀다. 벼락은 슈바이츠에게 도달하기 전에 싹 지워졌다.

하지만 지체 없이 카심의 마법이 날아들었다. 나선 형상으로 소용돌이를 치며 파성창과 같이 날카롭게 일직선으로 슈바이츠에게 향했다.『하르트 란가의 창』이다.

"과연 대단하군."

슈바이츠는 입으로 대단하다 말하면서도 지팡이를 앞에 내밀었다. 분명 S랭크의 마수조차 거뜬하게 꿰뚫는 대마법인데도 가지를 파괴하지 못한 채 오히려 그 안쪽으로 빨려 들어가서 사라져버렸다. 곧이어 연속 동작으로 슈바이츠가 가지를 쓱 흔들었다. 마법에 숨어 날아들고 있었던 다수의 화살 끝부분에 갑자기 꽃이 피어나더니 슈바이츠의 몸에 살며시 부딪혔다. 물론 아무런 상처도 내지 못했다.

아넷사가 이를 갈았다.

"진짜 황당한 녀석이네⋯⋯."

"터무니없는 녀석한테 터무니없는 물건이 넘어가버렸구나."

카심이 난처해하며 어깨를 으쓱였다.

그래도 아직이다. 각자가 공격 준비를 다시 시작하던 때 그라함의 목소리가 들렸다.

"물러나라."

중후하다. 딱히 소리를 지른 것이 아닌데도 배 안쪽 밑바닥까지 울리는 듯하다. 안젤린과 사티는 물론 뱀 그림자와 맞서 싸우던 퍼시벌도 즉각 뒤쪽으로 몸을 빼낸다.

그라함이 대검을 번쩍 치켜들면서 한 발짝 내디뎠다. 여태 집중해서 마력을 끌어 올리고 있었는지 무시무시한 기백이 넘쳐흐르는지라 몸이 찌릿찌릿 떨리는 느낌이다. 슈바이츠의 안색이 달라졌다.

"오는가, 『팔라딘』."

세 개의 그림자가 슈바이츠를 지키려는 듯 앞을 가로막고 나섰다. 성검은 무시무시하게 윙윙 소리를 내뱉었다.

그라함은 세게 디디는 동시에 대검을 내리 휘둘렀다. 검에서 빛의 분류가 충격파로 바뀌어 쏟아졌다. 폭발이 일어나는 것 같았다. 그 공격은 그림자를 집어삼켜서 한꺼번에 산산조각으로 부숴버렸다.

마르그리트와 맞서 싸우고 있던 벡의 움직임이 멈춘다. 털썩 무릎을 꿇고 엎드린 자세로 쓰러졌다. 손톱과 깃털이 사라져 갔다.

"훌륭하다."

슈바이츠의 목소리가 들렸다. 그림자는 세 개체가 모두 사라지고 없지만, 저자는 여전히 서 있었다. 다만 왼팔이 어깨 부위부터 싹 날아갔다. 완전히 피하지는 못한 모양새였다.

그라함은 성검에 몸을 기댔다. 숨을 헐떡거리고 있다. 한 번의 공격에 전력을 쏟은 듯했다. 퍼시벌은 조금 뒤쪽에 있었다. 마르 그리트도 곧장 앞으로 나서지는 못할 것 같다.

지금 결판을 내야겠다. 안젤린은 즉각 몸을 날렸다.

"이번에야말로…… 끝이다!"

"앗! 안제, 잠깐만! 안 돼!"

사티가 소리 지르는 동시에 안젤린의 검이 돌진했다. 슈바이츠가 살짝 몸을 움직였다. 검은 어깨를 깊숙이 꿰뚫었다. 심장을 노렸는데. 안젤린은 혀를 찼다.

"기다리고 있었다."

슈바이츠가 말했다.

안젤린은 깜짝 놀라며 뒤로 물러나고자 했다.

그러나 행동하기에 앞서 가지의 끝부분이 안젤린의 가슴을 가볍게 찔렀다.

쿠웅, 심장이 고동쳤다. 무엇인가가 닫혔다. 그리고 다른 무엇인가가 열렸다.

"어, 아……."

힘이 빠졌다. 쑥 검을 빼내고 휘청휘청 비틀거리며 한 발짝, 두 발짝 뒤로 물러났다. 슈바이츠는 싸늘한 눈빛으로 안젤린을 주시하다가 사정거리 바깥으로 전이했다.

"안제?"

"이 녀석, 왜 이래?"

퍼시벌과 카심의 목소리가 들렸다. 안젤린은 고개 돌렸다. 눈동자에서 빛이 싹 사라져 있다.

"아, 아아……."

"안제?! 정신 차려!"

사티가 가까이 달려온다.

시야가 흐릿했다. 갑자기 기묘한 쓸쓸함이 가슴을 가득 채웠다. 돌아가고 싶다. 돌아가서 칭찬을 받고 싶다. 칭찬을 받기 위해서는? 더 많이 죽여야지.

"……윽!"

불쑥 날카롭게 내리 휘둘러지는 검을 사티는 보이지 않는 검으로 막아 냈다.

"안제!"

"……돌아갈래. 그러니까, 더 많이……."

중얼중얼 혼잣말할 뿐, 다만 심상치 않은 살기가 팽창하고 있었다. 검을 막고 있었던 사티를 걷어차서 날려버린다. 퍼시벌이 경악한 표정으로 사티를 받아주었다. 명치에 발차기를 당한 사티는 괴로워하며 기침을 터뜨리고 있다.

"인마! 뭐 하는 짓이냐! 정신 나갔나!"

"세뇌 마법인가……? 아니, 솔로몬의 열쇠……. 안제가 마왕이니까……. 제길, 난 바보야. 왜 빨리 생각을 못 했던 거야!"

"뭐냐, 어떻게 된 거야?"

퍼시벌은 눈살을 찌푸렸다. 사티가 콜록거리며 입을 열었다.

"쿨럭⋯⋯. 안제는, 마왕이야. 그러니까, 솔로몬의 열쇠를 써서 사용하는 마법에도 큰 영향을 받아⋯⋯. 어떻게 될지 알 수 없어서, 접촉시키고 싶지 않았는데⋯⋯."

"젠장, 빌어먹을, 아무튼 좀 거칠게 상대해야겠군!"

카심이 분한 듯 이를 갈면서 재빨리 마력으로 망을 만들어 안젤린에게 휘감았다. 검을 겨누며 달려들고자 했던 안젤린의 움직임이 일순간 멈췄지만, 곧 속박을 그냥 힘으로 뜯어낸다.

"으엑, 금속에 버금가는 강도인데."

"마법사는 저리 꺼져!"

마르그리트가 세검을 겨누며 뛰어나갔다. 안젤린은 멍멍한 눈빛으로 마르그리트에게 검을 휘둘렀다. 유령과 같은 움직임이었다. 마르그리트는 놀라서 몸을 빼냈지만, 곧장 두 번째와 세 번째 검격이 들이닥쳤다. 대련 때와는 달리 완전히 살의가 담긴 공격인지라 마르그리트의 살갗에 가차 없이 상처를 냈다. 비록 치명상은 아닐지언정 팔다리에 몇 가닥이나 빨간 선이 그어졌다. 마르그리트는 이를 악물었다.

"이 자식⋯⋯! 진짜로 나를 죽이려고 했구나!"

"응⋯⋯."

안젤린은 무감동하게 검을 휘둘렀다. 한편 마르그리트는 죽이려는 의도를 애당초 갖지 않았기 때문에 어쩔 수 없이 공격의 기세를 억제하는 싸움이 된다. 살의를 갖고 덤벼드는 안젤린이 상대인지라 오직 방어에 급급할 수밖에 없었다.

오히려 진짜 죽기 살기로 맞서 싸운들 과연 지금의 안젤린을 이길 수 있겠느냐는 생각이 마르그리트의 머리를 스치고 갔다. 이쪽은 상처투성이다. 한데 상대는 기세가 자꾸 강해지기만 한다.

"안제! 멈춰!"

"이러지 마! 마리가 죽어버려!"

아넷사와 밀리엄이 비통한 목소리로 외치고 있다. 하지만 오랜 친구들의 목소리도 안젤린의 귀에는 와닿지 않는 듯했다.

그때 퍼시벌이 억지로 중간에 끼어들었다. 오래도록 보지 못했던 괴물 같은 분위기를 쏟아 내며 안젤린의 앞을 가로막은 채 역정을 냈다.

"허망하게 조종이나 당하지 마라. 넌 그렇게 약한 아이가 아니잖냐!"

"……죽일게."

안젤린은 가차 없이 검을 내찌른다. 그러나 퍼시벌은 과연 이제껏 헤치고 나온 수라장의 수가 달랐다. 안젤린을 죽일 의도는 없더라도 검을 쳐부술 듯한 기세로 맞서 싸웠다. 방금 전까지 공격을 거듭했던 안젤린이 이제는 수세로 돌아섰다.

다만 검을 맞부딪치는 동안 조금씩 안젤린의 움직임이 민첩해지고 있었다. 차근차근 퍼시벌의 움직임을 학습하고 있는 것일까. 페인트 등 기술을 섞어 가면서 점점 공세로 치고 나왔다. 퍼시벌은 얼굴을 찌푸렸다.

"이런 상황이 아니라면 기뻐해줬을 텐데 말이다."

다음 순간, 안젤린이 몸을 굽히며 단숨에 품으로 뛰어들었다. 그리고는 날카롭게 검을 휘두른 퍼시벌의 위팔을 베어 가른다. 선혈이 흩날렸다. 퍼시벌은 눈을 부릅떴으나 안젤린이 움직임을 멈추는 것을 즉각 포착하여 빈 왼쪽 손으로 명치에 손바닥 치기를 때려 박았다.

이번에는 안젤린도 견디지 못하고 몸을 기역 자로 구부리며 뒤로 날아갔다.

"……쓸, 쓸해."

안젤린은 불쑥 중얼거렸다.

그때 그라함의 대검이 화내는 듯 윙윙거리며 칼날을 반짝였다. 그냥 반짝이는 것이 아니라 빛을 발한다는 표현이 더 정확하겠다. 그 빛은 안젤린을 비추었다.

안젤린은 괴로운 듯 신음하며 움직임을 멈췄다. 들고 있었던 검이 손에서 쓱 빠져 지면에 떨어졌다.

머리를 뒤덮고 있던 아지랑이가 사라진 것 같았다. 기묘한 쓸쓸함이 수그러들고 의식이 돌아온다. 동시에 닫혀 있었던 무엇인가가 다시 열리는 것 같았다. 한동안 시달렸던 악몽. 분명히 잊고 있었던 영상들이 탁류처럼 안젤린의 머릿속을 가득 메운다.

모든 것을 포기했던 카심의 눈.

증오와 먹먹함에 뒤덮여 있던 피투성이 퍼시벌의 모습.

절망에 차서 슬퍼하던 사티의 떨리는 등.

그 영상들이 눈앞의 현실에 있는 사람들과 겹친다.

그리고 더욱 깊숙한 곳에 감추어져 있었던 기억, 그것이 생생히 안젤린의 가슴속으로 떠올랐다.

"아니야……. 아니야아니야아니야아니야!"

안젤린은 두 손으로 머리카락을 쥐어뜯었다.

불현듯 퍼시벌이 눈을 부릅떴다. 카심도 놀라서 몸을 쭉 내밀었다. 사티도 걸음을 멈춘 채 경악하여 입을 뻐끔뻐끔하고 있다.

안젤린의 발밑 그림자가 질감을 갖고 떠올라 있었다. 분명 네 다리가 달린 짐승의 모습이었다. 울퉁불퉁한 체구를 가진 늑대처럼 보였다. 그것이 안젤린을 감싸는 모양새로 흔들거렸다.

"나는…… 나는……."

안젤린은 입속에 피 맛을 느꼈다. 눈에서 눈물이 흘러넘쳤다. 사티가 헉헉 숨을 몰아쉬며 앞가슴에 손을 가져다 댔다.

"설마, 세상에……."

"거짓말이지……."

"뭐, 뭔데! 어떻게 된 건데!"

아마도 상황을 파악하지 못한 마르그리트가 당황하며 말했다.

퍼시벌은 험악한 표정을 지은 채 입을 열었다.

"절대로 잊지 못한다……. 저 마수다. 저 늑대 같은 그림자가…… 벨의 다리를 빼앗아 갔다."

"어……?"

"설마…… 거짓말이죠?! 안제가 그 마수였다는 말인가요?!"

밀리엄과 아넷사가 안젤린과 퍼시벌을 번갈아 바라봤다.

"······믿고 싶지 않지만, 진짜야."

카심이 그렇게 말한 뒤 중절모자를 기울였다. 퍼시벌은 머리를 쥐어뜯었다.

"어떻게, 어떻게 이럴 수가······! 그러면 난, 어쩌라는 거야······!"

"안젤린이라는 인간은 애당초 없었다."

슈바이츠가 싸늘한 목소리로 단언했다. 안젤린은 고개 돌렸다.

"아니야······. 나는, 나는 분명히······."

"다리를 빼앗았고 잔인한 운명에 몰아넣었다. 아무것도 모른 척 사랑만을 가로채고자 한들 소용없다. 너는 저들을 속였다. 그것이 진실이다."

"아니야, 나는······!"

"안제!"

퍼뜩 놀랐다. 소리가 난 방향을 돌아봤다.

세차게 내리는 눈발 저편에 적발 나부끼는 모습이 보였다. 벨그리프가 달려오고 있다. 그런데 힘들어 보인다. 오른쪽 다리를 감싸는 듯한 걸음걸이는 분명 환지통이 도졌기 때문일 테지.

가슴을 꽉 붙들었다. 심장이 격하게 고동친다.

그늘에 몸을 숨기고 있었다.

사냥감의 기척이 가까워졌다. 시끄럽게 떠드는 소리. 4인조의 발소리.

회녹색 머리카락도 보인다. 그 뒤쪽의 적발도.

—내가, 저 다리를 빼앗았다.

　　　　뒷다리에 꽉 힘준다. 덮쳐들어서 목숨을 빼앗는다.

살점을 먹고 피를 마시자. 그러기 위해.

—저 오른쪽 다리를 뜯어 먹었을 때의 뜨뜻한 피 맛. 맛있었다.

　　　　뛰쳐나갔다. 동굴의 눅눅한 공기가 얼굴을 쓰다듬고 간다.

이빨을 드러내며 입을 벌린다.

—아니야. 절대 맛있지 않아.

　　　　놀란 얼굴이 보였다. 미처 반응하지 못하는 듯했다.

　　　　　　　　그러면 된다. 얌전히 죽어 나가도록 해라.

얌전히 잡아먹히면 되는 것이다.

—맛있었다. 더 많이 먹고 싶었다.

　　뒤쪽에서 누군가가 뛰쳐나왔다. 가장 앞쪽의 녀석을 밀어젖히며.

　　　　　　　　　　그래서 그 녀석을 물어뜯었다.

오른쪽 다리를 물고 늘어지며 힘껏 입을 다문다. 이빨이 살점을 가

른다.

—그렇지 않아. 나는 그런 생각 하지 않았어.

　　　　　　입안 가득히 피 맛이 난다. 맛있다.

—더 많이 죽이고 싶다. 죽여서 먹고 싶다.

　　　　　　　적발은 몸을 비틀며 저항했다. 머리를 꽉 억눌렀다.

그러나 저런 손짓으로 막을 수는 없다.

으르렁 소리를 내며 억지로 머리를 움직여서 다리를 물어 찢었다. 맛있다

피 맛이 가득 차오른다.

─아니야. 먹고 싶지 않아. 나는 바란 적 없어.

　　　　　　　피가 흘러넘친다. 한 입 더.

이 녀석을 다 먹어 치워도 세 마리나 더 있다. 이렇게 기쁠 수가.

그러나 적발이 무엇인가 두루마리를 펼쳤다. 네 사람의 형체가 희미
해지다가 사라졌다.

　　　　　　　입속에 피가 가득하다. 콧속에는 냄새가 달라붙어 있다.

　　　　맛있다. 하지만 부족하다.

─아, 하지만. 부정해도 사실은 사실이다.

"……내가, 모든 원인이었구나."

카심이 악행에 손을 뻗쳤던 것도, 퍼시벌이 자해하다시피 쭉 전
투에 몸을 던져왔던 것도, 사티가 슬픔과 절망을 되풀이했던 것
도. 자신이 벨그리프의 다리를 빼앗아 갔기 때문이다.

그리고 벨그리프도 다리를 잃어 얼마나 큰 괴로움을 겪었을까.
입속의 피 맛이, 코 안쪽을 찌르는 냄새가 기억을 선명하게 불러
일으켰다.

다른 새끼를 밀어 떨어뜨린 추악한 작은 새. 둥지에서 떨어진
알에는 어떤 근사한 미래가 있었을까.

"으으아…… 아아아아아아아아아!!"

안젤린은 무릎을 꿇고 두 손으로 얼굴을 덮었다.

무슨 낯짝으로 벨그리프를 마주할 수 있을까. 어찌 아빠라고 부
를 수 있을까. 자신에게는, 아무 자격도 없었다.

안젤린을 감싼 그림자가 부풀어 올랐다.

땅울림 같은 소리가 울려 퍼진다. 회오리바람이 불어 올라갔다. 뒤쪽에 보이고 있던 공간이 비틀렸다. 그림자가 안젤린의 등 뒤에서 소용돌이친다. 소용돌이의 중심이 조금씩 넓어지며 그 안쪽에 새카만 공간이 보였다.

안젤린으로서 살아온 즐거웠던 나날을 생각할 때마다, 친구들 및 가족들과 함께한 따뜻했던 추억이 떠오를 때마다 오히려 죄책감을 더욱 부추겼다. 자신만이 행복하게 살아온 듯한 기분이었다.

이곳에 있어서는 안 된다. 차라리 사라지자. 자신 따위는 어서 없어져버려야 한다.

머리카락이 몸부림치는 뱀처럼 요동쳤다.

세 가닥으로 땋았던 머리가 풀어진다. 앞머리에 달아 놓았던 머리 장식이 툭 떨어졌다.

"미안해요…….."

쭉 벌어지는 칠흑의 공간은 안젤린을 집어삼켰다. 아넷사가 비통하게 소리 높였다.

"안제!"

"뭐, 뭐야, 저거…….."

밀리엄이 덜덜 떨면서 말했다.

"현상의 흐름에 따른 공간의 관통."

슈바이츠가 중얼거렸다.

"긴 과거로부터 흘러왔던 현상의 흐름은 이곳에서 합류했다. 감사의 말을 전한다."

"이 자식!"

마르그리트가 검을 치켜들며 질주한다. 그러나 도달하기 전에 슈바이츠도 칠흑의 공간으로 들어가 사라졌다. 아무래도 저것에 뛰어들 만한 기세는 없었는지 마르그리트는 걸음을 멈췄다.

"뭐냐……. 도대체 뭐냐!"

마르그리트는 지면을 걷어찼다.

의족을 질질 끌다시피 하며 벨그리프가 다가왔다. 당황하여 얼굴을 찌푸리고 있다.

"……무슨 일이 있었지?"

"벨 군……."

사티가 눈물에 쭈글쭈글 젖은 얼굴로 벨그리프를 바라봤다.

퍼시벌은 힘없이 바닥에 주저앉아서 고개 숙이고 있다. 카심은 모자를 눈이 가려지도록 깊숙이 눌러쓴 채 팔짱을 끼고 있었다. 벡은 지면에 푹 엎드려서 거칠게 숨을 몰아쉬고 있다.

아넷사는 뚝뚝 눈물 흘리며 말했다.

"벨 아저씨이……."

밀리엄이 흐느껴 울며 벨그리프에게 안겨 들었다.

"안제가…… 안제가아……!"

"……그라함."

"……미안하네. 역부족이었어."

검에 기댄 채 무릎을 꿇은 그라함은 떨리는 손바닥을 보고 있었다. 전력을 쏟은 일격으로 슈바이츠를 해치우지 못했던 것을 안타까워하는 것 같았다.

벨그리프는 얼굴을 들어 올렸다. 아직 저 공간은 열려 있다. 칠흑의 어둠이 소용돌이치고 있다.

눈발은 조금 약해진 듯하다.

153 흐느끼는 목소리가 들려 벨그리프는

　흐느끼는 목소리가 들려 벨그리프는 잠에서 깨어났다. 옆에서 잠든 다섯 살 안젤린이 잠든 채 눈물을 흘리고 있는 것 같았다.
　창문으로 달빛이 비쳐 들어오기에 방 안은 어스레히 밝았다. 벨그리프는 살며시 안젤린의 배에 손을 가져가 문질러줬다. 안젤린이 실눈을 떴다.
　"……아빠?"
　"그래, 여기 있단다."
　안젤린은 굼실굼실 몸을 움직여서 벨그리프에게 안겨 붙었다. 딸의 머리를 다정하게 쓰다듬어주며 벨그리프는 미소 지었다.
　"왜 그러니?"
　"……무서운 꿈, 꿨어."
　안젤린은 벨그리프의 가슴께에 얼굴을 꼭 눌러 대면서 계속 말했다.
　"아빠가 없어. 나 혼자서…… 새카만 데야."
　"응……. 그랬구나. 무서웠겠어."
　"……그래도, 꿈이었어. 다행이야."
　안젤린은 벨그리프를 올려다보고 눈물 흘리며 웃었다. 벨그리프는 같이 웃어주고는 안젤린의 머리를 톡톡 쓰다듬었다.

"잠이 오려나?"

"……모르겠어."

"뭔가 마실까?"

그렇게 말한 뒤 침상에서 나온다. 등불을 밝히고 난로에 묻어
둔 불을 다시 지폈다. 케리에게 받아 온 염소젖이 남아 있었기에
그것을 작은 냄비에 넣어 데운다. 김을 살짝 피어오르는 젖을 나
무 컵에 옮겨 담아서 안젤린에게 건넸다.

"자, 후후 불어서 마시려무나."

"응!"

안젤린은 기뻐하며 컵을 받아 들고는 따뜻한 염소젖을 식혀 가
면서 마셨다.

"달아~. 맛있어."

"다행이구나. 다 마시면 누워서 자자꾸나."

벨그리프는 웃음 지으며 자기 몫의 염소젖을 홀짝거렸다.

딱 소리를 내며 장작이 터진다. 연기가 한 줄기 피어올라서 굴
뚝으로 빨려 들어갔다.

안젤린은 컵을 두 손으로 쥐고 벨그리프의 무릎 위쪽에 앉아 흔
들리는 불꽃을 멍하니 바라보고 있었지만, 이윽고 마지막 한 모금
을 마신 뒤 일어섰다.

"양치질 먼저 한 다음에…… 잘 거야."

"그래그래. 기특하구나."

부엌에서 컵을 씻고 물로 입을 가시고 두 사람은 잠자리에 누웠다. 안젤린은 벨그리프에게 바짝 달라붙어서 옷자락을 꽉 쥐었다.

"……아빠."

"응?"

"아빠는, 아무 데도 안 갈 거지?"

"그래. 아빠는 아무 데도 안 간단다."

벨그리프는 미소 짓고는 살며시 안젤린의 머리를 쓰다듬었다.

○

설명을 들은 벨그리프는 아무 망설임도 없이 안젤린을 데리러 가겠다고 말했다. 바구니를 내려놓고 허리에 찬 검의 위치를 가다듬는다. 아직 환지통은 조금 욱신거리나 아까보다는 꽤 나아졌다.

안젤린이 자신의 다리를 빼앗아 갔던 마수였다. 그 사실을 알고 나서도 놀랍도록 벨그리프의 마음은 평온했다. 더 심하게 동요해야 할 상황이 아닌가 싶을 정도다. 스스로도 어째서 이렇게나 차분하게 받아들일 수 있는가 알지 못했다. 하지만 딱히 감정이 격해지지 않는지라 어쩔 수 없었다.

다만 아마도 안젤린이 슬퍼하리라는 것은 분명하게 알 수 있었다. 그러니 손을 뻗어주는 것이 자신의 역할이라고 생각했다.

"그 아이는, 착한 아이야. 분명 자책하고 있겠지. 괴로울 거야."

벨그리프는 가만히 중얼거렸다. 사티가 눈물 흘리며 코를 훌쩍거렸다.

"나……. 안제를, 믿어주지 못했어. 어머니인데, 자기 딸을 무서워하다니……. 엄마 실격이야……."

"괜찮아. 너 때문이 아니야."

벨그리프는 사티의 등을 가만히 쓰다듬어줬다.

"……나는, 어쩌는 게 맞았을까."

카심이 무릎을 끌어안은 채 중얼거렸다.

"가끔 말이야, 생각이 들거든. 그때, 그 녀석이 안 나타났다면, 벨의 다리를 빼앗아 가지 않았다면 아직도 넷이서 같이 모험가로 활동하지 않았을까 하고. 나도, 이상하게 비뚤어져서 나쁜 짓 잔뜩 저지르고 다니는 일 없지 않았을까 하고……. 그래서, 다리가 멈춰버렸어. 안제는 안제라는 걸 뻔히 알면서 말야."

"카심 군……."

사티는 숨도 제대로 못 쉬며 오열했다.

분명 가능성은 있었다. 어쩌면 모두의 힘든 과거는 찾아들지 않았을지도 모른다.

그럼에도, 벨그리프는 도구 주머니 안을 점검한 뒤 의족을 장착한 부위를 주의 깊게 확인했다. 그다음은 툭툭 지면을 차며 흔들리지 않음을 확실히 했다. 문제없다. 벨그리프는 살짝 고개를 끄덕이고 곧이어 옆에 앉아 있었던 그라함을 돌아봤다.

"그라함, 자네는……."

"……노화에는 당할 도리가 없군. 한 번 휘둘렀다고 이런 꼴이네. 한심할 따름이야."

그라함은 눈을 내리뜬 채 한숨 쉬었다. 그러고는 손에 든 대검을 내밀었다.

"가져가게. 나는 움직이지 못하네만 이 녀석은 아직 기운이 가득 넘치니까."

대검은 작게 윙윙거렸다. 벨그리프는 미소 짓고는 받아 들었다.

"고맙네."

"……조심하게나."

"벨 아저씨."

아넷사가 활을 고쳐서 멨다. 다부진 표정을 짓고 있었다. 밀리엄도 마찬가지였다. 각각의 무기를 들고 벨그리프를 쳐다보고 있었다.

"저희도 갈게요."

"다른 분들 옛날 일은 잘 모르지만요. 안제는 친구이고, 리더이기도 하니까……."

"그래, 원하는 대로 하거라. 아무도 너희를 막을 권리는 없으니까."

벨그리프는 미소 지었다.

그때 마르그리트가 달려왔다. 털실 뭉치가 잔뜩 든 바구니를 손에 들었다.

"가져왔다!"

"그래, 고맙구나. 아이들 상태는 어땠니?"

"뭔가 갑자기 난동 부렸다더라. 야쿠모를 비롯해서 고생 많이 했다나 봐. 지금은 잔다."

역시 그 가지에는 마왕을 각성시키는 힘이 있었군. 벨그리프는 눈살을 찌푸렸다. 그 탓에 마을에서도 작은 소동이 일어났으나 야쿠모와 루실에 더하여 던컨 및 보르도 가문의 세 자매, 또한 행상인의 호위로 온 모험가들이 있어준 덕에 부상자도 발생하지 않았다.

이곳에 없는 아이들에게까지 영향을 주다니 솔로몬은 과연 두려운 존재다. 큰일로 이어지지 않아서 다행이었다만.

가볍게 상처를 치료한 뒤 마르그리트는 입을 삐죽거리며 발을 쿵쿵 굴렀다.

"이제 준비는 다 끝났지? 안제 이 자식, 이기고 도망치는 짓은 절대로 용서 못 한다고. 아직 그 녀석을 흠씬 때려눕혀주지 못했다. 잔뜩 맞기만 했는데 막이 내려가는 걸 누가 인정하겠냐."

마르그리트도 상처투성이이나 따라갈 의욕이 가득했다. 그라함도 말리려는 분위기는 아니었다. 안젤린의 파티 세 사람은 과거의 굴레 따위 아무것도 없었다. 그래서 더욱 든든하게 보였다.

퍼시벌이 벅벅 머리를 긁었다.

"……정말 괜찮은 건가? 벨."

"뭐가 말인가?"

"안제는 안제인지도 몰라. 다만 동시에 우리의 원수이기도 하잖나."

"그렇군."

"나는 그 녀석을 줄곧 쫓아다녔다. 더 쫓을 작정이었지. 그런데, 이딴 결말이라니……."

"퍼시."

"도대체 어쩌라는 거냐? 나는 그 녀석이 미워서 제대로 살 수가 없었다. 모든 것을 저버리더라도 그 녀석만큼은 기필코 죽여버리겠다고 결심했었단 말이다. 그 녀석이 우리를 다 갈라놓았으니까. 그랬는데…… 도대체 뭐냐. 어쩌라는 거냐, 빌어먹을!"

"퍼시."

벨그리프는 퍼시벌의 어깨에 손을 얹고는 똑바로 퍼시벌을 주시했다.

"안젤린은 내 딸이야. 이곳에 있는 모두의 가족이고 친구지. 다른 누구도 아니야."

"……큭!"

퍼시벌은 가슴이 꽉 막힌다는 표정을 지었다가 곧 포기했는지 눈을 내리깔고 팔짱을 끼더니 털썩 주저앉았다.

"알겠다."

짝, 두 손을 뺨을 때렸다. 꽤 힘을 넣었는지 손을 떼자 조금 빨개져 있었다.

"옛날 일 때문에 더 이상 꿍얼꿍얼 떠들지 않겠다! 어차피 그 시절로 돌아갈 수 있는 것도 아니지. 그렇다면 지금 붙잡을 수 있는 가장 바람직한 미래를 목표로 하는 것이 마땅하다! 알겠나! 카심!"

카심은 일어서서 모자를 고쳐 썼다.

"헤헤……. 리더가 그렇게 말한다면 어쩔 수 없네!"

그래도 기뻐 보였다. 결단을 내렸나 보다. 카심 본인은 퍼시벌

만큼 원수를 꼭 갚겠다는 집념도 딱히 없었던 것 같다. 퍼시벌은 간만에 기침을 터뜨리다가 향주머니를 꺼내 들었다.

눈은 멎었다. 다만 하늘은 아직 진주색이었다. 낮은 위치에서 회색의 조각구름이 강한 바람에 밀려 빠르게 흘러가고 있었다. 겨울 귀부인은 무엇을 하고 있을까. 눈이 멎었으니까 이미 다른 곳으로 떠났을까. 혹시 이 사고에 이끌려 나타났던 것일까.

벨그리프는 비틀린 공간의 앞쪽에 섰다. 건너편은 새카만 암흑이다. 무엇이 있는지도 알지 못했다. 성검이 윙윙 소리를 울리고 있다.

밀리엄이 숨을 멈췄다.

"이 공간……. 언제까지 열려 있을까? 불쑥 닫히면 어떡하지……?"

"누가 알겠어. 어쨌든, 갈 수밖에 없잖아."

아넷사가 말했다. 마르그리트도 고개를 끄덕였다.

"모험가잖냐. 모험을 하러 가자고!"

"후후, 마리는 단순하다냥~."

마르그리트의 변함없는 기세 덕분에 조금이나마 분위기가 누그러졌다.

벨그리프는 지면에 떨어져 있던 안젤린의 머리 장식을 주워 들었다. 꽉, 한 차례 힘주어 쥐었다가 도구 주머니에 고이 집어넣는다. 그러고 나서 사티를 돌아봤다.

"……너는 여기에 남아줘. 벡을 치료하고, 아이들을 부탁할게."

사티는 입술을 꾹 깨물었다.

"못 돌아올지도 모르는데? 다 알면서 나더러 남으라는 말을 하는구나?"

"미안. 그래도, 이건 내 역할이니까."

"……그렇구나. 알았어. 안제를 잘 부탁할게."

사티는 눈에 눈물을 머금은 채 미소 지었다. 벨그리프는 살며시 사티를 끌어안아서 꽉 안아주었다.

"괜찮아. 반드시 돌아올 거야."

"……응, 믿을게."

사티는 벨그리프의 입술에 살짝 입맞춤한 뒤 떨어졌다.

퍼시벌이 허리에 찬 검을 뽑아 들었다.

"가자."

"그래."

"아저씨"

벨그리프는 고개 돌렸다. 벡이 벨그리프를 뚫어져라 보고 있었다.

"……부탁한다."

"그래, 맡겨다오."

벨그리프는 미소 지었다.

○

새카만 공간이었다. 다만 신기하게도 자신의 발밑은 잘 보였다. 터벅터벅, 목적지도 없이 오로지 앞을 향하여 걸어간다. 아니,

앞으로 나아가는 것이 맞는지도 잘 모르겠다. 그냥 제자리에서 발만 움직이는 것 같다는 생각도 든다. 그럼에도 다리는 계속 움직일 수밖에 없었다.

콧속 깊숙한 곳에 변함없이 피 냄새가 들러붙어 있었다. 그것이 못 견디게 불쾌했으나 한편 자신에게는 잘 어울리는 듯싶기도 했다.

눈에서는 눈물이 가득 흘러넘쳤다. 더 이상 가족과도 친구와도 두 번 다시 못 만날 테지. 만날 수 있더라도 만날 생각이 전혀 없었다. 자신은 자신의 소중한 사람들의 미래를 빼앗았다. 그런데 그 사람들의 틈이 기어들어서 아무렇지도 않은 표정으로 행복을 누려왔다. 자기 자신이 용서할 수 없었다.

"이런 게 딸이야……?"

가만히 중얼거렸다. 혼자 중얼댄 말이 심장을 찔렀다.

차라리 스스로 목숨을 끊으면 되었을 텐데. 그런 생각도 떠올렸다. 다만 무서웠다. 깊은 절망에 에워싸였는데도 아직 마음의 어딘가에 희망을 품고 있었다.

그런 감정을 품어서는 안 된다. 자신에게는 자격이 없다.

발의 끝, 손가락의 끝에서 무엇인가가 기어 올라오는 듯한 기척이 느껴졌다. 고개를 내려 봤더니 마치 그림자처럼 까맣게 물들고 있었다.

아, 알겠다. 나도 마왕으로 돌아가는구나.

조용히 납득했다. 상관없다는 생각이 들었다. 차라리 잘됐다.

목 안쪽이 꽉 죄어들었다. 쓸쓸했다. 코 깊숙한 곳이 따가워지고, 눈 안쪽이 뜨거워졌다. 눈물이 멎질 않았다.

이제는 두 번 다시 아빠와 못 만나는구나.

그렇게 생각하면 슬퍼서 견딜 수가 없었다. 그것이 당연한 응보라며 자신을 타일러봐도 슬픔은 가라앉지 않았다.

빨리 마왕이 되어버리면 좋겠다. 안젤린이 아니게 되면 이 괴로움과 슬픔도 사라지려나. 친구와 이웃, 가족까지 전부 다 잊어버리고.

"……으으."

다리가 멈췄다. 털썩 무릎을 꿇고 두 손으로 얼굴을 감쌌다. 눈물이 흘러넘친다. 싫다. 잊고 싶지 않았다. 잊어도 되는 사람은 아무도 없다.

다만 따스한 추억이 오히려 자신을 괴롭혔다. 가슴 안쪽을 쥐어뜯는 것 같았다. 마음이 있어 괴로웠다. 오열이 새어 나오고 눈물이 흘러넘쳐서 도저히 걸을 수 없었다. 쭈그리고 앉은 채 무릎에 얼굴을 파묻는다.

주위를 둘러싸며 검은 아지랑이가 떠다니기 시작했다.

○

관통된 공간 내부는 새카맸다. 다만 자신의 신체며 발밑은 잘 보인다. 덥지도 춥지도 않고, 아울러 발소리가 안 나는지라 기묘한 정적에 감싸여 있었다. 아군의 숨소리 및 자신의 심장 고동이 크게 들려온다.

분명 상당히 빠른 걸음으로 전진했는데도 안젤린은 물론 슈바이츠의 모습도 안 보였다.

단지 똑같이 새카만 공간이 끝없이 이어지고 있을 뿐이다. 하지만 가끔 위쪽 방향에 인간의 윤곽을 지닌 투명한 유령 비슷한 것이 하늘하늘 흘러가는 광경이 보였다.

벨그리프는 뒤쪽을 봤다. 털실이 한 가닥 쭉 건너편까지 뻗어 있다. 경계하면서, 털실 뭉치를 늘어뜨리면서 걷는 중이다. 과연 의미가 있을지는 확신할 수 없었지만, 귀환을 위한 표식을 남겨두면 정신적으로 편안함을 얻을 수 있다. 다만 길이가 충분할지는 알 수 없었다.

한동안은 경계를 위해 아무런 말 없이 나아가던 일행도 이윽고 정적을 견디기 어려운 까닭에 누가 먼저였는지 입을 열었고 이야기가 시작되었다.

"……현상이 집약된다는 말을 했었지?"

"응. 헛소리라고 생각했었는데 그게 진짜였나 봐……."

카심이 그렇게 말한 뒤 머리를 긁적였다.

제도에서 살라자르가 말을 늘어놓았다는 현상의 흐름 이야기는 벨그리프도 잘 이해하지 못했다. 카심조차 제대로 파악하지 못했다니까 어쩔 수 없었다.

다만 슈바이츠가 아마도 해당 이론에 의해 발생되는 공간의 관통을 노렸다는 것은 확실하다. 왜 하필이면 안젤린이 열쇠 역할을 맡았는가. 그것은 아직 알지 못했다.

아넷사가 말했다.

"……안제가 인간인 건 마왕의 혼을 가지고 엘프의 몸에서 태어났기 때문이랬어요."

"누구한테 들은 얘기야?"

카심이 물었다. 밀리엄이 대답한다.

"안제가 한 말이에요. 혼자 할망구 만나러 가서 이것저것 듣고 온 것 같아요."

"마리아 씨가 한 말이라면…… 신빙성은 있겠군."

"그런데 마왕과 엘프의 혼혈아가 왜 인간이 된 거냐? 나는 잘 모르겠는데."

마르그리트가 말했다. 아넷사가 팔짱을 낀다.

"으음, 인간의 혼은 중용이고, 백도 흑도 아니라나……."

"흠……. 어느 무엇도 될 수 있다는 소린가. 좋은 녀석도 나쁜 녀석도 있는 것처럼."

"그게 현상의 흐름이랑 무슨 관계가 있단 말인지……. 슈바이츠 녀석, 못된 짓거리도 꼭 골치 아프게 꾸민다니까. 아이고."

카심이 한숨 쉬고는 절레절레 머리를 흔들었다.

이야기를 나누는 일행은 제쳐 놓은 채 묵묵히 선두를 걷는 퍼시벌을 보고 벨그리프는 눈에 힘을 주었다.

"퍼시……. 괜찮은가?"

"걱정하지 마라. 안제를 베려는 생각은 전혀 안 하니까."

퍼시벌은 쌀쌀맞게 말했다. 이 쌀쌀맞은 태도는 일부러 감정을 드러내지 않으려는 탓이군. 벨그리프는 생각했다. 20년 이상의 시간을 안젤린에게 깃든 마왕을 찾아 쭉 싸워왔잖은가. 곧장 깔끔하게 체념이 되지는 않을 것이다.

벨그리프는 눈을 내리뜨며 수염을 비비 꼬았다.

"……미안하네. 다만 이 문제만큼은 나도 양보할 수 없어."

"괜찮다. 원래 나 혼자의 고집이었으니까."

퍼시벌은 거하게 한숨 쉬었다.

"나한테…… 그 녀석에 대한 분노와 증오는 살아가기 위한 원동력이었다. 거침없이 증오를 쏟아 낼 상대가 있다는 것은 마음을 황폐하게 휘저어 놓지만, 자신이 서 있을 위치를 분명하게 만들어 주기도 하지……. 그 녀석은 아무 속박도 없이 쫓아다니다가 죽일 수 있는 상대라고 생각했다. 쿨럭, 쿨럭."

퍼시벌은 향주머니를 꺼내 입가에 가져다 댔다.

"……그런데 네 딸이 되어 있었다니. 거참, 나한테 절친한 친구의 딸을 죽이는 취미는 없다고. 나의 분노를 어디에 쏟아 내야 되냐."

퍼시벌은 호들갑스럽게 익살을 떨며 말했다. 무척 애처로운 모습이어서 벨그리프는 차마 말을 꺼내지 못했다.

그런데 뒤쪽에서 마르그리트가 쏙 얼굴을 내밀었다.

"화는 좀 그만 내면 되잖냐. 나잇살 먹은 녀석이 언제까지 얼굴 찌푸리고 다니는 거야. 그러니 괜히 괴물이라는 소리나 듣잖냐."

"뭐라고!"

퍼시벌은 고함질렀다.

"뭐가, 뭐!"

마르그리트도 고함질렀다.

퍼시벌은 잠시 얼굴을 찌푸리고 있다가 불쑥 커다랗게 입을 벌리며 웃음을 터뜨렸다.

"하하하핫! 정말 맞는 말이군! 언제까지 화내며 다닐 생각이었던 거냐, 난."

카심이 웃음을 참지 못하고 끅끅거렸다.

"바보는 못 당하는구나, 퍼시."

"누가 바보냐!"

마르그리트가 뺨을 볼록거린다. 은근히 분위기가 누그러졌다. 그동안에도 일행은 걸음을 내디뎠다. 다만 주위의 풍경은 달라지지 않는다.

분위기는 누그러졌다만, 음. 어쩐지 겸연쩍은 표정을 지은 채 벨그리프가 말을 못 있던 중에 퍼시벌에게 등을 퍽 얻어맞았다.

"그런 표정 짓지 마라, 벨."

"음……. 미안하네."

"나도 전부 떨쳐 낸 것은 아니다. 아무튼 지금은 서로 넘어가자고."

"……고맙네."

벨그리프는 미소 지었다.

그때부터 또 한동안 빠른 걸음으로 나아갔다. 지면이 과연 있는지도 확신이 안 드는 공간이다만 쭉 평탄하다. 털실 뭉치는 이미 두 개를 썼다. 남은 길이가 짧아지면 끝을 이어서 묶고 또 전진했다. 계속 걷기만 하니 묘하게 불안해진다.

문득 무엇인가 기묘한 기척이 가득 차올랐다. 조금씩 검은 아지랑이가 주변에 떠다니기 시작했다. 본래 주위가 어두웠기에 아무도 신경 쓰지 않았는데 농도가 명백하게 짙어졌다.

성검이 한층 더 커다랗게 윙윙 울렸다.

"……음! 무언가 온다!"

벨그리프가 말했다. 일행은 즉각 무기를 들어 올리며 사방을 경계했다. 아지랑이에 섞여 새카만 인영 비슷한 것이 잔뜩 접근하고 있었다. 덤벼들려고 하는 저것들은 카심이 마법으로 싹 날려버렸다.

"마왕은…… 아닌 것 같은데. 물론 우리 편도 아니고."

"헤헷, 지루했는데 마침 잘 나타났다!"

마르그리트도 힘차게 검을 치켜들더니 접근하는 검은 그림자를 베어 넘겼다. 그림자는 어둠 저편에 다수가 숨어 있는 것 같았다. 그것들이 마치 언데드처럼 휘청휘청하는 움직임으로 이쪽에 다가든다.

퍼시벌이 검을 한 차례 휘둘러 대여섯의 적을 한꺼번에 날려버렸다.

"나는 기분이 좋지 않다……. 분풀이 대상이나 되어라."

그림자는 베여 갈라지면 아지랑이가 되어 사라졌다. 인영을 쓰러뜨릴 때마다 아지랑이가 점점 엷어지는 느낌이었다. 도대체 어찌 된 영문일까. 애당초 이 공간은 어떠한 장소일까.

불현듯 벨그리프의 환지통이 도졌다. 손에 든 대검이 윙윙거렸다. 엷어진 아지랑이의 저편에서 무엇인가가 무릎을 끌어안고 있는 모습이 보였다. 그 인영을 중심으로 아지랑이가 가볍게 소용돌이치는 듯 보였다.

"……아! 안제!!"

벨그리프는 소리 질렀다.

무릎을 끌어안고 있었던 그림자는 움찔 몸을 떨더니 이쪽을 봤다. 분명히 안젤린이다. 몹시 겁먹은 표정으로, 눈물을 가득 머금은 눈으로 이쪽을 쳐다보고 있다. 당황하는 것 같기도 했다.

"안제! 돌아와! 도망치는 건 너답지 않아!"

"맞아! 우리를 버리고 갈 셈이야?!"

아넷사와 밀리엄이 소리 질렀다. 안젤린은 귀를 막은 채 싫어, 싫다며 머리를 흔들었다.

─나한테 모두와 있을 자격은 없어!

입에서 나온 목소리가 아니라 공간 전체가 진동하는 듯한 외침이었다. 마르그리트가 화내며 거친 목소리로 외쳤다.

"자격이 뭐 필요냐! 이기고 도망치는 짓은 용납 못 한다, 바보 안제!"

마르그리트는 막 닥쳐드는 그림자를 한꺼번에 갈라버리더니 안젤린에게 달음박질쳤다. 안젤린은 겁먹은 듯 몸을 움츠리고는 마르그리트에게 두 손을 내밀었다.

─오지 마, 마리!

가맣게 물든 손가락이 창처럼 뻗어 나왔다. 마르그리트는 눈을 부릅뜨며 몸을 피했다. 그럼에도 피부에 베인 자국이 그어지면서 선혈이 배어 나와 흩날렸다.

의도한 공격이 아니었는지 안젤린이 오히려 당황해서는 손바닥을 보고 허둥지둥 몸을 움직였다.

"요 녀석…… 좋다, 흠씬 두들겨 패서 강제로 데리고 돌아갈 테다!"

마르그리트는 분개하며 다시금 검을 겨누었다.

하지만 머리 위쪽에서 기묘한 기척이 느껴졌다. 올려다보자 한층 커다란 그림자가 머리 위에서 일행을 내려다보고 있었다. 몹시도 긴 손을 짚어서 이쪽으로 뒤덮고자 하는 모양새다.

"또 나타났나!"

"제길, 숫자만 많아 가지고……."

밀리엄이 날리는 벼락 소리가 울려 퍼지고, 아넷사가 쏜 술식을 새긴 화살이 작렬한다. 그럼에도 그림자는 더욱 기세를 더해 가면서 아지랑이 저편으로부터 잇따라 나타났다.

"으음, 대마법 쏘고 싶은데 언제까지 휘말릴 것 같아……."

마탄을 연사하며 카심이 투덜거렸다.

"벨 아저씨……."

밀리엄이 애원하는 듯한 눈빛으로 벨그리프를 바라봤다. 아넷사도 간절하게 벨그리프를 보고 있었다.

"내가 나서마."

벨그리프는 성검을 꽉 쥐고 한 발짝 내디뎠다. 안젤린이 움찔 몸을 떨었다.

—오지 마!

하지만 벨그리프는 검을 번쩍 치켜들었다.

한껏 숨을 들이마셨다가 내뱉는 동시에, 타앗! 내리찍는다. 격렬하게 마력이 용솟음치자 일행에게 쇄도하던 그림자들이 한꺼번에 싹 날아가버렸다.

검과 마력이 발하는 빛이 주위를 비추자 그림자들의 움직임이 둔해졌다.

안젤린은 괴로워하며 머리를 부여잡고 일어서더니 발길을 돌려서 달려 나갔다. 한층 더 아지랑이가 짙은 곳, 안쪽 방향의 너머로 달음박질쳤다. 저 건너편에서 희미하게 구멍 비슷한 것이 보였다. 저곳으로 도망치려나 보다. 벨그리프는 단박에 지면을 박차며 안젤린의 뒤를 쫓았다.

"안제! 기다려라! 적당히 떼쓰고 이리 돌아와라, 화낸다!"

퍼시벌이 고함지르고 벨그리프의 뒤를 따라가고자 했으나 그림자가 불쑥 끼어드는 바람에 걸음을 멈춰야 했다.

벨그리프가 아지랑이 안을 달려서 빠져나가자 검의 빛이 흐릿해졌다. 마치 자신들을 거부하는 안젤린의 의사를 나타내듯이 그림자들은 주위에서 거듭 출현하여 홀로 뛰어나간 벨그리프와 뒤쪽에 있는 동료들을 분단시켰다.

방금 전까지 싸운 그림자와 달리 쓰러뜨려도 아지랑이가 엷어지지 않는다. 오히려 더 짙어지며 주위를 둘러쌌다. 몸이 무거워지는 것 같았다.

"제길, 걸리적거린다!"

"벨!"

벨그리프는 달리며 뒤를 돌아봤다. 중간에 그림자가 꽉 들어찼기에 동료들은 합류를 못할 듯싶다. 합류는커녕 더욱 숫자가 불어난 그림자들 틈에 완전히 포위된 것 같았다.

이대로 두면 위험하다.

벨그리프는 손에 든 대검에 대고 말했다.

"모두를 지켜주거라."

그리고 나서 뒤쪽을 향해 대검을 번쩍 치켜들었다가 있는 힘껏 내던졌다. 쿵, 땅울림과 함께 검이 지면에 박히더니 칼날에서 웅웅 소리를 내며 반짝반짝 빛난다. 그림자들의 움직임이 둔해졌다.

카심이 눈을 커다랗게 떴다.

"벨, 어쩔 셈이야!"

"안제는 나를 만나고 싶어 해. 아버지가 딸과 이야기하는 데 무기는 필요 없지."

그렇게 말한 뒤 안젤린이 떠나간 방향으로 향한다. 아지랑이 너머의 구멍이 작아지고 있다. 신기하게도 그림자들은 벨그리프에게 덤벼들지 않았다. 만약 이 그림자가 안젤린의 의사라면 딸아이는 자신을 원하고 있다. 그런 생각이 들었다.

퍼시벌이 그림자를 베어 가르며 소리쳤다.

"이봐! 벨!"

"기다려주게, 반드시 돌아올 테니."

"……큭! 바보 자식아! 반드시 돌아와라! 둘이서!"

퍼시벌은 고함지른 뒤 위쪽에서 뻗어 내려오는 커다란 손을 분쇄했다.

"믿는다, 벨! 다 같이 저녁밥 먹자고!"

"벨 아저씨, 부탁드려요!"

"꼭 돌아와주세요! 안제랑 같이!"

"덜컥 죽으면 절대로 용서 안 한다!"

카심과 소녀들도 저마다 외쳤다. 벨그리프는 살짝 고개를 끄덕여서 답했다.

계속 나아갈수록 환지통이 심해진다. 그러나 벨그리프는 이를 악물었다. 이런 아픔은 전혀 아무것도 아니다.

이윽고 벨그리프의 모습도 안 보이게 되었다.

퍼시벌이 우렁찬 기합과 함께 검을 휘두른다. 무시무시한 검격이 마침 기세가 둔해졌던 그림자들을 베어 넘겼다. 그 여파일까. 아지랑이까지도 엷어졌다.

아지랑이는 걷혔으나 분명 저 너머에서 보였던 구멍은 사라지고 없었다. 벨그리프가 드리우며 왔던 털실도 저 부근에서 뚝 사라져버렸다.

성검이 서글피 윙윙 울렸다. 모두가 힘이 빠진 듯 어깨를 늘어뜨렸다. 카심은 중절모자를 얼굴에 기울였다.

"가버렸네……."

"으으……."

밀리엄은 눈물을 꾹 참으며 아넷사에게 안겨 붙었다. 아넷사도 입술을 꽉 물고 친구의 등을 쓰다듬어줬다. 마르그리트는 험악한 표정을 지은 채 구멍이 있던 장소를 노려봤다.

퍼시벌이 중얼거렸다.

"……돌아와라. 믿는다."

154 아지랑이 너머의 구멍을 빠져나가자 다시

아지랑이 너머의 구멍을 빠져나가자 다시 시야가 명료해졌다. 다만 어두운 환경은 달라지지 않았다. 어디든 다 어둡기만 할 뿐이라 앞이든 뒤든 분간할 수 없었다.

벨그리프는 고개 돌렸다. 늘어뜨리며 온 털실이 중간에서 뚝 사라지고 없었다.

"……갈 수밖에 없나."

앞으로 나아갈 뿐이다. 애당초 결심을 하고 들어왔다. 이제 와서 두려움이 들지는 않는다.

신기하게도 환지통이 가라앉았다. 방금 전 검은 아지랑이가 안 좋은 작용을 한 듯싶은데 추측의 영역을 벗어나지는 못한다.

벨그리프는 걸음을 서두르며, 다만 신중하게 나아갔다. 근거는 없다. 하지만 안젤린은 이 앞에 있을 것이다.

얼마나 더 전진했는지 알 수 없었다. 시간 감각마저 희미해지는 듯한 기분이었다.

그럼에도 빠른 걸음으로 나아가던 중, 조금 앞쪽에서 인영이 보였다.

"안제."

벨그리프는 이름 부르며 달려 나갔다.

그러나 가까이 가자 인영은 안젤린이 아니었음을 알 수 있었다. 흠칫 놀라며 허리에 찬 검으로 손을 가져갔다. 하얀 로브에 눈까지 깊이 눌러쓴 후드. 슈바이츠였다. 그라함에게 당한 왼팔은 없으나 피는 흐르지 않았다.

슈바이츠는 걸음을 멈춘 뒤 벨그리프를 바라봤다.

"왔는가, 『적귀』."

"……."

벨그리프는 눈에 힘주며 언제든 검을 뽑을 수 있도록 대비했다. 슈바이츠는 큭큭 웃었다.

"너무 겁먹지 마라. 구태여 너와 싸울 이유는 없다."

온갖 만행을 자행했던 인물이 불쑥 대범한 척 입을 놀리는지라 벨그리프는 조금 울컥했다. 그럼에도 분명 이곳에서 슈바이츠와 싸울 의미는 없었다. 애당초 이길 수 있는 상대가 아니었다.

"딸을 찾으러 왔을 테지."

슈바이츠가 말했다. 벨그리프는 퍼뜩 놀라며 얼굴을 들어 올렸다.

"알고 있나?"

"이 앞으로 갔다."

슈바이츠는 걷고 있었던 방향을 턱으로 가리켰다. 벨그리프는 눈을 가늘게 뜨며 먼 곳을 내다본다. 그러나 아무것도 보이지 않았다. 변함없이 어두운 공간만 쭉 펼쳐지고 있을 뿐이다.

"같이 갈 텐가? 어차피 나도 같은 방향으로 간다."

"……무슨 꿍꿍이지?"

"단순히 목적지가 같을 뿐이다. 갈 텐가? 안 갈 텐가?"

슈바이츠는 혼자 말하더니 또 척척 걸음을 뗐다.

벨그리프는 잠시 고민했으나 확실히 목적지는 결국 같았다. 비록 바라는 바는 아닐지언정 길동무를 할 수밖에 없다. 그렇게 조금 뒤쪽에 붙어 따라갔다.

슈바이츠는 앞쪽을 향한 채 입을 열었다.

"나는 너에게 감사한다. 네가 아니었다면 나는 이곳에 오지 못했을 테니."

"……이곳은 도대체 뭐지?"

"시공을 하나 넘어선 곳이다. 과거에 솔로몬이 떠나갔던 장소."

"솔로몬이……."

벨그리프는 주위를 둘러봤다. 그러나 변함없이 아무것도 안 보였다. 방금 전 발언에서 슈바이츠는 쭉 이곳에 오고 싶어 했었던 것 같다. 벨그리프는 의아하다는 표정을 지은 채 앞쪽을 걷는 슈바이츠의 등을 바라봤다.

"결국 네 목적은 무엇이었던 건가?"

"이곳에 오는 것이 하나. 더 너머에 있는 광경을 보는 것이 또 하나."

슈바이츠는 담담히 말을 이었다.

"나는 세상 모든 것이 지긋지긋했다. 조금 지나치게 오래 살았던 까닭도 있지. 마법의 한계도 절감했다. 무엇보다도 역사상 가장 뛰어난 마법사였을 솔로몬이 떠나간 곳을 알고 싶었다. 사후가 아니었어. 사령술을 철저하게 연구한 끝에 알아냈다. 또한 시공 마법에 다다랐지. 솔로몬이 떠나갔다는 다른 차원에 흥미를 갖게 된 거다."

슈바이츠가 털어놓은 동기는 아주 단순했다. 예전에 그라함이 추측했던 대로 마법사의 통념을 벗어나는 호기심과 탐구심이 모든 사태의 발단이었다.

"……고작 그런 이유로."

벨그리프가 중얼거리자 슈바이츠는 훗 웃었다.

"고작인가. 분명 너희에게는 별것이 아닐 수 있겠지. 하지만 내가 보았을 때는 너희가 말하는 행복이니 어쩌니 하는 것이 「고작」이다. 기쁨도 행복도 결국 한때의 감정에 불과하지. 이후에 아무것도 남지 않는다."

"호기심도 마찬가지일 텐데."

"아니다. 호기심은 다른 결과를 만들어 낸다. 마법은 전부 마법사가 가지는 호기심의 결과다. 발전은 호기심이 만들어 낸다. 행복은 만족이며 만족은 정체다. 아무것도 만들어 내지 못하지. 다만 호기심은 주박과도 비슷한 집착이라고도 말할 수 있다만."

"그 속박에 너도 사로잡힌 셈이군."

드물게도 야유하는 말이 입에서 나온지라 벨그리프는 스스로도 움찔 놀랐다. 슈바이츠는 큭큭 웃었다.

"다만 분명하게 한계가 있었다. 이 공간으로 오는 길을 관통하기 위한 강대한 현상의 흐름은 거센 감정이 아니면 움직이지 않는다. 낙차가 클수록 추락했을 때의 충격이 크듯 에너지를 만들어 내는 데는 행복과 사랑이 필요했다. 나는 아무리 발버둥 쳐도 불가능했다만, 그것을 네가 이루어주었지."

"……애당초 현상의 흐름이란 게 뭐지? 어째서 안젤린을 이용했나?"

"하나씩 설명해주마. 우선 모든 현상은 이어져 있다. 바람이 파도를 일으키듯, 호흡을 하는 과정에서 심장이 움직이듯, 하나의 행동이 다른 현상을 일으키고, 그것들이 하나의 큰 흐름이 되어 세계를 구축하고 있다."

옳은 말이기는 하다. 벨그리프는 고개를 끄덕였다. 어떠한 양상에도 원인은 있다.

"한데 인간에게는 의사가 있지. 아니, 비단 인간에 한한 이야기는 아니군. 시공 마법을, 특히 현상의 흐름을 연구하는 일파는 「혼」이라고 부르는 것이다. 본래의 동물적인 생존 본능과는 다른 욕구를 혼은 가지고 있다. 권력, 명성, 쾌락……. 사랑이라 불리는 감정도 그중 하나일 테지."

"그것들이 현상의 흐름을 만들어 낸다?"

"그렇다. 무의식의 흐름, 즉 바람이 파도를 만드는 자연 현상과는 다르게 혼은 목적을 가지고 행동하여 흐름을 만든다. 혹은 간섭할 수 있다. 그 혼의 그릇이 큰 자는 영웅이라 불렸다. 그러한 자는 주위의 사람들까지 휘말리게 하는 큰 흐름을 만들어 냈지.

전란의 영웅, 건국의 영웅, 또는 토벌담의 영웅. 그들은 강대한 현상에서 흐름의 중심이 되었다."

"……그 사람들도 이렇게 다른 공간으로 왔단 말인가?"

"반드시 그렇지는 않다. 하지만 비슷한 사례는 다수 있었다고 말을 들었다. 전란에는 영웅이라며 떠받듦을 받다가 평시에는 골칫거리 취급을 받아 살해당한 자, 그러한 자의 한탄과 절망이 공간을 관통했다더군. 이 같은 흐름은 사람이 아닌 존재도 가까이 끌어들였다. 방금 전 『겨울』이 나타났던 것도 같은 요인이 작용했을 테지."

슈바이츠는 잠시 말을 멈췄다. 벨그리프는 눈을 가늘게 떴다.

"그래서?"

"시공마저 관통하는 힘의 큰 부분은 절망에서 만들어진다. 솔로몬이 그랬던 것처럼 세계 어디에서도 마음 둘 곳을 찾지 못하는 마음, 감정의 폭발이 현상의 흐름에 소용돌이를 일으킨다. 그 나선의 움직임은 공간을 관통하지. 따라서 나의 첫 계획은 세계에 혼란을 일으키자는 생각이었다. 올펜에서 바알을 길러 냈었던 것도 그 일환이지. 네 딸에게 저지당했지만 말이다."

"……전란에서 만들어지는 영웅의 절망이라. 하지만."

왜 하필 안젤린이었나? 벨그리프는 눈살을 찌푸렸다. 만약 세계에 대한 절망이 열쇠 역할을 한다면 퍼시벌도 같은 자격이 있지 않았을까.

납득하지 못하는 표정을 짓고 벨그리프가 캐묻자 슈바이츠는 입을 열었다.

"『패왕검』 말인가. 분명 녀석도 영웅의 그릇이지. 하지만 같은 큰 현상이어도 거기에 이를 때까지 겪는 흐름이 중요하다.『패왕검』뿐 아니라 너의 동료들도 영웅의 그릇을 가진 인물뿐이지. 하지만 그들은 큰 현상을 일으키는 경지에 다다르지는 못했다. 어째서인가. 과거가, 흐름이 부족했기 때문이다. 절망을 겪은 시기가 조금 빨랐을 테지. 네 딸은 여행 중 그들의 흐름까지 모두 휩쓸었다. 그런 까닭에 이렇게까지 큰 현상의 흐름이 만들어진 셈이군."

"……마치 연극의 최종 장면을 연출하는 듯한 이야기로군."

"제법 잘 들어맞는 표현이다. 일리가 있어. 공국의 수도에서 가까이 다가가 봤을 때, 아마도 현상의 흐름은 네 딸을 중심으로 움직이고 있음을 파악할 수 있었다. 큰 힘을 가졌고 곤경을 쳐부수며 나아갈 수 있는 인물은 거대한 흐름을 만들어 낸다. 네 딸은 주위의 중압감을 물리치며 오래된 숲도 격퇴해 냈지."

벨그리프는 깜짝 놀라며 얼굴을 들어 올렸다.

"설마, 오래된 숲의 습격은……."

"정답이다, 내가 사주했다. 다만, 나는 네 딸에게 굳건한 의지처가 있음을 예상하여 고향이 습격당하는 사태에 따른 감정의 고조를 노렸다만, 결국 나의 노림수는 어긋났다. 현상의 흐름은 복잡하니까. 단순화하면 계획이 어긋난다. 그러한 이유 때문에 나는 유사 인격을 활용하여 너희를 관찰했다."

이슈멜을 말하는 건가. 벨그리프는 눈을 내리떴다. 친구들에게 사정은 들어서 안다. 함께 어깨를 나란히 하여 싸웠고, 야영 때 이야기를 주고받았던 지인이 최대의 적이었을 줄이야. 뭐라 표현할 수 없는 먹먹한 심정을 느꼈다. 슈바이츠는 계속 담담하게 이야기한다.

"만남, 성장, 이별, 사랑, 『거악』과의 싸움……. 갖가지 요인이 네 딸을 길러 내었고, 관련된 인물들의 흐름이 합류했다. 그래서 확신할 수 있었지. 이 계집이 거대한 현상의 흐름에서 핵심에 서 있다고. 다만 흐름의 종착점을 읽을 수 없었다. 따라서 흐름을 강제로 소용돌이치게 만들고자 했다."

"어떤 방법으로……?"

"먼저 제도에서는 일부러 패배를 선택했다. 동료 및 가족과의 합류, 『거악』과의 대결에서 거두는 승리. 네 친구는 모두 영웅의 그릇을 가지고 있지. 흘러드는 현상의 기세는 분명 거대해졌지만……. 이것도 기대했던 만큼은 되지 못했다. 역시 감정을 부정적인 방향으로 폭발시켜야 했지. 그래서 계획을 하나 강구했다. 처음에는 행복을 베풀어준다. 문제는 해결되었다고, 목적은 달성되었다고 안심하게 만들어준다. 평온한 날이 언제까지나 계속되리라는 희망을 품게 해준다. 그런 다음에, 모든 것을 빼앗았다."

벨그리프는 무의식중에 슈바이츠를 매섭게 노려봤다. 하지만 슈바이츠는 태연자약하게 시선을 마주했다.

"나는 타인의 과거를 읽어 낼 수 있다. 다만 잠시 접촉한 정도로는 무리지. 따라서 이슈멜이 되어 너희와 교류를 거듭하고 과거를 읽어 냈다. 그 엘프 여자는 우리에게 협력했던 시기도 있지. 그래서 과거의 기억을 얻는 것은 어렵지 않았다. 또한 가장 괴로운 과거와 감정을 네 딸에게 꿈으로 보여주었다. 이것을 써서 말이지."

슈바이츠는 품에서 사과나무의 가지를 꺼내 벨그리프에게 보여줬다. 솔로몬의 열쇠라고 불리는 유물이었다.

"그것은 거대한 격류였다. 다만 가장 큰 역할을 한 것은 네 다리다. 가장 사랑하며 의존해왔던 존재에게 가장 큰 상처를 준 것이 자기 자신이었다는 사실은 네 딸의 마음을 뒤흔들기에 넘치도록 충분했던 셈이군. 결국 스스로의 감정이 폭주했고 세계에서 마음 둘 곳을 잃게 만들었다."

"……설마, 사티에게 안제를 낳게 한 것은."

"그건 아니다."

슈바이츠는 단호하게 잘라 말했다.

"그것은 나 또한 예상하지 못한 사건이었다. 물론 왜 갓난아이가 너의 근처에 가서 발견되었는지는 상상도 할 수 없다. 어쨌든 그때부터 현상은 일정 방향으로 흐르기 시작했는지도 모르겠군. 강의 큰 흐름이 떨어지는 낙엽을 끌어들이듯이 네 딸을 둘러싼 흐름은 이미 결정되어 있었다. 그렇게 생각하는 것이 자연스럽다. 나는 단지 흐름을 파악하여 유도한 것에 지나지 않는다."

"마왕을 인간으로 만든 이유는 무엇이지?"

"강대한 힘을 소유한 혼을 만들어 내고 싶어서였다. 솔로몬의 호문클루스는 강대한 힘을 가지고 있지만 결국 모조품일 뿐, 혼을

지니지 못한 꼭두각시놀음에 불과하다. 현상의 본줄기가 되는 것은 불가능하지."

"그래서 인간으로……."

"그렇다. 다만 나 이외의 녀석들은 강력한 병기로 보는 안목밖에 없었지만 말이다. 뭐, 나의 계획을 이해해주는 인간이 달리 더 있기를 바라지도 않았다. 서로가 서로를 이용하는 관계였다만, 마왕을 군이 병기로 만들어봐야 결말은 뻔하지. 나를 제외하면 전원이 실패했다고 말할 수 있다."

슈바이츠는 손에 든 가지를 아무렇게나 집어 던졌다. 벨그리프는 의아하다는 표정을 짓고 가지를 쳐다봤다가 다시 슈바이츠를 바라봤다.

"……버리는 건가?"

"더 이상 필요치 않다. 나는 흐름을 타고 넘어왔다. 이곳까지 온 이상 이제는 휩쓸려도 문제가 없다."

그렇게 잠시 대화가 멈췄다. 두 사람은 묵묵히 걸어갔다.

이윽고 슈바이츠가 입을 열었다.

"화를 안 내는군."

"……내가 말인가?"

"그래. 이슈멜이 되어 너희와 함께 다녔던 기억은 있다. 나는 네 딸에게 지독한 고통을 준 장본인 아닌가? 자식을 꽤 아끼는 인물이라 생각했다만, 그런 게 아니었나?"

"화는 났다만. 너를 죽여서 안제가 돌아온다면 목숨을 버려서라도 기어이 찔렀을 테지."

"오호."

"……하지만 나는 안제를 데리러 온 사람이다. 너를 죽이러 온 것이 아니야."

벨그리프는 한숨 쉬었다.

"그동안 네가 저질렀던 만행은 동의도 이해도 할 수 없군. 하지만, 얄궂게도……. 네가 아니었다면 나는 안제와 만날 수 없었다고도 말할 수 있지 않겠나. 사티의 괴로움도, 퍼시와 카심의 슬픔도 분명 잘 알고 있는데……. 자신의 이기심에 조금 질색하게 되는군."

슈바이츠는 소리를 높여 웃었다.

"거참, 이상한 녀석이군. 너 같은 녀석은 드물다. 몸을 던져서 딸을 구출하러 왔는데 정작 이제껏 딸을 괴롭혔던 원인에게는 분노를 쏟아 내지 않을 줄이야."

"……네 목적은 정말 이곳에 오는 게 전부였나?"

"그렇다."

"나는 그게 훨씬 더 이상하다는 생각이 들어."

문득 변화가 느껴졌다. 하늘과 지면에 경계가 생긴 것 같았다. 끝없는 지평선이 펼쳐져 있고, 머리 위에서는 어느 틈인가 별이 반짝이고 있었다. 다만 눈에 꾹 힘줘서 봐도 기억에 있는 별자리의 자취는 하나도 찾을 수 없었다.

이윽고 멀리 저 너머에서 희미한 빛이 나타나 눈에 들어왔다.

두 사람은 저 빛을 목적지로 오로지 걸음을 옮겼다.

지면은 딱딱하지도 부드럽지도 않았지만, 계속 걸으면 피로는 쌓이기 마련이었다. 조금 다리가 피곤해졌을 무렵, 점점 더 빛이 가까워지며 빛을 발하고 있는 존재의 윤곽도 어렴풋이나마 알아볼 수 있게 되었다.

"……나무?"

벨그리프는 눈을 가늘게 떴다.

저것은 분명 나무였다. 가지와 잎이 무럭무럭 뻗어서 자란 사과나무다. 나무 전체에서 엷은 빛을 발하고 있었다. 벌레 먹은 흔적은 전혀 없는 파릇파릇한 잎이 잔뜩 우거졌고, 새빨간 열매를 탐스럽게 매달아 늘어뜨렸다.

그 나무의 뿌리에 누군가가 있는 광경이 보였다. 흑발이다. 안젤린일까. 잠시 기대했지만 아무래도 아닌 듯싶다.

슈바이츠는 망설이지 않는 걸음걸이로 나무에 가까이 걸어간다. 벨그리프는 경계하면서도 뒤를 따르며 걸음을 빨리했다.

앉아 있는 인물은 윤기 없는 흑발을 지면에 닿을 정도로 아무렇게나 늘어뜨린 남자였다. 두꺼운 로브를 입었고 나무에 기댄 자세로 뿌리에 걸터앉았다. 한쪽 손에 든 사과 열매를 공처럼 던졌다가 받다가 하고 있었다.

흑발의 남자는 얼굴을 들어 본인에게 가까이 오는 두 사람을 바라봤다. 꽤 젊다. 어쩌면 아이라고 표현할 수도 있겠다. 졸음이 묻은 눈빛이지만 그 안쪽 안광은 예리했다.

"어라……. 묘하게 손님이 많은 날이군."

"솔로몬인가. 이 앞에는 무엇이 있지?"

슈바이츠가 말했다.

벨그리프는 놀라서 슈바이츠를 바라봤다.

흑발의 남자는 의아하다는 표정을 지었다.

"으음? 나를 아는 사람인가? 너는 누구야?"

"슈바이츠. 마법사다."

솔로몬은 던져 올렸던 사과를 툭 받아 들고는 재미있다는 표정을 지었다.

"아하, 마법사. 아래에는 보러 다닐 게 없어져서 이곳에 온 녀석이구나."

"이미 안다면 설명은 필요 없겠군."

"기대하고 왔을 텐데 미안하게 됐어. 여기에는 전혀 아무것도 없거든."

"흐음?"

"안 믿는 표정이네."

"여기에는, 없다. 요컨대 더 앞이 있다는 말 아닌가?"

"쳇, 얄미운 녀석이네. 내가 싫어하는 부류야."

솔로몬은 그렇게 말한 뒤 사과에 숨을 불었다가 로브의 소매로 닦기 시작했다.

"정말 더 앞을 보고 싶어? 여기처럼 잘 정돈된 세계가 아닌데?"

"상관없다."

"괴짜 녀석. 마음대로 해라."

솔로몬은 딱, 손가락으로 소리를 냈다.

벨그리프는 퍼뜩 놀라며 칼자루에 손을 가져갔다. 슈바이츠의 오른팔이 마치 흙덩이처럼 후득후득 부스러졌다.

슈바이츠는 일순간 놀란 기색이었으나 곧 웃기 시작했다.

"오호라, 아주 멋지군! 아직 몰랐던 것이 이렇게나 많았다!"

"……옛날의 나와 비슷하게 바보네."

솔로몬은 어이없어하며 중얼거렸다.

슈바이츠는 벨그리프를 돌아봤다. 항상 얼굴에 그림자를 드리워서 보이지 않게 가렸던 후드 안쪽으로 드러난 얼굴은 분명 이슈멜을 떠올리게 했다.

"그 얼굴은……."

"슈바이츠라는 이름을 쓴 이후 맨얼굴을 보여주는 것은 이게 처음이다."

슈바이츠는 히죽 입꼬리를 끌어 올렸다.

"작별이다,『적귀』. 이제는 두 번 다시 만나지 않으리라."

"……앗! 이봐!"

벨그리프는 무심코 손을 뻗었다. 하지만 슈바이츠의 몸은 후득후득 부스러져서 가루가 되었고, 그 가루도 허공에 낱낱이 흩어지며 사라졌다. 단지 슈바이츠의 웃음소리만이 메아리처럼 남아 있었다. 하지만 그 소리도 이윽고 작아지다가 사라졌다.

조용해졌다. 벨그리프는 어안이 벙벙하여 우두커니 서 있었다.

솔로몬은 닦아 낸 사과를 옆에 두고는 또 새로운 사과를 손에 들더니 닦고 있다. 그러다가 눈만 벨그리프에게로 돌렸다.

"그래, 너는 왜?"

"……벨그리프라고 합니다."

솔로몬은 살짝 놀라는 표정으로 벨그리프를 쳐다봤다.

"이 녀석은 예의 바르네. 그렇게 떨어지지 말고 이쪽으로 가까이 와도 돼."

벨그리프는 천천히 다가갔다.

어쩐지 현실감이 없었다. 눈앞의 젊은이가 과거에 마왕을 만들어 냈고 대륙의 정점에 올라섰다가 최후에는 시공의 저편으로 사라졌다는 이단의 대마도사라고 한다. 티 나지 않게 칼자루에 손을 얹어 두었지만, 솔로몬에게서 적의는 딱히 느껴지지 않았다.

솔로몬은 다 닦아서 빛나는 사과를 보고 만족스럽게 고개를 끄덕였다.

"네 친구는 가버렸어. 형체가 없는 광기의 세계로 말야. 색채도 소리도 감정도 모든 개념이 육체와 똑같이 들이닥치는 곳이다? 정신이 나가버릴걸."

"……그자는 제 친구가 아닙니다. 굳이 말하자면 적대 관계였습니다만."

"적대 관계? 그러면 왜 사이좋게 같이 걸어온 거야."

"저는 딸아이를 찾으러 온 사람입니다. 그자와는 단지 걷는 방향이 같았을 뿐이지요."

"딸?"

"못 보셨습니까? 당신과 같은 흑발입니다."

"왔었어. 아까 지나갔거든. 그런데 걔는 내 아이잖아. 너의 딸 아이는 아닐 텐데?"

솔로몬은 그렇게 말하고 사과를 휙 던졌다.

"아이들은 참 가엾게 됐어. 다 버리고 나만 여기에……. 지금 어떻게 지내는지 알아?"

"폭주했습니다. 당신이 이곳으로 떠난 뒤에는 당신이 만들어 냈던 것 대부분을 파괴했다고 들었습니다만."

"……그랬구나."

솔로몬은 사과를 받아 들고는 한숨 쉬었다.

"그다음은 또 어떻게 됐어? 세상이 전부 멸망한 건 아니겠지. 네가 여기에 왔으니까."

"그들은 주신 뷔에나에게 축복을 받은 용사에게 토벌되었다고 합니다."

다만 이후에도 완전히 파괴되지는 않았다고 벨그리프가 말을 보태자 솔로몬은 그립다는 듯이 눈웃음을 지었다.

"아, 그리운 이름이야……. 그랬어. 결국 그 아이가 전부 수습해줬구나. 주신이라. 괘씸한 옛 신들은 그 아이를 제외하고 전부 쓰러뜨렸으니까."

"……예?"

말뜻을 이해하지 못한 벨그리프의 앞에서 솔로몬은 혼잣말처럼 조용조용 중얼거렸다.

"착한 아이였지. 인간을 좋아하고 싸움을 싫어했어. 나는 그 아이가 웃어주기를 바랐을 뿐이었는데 말이야…… 어디에서 잘못했던 걸까."

"……당신은 대륙을 힘으로 지배하지 않았습니까?"

"그랬지. 하지만 그 전에 인간을 지배하고 있었던 옛 신들을 퇴치했어. 되게 기뻐하더라. 옛날 인간들은 노예나 마찬가지였거든. 옛 신의 변덕 때문에 벌레처럼 죽어 나가기도 했고, 보드게임 비슷한 느낌으로 전쟁을 하러 나가야 했어. 그 아이만큼은 달랐지만 말이야."

솔로몬은 사과를 저 너머로 집어 던졌다. 사과는 지면을 몇 번인가 튕겨서 조금 굴러가다가 멈췄다.

"인간이 기뻐하니까 그 아이도 좋아하는 것 같았어. 그래서 나도 이것저것 열심히 했지. 그런데 살기가 편해지니까 다들 자꾸자꾸 선을 넘더라. 사소한 갈등 때문에 아옹다옹하더니 전쟁까지 일으킨 거야. 그 아이가 슬퍼하잖아? 몇 번이나 말려보려고 여기저기 왕이니 장군이니 하는 사람을 설득했어. 전부 소용없더라. 난 실망했어. 무엇을 위해 옛 신들을 쓰러뜨렸는지 알 수 없었어."

"그래서, 대륙을 지배했던 겁니까……?"

"맞아. 일흔둘이나 강력한 아이가 있었잖아. 쉬웠어. 뒤처리도 편했고. 거역하는 자는 힘으로 제압하면 끝이니까. 아무도 내 아이들을 못 당해 냈거든. 그런데도 거역하는 녀석이 끊임없이 나타나더라……. 뭐, 전부 죽였지만 말이야. 그래서 전쟁도 안 일어났고, 인간끼리 서로 죽이는 일은 아예 사라졌어. 내가 죽인 대상은 반역하는 악인뿐. 그런데 그 아이는 웃어주지 않았어. 자꾸 엇갈리다가, 나를 이해해주지 않는 그 아이에게 짜증이 났지. 나는 그 아이를 위해 애썼는데!"

솔로몬은 두 손으로 머리를 쥐어뜯었다. 머리카락이 푸석푸석 흐트러진다.

"어느 사이에 인간들은 나를 적대하게 됐어. 웃기는 녀석들이야. 옛 신을 물리쳐서 자유를 줬는데! 그 아이도 내 곁을 떠나갔어. 아이들만은 내 편이었지만, 당연하지! 내가 나 자신을 사모하도록 술식을 짜서 만들어 냈으니까. 어차피 인형, 가짜야! 결국 아무도 진짜로 나를 이해해주지 않았지. 그래서 나는 그냥 전부 다 놓아버리고 싶어진 거야. 그래서 이곳으로 도망쳤어. 그게 끝이야."

솔로몬은 열병이 도진 사람처럼 떠들어 대다가 벨그리프를 쳐다봤다. 눈동자에 광기의 빛이 깃들어 있었다.

"너는, 어떻게 생각해? 내가 뭘 어떻게 하는 게 맞았을까? 나는 잘못을 저질렀던 거야?"

"……이미 알고 계시지 않습니까?"

벨그리프는 차분하게 말했다.

솔로몬은 움찔하며 굳었다. 물끄러미 벨그리프를 쳐다본다. 벨그리프는 동요하지 않고 가만히 마주 바라봤다.

차츰 솔로몬의 눈동자에서 광기의 빛이 엷어지더니 이윽고 어깨를 축 늘어뜨리며 눈을 내리떴다.

"……그래, 맞아. 사실은 다 알고 있었는데, 알고 싶지가 않았던 거야. 알아버리는 게 무서웠지……."

솔로몬은 무릎을 끌어안고 입을 다물었다. 벨그리프는 주위를 둘러보다가 말했다.

"이곳에 왔다는 제 딸아이는 어디 있습니까?"

"……찾아내서, 어쩌려고? 분명 육체는 인간이 되었지만, 절반은 내가 만들었을 때의 상태로 돌아갔던데. 다시 데려올 생각이야?"

벨그리프는 말없이 솔로몬을 물끄러미 바라봤다. 솔로몬은 거북해하며 입을 우물우물했다.

"……그 아이가 딸이랬지? 네가 키웠어?"

"예. 어릴 적부터요."

"소중한가?"

"무엇과도 바꿀 수 없는 보물입니다."

"……내가 만든 호문클루스라는 건 틀림없다? 가짜 혼이야. 그런데도 소중해?"

"그 아이는 절대 가짜가 아닙니다."

벨그리프는 솔로몬을 매섭게 노려봤다.

"나의 딸, 안젤린이지."

솔로몬은 고개 숙였다가 이윽고 팔을 들어서 한 방향을 슬쩍 가리켰다.

"……가봐. 저쪽이야."

"고맙습니다."

벨그리프는 망토를 펄럭였다.

몇 발짝 걸었을 때 뒤쪽에서 솔로몬의 목소리가 들렸다.

"있잖아."

고개 돌리자 솔로몬이 우물쭈물하는 모습으로 벨그리프를 보고 있었다.

"……부모라면, 아이의 행복을 바라기 마련이겠지?"

"적어도 저는 그것을 바라고 있습니다."

"……그런가."

솔로몬은 가만히 대꾸한 뒤 나무에 기대어 눈을 감았다.

"안젤린인가……. 좋은 이름이야."

벨그리프는 가볍게 인사한 뒤 발걸음을 돌렸다.

하늘에는 별이 반짝이고 있었다. 빠른 걸음으로 나아갔다. 솔로 몬과 사과나무가 점점 멀어지며 이윽고 빛도 보이지 않게 되었다.

문득 깨달았을 때는 하늘에 새카만 구름이 걸려 있었다. 약하게 눅눅한 바람이 불어와서 뺨을 쓸어 만졌다.

저 앞에 거뭇한 아지랑이가 자욱이 껴 있다. 숨을 죽이고 있었 던 환지통이 또 욱신욱신 쑤시기 시작한다.

"안제……."

벨그리프는 중얼거렸다. 가까워짐에 따라서 이미 없어진 오른 쪽 다리의 통증이 더욱 심해진다.

그럼에도 걸음을 멈추지 않고 나아갔다. 아지랑이가 몸을 감쌌다.

○

안젤린은 웅크린 채 머리를 부여잡고 있었다. 겁에 질려서 움츠러든 어린아이와 같은 모습이다. 팔과 다리는 이미 그림자처럼 까매졌고, 그 검은색이 기어 올라오는 모양새로 머리 쪽까지 침식이 진행 중이었다.

주위에는 폭풍처럼 횡횡 바람이 불어닥치고 검은 아지랑이가 소용돌이치며 둘러싸고 있었다. 마치 안젤린을 비웃는 것 같기도 했다.

"으으으으으……."

ㅡ너 때문이다. 네가 없었다면 아무도 고통을 받지 않았다.

저 목소리가 줄곧 머릿속에서 부르짖고 있었다. 퍼시벌이, 카심이, 사티가, 그리고 벨그리프가 자신을 손가락질하며 책망하는 느낌이었다.

"아빠는…… 아빠는 그런 말 안 해……."

스스로도 무의식중에 입에서 말이 새어 나온다. 하지만 귀로 들어온 말에 대꾸하며 마음속에서는 다른 목소리가 또 부르짖는다.

ㅡ아빠 소리가 잘도 나오는구나. 다리를 빼앗았고 본래 누려야 했을 미래까지 빼앗은 주제에.

게다가 아무렇지도 않은 얼굴로 딸인 양 행세하며 끼어들었던 주제에.

이슈멜의, 슈바이츠의 말이 옳았다. 뻐꾸기의 탁란이다. 기생해서 돌봄을 받고 아무렇지도 않은 얼굴로 사랑을 빼앗았다. 뻐꾸기는 알을 떨어뜨리나 자신은 벨그리프의 미래를 빼앗아 가로챘다.

만약 모험가로 계속 활동했더라면 분명 아버지와 세 동료는 행복했을 것이다. 이름 높은 모험가의 인생이 기다리고 있었다. 카심은 염세관에 사로잡혀서 악행에 손을 뻗치지도 않았을 테고, 퍼시벌은 증오에 허우적거리며 끊임없이 싸우지도 않았을 테고, 사티는 슬픈 이별을 반복하지 않아도 되었을 터이다. 벨그리프도 훨씬 근사한 삶을 살았을 것이 분명했다.

안젤린은 이를 악물었다. 자신을 책망하는 목소리는 끊이지 않고 머릿속에서 울려 퍼지고 있다.

과거에 보르도에서 그림자와 싸웠을 때 머릿속에서 울린 목소리도 들렸다.

―너도 똑같아!

"싫어……. 싫어어……."

뚝뚝 눈물이 떨어진다. 도와주기를 바랐다. 다만 도움을 청할 자격은 애당초 없다는 생각이 든다.

어째서 태어나버렸을까.

어째서 감히 행복을 원하게 되어버렸을까.

결국 얼굴 전체가 그림자와 똑같아졌다. 그림자가 옷을 입은 듯한 모양새다. 눈도 코도 입도 분간되지 않는다. 그런데도 눈이 있었던 위치에서는 눈물이 쏟아지고 있다.

빨리 마왕이 되어버려라. 그렇게 전부 잊어버려라.

그렇게 스스로를 타일러봐도 끝내 싫다며 슬퍼하는 자신도 있다. 자신을 책망하는 목소리, 부르는 듯한 목소리도 울려 퍼지고 있다. 정신이 나갈 것 같았다.

"으으으으……."

신음 소리가 새어 나왔다. 이미 자신의 목소리가 아닌 것 같다.

머리가 자꾸 멍해진다. 안젤린으로서 살아온 따스한 나날의 추억이 자꾸자꾸 떠올랐다가 녹아내리며 사라져 간다.

아, 이제야 잊을 수 있겠구나.

안도했다. 드디어 안젤린이 아니게 된다. 그런데도 도움을 바라며 계속 슬퍼하는 마음이 걸리적거린다. 괜찮다, 어차피 시간문제다. 추억과 같이 이윽고 녹아서 사라질 것이 분명하다.

잠시만 참자.

"안제."

바람 소리의 너머에서 벨그리프의 목소리가 들려왔다.

심장이 뛰어올랐다. 환청이 아니다. 분명하게 귀에 와 닿는 목소리였다.

얼굴을 들어 올렸다. 세차게 부는 바람의 너머에서 인영이 나타났다.

—어째서?

막 가라앉으려 했던 마음이 다시 물결치며 들끓는다. 어째서 이런 곳까지 따라온 거야? 어째서 잊어버리게 놔두지 않아?

들썩이는 마음을 애써 억누르며 안젤린은 일어섰다.

"안제, 거기에 있니?"

—오지 마!

소리 질렀다. 다만 목소리가 나온 것이 아니라 공간 전체가 진동하는 듯했다.

그럼에도 바람 너머의 인영은 한 발짝씩 걸어 가까이 다가왔다. 안젤린은 비틀거리면서 뒤로 물러난다. 지금 당장 달려가서 매달리고 싶지만 도망쳐야 했다.

"……돌아오거라. 네가 있을 곳은 이렇게 어두운 곳이 아니잖니?"

비틀비틀하는 발걸음으로 도망쳤다.

—나한테는 아무것도 자격이 없어!

부르짖었다.

—그러니까 그냥 내버려 둬!

애원 비슷한 부르짖음이었다. 인영은 걸음을 멈췄다. 하지만 이미 꽤 가까워졌다. 벨그리프는 안젤린을 바라보고 있었다. 적발이 흔들거린다. 안젤린을 보는 눈빛은 마냥 다정하다. 그래서 안젤린은 더욱 괴로웠고 가슴이 꿰뚫리는 것 같았다.

전부 다 알면서, 전부 자신이 원인인데, 어째서 이런 눈빛으로 나를 볼 수 있을까 의문이 든다. 흘러넘치는 눈물은 멎지 않는다.

—부탁이야. 여기서 나가.

안젤린은 두 손으로 얼굴을 덮었다.

─다들 나 때문에 상처 받았어. 사랑받을 자격이 없었던 거야. 그냥 괴롭기만 해. 나 같은 녀석은…… 태어나지 말았어야 했어.

벨그리프는 가만히 입을 열었다.

"있잖니, 안제."

안젤린은 움찔 놀라며 몸을 떨었다.

"네가 많이 어렸던 시절에, 같이 밤 산책을 다녀왔었지. 달님이 아름답고 밤이슬이 반짝반짝 빛났어. 너는 종종걸음으로 앞에 갔다가 밤이슬에 바지의 자락이 푹 젖었지."

안젤린은 가슴을 부여잡았다. 분명 녹아서 사라졌던 추억이 또 분명하게 떠올라 나타났다.

"밤중에 잠이 깨서…… 같이 따뜻한 염소젖을 마신 기억도 나는구나."

벨그리프는 살짝 걸음을 앞으로 내디뎠다. 한 발짝 다가간다.

"무서운 꿈을 꿨다고 말했었지. 혼자가 돼서, 새카맣고, 무서웠다고."

아빠는 아무 데도 안 간단다. 기억 속 벨그리프가 미소 짓는다. 안젤린은 귀를 부여잡으며 무릎 꿇었다.

─그만해, 그만해.

"네가 올펜으로 떠나기 전 아빠는 약속했다. 세상의 모든 사람들과 적이 되더라도, 아빠는 무조건 안제 편이라고."

─그만해!

"안제……. 태어나줘서 고맙다. 아빠의 곁에 와줘서."

벨그리프가 이미 눈앞에 와 있었다. 살며시 두 팔을 벌리고 있었다.

"돌아오거라."

안젤린은 몸부림쳤다. 아버지를 원하는 마음과 거절하는 마음이 격렬하게 맞부딪쳤다. 숨이 막힌다. 괴롭다.

―싫어, 싫어! 오지 마!

밀쳐 내고자 두 손을 앞으로 내밀었다. 하지만 자신의 의사와 달리 그림자가 된 손은 마치 창처럼 가늘고 예리하게 끝부분을 뾰족 내밀고 있었다.

푹, 뜨뜻한 감촉이 느껴졌다. 오른쪽 손의 끝이 벨그리프의 옆구리에 박혀 있었다.

―아, 아, 아······.

스르륵, 팔을 빼냈다. 피가 끈적하게 묻어 있다. 부들부들 무릎이 떨린다. 또 상처를 입혀버렸다. 자신을 책망하는 마음의 목소리가 한층 더 높아지며 머릿속을 가득 메워버린다.

역시, 역시, 역시 난 안 된다. 안 되는 거야. 이 사람과 같이 있을 자격이 없어.

하지만 커다란 손이 등을 살며시 문질러줬다. 마구 울려 퍼지던 목소리가 곧바로 작아진다. 놀라서 얼굴을 들어 올렸다.

벨그리프는 미소를 짓고 있었다. 괴로움이 묻은 표정은 전혀 아니었다.

"괜찮다, 안제. 이제 괜찮아."

살며시 끌어안고는 머리를 쓰다듬어준다. 울퉁불퉁한 손바닥이다. 줄곧 괭이와 검을 쥐었던 손이다. 항상 자신을 꽉 안아 들어준 무척 좋아하는 손이다.

─아, 아아아, 아아.

또옥, 안젤린의 얼굴에서 검은 껍질이 벗겨졌다. 하얀 피부가 드러난다. 그것을 시작으로 몸을 뒤덮고 있던 그림자가 날아간다.

"아아아아아아아⋯⋯."

눈물이 흘러넘쳤다.

벨그리프는 안젤린은 꽉 안아서 사랑이 담긴 손짓으로 머리카락을 쓰다듬어줬다.

"⋯⋯많이 힘들었지. 잘 돌아와줬다."

"아아, 아아⋯⋯."

가슴 안쪽은 따뜻했다. 철들기 이전부터 줄곧 친숙했던 온기다. 온몸에서 힘이 빠진다.

"미안해요⋯⋯! 미안해요⋯⋯."

"괜찮다, 안제. 괜찮아."

"용서해주는, 거야⋯⋯?"

"처음부터 용서했었다. 모든 것을."

"내가⋯⋯ 내가⋯⋯."

같이 있어도 되는 거야?

"당연하잖니. 너는, 아빠의 딸이니까."

벨그리프는 안젤린의 머리카락을 빗겨주듯이 쓰다듬었다.

"으흑……. 끄윽."

안젤린은 코를 훌쩍거렸다.

아빠는 아빠였구나. 이제껏 쭉, 앞으로도 쭉.

얼굴을 들어 올린다. 벨그리프는 살며시 뺨에 손을 얹어주었다.

"이런 얼굴은 안 어울린다?"

"……아!"

안젤린은 눈물에 쭈글쭈글 젖은 얼굴로 힘겹게 웃는 표정을 만들었다.

뭐라 말하는 것이 좋을까?

그렇다. 돌아오면 이렇게 말하고 싶었다.

줄곧, 말하고 싶었다.

"다녀왔어요……. 아빠!"

벨그리프는 생긋 웃었다.

"어서 오려무나, 안젤린."

에필로그

"사티 씨, 채소 뜯어 왔어요."

"생각보다 되게 많던데요!"

바구니를 손에 들고서 아넷사와 밀리엄이 들어왔다. 밭에 약간이나마 남아 있었던 여름 채소를 가득 채워서 왔다. 사티는 빵 반죽을 주무르며 고개 돌렸다. 코끝에 가루가 묻어 있다.

"고마워, 얘들아. 샤르한테 줄래? ……잠깐만, 퍼시 군. 장작 좀 옮겨달랬잖아."

"아, 이런. 깜빡했다. 미안."

사티에게 혼난 퍼시벌이 허둥지둥하며 바깥으로 나갔다. 사티는 어이없어하며 허리에 손을 가져다 대고 한숨 쉬었다.

"어휴, 정신을 어디다 두고 다니는 거야. 자, 식기 꺼낼 테니까 탁자 정리해줘. 밤에 먹고서 그대로잖아. 마리, 물 길어 와줄래?"

"알았다~."

마르그리트가 통을 들고서 밖에 나갔다.

쌍둥이가 접시를 가지고 온다.

"여기, 접시."

"카심, 빨리."

"예이예이."

카심이 탁자 위쪽의 술병이며 카드를 한꺼번에 휙휙 치웠다.

"카심 아저씨, 냄비 옮겨줘."

샤를로테가 그렇게 말한 뒤 난로에 걸어 둔 냄비의 뚜껑을 나무 주걱으로 통통 두드렸다.

"사람을 막 부려 먹는군, 아이고."

투덜거리면서도 카심은 웃고 있었다.

난로의 불을 조절하고 있었던 벡이 의아하다는 표정을 지었다.

"뭐가 재밌어서 웃나."

"하하, 아니. 뭔가 지금껏 살면서 가장 행복한 기분이걸랑."

"……후후, 그러게 말야."

사티도 동의하며 쿡쿡 웃었다.

장작을 안아 들고 돌아온 퍼시벌이 고개를 갸웃거렸다.

"왜 다들 실실거려?"

"아니야, 그냥 행복해서."

"아…….."

"넌 조금 미련이 있는 것 같네."

"시끄럽다. 난 섬세하다고."

퍼시벌이 입을 삐죽거리며 받아치자 미토가 깜짝 놀랐다는 표정을 지었다.

"섬세했어? 퍼시가?"

"……요놈의 자식, 미토. 카심한테 또 뭔 소리를 들었냐."

"잠깐, 왜 내 이름이 나오는 거야."

루실이 따란따란 육현을 튕겨 연주했다.

"옛날 사람들은 말했습니다. 평소 행실이 중요함."

"드물게도 동의할 수 있는 말이군."

야쿠모가 입으로 연기를 내뿜으며 껄껄 웃었다. 카심은 수염을 비비 꼬았다.

"제길~ 내 편이 없잖냐. 벨이랑 안제는 어디 갔어?"

"산책하러 나갔어. 아버님이 걷고 싶으시대."

대답하며 샤를로테가 스튜를 퍼서 담는다. 아넷사가 쿡쿡 웃었다.

"벨 아저씨도 이래저래 아무튼 튼튼하시니까. 나, 그때는 간이 떨어지는 줄 알았어."

밀리엄이 채소를 자르며 고개를 끄덕였다.

"깜짝 놀랐지~. 다 같이 안달복달하면서 기다리는데 갑자기 벨 아저씨가 피를 흘리는 모습으로 안제한테 부축받아서 나타났는걸."

"털실이 사라진 주변에서 불쑥 튀어나왔지. 거참, 그 녀석은 나를 몇 번 놀라게 해야 직성이 풀리는 거냐……."

퍼시벌이 투덜거리고 한숨 쉬었다. 빵 반죽을 펴주며 사티가 대꾸한다.

"헬베티카가 영약을 나눠 줘서 다행이야. 덕분에 벌써 걸어 다닐 만큼 회복됐잖니."

"거참, 벨 녀석. 조심 좀 하지. 평소는 항상 신중한데도 자기 몸을 던지는 데는 망설임이 없다 보니까 내가 더 조마조마하다고."

"그나저나 용케 돌아왔네요. 저는 그 구멍이 닫혔을 때는 이제 안 되는 건가 포기할 뻔했거든요…….."

아넷사가 말했다. 밀리엄이 고개를 끄덕거린다.

"그치? 어째서였을까~? 지금 와서는 알아볼 방법도 딱히 없지만."

"그러게나 말이다, 궁금해서 못 견디겠더라."

물을 길어서 돌아온 마르그리트가 말했다. 올림 마루에 걸터앉아 있었던 그라함이 생각에 잠긴 듯 눈을 내리떴다.

"……안젤린이, 바랐을 테지."

"네?"

"무슨 소리야? 큰숙부."

"안젤린은 돌아오고 싶어 했었다. 그래서 길은 닫히지 않았다. 그뿐이다."

"……그랬을지도 모르겠네."

"하하, 결국 그 녀석이 돌아올 곳은 솔로몬이 아니라 벨의 곁이었다는 말이군."

퍼시벌이 그렇게 말하며 웃었다. 다른 사람들도 덩달아 집 안을 웃음소리로 가득 채웠다.

"그나저나, 퍼시. 넌 어떡할 거야? 찾아다니던 상대가 없어져버렸잖아."

"글쎄다. 뭐, 천천히 생각해야지."

"같이 동방에 갈래요~?"

밀리엄이 장난스럽게 말했다. 퍼시벌은 껄껄 웃는다.

"그것도 나쁘진 않군. 뭐, 던전이 자리를 잡을 때까지는 톨네라에서 느긋하게 지내련다."

"느긋하게 지내는 건 좋은데 집안일도 좀 거들어줄래?"

사티가 말했다. 퍼시벌은 입을 삐죽거렸다. 또 웃음소리가 터져나왔다.

그때 덜커덩하며 세차게 문이 열렸다. 사샤가 나타났다.

"좋은 아침입니다! 오, 떠들썩하군요!"

"앗, 사샤다. 안녕~."

"무슨 일이야? 아침부터."

아넷사가 고개를 갸웃거렸다.

"듣자 하니까 교회에서 신상을 꺼낸다더군요. 그래서 같이 구경을 가면 어떨까 싶었습니다!"

"어라, 벌써 꺼내는 거야?"

"얼른 아침 식사부터 끝내야겠군."

"벨이랑 안제, 언제 돌아오려나."

○

가을 수확제가 내일로 다가왔다. 마을에 많은 행상인들이 방문했고, 유랑민들이 매일 유쾌한 음악을 연주했다. 마치 이미 축제가 시작된 듯한 분위기다. 그 때문일까. 평소 같았으면 당일 교회에서 꺼내다가 옮기는 주신 뷔에나의 신상도 계획을 바꿔서 오늘부터 꺼내 두려는 것 같다.

언덕 위에 있었다.

벨그리프는 지팡이를 짚었고 안젤린이 옆에 가까이 붙어서 서 있다. 앞머리에 단 머리 장식의 보석이 반짝거렸다.

"아빠, 안 아파?"

"그래, 괜찮단다."

벨그리프는 옆구리에 손을 가져갔다.

"급소는 딱 피해줬잖니. 역시 안제는 착한 아이구나."

"끄응⋯⋯."

안젤린은 입을 삐죽거렸다. 벨그리프는 웃음 짓고는 안젤린의 머리에 톡 손을 얹었다.

마왕화가 진행 중이었던 안젤린에게 찔린 옆구리는 고의인지 우연인지 급소를 벗어나는 공격이었기에 마을로 돌아온 뒤 헬베티카에게 받은 영약을 써서 치료했다. 아직은 다소 통증이 있으나 지팡이를 짚으면 서서 걸어 다닐 정도로 회복되었다.

바람이 불고 있었다. 평원을 어루만지며 어딘가로 달려 나간다.

안젤린이 벨그리프의 손을 꼭 쥐었다.

"벌써 가을 수확제야."

"그래. 시간 참 빠르구나."

마을에서는 연기가 피어오르고, 희미하게나마 이곳까지 떠들썩한 소리가 들려온다. 1년 중 가장 사람이 많아지는 시기다. 다만 던전이 가동되면 상황이 꽤 달라질지도 모른다.

벨그리프는 후유, 숨을 내쉬고는 천천히 지면에 앉았다. 안젤린도 옆쪽에 같이 앉았다.

신기하게도 무사히 돌아올 수 있었다. 털실을 더듬어서 가던 중 갑자기 눈앞에 동료들이 나타났었다. 합류한 다음에도 실을 더듬어 가며 올 때보다 짧은 시간을 들여 돌아왔던지라 무척이나 신기했다.

기묘한 공간이었지. 벨그리프는 생각을 떠올렸다. 나아간 길을 따라서 돌아왔을 텐데도 솔로몬과 만나지 않았다. 그자는 아직껏 그 공간에서, 사과나무의 아래에서 혼자 앉아 있을까.

자신들에게는 돌아올 길이 있었다. 그러나 솔로몬의 길은 이미 막혀버렸는지도 모르겠다.

"쓸쓸해 보였는데……."

"왜 그래? 아빠……?"

"음, 아니다……. 동방으로 가는 여행은 얼마나 걸릴 것 같니?"

"잘 모르겠는데……. 1년은 넘게 걸릴 것 같아."

안젤린은 가을 수확제 이후 올펜에 복귀했다가 곧 동방으로 여행을 떠난다. 아넷사와 밀리엄, 마르그리트도 함께다. 야쿠모와 루실도 동행한다니까 꽤 떠들썩한 여정이 될 테지.

"사람들 많이 만나고, 여기저기 많이 보고……. 돌아와서 잔뜩 얘기해줄게."

"벌써 기대되는구나."

벨그리프는 미소 짓고는 안젤린의 머리를 쓰다듬었다. 안젤린은 기분 좋게 눈을 감았다.

하늘에는 구름 엷게 끼어 있지만, 태양이 높이 떠오를 무렵에는 맑고 푸르른 빛을 띠게 되리라.

너무나 많은 사건을 겪었다. 상처 받고, 화내고, 슬퍼하고. 그럼에도 간신히 극복할 수 있었다. 그래서 더더욱 이렇듯 아무 대단할 것 없는 시간이 몹시 사랑스럽게 느껴졌다.

"……길드 일, 많이 힘들겠지?"

안젤린이 벨그리프의 얼굴을 빤히 바라보며 물었다.

벨그리프는 쓴웃음 짓고 수염을 비비 꼬았다.

"그렇지, 힘들 거야. 아무튼 버텨봐야지."

"후후……. 돌아오면 내가 도와줄게."

"고마운 말이기는 한데, 리오 씨가 슬퍼하지 않겠니?"

"괜찮아. 어차피 길드 마스터도 조만간 톨네라에 올 거야……."

"이 녀석."

그런데 정말 이루어질지도 모르겠다. 앞일을 알 수야 없겠으나 아주 불가능하다고 단언도 못 한다는 것이 무시무시하다. 떠들썩한 것은 싫지 않다만, 너무 급하게 일을 추진하면 자신이 오히려 따라가지 못하게 된다.

벨그리프는 난처해하며 웃고는 하늘을 바라봤다. 태양이 점점 높이 떠오르고 있다. 안젤린이 일어섰다.

"아침밥, 다 됐을 것 같아."

"그렇구나. 슬슬 돌아갈까."

벨그리프도 지팡이를 짚고 일어났다. 안젤린은 콧노래를 흥얼거리며 숲 쪽을 바라본다.

"바위월귤, 따러 갈 거지?"

"아침밥 먹고 가자꾸나."

"에헤헤……."

안젤린은 기뻐하며 얼굴에 활짝 미소 짓고는 벨그리프에게 안겨들었다. 몸이 흔들리는 바람에 옆구리의 상처가 욱신욱신 쑤셨다.

"아야야."

"앗, 미안……. 아빠, 괜찮아? 같이 따러 갈 수 있어?"

안젤린은 주뼛주뼛하며 물었다. 벨그리프는 옆구리를 쓸어 만지며 웃었다.

"안제가 부축해주면 괜찮을 거다. 오늘 하루는 천천히 걷자꾸나. 미토와 샤를로테도 같이, 이것저것 얘기하면서 말이다."

"응."

안젤린은 밝게 웃음을 짓고 살며시 벨그리프의 팔을 잡았다.

"가자."

"그래."

두 사람은 천천히 한 발짝 한 발짝 바닥을 확인하는 걸음걸이로 언덕을 내려갔다.

슈바이츠는 시공의 저편에서 더 먼 곳으로 떠나갔다. 분명 이제는 두 번 다시 만나지 못할 것이다. 모든 문제가 다 해결되었는지는 알 수 없지만, 적어도 평온한 날을 방해하려 하는 존재는 사라졌다.

다만 슈바이츠가 떠나갈 때의 대화를 떠올리면 이슈멜이라는 인간은 없었다는 말이 진짜였나 의문이 든다. 어쩌면 이슈멜은 호기심이라는 업에 사로잡히기 이전 슈바이츠의 모습이 아니었을까? 『창염』이라고 불리기 전에는 『대지의 배꼽』에서 함께 싸웠을 때처럼 소박한 성격을 가진 청년이 아니었을까?

지금 와서 궁금해한들 대답은 들을 수 없다. 아무튼 만약 그랬다면 일말의 쓸쓸함을 느끼는 것도 사실이었다.

어쨌든 간에 적은 사라졌다. 다시 일상이 돌아왔다. 아니, 일상이라는 표현을 써도 되는지 벨그리프는 알지 못했다

새로운 사업이 시작된다. 셀렌이 왔고, 던전이 만들어질 테고, 길드를 운영해야 한다. 떠나가는 사람, 찾아오는 사람, 많은 사람들과 만나고 헤어지게 될 테지. 지금까지와 같은 일상은 아닐 것이다.

불쑥 걸음을 멈췄다. 안젤린이 의아해하며 벨그리프를 쳐다본다.

"왜 그래? 아빠. 어디 아파?"

"음, 아니……."

눈을 내리감았다. 등을 밀어주듯이 바람이 불어왔다.

벨그리프는 눈 떠서 딸아이의 얼굴을 힐끔 돌아봤다. 안젤린은 고개를 갸웃거리며 벨그리프를 마주 바라봤다. 흑발이 바람에 흔들리고 있다.

안젤린도 성장했다. 자신도 나이를 먹었고 언젠가는 늙어 죽는

다. 안젤린도 언젠가는 둥지를 떠나 독립해야 한다.

적은 사라졌으나 모든 문제가 해결된 것은 아니었다. 퍼시벌도 애써 밝게 행동하고는 있지만, 아직 어색한 부분이 눈에 띈다. 안젤린 본인도 아직은 마음 정리가 안 된 부분이 있는 듯하다. 그런 마음이 동방행 여행을 등 떠밀었던 것 같다. 잠시 거리를 두고 다른 경험을 하며 천천히 자리 잡을 위치를 찾고 싶었을 테지.

아무튼 과거의 청산은 끝났다. 분명 시간이 해결해줄 것이다.

모든 이야기를 웃으며 나눌 수 있는 때가 분명히 온다. 벨그리프는 그렇게 믿고 있다. 다만 그때 자신이 과연 몇 살이 되어 있을지는 알 수 없다만.

그동안 톨네라도 많은 변화를 맞이할 테지. 비슷하게 보여도 자신이 아직 소년이었을 때와 지금은 무척이나 많이 달라졌다는 생각이 든다.

자신도 어른이 됐다. 친구들도 나이를 먹는다.

시간이 지나면 아이는 어른이 되고 어른은 노인으로, 노인들은 죽어 묻힌다. 또한 새로운 생명도 태어나리라. 좋든 나쁘든 언제까지나 똑같이 살아갈 수는 없는 법이다. 시대가 변화하고 세대가 바뀌어 100년쯤 지나면 전혀 다른 풍경이 펼쳐지게 될지도 모른다.

벨그리프는 살며시 안젤린의 머리에 손을 가져갔다. 안젤린은 눈을 감고는 기뻐하며 머리를 손에 비비적거렸다.

"에헤헤, 따뜻해⋯⋯."

"⋯⋯갈까?"

"응."

두 사람은 다시 걸음을 뗐다.

옛 시절에는 상상도 하지 못했던 여러 사건이 자신들을 밀어서 흘러가게 한다.

앞으로도 변화는 계속 이어질 것이다. 과거를 돌이켜보면 전부 다 바뀐 것 같다는 생각이 든다.

그럼에도 이 언덕에 불어오는 바람만큼은 여행을 떠났던 그날 여기에 섰을 때와 조금도 달라지지 않았다.

벨그리프에게는 그렇게 느껴졌다.

특별 수록
번외편

MY DAUGHTER
GREW UP TO
"RANK S"
ADVENTURER.

EX 아빠

또 아기가 밤에 울었다.

침상의 바로 옆쪽에 놓아둔 요람에서 갑자기 와앙, 커다랗게 울음소리가 들려서 벨그리프는 벌떡 일어났다. 의족을 달 틈도 아까워 허둥지둥 요람을 들여다봤더니 어둠 속에서 검은 머리카락의 아기가 얼굴을 쭈글쭈글 구긴 채 울고 있었다.

"자, 얘야, 괜찮단다."

흠칫흠칫 조심스러운 손놀림으로 안아 들어서 살짝 달래주자 아기는 울음을 멈추고 눈을 감았다. 그렇게 요람에 다시 눕혀줬더니 잠시 후 또 울음을 터뜨린다.

이 여자아이를 산에서 주워 오고 며칠간, 매일 밤 매일 밤 깨어나야 했기에 벨그리프는 제대로 잠을 이루지 못했다. 꾸벅꾸벅 졸 때마다 아기가 자꾸 울음을 터뜨렸다. 낮 동안은 밭일이니 산일이니 바삐 돌아다녀야 하는지라 밤에는 푹 잠들고 싶었지만, 정작 아기가 깊은 수면을 허락해주지 않았다.

벨그리프는 관자놀이를 가볍게 손으로 두드린 뒤 포기하고 등불에 불을 밝혔다. 어렵게 다시 잠들어도 결국 또 일어나야 할 테니까 차라리 쭉 깨어 있는 것이 좋겠다 싶었다.

편안하게 새근새근 잠들어 있는 아기를 보면 은근히 원망하고 싶은 마음이 드는 것도 사실이었다. 하지만 벨그리프는 머리를 흔들었다. 부모가 누구인지는 알 수 없으나 이 아이는 낯선 곳, 낯선 남자의 집에 온 처지잖은가. 잠들 때마다 아직 희미하게 남아 있는 부모의 모습, 혹은 냄새나 기척 등 기억에 자극을 받아 깨어나는 것도 무리는 아니리라. 주운 뒤 키우겠다고 결정을 내린 자신의 책임져야할 일이었다. 아기를 원망할 이유가 전혀 없었다.

곧 가을 수확제가 열린다. 겨울이 코앞인지라 밤이 깊어지면 날이 무척이나 차갑다. 항상 난로에 불을 유지했다. 그럼에도 잠자리에서 나오면 집 안인데도 입김이 하얗게 떠다녔다.

벨그리프는 초의 불빛에 의지해 오랫동안 읽어온 두꺼운 책을 사락사락 넘겼다. 고금 마수의 생태 및 위험성, 행동 원리 등등이 쓰여 있는 책이다. 마수들이 서식하고 있는 던전이나 식물 및 광물과 같은 정보도 쓰여 있었다. 도시에서 모험가 활동을 하던 시절에 구입해서 틈날 때마다 반복해서 읽었다. 본인이 적은 메모로 책장의 여백이 꽉 차 있었다. 그럼에도 다시 읽으면 더 써넣어야 할 내용이 많이 있다는 생각이 든다.

펜을 어디에 두었더라. 생각을 떠올리다가 문득 아기가 신경 쓰여서 등불을 한 손에 들고 요람을 들여다봤다. 빛에 비추이는 아기의 뺨은 불그스름했다. 검은색을 띤 머리카락은 윤기가 있어 등불의 빛을 반사했다. 잠든 듯하다. 벨그리프가 안심하고 바라보던 때 눈꺼풀 너머 불빛에 눈이 부셨는지 아기가 「으앙」 얼굴을 찡그리며 몸을 움직거렸다.

"이런, 미안하구나……."

벨그리프는 허둥지둥 등불을 치우고 모포를 다시 덮어줬다. 그러자 아기는 다시 안심한 듯 아무 소리도 없이 조용해졌다. 자신이 깨어나 있으면 신기하게도 아기가 울지 않는 것 같다는 생각이 들었다.

밤에는 잠을 설치고, 낮 동안 열심히 일하는 때도 매번 짬짬이 시간을 내서 염소젖을 먹여주거나 기저귀를 갈아주거나 안아서 달래줘야 했기에 지난 며칠은 몹시 바빴다. 친구 케리의 아내에게 조금 도움을 받기도 했지만, 아기는 묘하게도 벨그리프를 잘 따르는지라 기분이 안 좋을 때는 다른 사람이 아무리 달래줘도 소용없었다. 그러다가도 벨그리프가 안아주면 곧장 울음을 멈췄다.

이렇듯 사람을 가리니 다른 누군가에게 맡겨 두기도 어렵다. 결국 벨그리프는 아기는 등에 업은 채 밭과 산, 집을 오가야 했다.

무척 힘들다는 생각은 든다. 다른 집 아이들을 돌본 경험은 있었지만, 어디까지나 잠시 시간을 냈을 뿐인지라 맡아주는 시간이 다지나가면 아이들은 각자 집으로 돌아간다. 하지만 이 아이의 집은 이곳이잖은가. 돌봄을 마친 뒤 쉬는 시간이 생기지도 않는다.

가령 아내가 있었다면 열 달 열흘의 임신을 거쳐 아이가 태어나기까지 조금씩 부모로서의 각오나 자각이 싹을 틔웠을지도 모르겠으나, 벨그리프에겐 그저 갑작스러운 사건이었다. 부모가 될 각오가 되어 있을 리 없었다.

그런 이유로 하루하루의 일과에 더하여 전혀 예상도 하지 못했던 육아의 책임이 불쑥 끼어들자 벨그리프는 꽤나 허둥지둥하고 있었다. 아이를 잔뜩 낳은 친구들을 볼 때도 특별히 힘들겠다는 생각은 안 했었는데 상상 이상으로 손이 많이 갔다. 언제나 하나하나 신경을 써줘야 하는 데, 기저귀도 매일 빨아서 말려야 했다. 숫자가 부족한 탓에 케리의 집에서 잔뜩 빌려 왔다. 옆에서 바라보다가 가끔 거들어주는 정도와 실제 자기가 책임을 지는 것은 큰 차이가 있음을 절감했다.

곧 겨울이 온다. 그러면 푸른 하늘 아래에 빨래를 널어 두기도 어렵다. 물도 차가워진다. 겨울은 땀 흘릴 일거리가 줄기 때문에 빨래의 빈도도 준다. 자신 혼자라면야 빨랫감이 많아봐야 얼마나 많겠느냐마는, 아기의 기저귀는 씻지 않고 방치할 수 없을 것이다. 매일매일 꾹 참고 차가운 물에 손을 푹 담가야 할 테지.

벨그리프는 책을 펼쳐서 읽는 둥 마는 둥 책장을 훌훌 넘겼다. 겨울이 가까우니까 사실은 등불의 기름도 절약하고 싶은 마음이지만, 어차피 침상에 누워도 다시 깨어나야 할 테니 불빛을 끄고 눕자는 생각도 들지 않았다.

솔직히 힘들다고 생각할 때가 꽤 많았다. 경솔한 것 같다는 생각이 머리에 스쳐 갈 때도 있었지만, 그럼에도 잘못 결정했다는 후회는 조금도 들지 않았다. 한쪽 다리를 잃었기에 지금 와서는 아내를 맞이할 생각은 도저히 갖지 못하는 벨그리프였다. 그 곁에 아이만이라도 와주었잖은가. 무척 고생스럽긴 했지만, 아기의 잠든 얼굴을 보거나 자기 손가락을 쥐어주는 자그만 손을 느낄 때마다 모든 피로가 싹 날아가리만치 마음 깊숙한 바닥이 촉촉하게 젖어 따뜻해지고는 했다.

아무튼 이런저런 고생이 많다지만 당장 가장 큰 고민은 이름이었다.

아직 아기는 이름이 없는 상태였다. 자식을 잔뜩 낳은 집의 아이들은 나이가 어릴수록 적당히 지은 것이 아닌가 여겨지는 이름도 있었고, 부모들도 어떤 의미로 부담감 없이 아이들을 대하고는 했다. 아이 기르기도 익숙해질수록 대강 가뿐하게 신경을 쓰는 방법이 익혀지는지도 모르겠다. 하지만 벨그리프에게는 첫 번째 아이이기도 하니 적당히 이름을 지어주자는 생각은 전혀 들지 않았다. 점점 더 고민하게 되었고, 그러다보니 주운 날 이후로 벌써 이레는 지났는데도 이름을 후보조차 결정하지 못했다.

벨그리프는 턱받침을 했다. 조금이라도 여자아이다운 이름이 좋겠다는 생각에 꽃과 새의 명칭에서 따올까 싶어 이것저것 떠올려봤는데 딱히 마음에 드는 이름이 없다.

후우, 숨을 내쉬고 다시 책장으로 눈을 떨어뜨렸다. 이렇게 마냥 이름이 없이 두기는 가엾다는 생각을 하면서도 멋진 이름을 고집하려니까 끝이 안 났다. 그렇다고 고집을 부릴 만큼 자신은 교양이 많은 사람도 아니었다. 고민하다가 문득 책의 한 구절에 시선이 닿았다.

"……에반젤린."

어느 마수와 관련된 영웅담에 등장하는 모험가다. 여성이면서 남자에게 뒤지지 않는 실력을 보유했고, 게다가 착하며 총명하고 긍지 높은 여성이었다고 한다.

이름을 이어받아서 쓰는 것도 나쁘지 않겠다는 생각이 들었다. 저 모험가처럼 자라주기를 기대하는 마음을 담아봐도 괜찮지 않을까. 딱히 모험가가 되어주기를 바라는 것은 아니다만, 강하고 착한 사람으로 자라나주면 좋겠다. 다만 소리의 울림이 이 아기에게는 어울리지 않는 듯했다.

"이브…… 느낌이 좀 아닌데. 앞 글자를 떼어 내서……. 안젤린."

벨그리프는 어쩐지 마음에 확 와닿는 기분이 들어서 혼자 고개를 끄덕거렸다.

"안젤린이라…… 음."

나쁘지 않다.

벨그리프는 아기의 곁에 다가가서 잠든 얼굴을 들여다봤다. 새근새근 숨소리를 내고 있다. 이 얼굴을 보는 것이 벨그리프에게는 무척이나 큰 행복이었다.

"안젤린."

벨그리프는 가만히 중얼거렸다. 살며시 손을 뻗어서 손가락으로 뺨을 쓰다듬어준다. 아기는 음냐음냐 입을 움직이며 살짝 몸을 뒤척였다. 기분 나빠하는 내색은 없고 어딘가 기뻐하는 듯 보인다만 착각이려나.

등불의 불이 치지직 소리를 내며 거뭇한 연기를 한 가닥 피워

올렸다. 벨그리프는 잠시 고민하다가 불을 끄고는 잠자리에 드러 누웠다. 무슨 까닭인지 오늘은 더 이상 아기가 울지 않을 것 같았 다. 그렇게 누운 채 아침까지 푹 잠들어 쉴 수 있었다.

○

얼마 전 기어 다니는 동작이 꽤 능숙해졌다고 생각했는데 벌써 무엇인가를 붙잡고 일어설 수 있게 되었다. 일어서는 것이 전부가 아니다. 짧은 거리라면 걷기도 하는지라 방심할 수가 없었다. 자 력으로 움직일 수 있게 된 아이에게서는 눈을 떼어 놓지 못하기 마련이다. 시도 때도 없이 요람에서 도망쳐 나오려고 하고, 돌아 다니다가 발을 헛디뎌 넘어지고는 울음을 터뜨리기도 한다.

주웠던 날을 생일로 정한 뒤 어느덧 한 살을 꽉 채웠다. 그렇게 겨울을 나서 봄을 맞이하고 산과 들판에 새싹이 나기 시작했을 무 렵에는 한 살 반이 되었다. 이제 안젤린은 기어 다니기를 졸업했 다. 다리를 써서 돌아다닌다. 손도 잘 움직이고 물건을 잡는 동작 도 능숙하다. 자유롭게 돌아다닐 수 있게 된 다음부터는 손 닿는 곳에 아무 물건이나 두는 것이 불가능해졌다. 잘 갈아서 놓아둔 검을 들어 올리려고 한 적도 있었다. 그때는 벨그리프도 정말 화 들짝 놀라 큰 목소리로 고함쳐버렸다. 그리고는 곧 울음을 터뜨린 안젤린을 안아서 달래주었다.

안젤린은 씩씩한 아이였다. 아버지를 무척 좋아해서 언제나 옆에 붙어 다니고 싶어 했다. 벨그리프가 누군가에게 맡기고 일에 집중하려고 하면 칭얼거리는지라 결국 밭까지 데리고 나와 근처에서 놀게 두었다. 그럼에도 아예 눈을 뗄 수는 없어서 벨그리프는 자주자주 안젤린을 신경 써야 했다.

"아빠~."

잘 일구어 울퉁불퉁한 밭을 안젤린이 아장아장 걸어온다. 두 팔과 두 다리를 벌려 열심히 버티는 모양새였다. 아무래도 아직은 많이 위태위태해서 벨그리프는 급히 다가가 손을 잡아줬다.

"아, 정말 걸음마가 많이 늘었구나."

"으히~."

안젤린은 자랑스럽게 콧구멍을 실룩거리며 벨그리프의 손에 두 손을 겹쳤다. 그러고는 손가락을 꽉 쥐어서 꾹꾹 잡아당긴다.

"아빠~ 안아줘."

"그래그래."

훌쩍 들어서 안아준다. 체중도 늘었기에 예전과 비교하면 제법 묵직하다만 힘들지는 않았다. 혀짤배기소리로 아빠라며 불러줄 때마다 벨그리프의 얼굴에는 활짝 미소가 지어졌다.

안젤린은 벨그리프에게 안겨 붙어서 뺨을 비비적거렸다.

"으응~."

"착하다, 착해."

톡톡 등을 가볍게 두드려주자 안젤린은 기분 좋게 눈을 감고는 꿈실꿈실 몸을 움직거렸다. 그러고 보니까 슬슬 점심때였다. 낮잠을 잘 시간일까. 다만 재우기 전에 간단히 뭐든 먹여야겠다.

"안제, 자기 전에 밥 먹을까?"

"싫어."

안젤린은 싫다며 거듭 고개를 흔들더니 떨어지지 않겠다고 벨그리프에게 더 바짝 달라붙었다. 고분고분 말을 들어줄 때도 있는가 하면 이렇듯 묘한 반항심을 보일 때도 있었다.

아직 잘 타일러 가르치기에는 이른 나이다. 논리보다 감정이 앞선다. 벨그리프는 쓴웃음 지으며 안젤린을 고쳐 안은 뒤 밭 옆쪽에 조심스럽게 걸터앉았다. 의족인지라 몸을 구부려 앉을 때도 쓸데없이 한 동작이 더 필요하다. 아이를 안은 상태면 더더욱이다.

책상다리를 하고 앉아서 꽉 달라붙은 안젤린을 간신히 무릎 위쪽에 앉혔다. 안젤린은 벨그리프에게 바짝 붙어서 등을 기대고 있다.

벨그리프는 손을 뻗어서 도시락 상자를 잡고는 한 차례 끓였다가 식힌 염소젖을 수통에서 그릇에 따랐다.

"자, 먹자."

그렇게 마시라며 건네줘도 안젤린은 「싫어~」라고 대꾸하더니 얼굴을 이쪽으로 돌렸다가 저쪽으로 돌렸다가 투정 부린다. 답답해서 머리를 꽉 잡아 그릇을 입에 가져다 대자 풉, 숨을 내뱉는지라 염소젖이 이리저리 튀어 흩어졌다.

"아이고, 이런……."

오히려 재미있어하며 들뜬 안젤린을 보고 쓴웃음을 짓다가 벨그리프는 염소젖이 묻어서 지저분해진 입 주위를 닦아줬다.

447

"나중에 많이 배고플 텐데? 지금 먹도록 하자."

"싫어!"

아마도 반항하는 데 불쑥 재미를 붙인 듯 안젤린은 도통 먹으려 하지 않는다. 벨그리프는 절레절레 머리를 흔들다가 그릇을 치웠다.

"그럼 아빠만 혼자 먹는다?"

빵을 염소젖에 적셔서 가득 입안에 넣자 상대해주지 않는 것이 불만이었는지 안젤린은 팔다리를 버둥버둥했다.

"안제도!"

"먹을래?"

"응."

먹기 시작하자 뒷일은 간단했다. 자주 먹어 버릇한 염소젖을 안젤린은 꿀꺽꿀꺽 마셨다. 부드러워진 빵도 잘 먹었고, 벨그리프가 깨물어 부드럽게 만든 마른고기도 먹었다. 어머니가 없는 까닭에 염소젖을 먹으며 자란 안젤린은 한 살을 지났을 무렵에는 불린 빵이며 부드럽게 푹 끓인 보리죽 같은 식사를 자연스럽게 먹게 되었다. 언제까지나 어머니의 젖을 먹고 싶어 하는 아이도 있으니까 그런 점에서는 편한지도 모르겠구나. 벨그리프는 생각했다.

그렇게 배를 가득 채운 뒤 드디어 졸음이 쏟아지나 보다. 눈빛이 멍해지더니 벨그리프에게 완전히 몸을 기대고 힘을 쭉 빼낸다. 벨그리프는 살며시 안젤린을 안아 들고는 등에다가 두른 손으로 다정하게 등을 문질러줬다.

점점 안젤린의 몸이 따뜻해지는가 싶더니 아예 잠든 듯했다. 살짝 확인해보자 눈을 감고 있었다. 벨그리프는 안도한 뒤 땅바닥에 깔아 둔 돗자리 위에 안젤린을 눕히고 자기 망토를 덮어줬다.

낮잠 잘 때는 이렇게 눕혀 놓아도 웬만하면 깨어나지 않는다. 하루 중 벨그리프가 가장 긴장을 풀고, 아울러 일에 집중할 수 있는 시간이다.

그럼에도 벨그리프는 잠시 더 안젤린의 곁에 앉은 채 배 부위에 손을 얹어서 조심스레 토닥거리며 잠든 얼굴을 바라봤다.

아이의 성장 속도는 경이적이다. 어제와 오늘이 매일 다르다는 이야기가 아니라 별것 아닌 어떠한 일을 하기 이전과 이후에서 이미 얼굴 생김새가 달라진 듯 보이는 때도 드물지 않았다.

친구들의 아이를 종종 돌봐주며 이미 잘 알게 되었다고 생각했었는데 매일을 함께 생활하며 거의 하루 온종일을 같이 보내면 이같은 변화에 놀라게 된다. 말도 꽤 익혔고 아마 무의식중에 자신이 하고 있었을 행동을 따라 하는 모습을 보며 자기 자신을 재확인하게 되는 경험도 했다.

벨그리프는 그것이 신기하고도 기뻤다.

다리를 잃고 실의에 빠져 고향으로 돌아왔을 때는 일부러 애써 밝은 모습으로 긍정적이게 행동했었지만, 마음 어딘가에서는 역시 미래에 대한 전망을 가질 수 없었다. 그래서 더더욱 마을에 공헌하자는 목표를 정한 뒤 무작정 힘을 쏟았던 일면도 있다.

하지만 자신에게는 항상 모종의 허망함이 따라다녔었다.

분명 벨그리프의 행동은 마을에 제법 큰 이익이 되었고, 그 덕분에 막 귀향했을 무렵의 바보 취급을 당하거나 조롱을 당했던 자신의 평가를 되돌려 놓을 수 있었다.

그럼에도 역시 앞으로 자신이 더욱 늙었을 때를 상상하면 비록 막연하지만 한편으론 또 기묘하게 실감을 동반한 불안감이 들이닥치고는 했다. 제아무리 노력해도 언젠가 죽어서 다 잊히게 되리라는 예감.

도시에서 한 차례 뼈아픈 실패를 경험했던 만큼 벨그리프는 자기 평가가 박했다. 마을에서 맡아보는 일도 당연히 할 일이라는 생각만 있는지라 스스로 무엇인가를 이루거나 남겼다는 실감은 들지 않았다.

그런데 지금은 딸아이가 있다. 아이는 미래다. 자신은 지금 미래를 길러 내고 있다는 생각이 들었다. 그래서 잠이 부족해 힘들더라도, 피로가 풀리지 않더라도 벨그리프에게는 안젤린이 온 이후의 일상이 오히려 훨씬 더 소중하고 기쁨 가득한 나날로 느껴졌다.

문득 부모님에게도 자신이 이런 존재였을까 싶은 생각이 들었다. 그랬다면 늦게나마 같은 심정을 공유하고 있는 셈이다. 지금 와서는 얼굴도 흐릿흐릿한 부모님도 이 마음이 동일하다면 아직 두 사람이 자신의 내면에서 살아 있는 것이 아닐까 싶었다.

안젤린이 음냐음냐 입을 움직이며 자그만 손을 쥐었다가 폈다가 했다. 벨그리프는 미소 짓고는 일어나서 다시 쟁기를 짊어지고 밭에 들어갔다. 종다리의 높은 울음소리가 멀리서 울려 퍼졌다.

○

안젤린이 모험가가 되고 싶다며 말을 꺼냈던 것이 언제였을까. 새삼 떠올려봐도 언제가 처음이었는지는 도무지 생각나지 않았다. 문득 깨달았을 때는 비슷한 말을 자꾸 꺼냈었기에 작은 목검을 만들어주거나 검술 훈련을 시켜주거나 했다.

초여름의 찻잎 만들기나 양털 깎기가 일단락되면 톨네라의 마을 사람들에게는 가장 편안한 시간이 찾아온다. 짧은 여름은 신선한 채소 및 과일이 식탁을 채우기도 하고, 강에서 미역을 감을 수도 있기에 아이들이든 어른이든 즐거운 계절이다.

벨그리프가 우물 옆쪽에서 채소를 씻고 있던 때 가방을 들고 낚싯대를 든 안젤린이 다가왔다.

"아빠, 다녀오겠습니다……."

"그래, 조심해서 다녀오거라. 저녁 식사 반찬은 기대하마?"

"맡겨줘……."

일곱 살 안젤린은 해죽 웃고는 집 바깥으로 달려 나갔다. 아침부터 점심까지 밭일을 돕고 점심 식사 다음은 친구들과 강에 나가서 놀려는 듯하다. 여름의 강은 목욕탕도 겸하고 있다. 땀을 흘린 뒤 차가운 물에서 헤엄치면 기분에 좋을 테지.

세 살 무렵까지는 이유 없는 반항이 많았던 안젤린도 언제인가부터는 저러한 투정이 사라졌고, 오히려 적극 벨그리프를 도우며 이것저것 일을 배우기 시작했다. 물론 벨그리프도 기쁜 마음이 들었기에 밭일과 양 돌보는 요령, 사과 손질 및 렌트 찻잎을 만드는 방법, 그 밖에도 빨래와 요리, 청소 등 집안일도 가르치며 같이 했다.

또한 짬짬이 검을 가르치며 산에 데려가거나 책을 읽어주기도 했다.

얼마 뒤 교회에서 글자를 배우게 됐을 무렵부터는 언제나 벨그리프와 함께 붙어 다니려 하는 버릇도 사라져서 또래의 아이들과 함께 나가서 노는 날도 많아졌다.

다만 안젤린은 여자아이와 함께 소꿉놀이나 뜨개질을 하기보다도 남자아이들 틈에 섞여서 들판을 달리거나 칼싸움하기를 더욱 좋아하는 듯했다. 그래서 머리카락도 짧게 잘랐고 옷도 활동성을 중시하여 펄럭거리지 않는 종류만 입었다.

모험가가 되고 싶다는 아이이니까 편한 옷이 더 자연스럽다는 생각은 든다. 하지만 벨그리프는 이래도 되는 것일까 종종 아쉬워했다. 편부 가정인 데다가 검을 휘두르는 모습만 자꾸 보여준 탓에 이렇게 자랐나 싶어서 어쩐지 미안한 마음이었다.

그러나 검을 휘두르거나 열심히 달려 다니는 안젤린은 진심으로 즐거워 보였다. 그런 아이를 이제 와서 여자아이답게 행동하라며 이상하게 바로잡고자 하면 오히려 더 잘못하는 것이 아닐까. 남자다움이 어쩌고 여자다움이 어쩌고 굳이 성별을 갈라 생각하는 것도 잘 생각하면 우스운 짓이다.

"안제는 그냥 안제니까."

그럼에도 가끔은 잘 꾸며서 예쁜 옷을 입혀주고 싶었다. 다만 벨그리프는 꾸민다는 행위를 잘 알지 못했기에 결국 여태껏 아무것도 딱히 해주지 못했다. 못난 아버지구나. 벨그리프는 뺨을 긁적이다가 곧 다시 채소를 씻고 소쿠리를 잡아 들고는 집에 들어갔다.

그렇게 저녁때가 되자 안젤린은 물고기를 세 마리 가지고 귀가했다. 내장과 비늘을 제거해서 아주 깔끔하게 씻어 놓았다. 막 방금 전까지 헤엄을 치다 온 모양이었다. 머리카락은 아직 촉촉하게 젖었고, 몸을 제대로 닦지 않았는지 옷도 군데군데 몸에 달라붙어 있었다.

"다녀왔습니다!"

"그래, 어서 와라. 물기를 잘 안 닦았구나?"

안젤린을 얼버무리려는 듯이 「으히히」 웃었다. 짐작하건대 헤엄치는 데 정신이 팔려 날이 거의 다 저물어졌는데도 깨닫는 때가 늦어졌을 테지. 그래서 몸을 미처 다 닦지 못하고 급하게 옷을 입은 뒤 집에 돌아온 듯싶다.

벨그리프는 아이고, 웃음 지으며 마른 천을 가져와서 안젤린을 닦아줬다.

"실한 녀석을 낚았구나."

"응. 있잖아, 내가 나이프를 써서 말이야, 손질했거든……."

"그랬구나. 깔끔하게 잘 다듬었어. 솜씨 좋구나."

"에헤헤……."

툴네라에서는 날붙이 다루는 솜씨를 기본적으로 갖춰야 무슨 일이든 할 수 있다. 얼마 전 준 나이프를 안젤린은 완전히 능숙하게 다루게 되었다.

물고기와 여름 채소로 저녁 식사를 만들고 배불리 다 먹은 뒤 부녀는 난로 앞에 앉아서 렌트잎 차를 끓였다. 톨네라는 여름에도 밤이 오면 서늘하다. 난로에서는 작은 불이 깜박깜박 타오르고 있었다.

"다음 이야기, 듣고 싶어……."

"응. 어디까지 이야기했더라……."

"올펜 바깥의 초원에서 약초 채집할 때 마수가 뛰어나와서……."

"그래, 생각났다. 그때는 아빠 친구가 깜짝 놀라서 큰 목소리로 외쳤거든? 마수도 같이 놀랐는지 말이다."

밤마다 벨그리프는 자신의 현역 시절 이야기를 해주거나 책을 읽어서 들려줬다. 모험가 시절의 이야기는 아직껏 마음이 따끔따끔 아픈 이유도 있었고, 특히 파티 멤버들의 이야기는 아직 차근차근 입 밖에 꺼내 놓기가 많이 어려웠다. 따라서 이야기를 하면서도 「친구」라는 말밖에 하지 않았다.

그럼에도 안젤린은 아버지의 이야기에 열심히 귀를 기울이며 매일 밤 잠들기가 아쉽다는 표정을 지었지만, 역시 졸음기에는 당할 수 없었는지 벨그리프의 무릎 위에서 어느새 색색 소리를 내며 잠드는 날도 많았다.

그날도 무릎 위에서 새근새근 잠에 빠져버린 안젤린을 벨그리프는 조심스레 안아 들고는 잠자리로 옮겨주었다.

○

  열두 살이 되면 톨네라에서는 1인분의 일거리를 제대로 맡게 된다. 아직은 어른이 같이 있어주는 경우도 많지만, 매일같이 일을 거들며 몸으로 익힌 밭일과 동물 돌보기 등은 아이들에게만 맡기는 때도 많아진다. 조금씩 어른 대우를 받는 셈이다.

  그래서 안젤린이 열두 살에 도시로 떠나겠다고 한 말도 특별히 이상하지는 않았다. 다만 지금까지는 막연하게 말을 꺼냈던 모험가라는 직업이 열두 살이라는 기한을 설정함으로써 갑자기 현실감을 띠게 되었다. 그 때문에 벨그리프는 지금까지보다 더욱 열심히 안젤린에게 지식을 전수했다. 산과 들을 다니며 실제 활동을 가르치고, 검도 더욱 엄격하게 훈련시켰다.

  안젤린은 배움이 빨랐기에 벨그리프가 가르치는 기술을 차례차례 흡수하여 자기 것으로 만들었다. 검 솜씨도 이미 어른에게 뒤지지 않아 스승의 역할을 한 벨그리프조차 깜짝 놀라게 되는 경우가 늘어났다.

  그럼에도 안젤린의 버릇과 움직임을 숙지하고 있는 벨그리프는 아직 단 한 번의 공격도 허락하지 않았다. 안젤린 또한 어째서인지 그것이 은근히 기쁜 눈치였다.

  딸아이의 재능은 기뻤다. 다만 벨그리프는 어쩐지 복잡한 심정이기도 했다.

  만약에 검의 재능이 없었다면 아마도 안젤린이 아무리 거듭 부탁했어도 모험가가 되고 싶다는 말을 허락해주지 않았을 것이다. 그 때문에 자신이 원망을 받게 되더라도 아이가 사지로 들어가는 모습을 멀뚱멀뚱 구경하는 것보다는 낫기 때문이다.

하지만 안젤린에게는 재능이 있었다. 게다가 매우 뛰어난 재능이었다. 따라서 반대할 만한 이유가 사라져버렸다.

과거에 자신이 동경했던 모험가의 꿈을 딸에게 맡길 수 있다는 것은 기쁘다. 반면에 소중한 딸을 위험한 곳에 보내고 싶지 않았다. 이곳에서 같이 살아주기를 원하는 마음도 분명 있었다.

부모는 욕심쟁이구나. 벨그리프는 머리를 긁적였다. 그러고 나서 식기를 씻고 있는 안젤린의 뒷모습을 보았다. 얼마 전에 막 산에서 주워 온 듯한 기분인데 언제 이렇게 많이 자랐을까.

"세월 참 빠르군……."

접시를 닦는 안젤린의 뒷모습을 바라다보면서 벨그리프는 중얼거렸다. 어느새 열두 살이 되었다. 짧게 자른 머리카락은 남자아이 같지만, 용모는 여자아이답게 예쁘장했다. 굳이 모험가가 되려고 들지 않는다면 분명히 아름다운 신부가 되리라는 생각을 떠올리다가 벨그리프는 고개를 흔들었다.

"나도 참 미련이 많아."

쓴웃음 짓는 벨그리프에게 설거지를 다 끝낸 안젤린이 와락 달려들었다.

"으앗."

"아빠……. 꼭 안아줘……."

"젖은 손부터 닦지……. 이 녀석도 참."

벨그리프가 꼭 부둥켜안자 안젤린은 고양이처럼 어리광 부렸다.

이런 모습을 보면 딸아이를 마냥 손 닿는 곳에 놓아두고 싶어진다. 괜히 올펜에 보내지 말고 톨네라에서 밭을 일구며 봄맞이 축제와 가을 수확제를 즐기고 싶다. 언젠가 어느 집에든 신부로 보내면 자신에게도 손주가 생길지도 모른다.

그런 생각을 떠올리다가도 역시나 자신의 욕심임을 되새긴다. 아이에게는 아이의 인생이 있다. 벨그리프는 부모가 모두 죽은 이후에 모험가가 되었기에, 이렇게 집에서 뛰쳐나가는 형태는 아니었다. 하지만 만약 부모가 살아 있었다면 모험가가 되겠다는 자신의 말을 허락해주지 않았을 것이다. 또한 허락받지 못하더라도 자신은 모험가가 되었을 테지. 그렇게 생각한다.

안젤린은 벨그리프의 가슴에 뺨을 꼭 눌렀다가 중얼중얼 말했다.

"……나, 열심히 할게."

"그래."

"혼자서도……. 꼭 열심히 힘내서 약한 사람을 지킬 수 있는 훌륭한 모험가가 될 거야."

"그래."

이렇게 말하는 자식은 웃으며 보내주는 수밖에 없다. 자신보다 딸이 훨씬 더 강했다. 자신은 미래를 두려워한다. 하지만 안젤린을 미래를 똑바로 바라보고 있다.

안젤린은 코로 숨을 내뱉으며 벨그리프를 힘주어 쳐다봤다.

"그리고, 언젠가 아빠한테 한 방 먹여줄 거야."

"하하, 알겠다. 기대하마."

반가운 말이다. 분명 머지않은 미래에 이루어지리라.

방향을 파악하는 요령, 물이 흐르는 장소를 찾는 방법, 마수와 상대하는 방식 등 여러 질문에 술술 답하는 딸아이에게 벨그리프는 흡족해하며 고개를 끄덕여줬다. 분명 좋은 모험가가 될 것이다. 그래서 더더욱 묘하게 섭섭한 마음이기도 했다.

"그러면 된다. 모험가는 어찌 되었든 살아남아야 하는 직종이니까. 절대 무모한 행동은 하면 안 된다."

"응……. 알았어."

안젤린은 끄덕끄덕 고개를 흔들다가 벨그리프의 턱수염에 꾹꾹 볼을 비볐다.

"까슬까슬해서 기분 좋아……."

"또 엉뚱한 소리를……. 자, 내일은 일찍 일어나야지. 이만 자자꾸나."

"아빠……."

몸을 일으키는 벨그리프의 옷자락을 안젤린이 붙잡았다.

"오늘은 같이 자도 돼……?"

"음? 혼자 자는 연습은 괜찮은 거냐?"

"……심술쟁이."

뚱하게 입을 삐죽거리는 안젤린을 보고는 벨그리프가 껄껄 웃었다.

"농담이야. 이리 오렴."

"만세……!"

안젤린은 희색이 돌며 벨그리프의 팔을 꼭 껴안았다.

난로의 불을 재 속에 파묻고 침상에 몸을 들인다. 등불을 끄자 집 안은 새카맣다. 그러나 점점 더 어둠에 눈이 익숙해지며 이것 저것 놓아둔 물건의 윤곽이 보이기 시작한다.

주위는 온통 고요했다. 바로 옆쪽에 있는 안젤린의 숨소리와 심장 뛰는 소리가 크게 들린다.

안젤린은 벨그리프의 가슴께에 얼굴을 파묻고 꽉 붙어서 안겨 있었다. 살짝살짝 떨고 있는 것 같았다. 벨그리프는 딸아이의 등을 문질러줬다.

"춥니?"

안젤린은 대답하지 않고 굼실굼실 벨그리프에게 달라붙기만 했다.

"……아제."

"응."

안젤린은 작게 답했다.

"정말 괜찮겠니? 혹시 불안하면 억지로 떠나지 않아도 된단다?"

도대체 무슨 소리냐. 자조하면서도 입이 저절로 움직이고 만다. 다만 이것은 숨김없는 벨그리프의 본심이었다. 품속에서 떨고 있는 딸아이를 보면 저 말이 자연스럽게 입 바깥으로 나와버렸다.

안젤린도 역시 무서울 테지. 톨네라밖에 알지 못하는데 갑자기 큰 도시로 여행을 떠날 참이잖은가. 모르는 사람과 모르는 생활이

기다리고 있다. 돌아올 수 있는 집은 멀어지고, 무엇보다도 사랑하는 아버지와 멀리 떨어져야만 한다. 아무리 재능이 있더라도, 아무리 검 솜씨가 뛰어나더라도 겨우 열두 살짜리 소녀였다.

안젤린은 잠시 말이 없다가 이윽고 얼굴을 들어 올렸다.

"갈래. 불안하지만……."

"……그렇구나."

벨그리프는 안젤린은 꽉 껴안아서 머리를 쓰다듬어줬다. 딸아이가 못 견디게 사랑스러웠다. 안젤린도 기뻐하며 벨그리프를 같이 안아줬다.

"아빠. 나, 열심히 할 거야……."

"응……. 응."

어째서인지 눈물이 나올 것 같았다. 벨그리프는 안젤린을 품속에 안은 채 이제껏 먹은 나이가 창피하게도 자꾸 흘러넘치려 하는 오열을 꾹 참았다.

이윽고 안젤린은 안심한 듯 눈을 감고는 조용히 숨소리를 내며 잠들었다. 다만 오히려 벨그리프가 이런저런 추억이 자꾸 떠올라서 아직은 잠을 못 이룰 듯싶다.

"……한심하구나."

안젤린이 훨씬 더 듬직하다. 이 아이를 키운 경험 덕택에 자신도 성장할 수 있었다. 그런 생각이 든다.

모험가로서 살았던 결과, 다리와 동료를 모두 잃어버렸다. 다만 그렇게 고향에 돌아왔던 덕분에 무엇보다도 큰 선물을 받았다. 벨그리프에게 안젤린은 가장 큰 존재가 되어 있었다.

새근새근 숨소리를 내는 딸아이의 머리카락을 쓰다듬어주며 벨그리프는 중얼거렸다.

"고맙다, 안제."

내게 와줘서.

분명 괜찮다. 안젤린은 잘 해낸다. 그리고 언젠가 널리 이름을 알린 뒤 다시 만나러 와줄 것이다. 그때 들려줄 이야기는 분명 기쁨으로 가득할 테지.

벨그리프는 눈을 감았다. 이제 마음은 평온했다.

"……잘 다녀오거라."

이야기는 시작된다.

이야기는 계속 이어진다.

끝

■ 작가 후기

뮤지션의 뮤지션이라고 불리는 사람들이 있다. 업계에서 딱히 큰 매출을 올린 것도 아닌데 뛰어난 음악성과 연주력을 발휘하여 주로 동업자들 사이에서 높은 평가를 받는 뮤지션을 말한다.

이 소설은 저렇게 업계에서 잘 팔리고 있는 인물상, 다른 사람에게서 좋은 평가를 받는 한편으로 눈에 잘 띄지 않는 인간을 주인공으로 조명하여 써보자는 생각을 떠올렸던 것이 출발점이다.

그러다 해도 진지한 소설로 쓸 의도는 아니었다. 본래는 안젤린이 집에 가고 싶은데 가지 못하여 분개하면서도 아버지를 지나치게 치켜세우며 다니고, 벨그리프가 묘하게 좋은 평가를 받게 되어서 시끌벅적해지고, 마지막에 가서는 고향에 돌아간 뒤 사이비 감동으로 끝을 장식하는 것이 1장의 전개이다. 즉 서적에서는 1권 부분으로 완결될 예정이었던 코미디 소설을 쓸 의도였던 셈이다.

소설 쓰기가 취미였으나 10만 자 정도의 이야기를 제대로 완결시켜서 쓴 경험이 거의 없었다. 따라서 무작정 놀이라는 생각으로 완결까지 한번 써보자고 결심한 뒤 쓰기 시작했다.

이 소설을 발표했던 소설 투고 사이트에는 랭킹 제도가 있고, 북마크라든가 평가 점수에 따라 포인트가 매겨진다. 그것을 집계하여 일간이나 주간 랭킹이 변동된다만, 이 소설은 1주일이 지나지 않아서 일간 랭킹의 1위 근처로 불쑥 뛰어올랐다. 그래서 단기 연재로 마칠 생각이었는데 욕심에 사로잡혀 장기화되었고, 100만 자를 넘는 장편이 되어버렸다.

그렇게 되자 참 신기한 것이 이곳저곳 출판사에서 출간 제안이 들어온다. 이래저래 고민한 끝에 가장 처음에 연락을 보내주셨던 어스 스타 노벨에서 신세를 지게 되었다. 또한 감사하게도 마지막 권까지 출간할 수 있었다.

단순히 놀이 삼아서 쓴 작품이었다만, 서적 간행 때 퇴고 과정에서 세계관 설정과 구성 곳곳이 어설프다는 느낌을 많이 받았다. 작가가 느꼈다면 독자도 느꼈을 것이다. 하지만 서적 발행 중에도 사이트에서 연재는 계속했었고, 지능이 딱히 대단하지 않은 작가는 서적으로 독자적인 세계를 만들면 머리가 뒤죽박죽 엉킬 테니까 결국 가만히 놓아두게 되었다.

그럼에도 너무 고집을 부려 난해한 이야기 세계를 만들어버리면 애당초 여기까지 독자가 따라오지도 못하지 않았을까 생각도 들었기에 이 문제는 결국 지금까지도 답이 나오지 않는다.

결국 이 소설은 안젤린이 벨그리프가 있는 곳으로 돌아가는 이야기였다. 그 뼈대만큼은 흔들림 없이 고집한 것이 독자가 글을 견디며 읽어줄 수 있었던 요인 중 하나가 아니었겠냐고 작자는 생각하고 있다.

아무튼 간에 인터넷 연재로 출발한 서적이 잇따라 출간되었다가 많은 숫자가 불과 몇 권으로 사라져버리는 와중에 이렇듯 가까스로 작가가 쓰고 싶은 구성 전부를 끝까지 써서 책을 만들 수 있었다는 것을 정말 감사하게 느낀다.

물론 작가 혼자서 이룬 결과는 아니다. 많은 분들의 진력이 있던 덕분에 서적이라는 형태가 되었고, 그렇게 독자의 눈에 들 수 있었다. 마지막 권인지라 도움 주셨던 분들에게는 정식으로 감사의 말을 전하고 싶다.

우선은 11권이라는 긴 분량 동안 멋진 일러스트로 작품에 쭉 화사함을 더해주셨던 일러스트레이터 toi8씨. 단지 인터넷 연재소설 중 하나에 불과했던 본 작품이 많은 분들의 눈에 띄었고, 또한 손에 들어서 읽어주시는 단계에 도달한 것은 틀림없이 toi8씨의 일러스트 덕분이다. 세계에 깊이가 생겨서 독자 여러분들이 더욱 깊숙하게 이야기 속 세계로 들어갈 수 있었을 것이다. 이 자리에서 새삼 감사의 뜻을 전하고 싶다. 정말 감사했습니다.

다음으로 현재도 만화판을 집필해주고 계시는 우루시바라 큐씨에게도 크나큰 감사의 뜻을 전한다. 원작의 분위기와 느낌을 해치지 않고, 아울러 만화 특유의 장점을 발휘하여 잘 만들어주셨기에 이보다 더 행복할 수가 없겠다. 만화를 읽고 원작을 찾아 읽어보는 독자 여러분도 있을 테니까 무척 기쁘다. 건강이 안 좋은 와중에도 집필을 계속해주시니 정말 감사합니다. 앞으로도 모쪼록 잘 부탁드리겠습니다.

그리고 편집부의 여러분께도 감사의 말을 전하고 싶다. 우선 서

적화 제안을 보내주셨던 M씨. 당신 덕분에 이 작품은 세상에 나올 수 있었습니다.

그리고 M씨와 더블 편집으로 담당을 맡아주셨고, 이후에 M씨가 빠진 이후에는 혼자서 담당 편집을 맡아주셨던 M씨(헷갈리는군)는 아마도 본 작품에 써준 시간이 가장 길었으리라 생각한다. 오이타까지 직접 와주셔서 갑판의 지붕 설치에 도움을 주신 경험은 좋은 추억이다. 진지하게 이 작품을 살펴봐주셔서 정말 감사드립니다. 고맙습니다.

그리고 길게 길게 이어진 작품의 종반에서 담당 자리를 넘겨받는다는 난제를 훌륭하게 소화해주신 I씨. 중간부터 업무를 이어받게 된다면 어떤 일이든 무척이나 힘들 텐데도 프로답게 끝까지 함께해주신 덕분에 마지막까지 집필을 완료할 수 있었습니다. 감사합니다.

그리고 만화판을 담당해주시는 T씨와 O씨, 아울러 서적이 판매될 수 있도록 노력해주고 계시는 영업 담당자분들, 아울러 어스스타 노벨의 여러 관계자분들에게도 감사의 뜻을 전하고 싶습니다. 감사했습니다.

마지막으로, 마지막 권의 후기까지 굳이 읽어주고 있는 당신에게 크나큰 감사의 뜻을 전합니다. 당신께서 읽어주신 덕분에 이 작품은 이제까지 여기까지 이어질 수 있었습니다. 또 어딘가에서 모지 카키야의 이름을 발견하셨을 때 잠깐 관심을 가져주신다면 행복하겠지요. 정말 감사했습니다.

자, 일단 이렇게 이 이야기는 끝난다. 이야기는 쓰는 도중에는 작가의 것이지만, 읽히면 독자의 것도 된다. 읽은 사람의 마음속에서 벨그리프와 안젤린이 움직여주고 있다면 작가로서 그보다 더한 기쁨은 없겠다.

　가을도 깊어졌고 이제는 날이 무척이나 차가워졌다. 나무들은 단풍이 들었으며 이미 바람에는 겨울의 기운도 실려 있다. 던전도 길드도 가동되었을 테고, 아마도 안젤린과 친구들이 슬슬 돌아올 무렵이니까 동방의 여러 재미있는 이야기도 들을 수 있겠지. 벼베기도 전부 끝났으니까 톨네라에 슬쩍 들러서 상황을 보고 오려고 생각하고 있다.

　　　　　　　　　　2021년 10월 길일, 모지 카키야

모험가가 되고 싶다며 도시로 떠났던 딸이 S랭크가 되었다 11

초판 1쇄 발행 2022년 8월 20일

지은이_ MOJIKAKIYA
일러스트_ toi8
옮긴이_ 김성래

발행인_ 신현호
편집장_ 김승신
편집진행_ 권세라 · 최혁수 · 김경민 · 최정민
편집디자인_ 양우연
관리 · 영업_ 김민원

펴낸곳_ (주)디앤씨미디어
등록_ 2002년 4월 25일 제20-260호
주소_ 서울시 구로구 디지털로 26길 111 JnK디지털타워 503호
전화_ 02-333-2513(대표)
팩시밀리_ 02-333-2514
이메일_ lnovellove@naver.com
ㄴ노벨 공식 카페_ http://cafe.naver.com/lnovel11

Bokenshani naritaito miyakoni deteitta musumega srankni natteta Vol.11
By MOJIKAKIYA, toi8
© 2021 by MOJIKAKIYA, toi8
First published in Japan in 2021 by EARTH STAR Entertainment Co., Ltd
Korean translation rights arranged with EARTH STAR Entertainment Co., Ltd
through Shinwon Agency Co.

ISBN 979-11-278-6499-6 04830
ISBN 979-11-278-4829-3 (세트)

값 10,000원